Más allá de la verdad

Más allá de la verdad

Anne Holt

Traducción de
Lotte Katrine Tollefsen

R

ROJA Y NEGRA

Jueves, 19 de diciembre

Era un perro viejo. Tenía las caderas anquilosadas. La enfermedad le había conferido el aspecto de una hiena de pecho ancho y cuello poderoso que desembocaban en un trasero ínfimo. Llevaba el rabo pegado a los testículos.

El sarnoso animal iba y venía, nadie era capaz de recordar cuándo lo había visto por primera vez. En cierto modo formaba parte del lugar, una molestia inevitable, como el ruido del tranvía, los coches mal aparcados o las aceras cubiertas de hielo. Era preciso tomar precauciones: cerrar la puerta del sótano, llamar al gato para que pasara la noche en casa y dejar bien tapados los cubos de basura del patio trasero.

De vez en cuando algún vecino presentaba una queja ante las autoridades sanitarias, sobre todo si amanecían tres mañanas seguidas con restos de comida y otros desperdicios tirados junto al soporte de las bicicletas. No solían recibir respuesta alguna y nadie hizo nunca nada para atrapar al perro.

Si alguien le hubiera prestado algo de atención se habría dado cuenta de que se movía por el barrio siguiendo un plan predefinido, nunca acorde con el calendario, lo cual hacía más difícil detectarlo. Si se hubieran tomado la molestia habrían notado que el perro nunca se alejaba demasiado, que rara vez salía de una zona de unas quince o dieciséis manzanas.

Así había sobrevivido casi ocho años.

Conocía su territorio y evitaba encontrarse con otros animales siempre que fuera posible. Daba rodeos para no cruzarse con perros falderos sujetos a coloridas correas de nailon, y hacía mucho que había comprendido que los gatos de raza con campanillas al cuello eran una tentación a la que hacía bien en resistirse. Era un chucho sin dueño en el barrio más señorial de Oslo y sabía mantener un perfil bajo.

El veranillo de Santo Tomás, cuando se preparaban las siete variedades de pastas navideñas, había quedado atrás. Un frío intenso anunciaba la llegada de la Navidad y había glaseado el asfalto. En el aire se intuía la nieve. El perro resbalaba sobre las placas de hielo y arrastraba una pata trasera. Una herida abierta en la parte izquierda del lomo reflejaba la luz de una farola, el color rojo oscuro resaltaba entre su pelo corto con manchas amarillas de pus. La noche anterior se había enganchado con un clavo cuando buscaba un lugar para dormir.

El edificio estaba apartado de la calle y un sendero adoquinado dividía el jardín delantero en dos. Una cadena pintada de negro dispuesta a escasa altura delimitaba el césped mustio y un parterre cubierto por una lona. A cada lado del portal había un abeto navideño decorado con luces.

Era el segundo intento que hacía el perro para entrar esa noche. Casi siempre había una manera. Las puertas sin cerrar eran la solución más fácil, claro. Un pequeño salto y un golpe de la pata sobre el picaporte. Daba igual que la puerta se abriera hacia dentro o hacia fuera, las puertas a las que no habían echado la llave eran coser y cantar, pero era difícil dar con una. Generalmente tenía que buscar ventanas de sótanos que se habían quedado entreabiertas, tablones sueltos en paredes que estaban en obras, ventanucos bajo escaleras de madera medio podrida. Vías de entrada que todo el mundo había olvidado salvo él. No abundaban y, en ocasiones, alguien había reparado la trampilla, las bajadas al sótano estaban cerradas con llave y las obras habían acabado. Todo cerrado e inaccesible. Entonces seguía su camino y podía tardar horas en encontrar un lugar para pasar la noche.

En esta casa había un camino de entrada. Lo conocía bien y era accesible, pero no debía abusar. Nunca dormía más de una noche seguida en el mismo lugar. Durante su primer intento había aparecido alguien, cosas que pasan. En ese caso siempre se quitaba de en medio a toda velocidad. Recorría al trote dos o tres manzanas. Se tumbaba debajo de un arbusto, detrás de un aparcamiento de bicicletas, fuera del campo de visión de cualquiera que no mirara con atención. Luego volvía a intentarlo. Un buen refugio merecía un par de intentonas.

La helada era cada vez más intensa. Había empezado a nevar de verdad, copos secos y ligeros que pintaban las aceras de blanco. Temblaba, no había comido nada en las últimas veinticuatro horas.

Ahora el edificio estaba en silencio. Las luces le atraían y le asustaban por igual. La luz le hacía visible, pero también era una promesa de calor. Cada latido de su corazón iba acompañado de un pálpito de dolor en la herida abierta. Pasó asustado sobre la cadena de hierro que colgaba a poca altura. Gimió al levantar la pata trasera. Su agujero, siguiendo el camino hacia el trastero en el que había un viejo saco de dormir tirado en un rincón, estaba en la parte de atrás, entre la escalera del sótano y dos bicicletas que nadie usaba.

Pero la puerta principal del edificio estaba abierta.

Las puertas de los portales eran peligrosas, podía quedarse encerrado, pero la luz cálida le tentaba. Los portales eran mejores que los sótanos. Allí arriba, donde no vivía nadie y la gente solo aparecía muy de vez en cuando, hacía calor.

Se acercó a los escalones de piedra con la cabeza gacha. Se quedó parado con una pata delantera levantada antes de adentrarse muy despacio en el haz de luz. Nada se movía, no se oía ningún ruido preocupante, solo el eco lejano, sordo y tranquilizador de la ciudad.

Estaba dentro y había otra puerta abierta. Olía a comida y el silencio era total.

El aroma de algo comestible era intenso y no lo dudó más. Entró cojeando en el apartamento a toda prisa, pero se detuvo de golpe en el recibidor. Gruñó profundamente y le enseñó los dientes al hombre que estaba tendido en el suelo. No ocurrió nada, y el perro se aproximó con más curiosidad que miedo. Acercó con delicadeza el morro al cuerpo inmóvil. Lamió despacio un poco de la sangre que rodeaba la cabeza del hombre. Su lengua se volvió más insistente, limpió el suelo, hizo desaparecer la materia coagulada en su mejilla y penetró en el agujero que tenía junto a la sien. El perro hambriento engulló lo que pudo sacar del cráneo hasta que se dio cuenta de que no hacía falta afanarse tanto para saciar su apetito. En el apartamento había tres cadáveres más. Movió el rabo con entusiasmo.

—No hay nada que discutir. Nefis tiene que aprender nuestras costumbres, ¿no?

Marry dio un portazo.

—Uno, dos, tres, cuatro… —contó Hanne Wilhelmsen.

Antes de que empezara a pronunciar la «c» del cinco, Marry ya estaba de vuelta.

—Si yo me voy a visitar a los musulmanes esos por Navidad, me habría comido lo que me pusieran delante, coño. Eso es ser educado, digo yo. Pero si no es ni religiosa ni nada, que me lo ha dicho así de veces. En Noruega se toma costillar de cerdo asado por Nochebuena, y eso es todo y ya le vale.

—Pero, Marry, ¿no podríamos tomar chuletitas? También son típicas y el problema estaría solucionado. Al fin y al cabo, el año pasado cenamos tu costillar de cerdo asado.

—¿El problema?

Marry Samuelsen había pasado por la vida como Harrymarry, la más vieja de las putas que hacían la calle en Oslo. Hanne se había tropezado con ella tres años atrás, cuando investigaba un caso de asesinato y Marry estaba a punto de sucumbir al efecto de las drogas duras y el frío de la gran ciudad. Ahora era la asistenta de Hanne y Nefis en un piso de siete habitaciones en la calle Kruse, en la zona más exclusiva de Oslo.

Marry se alisó con fuerza el delantal con las manos atacadas por la artrosis.

—El problema, mi querida señorita Hanne Wilhelmsen, es que el único asado navideño que me había metido en esta bocaza desdentada antes de conoceros a Nefis y a ti estaba aguado y frío, y me lo servía el Ejército de Salvación en un plato de papel.

—Lo sé, Marry. ¿No podríamos preparar las dos cosas? Nos lo podemos permitir, ¡válgame Dios! —añadió Hanne mientras miraba a su alrededor con cierto hastío.

El único mueble que había sobrevivido al traslado del apartamento de Lille Tøyen, donde había vivido durante quince años, era un escritorio de anticuario que casi pasaba desapercibido en un rincón junto a las puertas de una terraza enorme.

—La Navidad no es momento para concesiones —declaró Marry con solemnidad—. Si te hubieras visto como yo, chupando un cacho de corteza grasienta, demasiado gomosa para podértela tragar, año tras año, escondida y olvidada en un rincón, entenderías que se trata de conservar los sueños de una. Navidad con cristalería fina, y la plata, y el árbol en su sitio, y un enorme y grasiento asado de costillar de cerdo en mitad de la mesa, con una corteza tan crujiente que puedes oír cómo presume el desgraciado. Todos esos años fue mi sueño. Y así será. Un poco de respeto para una pobre vieja que a lo peor no tiene mucha vida por delante.

—Déjalo ya, Marry. Pero si estás en plena forma. Y no eres tan mayor...

Marry volvió a darle la espalda con brusquedad, sin decir ni una palabra más, y salió muy digna por la puerta. Arrastraba una pierna y el ritmo de su cojera se perdió camino de la cocina. Hanne había medido la distancia cuando se mudaron, contó los pasos cuando creyó que nadie la veía: dieciséis metros desde el sofá hasta la puerta de la cocina. Once metros desde el comedor hasta el baño principal. Seis y medio desde el dormitorio hasta la puerta de la entrada. El piso entero estaba marcado por las distancias.

Se sirvió más café de un termo de acero y encendió la televisión.

Por primera vez en su vida había cogido vacaciones durante todas las navidades. Dos semanas completas. Nefis y Marry habían invitado a un montón de gente a un almuerzo impresionante el día de Navidad, a varias comidas navideñas a lo largo de la semana y a una gran fiesta en Nochevieja. En Nochebuena estarían solas las tres. O eso creía, cualquiera se fiaba.

Hanne Wilhelmsen esperaba la Navidad con sentimientos encontrados.

En la televisión emitían una navideña versión dramatizada del evangelio. El niño Jesús tenía unos sorprendentes ojos azules. María iba muy maquillada y sus labios eran de un rojo sangre. Hanne cerró los ojos y bajó el volumen. Intentó no pensar en su padre, algo a lo que últimamente dedicaba muchos esfuerzos.

Cuando recibió la carta ya era demasiado tarde. Llegó hacía tres semanas, y Hanne opinaba que su madre había recurrido al correo con segundas intenciones. Todo el mundo sabía que el servicio postal ya no era de fiar. El aviso de su muerte había tardado seis días en llegarle y el entierro ya se había celebrado. No es que importara mucho, Hanne no tenía intención de acudir en ningún caso. Podía imaginarse el acto: la familia en el primer banco. Su hermano con la mano de su madre entre las suyas, una repugnante zarpa eccematosa que dejaba caer escamas de piel sobre el pantalón del traje oscuro de su hijo. Seguro que su hermana llevaba un modelo caro de algún diseñador y lloraba abiertamente cada pocos minutos, pero no tanto como para estropear un aspecto espléndido en honor de todos los presentes: los socios de su padre de Noruega y del extranjero, algún que otro intelectual de prestigio y señoras entradas en años que ya no controlaban del todo el aseo matutino y desprendían entre los bancos un aroma insoportable a perfume pasado de moda.

El teléfono sonó con la melodía de un baile árabe. Marry se había entretenido con el menú de tonos y decidió que unas notas orientales alegrarían a Nefis. Hanne agarró el auricular a toda prisa para evitar que Marry le tomara la delantera.

—Aquí Billy T. —oyó antes de que le diera tiempo a decir nada—. Será mejor que te pases por aquí.

—¿Ahora? Son las once pasadas.

—Ahora. Un caso muy gordo.

—Mañana es mi último día de trabajo antes de las vacaciones, Billy T. No tiene sentido que empiece con algo de lo que apenas voy a tener tiempo de ocuparme.

—Puedes mandar tus vacaciones a la mierda, Hanne.

—Corta el rollo. Adiós. Llama a otra, llama a la policía.

—Muy graciosa. Tienes que venir. Cuatro cadáveres, Hanne. La madre, el padre, el hijo y uno que aún no estamos del todo seguros de quién es.

—¿Cuatro… cuatro cadáveres? ¿Cuatro personas asesinadas?

—Sí, señora. Y en tu vecindario, por cierto. Si quieres, nos vemos allí.

—Asesinato cuádruple.

—¿Qué?

—¿Quieres decir que estamos ante un asesinato cuádruple?

Del otro lado de la línea llegó un suspiro teatral.

—Pero ¿cuántas veces voy a tener que repetirlo? —preguntó Billy T. enfadado—. ¡Cuatro personas muertas! En un piso de la calle Eckersberg. Les han disparado a todos. Es una escena repugnante, los cadáveres no solo presentan impactos de bala sino que… Ha habido… Alguien ha estado por allí después. Un animal. O algo así…

—Dios mío…

En la pantalla del televisor José había empezado a llamar a varias puertas en la oscuridad de la noche. En un breve primer plano de los nudillos golpeando una rústica puerta en Belén, Hanne se dio cuenta de que el actor se había olvidado de quitarse el reloj.

—Eso es absurdo —murmuró—. ¿Un animal?

—Creemos que ha sido un perro. Digamos que se ha… servido de los restos.

—¿Has dicho la calle Eckersberg?

—Número cinco.

—En diez minutos estoy allí.

—Puede que yo tarde un poco más.

—Vale.

Colgaron a la vez. Hanne apuró el café y se puso de pie.

—¿Vas a salir?

Marry ocupaba el vano de la puerta con las piernas separadas y la cadera apoyada en el marco. Su mirada obligó a Hanne a volver a sentarse. Levantó las manos para defenderse.

—Se trata de un caso muy grave —empezó.

—Te voy a dar yo a ti gravedad —ladró Marry—. Nefis llega en media hora, está viniendo del aeropuerto. Lleva toda una semana por ahí y yo estoy currando en la cocina desde las siete. No vas a ir a ninguna parte.

—No tengo más remedio.

Marry sorbió aire entre los dientes. Por un momento pareció que estaba pensando en otra cosa.

—Pues tendrás que llevarte algo para comer, digo yo. ¿Vas a estar con el tipejo ese?

—Mmm.

Diez minutos más tarde, Hanne estaba lista. En la bolsa llevaba dos recipientes herméticos con alce en salsa, unas rebanadas de pan untado con mantequilla auténtica, dos manzanas, una botella de cola de litro y medio, una tableta de chocolate grande, un paquete de servilletas, dos tazas de plástico y cubiertos de plata. Intentó protestar.

—Si es casi medianoche, Marry. ¡No necesito todo esto!

—Claro que sí. Nunca sabemos cuándo te vamos a volver a ver —murmuró Marry—. ¡Y no te dejes la plata por ahí!

En cuanto Hanne salió, Marry cerró la puerta con mucho cuidado y echó los tres cerrojos.

Nunca se acostumbraría a esas calles, a los grandes espacios vacíos que separaban los lujosos bloques de pisos ni al aire hostil de las grandes mansiones sin iluminar. El ambiente le producía angustia, como si algo horrible estuviera a punto de suceder. Los escasos peatones cruzaban las calles en diagonal, con la vista clavada en el suelo, con antelación suficiente como para no tener que relacionarse con nadie. Resultaba lógico que Marry se encerrara. Después de casi medio siglo enganchada a las drogas, seguramente era buena idea aislarse. Lo incomprensible era que el resto de la gente de aquella zona optara por hacer lo mismo. A lo mejor es que siempre estaban de viaje, tal vez lo que pasaba es que allí no vivía nadie. Hanne pensó que todo Frogner era como un decorado.

Se arrebujó en su chaquetón de invierno.

Por el contrario, en torno a la mansión de cemento de la calle Eckersberg número 5 había gente más que de sobra. Una cinta blanca y roja mantenía apartado a un pequeño grupo de curiosos, pero en el interior de la finca abundaban sus compañeros de uniforme. Reconoció a varios periodistas que intentaban llamar la atención de los policías más jóvenes e inexpertos, agentes en estado de shock, sin tablas, nerviosos, con ganas de hablar. El número de periodistas aumentaba a una velocidad inexplicable, como si todos vivieran por allí cerca. Al ver a Hanne Wilhelmsen se encogían de hombros como si estuvieran protegiéndose del frío y le dedicaban un saludo indiferente, casi imperceptible.

—¡Hanne! ¡Qué bien!

La sargento Silje Sørensen se apartó de un grupo de policías que gesticulaban exaltados.

—Vaya —dijo Hanne observándola—. ¿Vas de uniforme? Debe de tratarse de algo serio.

—Estaba de guardia. Pero sí, se trata de algo gordo. ¡Acompáñame!

—Voy a esperar un poco. Billy T. está a punto de llegar.

La policía había tenido tiempo de instalar unos focos provisionales. La luz hería la vista y dificultaba la tarea de hacerse una idea de cómo era el edificio en su conjunto. Hanne dio unos pasos hacia atrás y se protegió los ojos con la mano. No sirvió de mucho, y cruzó al otro lado de la calle.

—¿Qué buscas? —preguntó Silje Sørensen, que la había seguido.

Silje siempre estaba preguntando. Dando la lata. ¿Qué buscas? ¿Qué estás haciendo? ¿Qué opinas? Como una niña, una niña espabilada pero un poco pesada.

—Nada, solo estoy echando un vistazo.

La mansión era de color rosa palo con grandes cornisas. Sobre cada una de las ventanas había una escultura de un hombre luchando contra impresionantes seres mitológicos. El jardín delantero era pequeño, pero un ancho sendero adoquinado que rodeaba el edificio por la izquierda indicaba que detrás podía esconderse un patio bastante más impresionante. Por lo que parecía a simple vista, solo había cuatro viviendas. El piso de arriba a la izquierda estaba a oscuras. Del bajo, en el primer apartamento del lado izquierdo, llegaba la tenue luz de unas lámparas. No había duda sobre dónde habían ocurrido los asesinatos. A través de tres ventanas del bajo izquierda se veía gente vestida con monos blancos y redecillas para el pelo que iba de un lado para otro con aire decidido y, aparentemente, sabiendo lo que hacían. Alguien corrió una cortina.

Abrazaron a Hanne por detrás y la levantaron del suelo.

—Me cago en la leche —gritó Billy T.—, ¡has engordado!

Hanne le pegó una patada en la espinilla con el tacón de las botas vaqueras.

—¡Ay! Dime que te suelte y ya está.

—Ya te lo he dicho. No me levantes cada vez que me ves, te lo he dicho mil veces.

—Lo dices solo porque cada vez estás más gorda. —Sonrió entre dientes y le sacudió con la mano los hombros de la chaqueta—. Antes no te quejabas nunca. Nunca. Te gustaba.

Nevaba con más intensidad. Los copos eran ligeros, secos.

—A mí no me parece que hayas engordado —se apresuró a decir Silje, pero Hanne ya estaba cruzando la calle.

—Entremos —murmuró, dándose cuenta de que la sola idea le daba náuseas.

El mayor de los cuatro asesinados recordaba un poco a la famosa foto de Albert Einstein. El cadáver estaba en el recibidor, con una mano en la nuca, como si se hubiera puesto cómodo. Tenía una abundante corona de pelo y en medio de la cabeza se levantaba un mechón rebelde. La lengua colgaba fuera de la boca, muy fuera, y los ojos estaban muy abiertos.

—Parece que le han dado un susto tremendo, ¡casi una descarga eléctrica! —Billy T. se inclinó curioso sobre el viejo—. Si no fuera por esto, claro. —Con un bolígrafo apuntó a un orificio de entrada que estaba bajo el ojo izquierdo. No era muy grande y presentaba un color más oscuro que el rojo sangre—. Y esto, y esto de aquí.

El médico, que evidentemente era el responsable de que la camisa del cadáver estuviera cuidadosamente retirada de su pecho, le indicó que se apartara con un gesto de la mano. Entre el escaso vello gris, Hanne vio dos impactos más.

—¿De cuántos disparos estamos hablando?

—Es pronto para saberlo —dijo el médico, cortante—. Muchos. Si queréis mi opinión, deberíais haber traído a un forense. Ya va siendo hora de que lleguéis a un acuerdo en condiciones sobre las guardias en el Instituto de Medicina Legal. Yo solo puedo decir que esta gente está muerta. Un caso grotesco, si queréis mi opinión. El peor es aquel de allí, creo yo.

Hanne Wilhelmsen no tenía ningún deseo de ver a «aquel de allí». Tuvo que hacer un gran esfuerzo para rodear al anciano y acercarse al segundo cadáver, que llevaba una gabardina. Uno de los técnicos dejó escapar un gruñido malhumorado. No soportaba que los investigadores pisotearan la escena del crimen.

Hanne le ignoró. Cuando se inclinó sobre el cadáver, que era el que estaba más cerca de la puerta, y vio cómo habían lamido el orificio por el que había salido la bala, sintió náuseas. Se levantó con prisa, tragó saliva y señaló un tercer cadáver. Calculó que tendría unos cuarenta años.

—Preben —le presentó Billy T.—. El hijo mayor de papá Herman. Al menos sabemos algo.

Tenía los brazos estirados y pegados al cuerpo, como si el hijo de la casa se hubiera cuadrado para hacer un saludo militar en el momento de impactar contra el suelo. La camisa era de color azul claro y tenía dos pequeños agujeros de bala en el bolsillo del pecho. El hombro estaba desgarrado en oscuras y carnosas tiras.

El médico asintió de manera casi imperceptible.

—No he tenido tiempo de ocuparme de él. El perro se ha comido… Si es que se trata de un perro, claro.

—¡Ven!

Billy T. le indicó la cocina, que estaba al final del amplio y oscuro recibidor. El investigador presentaba un aspecto extraño, todo vestido de blanco, con fundas de plástico verde sobre los zapatos y un gorro de papel que le quedaba muy estrecho. Junto al fregadero, de pie, estaba el cadáver de una mujer. No tenía pelo. A su lado, en el suelo, había una peluca. El cráneo de la mujer estaba pálido y lleno de cicatrices. Llevaba puesto un elegante vestido rosa palo. Su mirada era directa, cargada de reproche. Un agente joven y despistado hizo un intento poco decidido de colocarle la peluca antes de que Billy T. pudiera detenerle.

—¿Estás tonto o qué? ¡No la toques! Pero ¿qué demonios estás haciendo? Aquí hay demasiada gente.

Molesto, empezó a echar del apartamento a todos los que no hacían falta allí. Hanne se había quedado parada, intentando entender lo que estaba viendo.

La mujer estaba de pie.

Su cara era sorprendentemente andrógina. Sería por la falta de pelo. Al acercarse Hanne vio que sus cejas eran falsas, demasiado marcadas, pintadas un poco más arriba de lo que sería natural. La ceja trazada sobre el ojo izquierdo bajaba en arco hacia la nariz, intensificando su expresión escéptica. Tenía los ojos abiertos. Eran de un color azul pálido, pequeños y sin pestañas. Sin embargo, la boca presentaba una forma bonita y tenía los labios llenos. Parecía más joven que el resto de su cara, como si acabaran de retocarla.

—Turid Stahlberg —dijo Billy T. Había reducido a la mitad el número de personas que se encontraban en el piso y el ambiente estaba mucho más tranquilo—. Se llama Turid, Tutta para la familia.

—Stahlberg —dijo Hanne algo desconcertada echando un vistazo a la impresionante cocina—. ¿No será la familia Stahlberg?

—Pues sí. Hermann, el señor de la casa, es el mayor de los tres que has visto en el recibidor. También te he presentado a Preben. Tiene cuarenta y dos años. ¿Qué es lo que mantiene de pie a esa señora?

Billy T. se agachó e intentó mirar detrás de la mujer que permanecía erguida. Su ancho trasero estaba apoyado en la encimera de la cocina. Los pies estaban plantados en el suelo, a cierta distancia el uno del otro, como si se hubiera preparado para el encuentro con el asesino.

—Tiene el culo apoyado aquí, sí... —murmuró Billy T—. Pero el tronco... ¿por qué no se cae?

Un ruido no muy fuerte, como de algo que se desgarra, debería haberle servido de advertencia mientras seguía allí agachado delante del cadáver buscando una explicación. De pronto la mujer, que pesaría por lo menos setenta kilos, se derrumbó sobre su espalda y le hizo perder el equilibrio. Primero cayó de rodillas. El suelo estaba mojado por el té que parecía haberse derramado de un termo roto y por algo que podría ser miel o sirope. Una rodilla de Billy T. resbaló hacia un lado de golpe.

—¡Hanne! ¡Mierda! ¡Ayúdame!

Billy T. estaba debajo del cadáver de una mujer calva vestida de rosa, dando manotazos.

—Pero ¿qué...?

Los tacos de los dos investigadores técnicos resonaron contra las paredes.

—¡Quédate quieto! ¡Quédate completamente quieto!

Pasados cinco minutos Billy T. pudo volver a ponerse de pie, más humilde de lo que Hanne le había visto en mucho tiempo.

—Lo siento, chicos —murmuró intentando sin éxito ayudar a subir el cuerpo a una camilla.

19

—Apártate —siseó uno de los técnicos—. Aquí ya has hecho suficiente.

Hanne se percató de que sobre la encimera en que la mujer estaba apoyada había una fuente de pasteles lamida hasta no dejar ni una miga. En los restos de nata líquida podía verse la huella de una lengua. Pelos grises y tiesos se habían pegado a la porcelana.

—Al menos Tutta se libró del perro —dijo secamente—. Salvada por los pasteles de nata.

—Creo que iban a celebrar algo —dijo Billy T.—. En el salón hay una botella de champán abierta pero llena y cuatro copas. ¡Vale! ¡Que sí! ¡Que me voy!

El técnico de más edad intentó literalmente empujar a aquel ser enorme hasta sacarlo de la cocina y llevarlo al salón.

—Que me voy —ladró Billy T.—. ¡Que ya me marcho, oye!

—Cuatro copas —repitió Hanne, y le siguió al gran salón recargado de muebles—. Y canapés y minisándwiches.

La fuente estaba sobre la mesa del comedor. Vacía, salvo por una hoja de lechuga y tres rodajas de pepinillo que habían limpiado con mucho esmero de cualquier resto de mayonesa.

—¿Tenían perro? —preguntó Hanne distraída.

—No —dijo Silje Sørensen, y Hanne se dio cuenta de que se había unido al grupo sin hacerse notar—. Aquí están prohibidos los perros o… mejor dicho, la comunidad había acordado que no tendrían animales.

—¿Cómo sabes eso?

—Los vecinos —dijo Silje señalando hacia la calle con un gesto vago—. He hablado con una señora que vive en la acera de enfrente.

—¿Qué más has averiguado?

—No mucho.

Silje Sørensen se mojó la punta del índice y pasó las hojas de un cuaderno de espiral. En su mano derecha brillaba un diamante impresionante.

—Los vecinos de arriba —señaló la bóveda del techo— están de viaje. Tienen una segunda residencia en España y se marcharon al sur en noviembre.

—¿Nadie les cuida el piso?

—La mujer con la que he hablado, Aslaug Kvalheim, dice que su hija viene por aquí de vez en cuando. Según la señora Kvalheim hace unos cuantos días que no pasa por aquí. Y para ser sincera... —Silje esbozó una sonrisa—, creo que la señora Kvalheim se entera de casi todo lo que pasa en esta calle. Es una auténtica cotilla.

—Mejor para nosotros —dijo Hanne—. ¿Qué ha visto esta noche?

—Me temo que nada. Ha estado en el bingo desde las siete y volvió hace una hora, cuando nosotros ya estábamos aquí.

Hanne hizo una mueca.

—¿Y los otros pisos?

—La puerta de enfrente... —Silje señaló con el pulgar antes de pasar la página— es la de Henrik Backe. Un hombre mayor y malhumorado. He hablado con él y estaba bastante borracho. De mal humor por tanto jaleo. No me ha dejado entrar.

—¿No te ha dejado entrar? ¿Te has limitado a hablar con él y ya está?

—Para nada, Hanne. Tranquila. Ahora mismo hay dos agentes con él. De momento sé que asegura haber estado en casa toda la noche y que no ha oído nada.

—Eso es imposible —exclamó Billy T.—. ¡Mira a tu alrededor! ¡Tiene que haber habido un ruido infernal aquí dentro!

—A estas alturas no podemos saberlo con seguridad —dijo Silje algo molesta—. El tipo puede haber utilizado silenciador. En cualquier caso, los chicos van a interrogar a Henrik Backe en comisaría esta noche, por mucho que proteste. Y ya veremos.

—¿Y quién ha dado el aviso?

—Un tipo que pasaba por aquí por casualidad. Vamos a verificar su testimonio, claro, pero era un hombre joven que solo iba a...

—Vale. Entiendo.

Hanne se preguntaba cómo sería de grande el apartamento. El salón debía de tener más de setenta metros cuadrados, si se contaba el porche de invierno que daba a la parte de atrás. Los muebles no armonizaban, pero eran hermosos si se miraban uno a uno. Contra la pared había un aparador de roble oscuro, con espejos y cristales tallados en las puertas. La mesa de comedor estaba rodeada de doce sillas con apoyabrazos. Además de los muebles de mimbre del porche cerrado, había otros tres conjuntos de sofá y sillones. Solo uno de ellos presentaba indicios de haber sido utilizado con regularidad: el tresillo situado frente al televisor tenía la tapicería gastada. Los cuadros de las paredes parecían auténticos. Todos ellos reproducían motivos marineros o propios del romanticismo nacional. A Hanne le llamó especialmente la atención un naufragio inminente que colgaba de la pared que daba a la cocina. Se acercó.

—Peder Balke —dijo a media voz—, ¡vaya!

Los cubitos de hielo de la cubitera hacía mucho que se habían derretido. Hanne observó la etiqueta de la botella sin tocar.

—Es una de las que sueles beber tú, jodidamente cara —dijo Billy T.

—¿Tenemos alguna información, algo, cualquier cosa que pueda ser de interés? —preguntó Hanne sin apartar la mirada de la botella—. Como, por ejemplo, cuál era el motivo de la celebración.

—A lo mejor solo querían pasar un rato agradable —dijo Silje Sørensen—. Al fin y al cabo, casi estamos en…

—Navidad —la interrumpió Hanne—. Faltan cinco días para la Navidad. Hoy es un jueves corriente. Esa botella tiene un precio de ochocientas cincuenta coronas en el monopolio estatal de bebidas alcohólicas. Demasiado buena para pasar un simple rato agradable. Iban a celebrar algo, y debía de tratarse de algo importante.

—No sabemos…

—Mira, Silje.

Hanne señaló el televisor. La pantalla estaba medio escondida tras una puerta corredera, el aparato estaba integrado dentro de un gran mueble de caoba o teca.

—El televisor tiene treinta años o más. El sofá está tan gastado que se transparentan los hilos de la tapicería. Los cuadros, al menos ese de allí... —señaló la obra de Peder Balke—, es bastante valioso. En la nevera solo hay lonchas de queso, foie gras y mermelada. Este piso debe de valer siete u ocho millones de coronas, o más. Su jersey... —se dio la vuelta y señaló hacia el recibidor con un movimiento de cabeza; estaban colocando el cadáver de Hermann Stahlberg sobre una camilla— es de los años setenta. Limpio y presentable, pero tan gastado que han remendado los codos. ¿Qué te dice todo esto?

—Gente muy cutre —contestó Billy T. antes de que Silje pudiera pensar en una respuesta—. Ricos y avaros. Venga, vámonos.

Hanne no hizo ademán de seguirles.

—¿De verdad que no hay nadie que sepa quién es el desconocido del recibidor?

—Ya se lo han llevado —murmuró Silje.

—Y menos mal, joder —exclamó Billy T.—. Pero ¿sabemos algo de él?

—Nada de nada. —Silje Sørensen pasaba las páginas de su cuaderno en vano—. No llevaba cartera, ni identificación alguna. Pero iba bien vestido. Trajeado y con una bonita gabardina.

—Ese tipo no tenía nada de bonito —dijo Billy T. con un escalofrío—. Ese perro ha...

—Gabardina —le interrumpió Hanne Wilhelmsen—. Llevaba la gabardina puesta. ¿Acababa de llegar o estaba a punto de marcharse?

—Recién llegado —propuso Silje—. El champán estaba intacto. Además, todos esos hombres en el recibidor...

—El hall —le corrigió Billy T.—. Lo bastante grande para tres cadáveres, nada menos.

—Pues el hall. Sí que parece un auténtico comité de bienvenida. Apuesto a que el desconocido acababa de llegar.

Hanne recorrió el salón con la mirada una última vez. Decidió que echaría un vistazo al resto del piso en otro momento. Había demasiada gente. Fotógrafos haciendo equilibrios sobre empinadas escaleras de mano. Técnicos especializados en escenas de crímenes que se movían silenciosos con sus maletines de acero, guantes de látex y aire decidido. El médico, macilento, cansado y de evidente malhumor, ya se marchaba. El silencio que caracterizaba a los técnicos solo se veía interrumpido por rápidas y breves instrucciones, y eran la expresión de su eficiencia, coordinación y un malestar poco disimulado por la presencia de los investigadores tácticos. Luego, pensó Hanne, veré el resto más tarde.

Esa reflexión vino seguida de cierta mala conciencia al sentirse aliviada por no poder coger vacaciones de Navidad tampoco ese año.

Se dio cuenta de que estaba sonriendo.

—¿Qué pasa? —preguntó Billy T.

—Nada, vámonos.

En el hall, Hanne se encontró con su reflejo en el espejo. Se detuvo unos instantes. Billy T. tenía razón, había engordado. La barbilla más redondeada, la cara un poco más ancha, un pliegue junto a la nariz hicieron que apartara la vista. Debía de tratarse de un efecto del espejo, oscurecido por los años.

El cadáver ultrajado del hombre de unos sesenta años sin identificar había sido retirado. El adhesivo que marcaba su silueta parecía casi luminoso en contraste con el parquet.

—Si es que no queda ni un rastro de sangre, joder —dijo Billy T., y se puso en cuclillas—. Ese perro se lo ha pasado en grande.

—Déjalo —dijo Hanne—. Me pone enferma.

—Pues yo tengo hambre —dijo Billy T., y la siguió hasta la puerta.

Al cerrar la puerta, los dos se fijaron en la placa. Enorme, casi intimidatoria, de cobre bruñido con letras negras.

Hermann Stahlberg.

Tutta o Turid no figuraba. Tampoco los hijos, a pesar de que la placa debía de datar de mucho antes de que se marcharan de casa.

—Aquí vivió Hermann Stahlberg —dijo Billy T.—. El rey de la montaña.

Estaban sentados en la escalera de la casa de Hanne en la calle Kruse. Había cogido periódicos del contenedor de papel para sentarse.

—Un picnic en pleno invierno —dijo Billy T. con la boca llena—. ¿No podemos subir? ¡Demonios! Me estoy muriendo de frío.

Hanne intentaba seguir un copo con la mirada. La temperatura había bajado aún más. Los cristales de nieve se arremolinaban. Los atrapó con la mano. Un atisbo de geometría sextante y habían desaparecido.

—No quiero despertarlas.

—¿Qué crees? —preguntó mientras cogía otra rebanada de pan.

—Que si subimos se despertarán.

—Idiota. Me refiero al caso. No habían robado nada.

—Eso no podemos saberlo.

—Bueno, pues es lo que parece —dijo él impaciente—. La plata estaba en su sitio, los cuadros... Tú misma dijiste que eran valiosos. A mí me dio la impresión de que no se habían llevado nada. No se trata de un robo salvaje.

—Eso no lo sabemos, Billy T. No te preci...

—... pites con las conclusiones —acabó él rindiéndose, y se puso de pie—. Gracias por la comida —dijo sacudiéndose la nieve—. ¿Le va bien a Marry?

—Como puedes comprobar —respondió señalando los restos de comida—. La metadona, el aislamiento y el trabajo doméstico hacen milagros. Nefis y ella se han hecho inseparables.

Juntó dos dedos en el aire y Billy T. se rió con ganas.

—A veces es duro. Duro para mí —dijo Hanne—. Digamos que con mucha frecuencia son dos contra una.

—Bah. Te encanta. No te he visto tan feliz en años. No desde... los viejos tiempos, ¿no? Es como si las cosas hubieran vuelto a ser casi como antes.

Recogieron en silencio. Eran más de las dos. Se había levantado de pronto un aire helado y cortante. Las huellas que habían dejado al cruzar el patio habían desaparecido. Ya no había luz en ninguno de los pisos. Solo las farolas que flanqueaban la cerca de piedra hacían visible la nieve que lo cubría todo. Hanne miró al cielo con los ojos entornados.

—Nada volverá a ser como antes —dijo con voz queda—. Nunca digas eso. Ahora es ahora, todo es diferente. Cecilie ha muerto. Nefis ha llegado. Tú y yo somos… somos mayores… Nada volverá a ser como antes. Jamás.

Él ya había empezado a caminar, titubeante en la ventisca, con las manos hundidas en los bolsillos. Ella observaba su espalda.

—¡No te vayas! —gritó—. Solo quería decir que…

Billy T. no quería oírlo. Al llegar al portón echó una rápida mirada hacia atrás. Ella se asustó al ver su expresión. Al principio no le entendió, y luego no quiso comprender. No quería procesar las palabras que había murmurado, debía de haberle malentendido, estaba muy lejos. El viento desdibujaba los contornos y ponía sordina a los ruidos. Hanne agarró la bolsa, rebuscó hasta dar con las llaves y abrió la puerta.

—¡Mierda! —dijo entre dientes.

No llamó al ascensor y subió despacio por las escaleras.

Viernes, 20 de diciembre

El silencio la despertó de madrugada, como era habitual. Siempre había tenido el sueño ligero por las mañanas y, a falta del amigable y querido zumbido de las calles del este de la ciudad y del tranquilizador tráfico pesado que cruzaba Tøyen, ya no necesitaba despertador. Ni siquiera por si acaso. Aunque solo había dormido dos horas, sabía que era inútil dar vueltas en la cama intentando prolongar la noche. Por supuesto, una ventana abierta habría ayudado. El aire y el ruido hubieran mantenido a Hanne dormida una o dos horas más. Estaba empapada en sudor, apartó el edredón y se levantó. Nefis murmuraba en sueños, cubierta solo a medias por su fina manta. El estampado oriental de color azul oscuro hacía que su piel pareciera más pálida. Tenía un aire infantil allí tumbada, con la boca abierta y los brazos por encima de la cabeza. Un tenue hilo de saliva había dejado una mancha húmeda sobre la almohada. En la habitación la temperatura era de más de veinte grados. Hanne estaba muerta de sed.

El diario *Aftenposten* ya había llegado. Al entrar en la cocina la recibió el aroma a café recién hecho. Cerró la puerta con cuidado. Como de costumbre, Marry había dejado la cafetera programada para las cinco y media. Toda la cocina estaba llena de adminículos absurdos, programables y ajustables para todo tipo de necesidades, reales o no. A Nefis le apetecía y se lo podía permitir. Nefis tenía dinero para lo que hiciera falta. Estaba montando su primer hogar de verdad a los treinta y ocho años y lo llenaba entusiasmada de cosas innecesarias que Marry utilizaba encantada y con sorprendente habilidad técnica, a pesar de que era casi incapaz de deletrear las instrucciones de uso.

Hanne se sirvió una taza de café y se echó un poco de leche. Luego se bebió medio litro de zumo de naranja directamente del cartón y se dio cuenta de que no tenía apetito. Las ganas de fumar eran intensas por la mañana. Era algo que no cesaba de sorprenderla. Cuando por fin fue capaz de dejarlo un año atrás, lo que más temía eran las noches y el alcohol. La vida social, tal vez el estrés del trabajo. Y había resultado que el momento más complicado era la mañana. Sentía la llamada del armario de encima de la placa eléctrica, donde estaba la reserva de tabaco de liar de Marry. Nefis se lo compraba una vez al mes, y la asistenta lo dejaba en envases de plástico cuidadosamente cerrados e incluso se plegaba a las instrucciones de Nefis de que solo fumara en su pequeña sección del piso.

El titular del *Aftenposten* era enorme. Casi la totalidad de la portada estaba dedicada a los asesinatos de la calle Eckersberg. La foto era un montaje que ocupaba seis columnas: la fachada del edificio servía de fondo a tres fotos privadas de la madre, el padre y el hijo mayor de los Stahlberg. Resultaba evidente que la foto de Hermann Stahlberg estaba hecha a bordo de un barco. Posaba con aire resuelto sobre la borda con un blazer de botonadura dorada y el escudo de la naviera bordado en el bolsillo. Sonreía con la barbilla levantada y miraba más allá del fotógrafo. Su esposa lucía una sonrisa más amplia en una foto tomada en interior. Cortaba una tarta con más velas de las que Hanne tenía paciencia para contar. El flash se reflejaba en los cristales de sus gafas y le confería una expresión de cierto histerismo. La foto de Preben estaba desenfocada. Parecía mucho más joven que los cuarenta y tantos que tenía en realidad. Llevaba el pelo un poco largo y la camisa desabrochada. Debía de haberse tomado mucho tiempo atrás.

¿De dónde las sacarán?, se preguntó Hanne intentando ahogar las ganas de fumar en el café. Dos o tres horas después del crimen ya tienen fotos del álbum familiar. ¿Cómo lo hacen? ¿Qué les dicen a la familia y a los amigos cuando en la escena del crimen aún no se ha secado la sangre? ¿Quién se desprende de algo así?

—Mi Hanna —dijo Nefis con voz suave.

Hanne pegó un fuerte respingo y se dio la vuelta. Nefis, completamente desnuda, abrió los brazos.

—¡Siempre te asustas! ¿Qué tengo que hacer? ¿Ponerme una campana alrededor del cuello?

—Un cascabel —corrigió Hanne—. Las campanas son muy grandes y cuelgan de las torres de las iglesias y sitios así. Vas a tener que agenciarte un cascabel. Por cierto... hola.

Se besaron. Nefis olía a noche y se le puso la piel de gallina cuando Hanne le pasó la mano por la espalda.

—No te pasees desnuda, que Marry puede aparecer por aquí.

—Marry nunca abandona sus aposentos antes de las ocho —dijo Nefis, pero cogió un enorme jersey de lana de encima de una silla y se lo puso.

—¿Así? ¿Ahora ya estoy lo bastante... presentable?

Nefis se había lanzado a aprender un nuevo idioma con el mismo entusiasmo con el que abrazaba todo lo que fuera noruego. Aunque seguía sin comer carne de cerdo y se empeñaba en tener el dormitorio hecho una sauna, había aprendido a hacer punto, algo que la fascinaba, esquiaba aceptablemente y además manifestaba un interés incomprensible por el tranvía de Oslo. Escribía furibundas cartas al director quejándose de los recortes en el transporte público. Cuando Hanne volvía alguna vez la vista atrás hacia su primer encuentro en la piazza Verona en 1999, era otra la mujer que rememoraba. Era un recuerdo casi irreal. La Nefis de entonces era un secreto, una pasión reprimida. En su idilio con Noruega parecía tener mucha prisa, como si tuviera que compensar algo que no sabía muy bien qué era, algo que nunca había tenido cuando, a pesar de su impresionante carrera académica, era la hija querida de una riquísima familia turca.

Nefis podía decir en noruego cosas como «decoro» o «paradigmático». Pero nunca había aprendido a pronunciar bien el nombre de su novia.

—Hanna —dijo entusiasmada, revolviéndose dentro del jersey que le llegaba por las rodillas—. ¡Pica! Ven, volvamos a la cama.

Hanne negó con la cabeza, vació la taza y volvió a llenarla.

—¿Llevas ese caso?

Nefis señaló el periódico con un movimiento de cabeza.

—Sí.

—Anoche Marry y yo escuchamos las noticias. ¡Horriiiible!

Estiró tanto la «i» que Hanne no tuvo más remedio que sonreír.

—Vuelve a la cama. Yo me iré al trabajo en cuanto me haya duchado.

Nefis prefirió acercar una silla a la mesa y sentarse.

—Cuenta —dijo—. ¿Es una especie de familia famosa? En la radio me dio esa impresión.

—Famosa… —Hanne dudaba—. No exactamente, pero bien conocidos por la gente que lee la prensa salmón.

—Prensa salmón —repitió Nefis dudosa, antes de que su cara se iluminara—. ¡Prensa económica!

—Sí. No estoy muy al día todavía. Pero la familia… bueno, el padre, creo que… —señaló a Hermann Stahlberg— era el propietario de una naviera. No una de las grandes, pero sí muy rentable. Tuvo la habilidad de cambiar de tonelaje justo antes de los vaivenes del mercado mercante. Pero creo que nunca fue especialmente conocido, no fuera del sector. Yo no había oído hablar ni de él ni de la naviera hasta que empezaron a surgir conflictos dentro de la familia. Debe de hacer… —Pensó unos instantes—. ¿Dos años? ¿Uno? No sabría decirte. No conozco los detalles. No tengo ni idea. Supongo que sabré mucho más esta noche. Pero, si no recuerdo mal, era algo de que habían hecho diferencias entre los hijos, de que tenían preferencia por uno de ellos.

—Esa es una historia muy antigua.

—¿Así que aquí es donde os metéis?

Marry se dirigió hacia la cafetera arrastrando las zapatillas. La bata rosa de guata se hinchaba sobre su pecho y estaba ceñida a su cintura con el cordón de seda de una cortina anticuada. A cada paso renqueante, los pompones impactaban sobre sus muslos enjutos. Parecía un globo de fiesta.

—Marry... —dijo Nefis riéndose—. ¡Es demasiado temprano para ti!

—Pero ¿tú te has enterado de todo lo que tengo que hacer para Nochebuena? —Empezó a contar con los dedos con gesto serio—. Uno: todavía faltan dos clases de pastas de Navidad, la del pobre y la del judío. Dos: a los adornos del año pasado hay que quitarles el polvo y a lo mejor arreglarlos. Si no me equivoco, aquí pasó de todo la Nochevieja pasada. Además hay cositas nuevas que tengo que probar. Tres: tengo que...

—Bueno, yo me voy —dijo Hanne levantándose.

—¡Eso me imaginaba, sí! ¿Y cuándo vas a volver, si es que a la señora le apetece contestar?

—Os llamaré —dijo Hanne en tono despreocupado, y se dispuso a ir hacia el salón.

—Oye, Hanne —dijo Marry agarrándola del brazo—. ¿Eso quiere decir que...? —Señaló con el índice el periódico abierto—. ¿Eso quiere decir que podemos ir olvidándonos de tus vacaciones de Navidad?

Hanne sonrió débilmente y no contestó.

—De verdad, Hanna.

Nefis se puso de pie y se colocó junto a Marry formando un muro de reproches que Hanne ya se sabía de memoria y manifestando un irritante consenso.

—Llamaré —dijo Hanne malhumorada, y se marchó.

Cuando se metió en el coche veinte minutos después, todavía tenía en la lengua el débil sabor a sueño de la boca de Nefis.

Le hubiera gustado coger una baja por enfermedad. Tal vez fuera eso lo que debería hacer. Sin más. Vería cómo pasaba el día de hoy y luego tomaría una decisión. Tal vez por la tarde. O durante el fin de semana.

En un apartamento de la calle Blindern una anciana lloraba. Junto a ella, sentada en un sofá duro por el exceso de relleno, una sacerdote intentaba proporcionarle consuelo.

—Enseguida llegará tu hijo —dijo la sacerdote, una mujer que aún no había cumplido los treinta—. Su avión ya ha tomado tierra.

No había mucho más que decir.

—Vamos —la consoló torpemente, y le acarició la mano—. Vamos.

—Al menos murió feliz —dijo de pronto la viuda.

La sacerdote se incorporó, aliviada.

—Murió en mis brazos haciendo el amor —añadió la anciana, y su mueca se transformó en una sonrisa.

La sacerdote observó su rostro devastado por el llanto, un poco descolocada, pero sobre todo avergonzada, y dijo:

—¿Un café, quizá? Tu hijo llegará en cualquier momento.

—¡Pero no puedo hablar con él de esto! Sería demasiado incómodo para los dos. Mi hijo no tiene por qué saber que su padre y yo aún teníamos momentos felices en el aspecto físico de nuestro matrimonio. Dios nos libre. ¿Qué fecha es hoy?

La sacerdote meditó un momento, sin atreverse a reconocer el alivio que sentía.

—Hoy es 20. Sí. Es 20 de diciembre. Pronto será Nochebuena.

Debería haberse cortado la lengua. La viuda se echó a llorar otra vez.

—Las primeras navidades sin Karl-Oskar. La primera después de tantas…

El resto se perdió entre grandes sollozos. Que llore, por favor, pensó la sacerdote. ¡Que llore y que su hijo llegue pronto!

—Solemos pasarlas en Duvemåla —dijo por fin la viuda—. Sí, como yo me llamo Kristina y mi marido Karl-Oscar, nos hizo gracia ponerle ese nombre a nuestra casa.

Duvemåla.

La sacerdote no entendía nada, pero se agarró al tema como a un clavo ardiendo.

—Nuestra casa de veraneo se llama Fredly —balbuceó.

—¿Por qué? —preguntó la anciana.

—Bueno…

—Al menos murió feliz —repitió la viuda anunciando nuevos peligros.

Olía a un perfume fresco y veraniego y estaba sorprendentemente bien arreglada para llevar doce horas viuda. La sacerdote notaba el rastro de su propio estrés y pegó los brazos al cuerpo para ocultar los cercos de sudor.

—¿Hace demasiado calor? Tal vez quiera abrir la puerta del balcón. ¿Cuándo aterriza el vuelo de mi hijo? Es usted sacerdote, ¿verdad? —Su voz sonaba algo dura, parecía que se estaba recuperando.

—Sí. Suplente.

—Es usted joven, aún le queda mucho por aprender.

—Sí —dijo la sacerdote con un hilo de voz.

Kristina Wetterland, viuda del magistrado del supremo Karl-Oskar Wetterland, se sonó con fuerza en un pañuelo limpio y planchado. Lo dobló con precisión, se lo metió por la manga de la rebeca y respiró profundamente.

Se oyó el tintineo de unas llaves y alguien entró en la vivienda. Unos momentos más tarde hizo su aparición un hombre de mediana edad. Era alto, iba bien vestido y estaba muy alterado.

—¡Mamá! —exclamó—. ¡Mi mamá! ¿Cómo estás?

Corrió a arrodillarse frente a ella y la abrazó.

—¿Cuándo ha ocurrido? ¿Cómo…? ¡No me han avisado hasta la madrugada de hoy! ¿Por qué no me llamaste?

—Hijo mío —dijo la mujer pasándole la mano por la cabeza a aquel hombre que era el doble de alto que ella—. Tu padre murió ayer, sobre las siete. Murió mientras dormía, cariño, una pequeña siesta. Tenía una reunión a las ocho y quería descansar un rato, ya sabes que es nuestra costumbre. Después de cenar. Creo que no sufrió. Tendremos que consolarnos con eso, sí, eso debe servirnos de consuelo.

Cruzó una mirada fugaz con la sacerdote.

—Ya puede marcharse, sacerdote. Gracias por la visita.

La joven se escabulló por la puerta y cerró con cuidado. Ni siquiera había saludado al hijo. Se obligó a reprimir el llanto hasta que estuvo en la calle.

Nevaba con intensidad y faltaban cuatro días para el nacimiento de Jesús.

—Resulta bastante incomprensible —dijo Hanne Wilhelmsen, molesta, y consultó su reloj—. El tipo es noruego, va bien vestido y parece integrado en el sistema. No hablamos de un extranjero perdido o un pobre sintecho. ¿Cómo puede ser tan complicado identificar a un noruego en Noruega? ¿Eh?

Billy T. se encogió de hombros con desánimo y se pasó la mano por el cráneo.

—Estamos trabajando en ello. Tenemos bastantes cosas de las que ocuparnos, Hanne.

—¿Bastantes cosas? Y que lo digas. Pero parece como si todo el cuerpo hubiera olvidado que allí había una cuarta persona. Diría que ahora mismo lo más importante debería ser averiguar quién es.

El fiscal Håkon Sand hizo una mueca y se quitó las gafas para limpiarlas con el faldón de su camisa. Estaba reclinado en una silla de oficina desproporcionadamente grande, detrás de un escritorio repleto de documentos. Sonó el teléfono y se puso a rebuscar desconcertado entre las carpetas para dar con el auricular. Dejó de sonar antes de encontrarlo.

—Lo averiguaremos —dijo con voz cansada—. Relájate, Hanne. Al final, ¿cuántos agentes se están ocupando del caso?

—De momento, contando con grandes y pequeños, catorce —contestó Billy T.—. Asignarán más gente a lo largo del día. El director de la sección está cancelando a toda prisa permisos por vacaciones y las compensaciones por horas trabajadas. En otras palabras: en la comisaría se respira un auténtico ambientazo.

—Vale —dijo Håkon Sand guiñando los ojos tras ponerse las gafas, que no estaban mucho más limpias que antes—. ¿Y cuándo creéis que habréis identificado a nuestro cuarto hombre?

—Muy pronto —dijo Silje Sørensen en un intento de rebajar la tensión—. Alguien tendrá que echarle en falta.

Hanne Wilhelmsen dejó que su mirada se posara sobre su reflejo en la ventana. En el exterior la luz era escasa, a pesar de que ya era bien entrada la mañana. La luz no tenía fuerzas para hacerse valer. La masa de aire frío cubría la ciudad como un peso muerto. El humo de los coches y otros contaminantes flotaba gris sobre las calles y hasta los copos de nieve que bailaban tras su imagen en el cristal parecían estar sucios.

—Bueno, no creo que el desconocido sea el elemento principal de la investigación, la verdad —dijo Billy T.—. Este es el dossier de la familia, y aquí solo están los recortes de prensa. Además estamos recogiendo toda la correspondencia y demás documentación que podamos conseguir. Los abogados de las dos partes se oponen, claro. La vieja cantinela del secreto profesional. Pero al final nos saldremos con la nuestra. Y al menos esta información es del dominio público.

Depositó un archivador lleno sobre la mesa de Håkon Sand. Håkon lo dejó donde estaba y bostezó con ganas.

—Todos sabemos que esta familia estaba peleada —dijo por fin sin prestar atención a la documentación—. Pasa en las mejores familias, pero no se matan por eso.

Se quedaron en absoluto silencio. Silje Sørensen jugueteaba con su anillo y miraba con timidez al suelo. Billy T. esbozó una sonrisa irónica y miró al techo, y Hanne Wilhelmsen clavó sus ojos en Håkon Sand. Håkon escupió tabaco de mascar en la papelera. Se incorporó, acercó la silla a la mesa y suspiró profundamente.

—Tendré una reunión con el director de la policía judicial un poco más tarde —dijo pasándose los dedos por el cabello—. Este caso es uno de los más... Si los medios de comunicación nos han dado la lata en otras ocasiones, creo que nunca nos habíamos encontrado ante una situación parecida a esta. Están por todas partes. El director de la policía judicial opina que debemos coordinar nuestras actuaciones y que tanto la fiscalía como el Distrito Policial de Oslo estén involucrados. Desde el primer momento, quiero decir.

—Si no me equivoco, será Jens Puntvold en persona quien se haga cargo de esa parte.

Hanne sonrió con ironía. Tras comenzar su carrera en la comisaría de Bergen y pasar por el Ministerio de Justicia para llegar a la Dirección General de la Policía cuando fue creada en 2001, Jens Puntvold, el director de la policía judicial y subdirector de la policía de Oslo, había asumido tan alto cargo hacía siete meses. Mediados los cuarenta, rubio, atractivo y sin hijos. Para rematarlo, vivía con la chica del tiempo más guapa de la TV2, y estaba encantado de dejarse entrevistar con o sin novia.

Håkon suspiró de nuevo, casi como si quisiera manifestar su hartazgo. Hanne no estaba muy segura de si estaba harto de ella o de Puntvold.

—Siempre ayuda a destacar el papel del cuerpo —dijo en tono de reproche—. Siempre, Hanne. Es verdad que tal vez se exponga demasiado, pero también es cierto que la policía no ha estado precisamente sobrada de gente capaz de transmitir una imagen positiva. Puntvold ya ha conseguido que…

—Es competente —interrumpió Hanne—. Lo que ocurre es que me sobrepasan un poco todas esas acciones que emprende. Muchas de ellas solo son numeritos de cara a la galería.

—La gente es la que a la postre determina con qué medios contamos —dijo Håkon—. Pero dejemos ese tema. Solo quería hablar con vosotros antes de reunirme con él. Annmari Skar será la abogada de vuestro bando, la veré después. Creo que mi colaboración con ella será más cercana que en ocasiones anteriores, y quiero que vosotros también me llaméis si surge algo. Este caso… Vaya mierda.

Negó con la cabeza y se metió bajo el labio una nueva dosis de tabaco de mascar.

—No me importaría nada echar un vistazo a ese archivador —dijo Silje mientras Håkon se recolocaba el labio superior. El tabaco estaba demasiado seco y no se quedaba pegado—. Me he ido enterando de alguna cosa por aquí y por allá, pero…

—Resumiendo —dijo Billy T.—, se trata de una naviera mediana, None Norway Shipping. Hermann Stahlberg representa la primera generación. Fundó la empresa en 1961 y la ha dirigido hasta la actualidad. Un tipo hábil, muy duro. Cínico, si hemos de creer lo que comentan sobre él en la prensa. —Golpeó la tapa roja del archivador con la punta de un dedo mordido hasta hacerse sangre—. El hombre tenía tres hijos. El mayor, Preben, se embarcó en 1981. Había discutido con su padre y ni siquiera quiso enrolarse en uno de sus barcos. Unos años más tarde el tipo desembarca en Singapur y funda su propia empresa. Agente intermediario para cargueros. Le va muy bien. Aquí, en casa, le han descartado por completo. Un hijo más joven, Carl-Christian, trabaja y trabaja para Hermann. Lo hace bien, sin llamar la atención en ningún sentido. Su padre empieza a impacientarse. Se niega a desprenderse de la naviera hasta que no esté convencido de las capacidades de su hijo menor.

—Pero ¿y Preben? —preguntó Håkon—. ¿Cuándo regresó a casa?

—Hace dos años.

Billy T. cogió los recortes de prensa y empezó a pasar las páginas.

—De pronto vendió todo el negocio asiático y volvió a la madre patria bastante forrado. Como era de esperar, el padre todavía estaba cabreado y no quería saber nada de él, hasta que el hijo pródigo invierte una cantidad considerable en el negocio familiar y resulta ser la viva imagen de su padre. Le dan una oportunidad en la naviera y, después de dos o tres gestiones afortunadas, está de vuelta en el regazo paterno. Cada vez dan más de lado al benjamín.

—Y entonces empieza la diversión —suspiró Silje.

—Pues sí. Las acusaciones han llovido en todas las direcciones. De momento hay dos juicios en curso y podría haber más.

—Bueno, de eso nos vamos a librar —dijo Hanne tajante, y bostezó—. ¿Y quién es el tercero?

—¿El tercero?

—Has dicho que Hermann y Tutta Stahlberg tenían tres hijos. ¿Qué papel ha desempeñado el tercero en toda esta historia?

—Ah, esa… es una cría. Mucho más joven que sus hermanos. Guapísima, por lo que se ve. Es el verso suelto de la familia. Todos la adoran, pero nadie la respeta. Parece que ha intentado mediar, sin éxito. Por lo que he podido averiguar esta noche, se pasa el tiempo intentando gastar una fortuna sorprendentemente generosa que su papá le dio por su veinte cumpleaños. La prensa dice poco de ella.

De nuevo sonó el teléfono bajo el caos de papeles que cubría el escritorio.

—Sand —respondió Håkon cuando por fin dio con el auricular.

Estuvo tres minutos escuchando sin decir palabra. Una arruga se marcó tras la pesada montura de sus gafas. Cogió un bolígrafo y se apuntó algo en el dorso de la mano. A Hanne le pareció ver que era un nombre.

—Knut Sidensvans —dijo despacio cuando terminó la conversación—. La cuarta víctima se llama Knut Sidensvans.

—Un nombre curioso —dijo Billy T.—. ¿Quién es?

—De momento no saben mucho. Tiene sesenta y tres años y trabaja como una especie de asesor editorial y escritor. En realidad es electricista.

—¿Electricista y editor?

—Sí, eso me han dicho. —Håkon sacudió la cabeza desconcertado y prosiguió—: Al parecer no es tan raro que nadie haya denunciado su desaparición. Vive solo, no tiene hijos. Lleva una vida tranquila, así que podrían haber pasado varios días antes de que alguien hubiera empezado a preguntarse dónde estaba. Pero tenía que haber entregado un trabajo en la editorial esta mañana, algo importante, y por eso mandaron a un mensajero a recogerlo cuando no se presentó a la hora acordada. Como no abría la puerta, el mensajero temió que pudiera estar gravemente enfermo, y gracias a eso se ha podido aclarar el asunto en menos de un par de horas. Knut Sidensvans es la cuarta víctima de la calle Eckersberg.

—Aclarar... —repitió Billy T.—. Me parece que no podemos decir que el caso esté aclarado...

—No. Pero es un notable avance saber quién es la víctima, ¿no crees?

Hanne se levantó rápidamente.

—Tres ricachones del barrio más elitista de la ciudad y un electricista que trabaja para una editorial. Tengo muchas ganas de descubrir qué tenían en común esas personas. Me vuelvo a la comisaría. Si es que no hay algo más... ¿Håkon?

—No. Mantenedme informado. Y, Hanne... estoy deseando que llegue Nochebuena. Está genial que lo hagáis así. Los niños tienen unas ganas locas.

—Acabas de cagarla, amigo —rió Billy T. entre dientes—. Iba a ser una fiesta sorpresa para Hanne. ¡No tenías que decir nada!

Desconcertado, Håkon Sand miraba alternativamente a Billy T. y a Hanne.

—Pero yo... Karen no me dijo... Lo siento. Lo siento de verdad.

—No pasa nada —dijo Hanne sin mover un músculo de la cara—. Ya lo sabía, no pasa nada, claro que lo sabía.

Se dio la vuelta de forma repentina y salió del despacho del fiscal. Antes de que a Billy T. le diera tiempo de recoger los papeles, las llaves y el móvil, Hanne había desaparecido llevando a Silje tras ella. Cuando por fin llegó a la calle, se percató de que se habían llevado el coche patrulla.

Era el último viernes antes de Navidad y era imposible conseguir un taxi. Cuando desistió de la idea de conseguir uno, Billy T. ya estaba congelado.

—Zorra —siseó entre dientes, y echó a andar.

Cuando Hanne Wilhelmsen llegó al tercer piso de la comisaría central, el joven que salía por la puerta del despacho del agente Erik Henriksen mascaba chicle como si le fuera la vida en ello. A sus pantalones le sobraban tres tallas y el jersey tenía el cuello roto, medio desprendido. Llevaba una gorra de béisbol calada sobre unos mechones teñidos de rubio. Parecía un adolescente, pero a juzgar por su cara debía de tener al menos veinticinco años. La nariz era afilada, sus ojeras mostraban un matiz azulado y su boca tenía un gesto firme y malhumorado que debía de haberle llevado años conseguir. Dirigió una mirada difícil de interpretar a Hanne y se alejó arrastrando los pies camino de la escalera sin estrechar la mano que Erik Henriksen le tendía. El agente puso los ojos en blanco y le indicó a Hanne que entrara con un gesto de la mano.

—El vecino —dijo a modo de explicación—. El que vive en diagonal con Stahlberg, encima de Backe. El viejo malhumorado, ya sabes.

—Pero ese chaval no vivirá allí solo —dijo Hanne dubitativa.

—Sí, un tipo punto com. Lars Gregusson. Consiguió un montón de pasta con diecinueve años y tuvo cabeza suficiente para invertirlo en bienes inmuebles. Cabría preguntarse por qué un tipo así querría encerrarse en ese mausoleo de la calle Eckersberg, pero ahí es donde vive.

—¿Tiene algún interés para nosotros? —preguntó Hanne sirviéndose de una botella de medio litro de cola sin esperar a que se la ofrecieran.

—Lo dudo. Pero haré que venga un par de veces por aquí para estar seguro.

Erik Henriksen se rascó el cabello color zanahoria y recuperó la botella. Bebió un gran trago y volvió a enroscar el tapón.

—Asegura que no estaba en casa. Puede que sea cierto. La tal señora…

El aspecto desastrado de Erik, con el pelo de punta y los faldones de la camisa colgando, contrastaba con su sentido casi femenino del orden. Las carpetas de la mesa estaban clasificadas por colores y se apoyaban en dos sujetalibros de acero pulido. Junto al vade de cuero descansaban tres bolígrafos perfectamente alineados en un soporte alargado. Hasta las cortinas parecían recién planchadas, y en el aire quedaba un resto de olor a productos de limpieza. Hanne se preguntó si Erik se ocupaba en persona de limpiar su despacho. De hecho, resultaba extraño que no le conociera mejor. Durante muchos años fue su sombra, fiel y en general ignorado. Había ido pasando por todo el escalafón, ascendiendo mientras seguía tímidamente enamorado de Hanne Wilhelmsen. Aquello le dificultaba el trabajo y parecía que iba a condenarle a la soltería para siempre. Solo desistió cuando año y medio antes Hanne, muerta de miedo, se había registrado junto a Nefis como pareja de hecho. Entonces ascendió a inspector, se fue a vivir con una chica de la sección de Orden Público y empezó a demostrarle al mundo entero que en realidad era un investigador bastante competente.

—… señora Kvalheim —recordó Erik sin tener que consultar sus papeles—. Aslaug Kvalheim. Una vecina que vive al otro lado de la calle. Silje la ha traído a primera hora y según ella las ventanas de los Vede, los vecinos que están de vacaciones, estaban a oscuras cuando se fue al bingo un poco antes de las siete. Otro vecino afirma lo mismo. En el piso de Gregusson había un poco de luz por la tarde y por la noche, como si se hubieran dejado una lámpara encendida. El piso de Henrik Backe tenía la luz del salón encendida, mientras que las ventanas de Stahlberg daban a entender que había mucha gente, así lo expresó la señora Kvalheim. Asimismo cree que la chimenea debía de estar encendida, dice que puede ver el reflejo de las llamas a través de las cortinas.

—Los vecinos parecen estar muy pendientes —dijo Hanne—. Se fijan en todo y en todos.

—En este caso debemos alegrarnos por ello.

—¿Así que podemos concluir que Henrik Backe era el único vecino que estaba en casa cuando dispararon?

—No del todo. Todavía no sabemos la hora exacta a la que se produjeron los asesinatos. Según una estimación aún por confirmar las muertes tuvieron lugar entre las veinte y las veintiuna horas. Y en cuanto a nuestro amigo Backe, estaba tan borracho cuando le trajimos anoche que tuvimos que dejarle dormir la mona antes de tomarle declaración.

—¿Aquí? ¿En la comisaría?

—Le trajeron, sí. Menos mal que Silje pudo hacerle comprender al torpe oficial de guardia que no se puede sacar a nadie de su casa para meterlo en el calabozo por escándalo público cuando no ha hecho absolutamente nada. Así que le llevaron de vuelta a su casa para que durmiera. Montó un numerito infernal. Esperemos que ahora esté menos intratable. Llegará sobre las… —Una mirada al reloj de la pared le hizo dudar. Comprobó la hora en su reloj de pulsera—. Ahora, en cualquier momento. ¿Quieres estar presente?

Hanne lo pensó unos instantes y, cuando abrió la boca para contestar, llamaron con fuerza a la puerta. Un hombre mayor hizo su aparición.

—¿Es usted Henriksen? —preguntó el hombre.

Su voz era grave y rasposa. Su postura resultaba agresiva. Hanne percibió el tufo inconfundible del alcoholismo, la falta de higiene y los caramelos de menta que no engañaban a nadie. Resultaba sorprendente que hubiera sido puntual.

—Soy yo —dijo Erik en tono jovial, y se puso de pie para saludarle—. El agente Erik Henriksen.

—He venido a presentar una queja oficial.

—Esta es la comisaria Hanne Wilhelmsen —dijo Erik señalándola—. Toma asiento, por favor.

—Quisiera saber con qué fundamento legal me trajeron aquí anoche —exigió Backe con una tos muy fea y sin sentarse—. Y quiero esa información por escrito.

—Por supuesto que tendrás respuesta a tu queja —contestó Erik—. Pero primero podríamos quitarnos de en medio el tema de tu declaración, ¿te parece? Y luego le pediré a alguien que te ayude con los aspectos formales de la queja. ¿Puedo ofrecerte un café?

Probablemente fuera la amabilidad del trato recibido lo que desconcertó al anciano. Henrik Backe pareció tambalearse, como si hubiera gastado toda su energía en adoptar una actitud amenazante cuya causa le costaba recordar. Con expresión de estar perdido, se pasó la mano por la frente y tomó asiento junto a Hanne, aparentemente sin reparar en que ella estaba allí.

—Quisiera un poco de agua.

—Te serviremos agua, faltaría más —dijo Erik Henriksen inclinándose sobre la mesa con gesto afable—. Puedo prometerte que dedicaremos el menor tiempo posible a este asunto. Seguro que estás deseando volver a tu casa cuanto antes. Toma…

Dejó una botella de agua con gas y un vaso limpio sobre la mesa y luego encendió el ordenador.

—Primero necesitaremos unos datos personales —empezó—. Nombre completo y fecha de nacimiento.

—Henrik Heinz Backe, 17 de octubre del 29.

—¿Profesión? ¿Jubilado, tal vez?

—Sí. Jubilado.

—¿De qué?

—¿De…? ¿Qué quieres decir?

—¿A qué te dedicabas antes de ser pensionista?

—Ah…

Backe se quedó pensativo. Su rostro pareció desdibujarse, vaciarse de expresión. Tenía la boca entreabierta. Su dentadura estaba manchada de marrón y en la encía inferior le faltaba un diente. Los párpados le pesaban tanto que solo quedaba a la vista un poco de la pupila.

—Era asesor —dijo de pronto, y sacó una cajetilla de tabaco Prince—. En una compañía de seguros.

—Asesor de seguros —sonrió Erik, y tomó nota.

A Backe le temblaron con fuerza las manos al intentar sacar un cigarrillo del paquete. Se le cayeron tres al suelo, pero no hizo ademán de recogerlos.

—Presentaré una queja —dijo en voz alta.

—Nos ocuparemos de eso —le tranquilizó Erik—. Aclaremos antes estas formalidades. La dirección ya la tenemos, claro.

Tecleó deprisa y se volvió de nuevo hacia el anciano.

—Entiendo que estuviste en casa toda la tarde y toda la noche de ayer, ¿es correcto?

—Sí. Estuve en casa.

—¿Qué hiciste?

—Leer.

—¿Estuviste leyendo todo el tiempo?

—Me paso todo el tiempo leyendo.

—Claro. Pero a lo mejor hiciste algo más. En algún momento entremedias. Me gustaría que esto fuera lo más preciso posible. Empecemos por la mañana. ¿A qué hora te levantaste?

—Estuve leyendo un libro. Un bodrio, parece mentira que publiquen cosas así. Una de esas novelas negras que están tan de moda ahora…

Se interrumpió. Hanne se apartó de él de manera inconsciente. La peste a ropa sucia y cuerpo sin asear había empezado a molestarle.

—¿Es un aseo? —dijo Backe señalando un ropero que había detrás de la puerta.

Erik le miró desconcertado.

—No, es un armario. ¿Quieres ir al baño? Puedo indicarte dónde está.

—Prefiero usar el mío —dijo Backe con voz débil.

Cada vez temblaba más. Hanne Wilhelmsen le puso una mano en la espalda. Sus omóplatos parecían querer rasgar la gastada tela de su camisa. La miró sorprendido, como si Hanne acabara de llegar.

—Te enseñaré él camino.

Erik esperaba junto a la puerta. Backe intentó levantarse. Sus rodillas no le obedecieron.

—Tienen más de famosillos que de escritores —farfulló—. En ese libro, en esas líneas estúpidas… ¿Dónde está el mueble bar?

Tenía los ojos muy abiertos y cubiertos por un velo de desmemoria. Los investigadores intercambiaron miradas.

—Creo que será mejor que te llevemos a tu casa y al mueble bar —dijo Hanne con calma—. Voy a ir a buscar a una joven muy amable que puede llevarte en coche.

—Quiero protestar —gimió Backe al borde del llanto—. Quiero presentar una queja por escrito.

—Y podrás hacerlo, si insistes. Pero ¿no preferirías irte a casa?

Henrik Backe se levantó inseguro y fue hacia el ropero. Hanne le detuvo con delicadeza.

—Ven —dijo con voz queda—. Ven y saldremos juntos.

—¿No tendrás una cerveza por ahí? —murmuró el viejo dejándose guiar hacia el pasillo—. Algo de beber me iría bien, claro que sí.

Fue detrás de la comisaria arrastrando los pies camino del ascensor. Erik los siguió con la mirada. Acababa de darse cuenta de que, bajo sus anchos pantalones, Backe llevaba una bota y un zapato.

Hermine Stahlberg dejó caer su vaso. El delicado cristal se rompió. Los restos de whisky daban a los fragmentos un brillo amarillento, como de ámbar. Desconcertada, intentó recoger los trozos más grandes y se hizo un corte en la palma de la mano, junto al pulgar. Cuando se llevó la herida abierta a la boca notó un sabor dulzón a hierro. Hierro, alcohol y crema para las manos. Tuvo una arcada y vomitó.

—Por Dios, Hermine.

Carl-Christian Stahlberg estaba en parte molesto y en parte preocupado cuando llevó a su hermana al baño, abrió el botiquín y le vendó la herida sin mucho esmero. Seguía sangrando abundantemente. Maldijo entre dientes y probó de nuevo. Al final cogió un montón de papel higiénico, lo dobló hasta formar una gruesa almohadilla y lo ató con hilo dental. Hermine se quedó observándose la mano con apatía. Parecía algodón de azúcar con trocitos de fresa, y se rió por lo bajo.

—Estás borracha —dijo su hermano en tono agresivo—. Muy hábil. ¿Y si la policía se presenta otra vez? ¿Has pensado en esa posibilidad? ¿Has pensado que es probable que la policía vuelva por aquí?

—¿Cómo has entrado? —farfulló Hermine.

—La puerta estaba abierta. Ven aquí.

La cogió de la mano izquierda, la que no estaba herida, y la condujo al salón. Ella le siguió a regañadientes.

—Ya he hablado con la policía. Un montón de horas. Son muy majos, compasivos. Muy, pero que muy amables.

Carl-Christian la obligó a sentarse en una butaca de diseño italiano. Era de color café y muy incómoda. Hermine intentó levantarse, pero su hermano se lo impidió. Se aferró a los apoyabrazos de acero bruñido y se inclinó sobre ella. Sus rostros estaban a unos centímetros el uno del otro. El aliento de la joven apestaba a vómito y a alcohol de alta graduación, pero él no se apartó.

—Hermine. —La voz le temblaba un poco—. Estamos de mierda hasta el cuello. ¿Lo entiendes? Tenemos problemas, problemas de verdad.

Ella volvió a intentar escabullirse. Él agarró la mano vendada y apretó.

—¡Ay! —aulló ella—. ¡Suéltame!

—Entonces tendrás que escucharme. ¿Lo prometes? ¿Prometes estarte quieta?

Ella asintió de manera casi imperceptible. La soltó y se puso de rodillas.

—¿Te tomaron declaración?

Hermine hacía muecas a causa del dolor.

—¿Te tomaron declaración?

—Qué quieres decir —gimió ella—. He hablado con ellos. Vinieron anoche. Con un cura y toda la parafernalia. Periodistas. Bueno, fuera. Montones de periodistas. Al final tuve que desconectar el timbre. Y el teléfono. Pero ¿por qué te preocupa tanto? Mamá y papá están muertos, y me parece que deberías... Yo...

Lloraba de verdad. Grandes lagrimones se mezclaban con el maquillaje y las manchas de sangre dejando surcos rosados en su cara.

—No entiendo nada —acertó a decir secándose los mocos en la manga—. No entiendo absolutamente nada. Mamá, papá y... ¡Preben!

Los sollozos se hicieron más intensos. Temblaba. El vendaje de papel estaba lleno de sangre y se lo sujetaba con aire desvalido. Su hermano la rodeó con sus brazos y la abrazó con fuerza, mucho rato.

—Hermine —le susurró por fin al oído—. Esto es demasiado espantoso. Horrible. Pero debemos...

Su voz adquirió un tono histérico y tragó saliva para recuperar el control. Se puso de pie con dificultad y se sentó en el sofá que había junto a la butaca. Apoyó los brazos en las rodillas e intentó mantener la vista fija en la mirada intoxicada de su hermana.

—Tenemos que hablar —dijo con una calma forzada—. ¿La policía te tomó declaración? ¿O solo vinieron a informarte de las muer... de lo que había ocurrido?

—No estoy segura. Fueron muy agradables, ¿no? Muy... empáticos. No se quedaron mucho rato. Luego me preguntaron si quería que alguien se quedara conmigo. Si tú... Dijeron que habían hablado contigo y me preguntaron si quería que vinieras. U otra persona. Si debían avisar a alguien para que viniera.

—¿Te hicieron alguna pregunta relativa a lo sucedido?

—No entiendo qué es lo que quieres decir.

—Vale. Lo haremos más fácil. ¿Te preguntaron algo además de si querías que viniera alguien a quedarse contigo?

—¡No me acuerdo! ¡No me acuerdo, Carl-Christian!

Él se tapó la cara con las manos y empezó a balancearse despacio de un lado a otro.

—¡Dios mío! —dijo con voz ahogada—. ¿Cómo es posible? ¿Cómo es posible? —Se levantó de golpe y agarró su chaqueta, que estaba tirada en el sofá—. No bebas —le dijo—. Deja de beber, ¿vale?

Volveré en un par de horas. Para entonces, procura estar más o menos sobria.

—Tengo que ir a urgencias —se quejó Hermine.

De su mano volvía a gotear sangre.

—No puede ser —dijo su hermano con determinación—. No puedes ir al médico en ese estado. Tus padres y tu hermano fueron asesinados ayer y tú estás como una cuba. Resulta impresentable.

—Resulta impresentable —le imitó ella—. Ese es el lema de esta familia. Resulta impresentable. ¡Joder, tienen que ponerme puntos!

—Tú te quedas aquí. Volveré.

Se dirigió hacia el recibidor a grandes zancadas y ella fue tambaleándose tras él.

—Resulta impresentable —le imitó de nuevo—. ¡A esta familia solo le importa el qué dirán! Estoy harta de toda esta mierda.

—Mejor para ti —respondió Carl-Christian, colocándose la bufanda con mucho cuidado—. Mejor para ti que no quede casi nada. De la familia, me refiero.

—¡Estupendo! —gritó tan alto que su hermano se llevó un sobresalto. Esta no era Hermine, la hermana fácil de llevar, dócil, que nadie se tomaba muy en serio—. De todas formas les odiaba. Odio a nuestro padre. Y a nuestra madre, que siempre se sometió, arreglando los problemas e intentando fingir que no pasaba nada. ¡Toda esta familia no es más que un bonito envoltorio que contiene una realidad tan horrible que nunca puede salir a la luz del día! Estoy tan...

Lloraba con desesperación. Carl-Christian intentó pasarle una mano por los hombros, rígida y desvalida.

—Ya es demasiado tarde para todo.

Se obligó a respirar con más calma y se incorporó. Se miraron largo rato. Ninguno de los dos quería ser el primero en apartar la vista. Incluso Hermine, con el cerebro atontado por las pastillas que guardaba en un escondrijo del que su hermano no sabía nada, entendió en un instante abrumador que quería a su hermano, igual que su hermano la quería a ella, dentro de lo que era posible para los miembros de la familia Stahlberg preocuparse los unos de los otros. Pero aun así, a pesar de ese momento cálido y verdadero entre ellos, los dos lo supieron con total certeza: no confiaban el uno en el otro. Nunca lo habían hecho y, cuando él se marchó, Hermine echó la llave.

El apartamento de Knut Sidensvans estaba muy cerca de la plaza Carl Berner. Bloques de ladrillo se hacían un hueco en el área verde de Ola Narr, donde los niños pequeños, embutidos en monos impermeables, andaban torpemente tirando de sus trineos. Las madres formaban grupitos, mientras que algún que otro padre solitario fumaba sin parar para no enfriarse. Era la hora de la cena y ningún crío quería irse a casa. Un niño lloraba a pleno pulmón y su madre intentaba consolarle. Hanne Wilhelmsen respiró profundamente. Aquel era un aire que podía reconocer: frío y verduras hervidas, tandoori y tráfico intenso en la calle Finnmark. El autobús número 20 se bamboleaba camino del centro comercial de Tøyen.

—Ha sido muy agradable venir dando un paseo —dijo Silje Sørensen algo sorprendida—. Has tenido una buena idea. La verdad es que esta zona está bastante bien, incluso con tanto tráfico.

—Sí —dijo Hanne—. Se está bien aquí.

Evitó darse la vuelta y contemplar otro bloque de ladrillo más, uno en el que ella había vivido en otro tiempo.

El piso de la cuarta víctima estaba en la tercera planta, orientado hacia el este. El cerrajero estaba sentado en el último escalón y parecía profundamente aburrido.

—Por fin —dijo malhumorado, echando un vistazo superficial a los papeles que Hanne le tendía.

Le llevó cuatro minutos abrir la puerta.

—El cilindro está intacto —dijo—. ¿Lo cambio de todas formas para que tengáis una llave nueva?

—Espera un momento —respondió Hanne entrando en el recibidor.

Había una caja para llaves de color rojo intenso y en su interior encontró lo que buscaba. Probó la llave en la puerta de la entrada.

—Bingo. Hemos tenido suerte. Gracias y hasta luego.

En el recibidor no había nada más que la caja de las llaves y un perchero de pared del que colgaban una gabardina, un anorak y una bufanda de estilo Burberry.

Por el contrario, el salón era un auténtico caos. La habitación tendría unos veinticinco metros cuadrados, con tres ventanas orientadas al sur. Entre dos de ellas había un enorme tablero de corcho. El resto de las paredes estaban cubiertas de librerías atestadas desde el suelo hasta el techo. Además había montones de revistas y periódicos, libros y publicaciones repartidos por todas las superficies. Fijándose un poco más daba la sensación de que podía haber una especie de orden. Las revistas estaban colocadas por fechas, y cuando Hanne le dedicó un rato a una pila que estaba junto a una pequeña estufa de leña redonda, comprendió que también había cierta ordenación temática en todo aquello.

—Un espectro de intereses muy amplio —dijo Silje con una sesuda publicación literaria en una mano y un manual sobre corriente de baja tensión en la otra.

—Mmm —dijo Hanne distraída observando la mesa de trabajo que estaba junto a la ventana.

Una pantalla plana de diecisiete pulgadas, último modelo, destacaba junto a dos grandes impresoras y muchos paquetes de folios blancos. Además, sobre el amplio escritorio había montones de documentos de distinto tipo y también artículos que parecía haber impreso él mismo. La plancha de corcho colgada entre las ventanas estaba llena de notas, recortes de prensa y alguna que otra fotografía. Nada de aquello llamó la atención de Hanne a primera vista. Leyó por encima un artículo sobre el Gyrodactylus, el parásito del salmón, y un listado de direcciones de correo electrónico.

—¿Qué fue lo que te dijeron realmente? —preguntó Hanne—. Me refiero a la editorial.

—Que empezó siendo una especie de asesor para libros de texto sobre electrónica para formación profesional, no para universitarios. Pero en los últimos años también le habían encargado otro tipo de trabajos. Ahora tenía tres peticiones diferentes y algunos artículos. Por cierto, uno de ellos va a formar parte de una obra magna sobre la historia de la policía.

—¿Historia de la policía?

—Sí. No me dieron muchos detalles. ¿Quieres que lo investigue con más detenimiento?

Hanne pasaba con cuidado las páginas de un volumen dedicado al delincuente y escritor Gjest Baardsen. El libro era muy viejo y estaba marcado con muchas anotaciones que colgaban de las páginas como flojas lenguas amarillas.

—La verdad es que Sidensvans se merece el calificativo de friki empollón —dijo devolviendo el libro a su sitio—. A pesar de su edad. Por lo que sé, este equipo informático es muy sofisticado. Me ha ido muy bien haber aprendido ese tipo de cosas, pero está claro que… —su mirada recorrió las estanterías y los montones de información acumulados por el suelo— siempre he preferido la palabra impresa en papel.

Hanne se tapó la cara con el pelo casi con timidez.

—Cuando era pequeña me encantaba el olor de las enciclopedias. En mi casa había muchas. Había una llamada *El libro de la familia*. Una de esas publicaciones curiosas, en varios tomos, con artículos sobre toda clase de temas. Me encantaba ojearla. En parte por todo lo que contaba, pero también porque su tacto resultaba muy agradable para las manos, los dedos… Y aquellos libros olían. Desprendían un aroma… a verdad. Me gustaba. Me gustaba mucho.

Silje permanecía inmóvil. No se daba cuenta de que tenía la boca entreabierta. La situación tenía algo delicado, como si estuviera junto a un claro del bosque y hubiera avistado un pájaro esquivo.

—A veces pienso en ello —dijo Hanne mirando al infinito—. Pienso en que lo único que me ha quedado de mi infancia es esa empatía hacia los libros grandes, gruesos. Nefis se ríe de mí. Solo leo volúmenes grandes, son los que huelen mejor. ¿Lo notas…? —Tomó aire y esbozó una sonrisa—. Aquí huele a biblioteca.

—Siento lo de tu padre, Hanne. Debería habértelo dicho antes, pero eres tan… No he encontrado el momento adecuado.

—¿Cómo te has enterado? —El tono de Hanne era cortante y acerado.

—Me lo contó Billy T. Te acompaño en el sentimiento.

Hanne echó mano a su cartera. Con dedos ágiles sacó un recorte de prensa doblado por la mitad. Se lo tendió a Silje.

—Toma —dijo en tono arisco, como si estuviera dando una orden—. Lee esto.

Era una esquela. «Nuestro querido William Wilhelmsen» había fallecido tras una larga enfermedad. La cruz estaba marcada con las letras R.I.P.

—Descanse en paz —dijo Silje sorprendida—. ¿Eres católica, Hanne?

—¡Ja! Mi madre y mi padre se convirtieron cuando yo tenía unos quince años. Por el qué dirán. Ninguno de ellos era muy religioso, eran demasiado esnobs para eso. Se consideraban unos perfectos intelectuales, aunque yo no dejaba de reprochárselo porque unas personas tan estrechas de miras no podían calificarse así. Lo que pasaba es que era mucho más elitista ser católico que practicar ese aburrido luteranismo. A mi madre le gustaba todo lo ornamental. Todas esas construcciones maravillosas, la liturgia. Iban a Roma dos veces al año. Se alojaban en hoteles de lujo y asistían a misas de medianoche, bien achispados después del buen vino que se permitían tomar. Sospecho que en realidad a mi madre le ponían un poco los hábitos, el Papa y los cardenales vestidos de rojo, ya me entiendes. Mi padre solo quería ser diferente, ese fue siempre su deseo. Ser distinto dentro de un mundo reducidísimo. —Entornó los ojos y le mostró una separación milimétrica entre el índice y el pulgar—. El catolicismo era solo un adorno. A la mierda. Sigue leyendo.

—«Con Dios caminas seguro, / has hallado reposo. / Lo que aquí era malvado y feo / en el cielo…»

52

—Ahórrame eso —interrumpió Hanne—. Es obra de mi hermana. Se cree de verdad que sabe escribir. Dios mío... —Su hombro rozó el de Silje cuando se inclinó para señalar—. ¿Me encuentras ahí? —preguntó de forma retórica—, ¿ves mi nombre en algún sitio?

La lista de los que lamentaban la pérdida del doctor y catedrático William Wilhelmsen era larga. Estaban su mujer, hijo e hija, nuera y nietos. También habían encontrado sitio para tres hermanas, dos cuñados, sobrinas y sobrinos. Incluso un Gaute Nesby, «fiel amigo», aparecía entre los apesadumbrados supervivientes. La poesía, demasiado larga, y la interminable lista de allegados le conferían un aire pretencioso. Había algo repelente en la falta de modestia del texto y el formato de la esquela en general.

—No te nombran —dijo Silje sin apartar la vista del recorte.

—No soy lo bastante buena —dijo Hanne—. Nunca lo fui. ¿Sabes...? —Forzó una carcajada—. Me senté a escribir mi propia esquela. Algo así como: «Mi renegado padre, William Wilhelmsen, la palmó por fin después de portarse como un cerdo con su hija menor durante cuarenta y dos años. No dejen de enviar flores a su domicilio, a ser posible unos horribles claveles azules. Cuantos más mejor». Había pegado los sellos en el sobre, pero, afortunadamente, Nefis impidió que la echara al buzón.

—¡Pero no habrían publicado algo así!

—No. Pero él habría quedado en evidencia. Y al final me libré. En lugar de eso voy por ahí con esto en la cartera.

Guardó la esquela.

—Es como una especie de carnet de socio a la inversa —dijo—. Una prueba de que la familia no me quiere. Y yo tampoco les quiero a ellos.

Su sonrisa no llegaba a los ojos. Dio una palmadita a la cartera y miró sorprendida a su alrededor, como si no supiera por qué había empezado a hablar de la muerte de su padre.

—Aquí hay algo —dijo empezando a levantar con cuidado una de las muchas carpetas que había sobre la mesa de trabajo—. Es

53

como si... –Algo pasaba. Se quedó paralizada–. Mira a tu alrededor –dijo, y dejó el archivo en su sitio.

–Ya lo he hecho, varias veces. ¿Qué tengo que buscar?

–Está claro que Sidensvans seguía un orden –dijo Hanne en voz baja, como si no quisiera interferir con su propio razonamiento–. Una de las columnas que está junto a la puerta consiste solo en publicaciones y revistas. Un poco más allá hay especialidades médicas. Y allí... –Una arruga se dibujó en su entrecejo–. Pero aunque todo siga una especie de sistema, la habitación en su conjunto... todo produce una sensación de desorden. De caos. Nada está apilado con esmero, no hay simetría. Digamos que el embozo no está perfectamente estirado. ¿Entiendes?

–Bueno...

Silje intentó mirar a su alrededor con ojos nuevos.

–Pero aquí –dijo Hanne con las palmas de las manos extendidas sobre el escritorio–, aquí los papeles están perfectamente recogidos, paralelos y alineados. Resulta llamativo.

Silje no contestó, pero se acercó hasta situarse junto a Hanne y movió la cabeza despacio para asentir.

–Tienes razón, desde luego. Pero puede que él... tal vez fuera cuidadoso con los papeles con los que estaba trabajando en el momento, pero que le resultara imposible llevarlo hasta el final, ¿no? Y por eso el resto está un poco... desordenado.

–Eso es –dijo Hanne con ironía–. Puedes hacerlo mejor, Silje. Hay una explicación bastante más evidente. Han removido estos papeles y luego los han vuelto a dejar donde estaban.

–¿Removido? Hace menos de veinticuatro horas que él estuvo aquí. Claro que alguien los ha removido: Knut Sidensvans.

Silje observó a Hanne con disimulo. La detective se veía bastante avejentada. Su cabello oscuro tenía un brillo gris en las sienes, un aire medio resignado. No la favorecía, y debería hacer algo al respecto. A pesar de que había engordado tenía un pliegue muy marcado entre la nariz y la comisura de los labios, y los kilos que la edad le había sumado hacían que el pantalón le quedara demasiado ceñido como para sentarle bien. Cuando Hanne se volvió hacia ella de forma repentina, Silje vio que lo único que no había cambiado eran sus ojos. De color azul oscuro, excepcionalmente grandes y con un círculo negro alrededor del iris.

—Me pregunto qué habrá pasado con las llaves —dijo Hanne.

—¿Eh? —dijo Silje, a la espera.

—El cadáver de Sidensvans apareció con la gabardina puesta. No llevaba cartera. Ni llaves.

—¿Ninguna llave?

—He leído el informe antes de venir aquí. Ni cartera ni llaves. Muy extraño.

—Bueno, no tanto. Pudo habérselas dejado…

—¿Qué llevas contigo ahora mismo, Silje?

—¿Qué llevo conmigo?

—Sí. No traes bolso, igual que un tío. ¿Qué tienes en los bolsillos?

Unas cuantas monedas tintinearon cuando Silje hizo la comprobación.

—Dinero suelto, cartera, móvil, una linterna pequeña y… llaves. Y esto. ¿Quieres uno? —preguntó, ofreciéndole un chicle.

—¿Lo ves? —dijo Hanne, sin cogerlo—. Siempre llevamos las llaves encima. ¿Dónde están las de Sidensvans?

Hanne no esperó a que respondiera y le pidió a Silje su linterna Maglite. Después de unos cuantos minutos más dedicados a examinar documentos, libros y papeles sueltos negó despacio con la cabeza.

—Por supuesto, tienes razón. Es imposible asegurar nada con certeza. Pero aun así… —Se quedó parada en el momento en que iba a devolverle la linterna—. Pero aquí hay algo —dijo con determinación—. O puede haber algo. Voy a pedir que revisen este lugar a fondo. Huellas, restos biológicos, todo.

—Nuestros recursos son limitados, Hanne. ¿No sería más importante concentrarnos en el lugar de los hechos? ¿En la familia Stahlberg?

–Y eso es exactamente lo que vamos a hacer –dijo Hanne abrochándose la chaqueta antes de indicar la puerta de la entrada con un movimiento de cabeza–. Vamos a dedicar una enorme cantidad de tiempo y efectivos a la familia Stahlberg. Pero debemos sacar tiempo para este lugar también. Son cuatro víctimas, no tres.

Cerró la puerta con mucho cuidado y enganchó la llave a su propio llavero. Tuvo una idea repentina, impulsiva.

–¿Te apetece venirte a casa, Silje? ¿Quedarte a cenar?

–¡Sí! ¡Me encantaría! Yo… ¡Oh, no! Tengo que irme a casa. Tom tiene una cena de Navidad y no tenemos canguro para Simen.

–Una pena –dijo Hanne con aire desenfadado–. Te pierdes algo bueno. Marry se ha convertido en una cocinera estupenda. En otra ocasión, tal vez.

–¡Sí! Por supuesto. Me apetece muchísimo, pero, ya sabes, con un niño pequeño y… Ya no es tan fácil improvisar.

Un taxi paró ante la señal de Silje. Se montó y le dijo adiós con la mano por la luna trasera hasta que el coche se perdió en el denso tráfico de la tarde. Hanne notaba un intenso rubor en sus mejillas.

Era culpa del psicólogo. Y de Nefis. Tienes que ser más directa, Hanne, le insistían. Diles a los demás qué es lo que quieres, repetían sin parar. No pasa nada. Se alegrarán. Hazlo, Hanne.

Lo había intentado. Le apetecía comer las albóndigas que Marry preparaba los viernes y tal vez beber una cerveza o tres con Silje. Nefis se habría puesto contenta al ver a la invitada sorpresa. Marry la habría regañado por no avisar, pero habría puesto la mesa con la porcelana más hermosa y seguramente habría traído cerveza turca de la nevera.

Había hecho lo que el psicólogo y Nefis le aconsejaban.

No se le quitaba el sonrojo de las mejillas.

El fallecido Karl-Oskar Wetterland había sido un abogado de los de la vieja escuela. Al fallecer era propietario de un amplio apartamento en Oslo, una cabaña en Hvaler que no disponía de agua corriente en invierno, un Volvo de 1992 y una buena cartera de acciones. Sus inversiones eran conservadoras y su gestión prudente. Todo ello, junto con las tres cuentas a plazo fijo de las que informaba a su hijo en el sobre que le había dejado, sellado y con el nombre de su vástago escrito con letra meticulosa, permitiría a la viuda vivir sin estrecheces los años que le pudieran quedar. Para su hijo era un consuelo. Su padre se había ocupado de dar una vida confortable a los suyos, y el cuidado con el que había organizado su patrimonio indicaba que estaba bien preparado para morir. Terje Wetterland, hijo único del abogado, no recibía nada. Eso le hizo sonreír mientras daba vueltas por el despacho de su padre levantando algún objeto aquí y allá. Por supuesto, su madre conservaría la herencia en proindiviso. Terje tenía cuarenta y siete años y estaba cómodamente instalado en Francia con mujer, hijos y unos ingresos mucho mayores que los que su padre hubiera obtenido nunca de su pequeño bufete. Su madre debía pasar sus últimos años sin preocupaciones. Su padre y él habían estado de acuerdo en eso. La anciana tendría la posibilidad de contar con ayuda en casa y podría pasar largos veranos con sus nietos en la Provenza sin que su hijo tuviera que correr con los gastos. Al menos, no de forma evidente. Padre e hijo habían hablado de ello una noche, hacía algo más de seis meses. Estaban sentados sobre una suave loma disfrutando de un whisky con soda la noche de San Juan. Los niños gritaban emocionados en la playa y la luz se resistía a ceder. Acordaron cómo harían las cosas, y así sería.

Terje Wetterland pasó la mano con delicadeza sobre una foto enmarcada en plata de su padre y él, en bañador y todavía mojados. Estaba tomada a finales de verano y los dos estaban muy morenos. Se hallaban sentados en el borde del embarcadero y Terje tenía el brazo de su padre alrededor de la cintura. Un chavalín feliz de cuatro o cinco años.

Le quitó el polvo al cristal con la manga de la camisa y la metió en su maletín. No había nada más allí que quisiera llevarse. Aunque su padre seguía manteniendo algunos clientes, era imposible ocuparse de eso ahora. Le preguntaría a su madre quiénes eran.

No debían de ser muchos, su padre había cerrado el bufete hacía tres años. La costumbre y algunos viejos clientes lunáticos le hacían ir al despacho un par de veces a la semana. Su hijo les telefonearía desde Francia para zanjar el tema. Quería evitar que, si surgía algo urgente, llamaran a su madre.

Echó una mirada superficial a unos documentos que estaban a la vista, los metió en la caja fuerte y la cerró. Luego apagó la luz, echó la llave al despacho y volvió a casa con su madre.

El frío pesaba sobre las pistas de esquí. El bosque estaba en silencio. El anciano intentaba clavar los esquís en un ventisquero, pero la nieve estaba demasiado dura. Optó por dejarlos en el suelo, algo apartados de la pista. No es que nadie los fuera a robar, era casi medianoche y la gente no salía de casa. Por lo menos, no se veía a nadie que unos días antes de la Nochebuena se dedicara a adentrarse en Nordmarka, la sierra de Oslo, con un frío polar. Una sonrisa torcida cruzó su rostro ante la sola idea. Pero siempre sería mejor dejar los esquís debajo de un abeto, a unos metros de la pista, bien escondidos. Nunca se sabía.

Estas excursiones nocturnas se habían convertido en una costumbre. Treinta años atrás había vuelto a la granja de su infancia. Ahora sobrevivía gracias a la buena voluntad del dueño de la explotación y a las tareas que el bosque reclamaba. Un paseo antes de irse a dormir ayudaba a conciliar el sueño. Durante los seis meses de verano caminaba a la luz del atardecer que se reflejaba en las muchas lagunas de la sierra de Nordmarka. En cuanto la nieve se posaba de manera definitiva, entrado ya el otoño, hacía el recorrido con esquís de madera untados de alquitrán. Conocía bien su bosque y los senderos que lo cruzaban.

El frío le pellizcaba las mejillas y le lloraban los ojos. Resultaba tranquilizador. Probó a avanzar un poco por un estrecho sendero que llevaba a una laguna donde con frecuencia, si hacía calor, solía nadar. De vez en cuando una pierna se le hundía en la nieve y una vez estuvo a punto de perder el equilibrio. Tras caminar algo menos de cincuenta metros, se encontró sobre una lengua de tierra que asomaba hermosa en la laguna helada. Solo se oía el murmullo de la desembocadura del riachuelo. Con cuidado de no resbalar sobre la roca pulida y desnuda, se acercó hasta la orilla para beber un poco de agua helada. Se puso en cuclillas y formó un cuenco con la palma de la mano. El agujero abierto en el hielo brillaba a la luz azulada de la luna. La laguna tardaría en congelarse entera, el frío de verdad había empezado solo unos días antes.

Percibió un movimiento al otro lado del agua. Se quedó paralizado creyendo que sería un animal, no quería asustarlo. La mano llena del líquido helado, detenida a medio camino de su boca, temblaba un poco por efecto de la tensión y el frío. Se puso de pie muy despacio. Detrás tenía el denso bosque de pino. Su ropa era oscura y se fundía fácilmente con la vegetación. La brisa venía en su dirección. Si no se movía, un animal no percibiría su rastro.

No era un animal, ahora podía verlo. Vislumbró a un hombre de pie, o al menos una persona. No estaba en la orilla, sino que caminaba por el hielo. La silueta se inclinó e hizo algo.

Se esforzó por oír. Ya no tenía el oído de antes, solo pudo percibir el latido de su propio pulso y el regular zumbido del arroyo. Por fin, la persona que estaba al otro lado se dirigió hacia la linde del bosque, sin hacer ruido, tambaleándose de vez en cuando, como si volviera sobre sus propias pisadas. Enseguida desapareció en dirección al este.

El anciano dudó. No entendía muy bien por qué no había gritado. Se sorprendió al caer en la cuenta de que había pasado miedo. Se había deslizado hacia la oscuridad para no ser visto, sin poder explicar por qué. Volvió a aguzar el oído, ladeó la cabeza y se puso la mano helada detrás de la oreja.

El silencio era total.

Estaba alerta, algo asustado, pero también decidido a saber qué había pasado, qué había llevado a esa persona a un pequeño lago de Nordmarka una noche de diciembre. Sintió que se despertaba

59

en él una curiosidad casi olvidada, una sensación que llevaba mucho tiempo reprimida, olvidada y descartada puesto que no le había causado más que problemas.

Solo le llevaría unos pocos minutos cruzar la superficie helada, una media hora si bordeaba la laguna. Recordó las suaves temperaturas que habían ido alternándose desde octubre y echó a andar por tierra. Cuando llegó al lugar le faltaba el aire. El asma le atenazaba la garganta. Con cuidado, siguió las huellas de la otra persona. Casi parecían dibujadas en negro sobre la superficie nevada de un blanco azulado. Si el hielo había soportado el peso del otro, también debería aguantar el suyo. Además, no tenía que adentrarse mucho.

Un agujero.

No era grande, pero sí lo bastante ancho para pescar. Alguien había ido a pescar en el hielo en plena noche con un frío polar. Rió por lo bajo y sacudió la cabeza pensando en lo que eran capaces de hacer esos insensatos de la ciudad.

Sábado, 21 de diciembre

Hanne Wilhelmsen estaba tumbada con la mirada clavada en el techo. El calor de la habitación hacía que el aire tuviera un olor espeso a noche gastada, y chasqueó la lengua para humedecerse la boca reseca. Afortunadamente se había desembarazado del edredón en algún momento de la noche. Aun así, tenía la piel cubierta por un sudor pegajoso. Con movimientos entumecidos se sentó en la cama y ahuecó la almohada antes de volver a tumbarse.

—Me podrías haber contado lo de la fiesta de Nochebuena —dijo con voz queda.

Nefis se volvió hacia ella bostezando.

—Hanna mía, si te hubiera contado lo de la fiesta, ¡nunca se habría celebrado! Habrías dicho no, no y no, y ahí habríamos estado las tres. Tú y yo y Marry.

—Pues es que eso era lo que me apetecía, ¿no?

Nefis gimió y se golpeó la frente, donde tenía algunos mechones de cabello negro pegados por el sudor. Le dedicó una amplia sonrisa.

—Mi maravillosa pequeña. Eres muy rara. Preferirías que fuéramos solo nosotras tres todo el tiempo. ¡Todo el tiempo! ¡Quiero una Navidad de verdad! Si estoy atrapada en un país invernal con todas estas divertidas tradiciones relacionadas con la Nochebuena, ¡las quiero todas! Muchos adornos y luces y muchos, muchos de gente a la mesa.

—«Mucha gente» —dijo Hanne haciendo ademán de levantarse—. Se dice «mucha gente». Me lo podrías haber consultado. Y además, no sabía que te sintieras atrapada.

–Pero, Hanna...

Nefis intentó agarrarla, pero Hanne fue demasiado rápida. Entró en el baño.

Dejó que el agua cayera sobre su espalda, con la frente apoyada contra los azulejos de la pared. Fue enfriando el agua despacio. Más fría. Sintió que su piel se contraía y su mente se despejaba.

Nefis tenía razón. Nefis siempre tenía razón. Si por Hanne fuera, la extraña familia de la calle Kruse llevaría una vida de ermitaño. Esa reflexión la obligó a sonreír.

–¡Hanna! ¡Estás sonriendo!

Nefis se sentó sobre la tapa de caoba del retrete, que tenía incrustado un dibujo de estilo inca. La madera noble y el metal enfriaban sus muslos desnudos.

Hanne intentó reprimir la sonrisa.

–¡Ja! Te estás riendo –gritó Nefis dando palmas–. Esa fiesta te hace feliz.

–No –dijo Hanne, y escondió la cara en el chorro de la ducha.

A Hanne le hacía ilusión. Ni siquiera estaba molesta por que hubieran tomado la decisión sin consultarla con ella, ya que Nefis era la que tomaba todas las decisiones de alguna relevancia. Siempre Nefis. Nefis compraba pasajes para las Seychelles y avisaba dos días antes, ya se había ocupado de que a Hanne le dieran días libres en el trabajo. Nefis llegaba al apartamento del barrio obrero de Lille Tøyen con el folleto de un piso impresionante en un edificio nuevo del elitista barrio de Frogner, y ya lo había comprado. Nefis se ocupaba de contratar la mudanza, del padrón, de la fiesta de inauguración, de registrarse como pareja de hecho, de la decoración y de la compra diaria. Nefis trataba a Hanne como una amorosa esposa trata a un marido viejo y cabezota. Y a Hanne le gustaba, a su pesar. Protestaba con frecuencia y de forma enérgica, pero nunca por mucho tiempo.

Nefis daba con soluciones que podía aceptar. Era considerada con Hanne, pero nunca hasta el punto de contravenir sus propios deseos y necesidades. El apartamento de la calle Kruse se asemejaba más a un curioso acuerdo de convivencia que a una auténtica familia.

Personas reunidas por casualidad que aparentemente no tenían nada en común. Así debía de parecérselo a la gente, los que no sabían nada, aquellos que no las conocían y por eso no tenían ni idea de que Nefis y Hanne estaban casadas y que Nefis quería tener un hijo. Hanne no conocía a ninguno de los vecinos y en la placa de la puerta figuraban tres nombres, no dos. Dos nombres resultaban peligrosos, porque la gente sacaba conclusiones sobre quién vivía allí y qué hacían.

A veces Hanne se sentía feliz. No muy a menudo, pero de vez en cuando, en momentos en que la realidad le llegaba en breves atisbos de clarividencia: Marry arrastrando las zapatillas por el piso a la luz del atardecer; una mirada de Nefis cuando creía que Hanne no se daría cuenta; una mano sobre su espalda en sueños... En esos momentos, Hanne se sentía completamente a salvo. La seguridad era su felicidad, y no había sabido lo que era la verdadera felicidad hasta que conoció a Nefis.

Hanne salió de la ducha.

—Bueno, ¿y quiénes vienen?

—¡Todo el mundo! Karen y Håkon, sus hijos, Billy T., Tone-Marit y...

—No me digas que todos sus hijos vienen también, ¡por favor! Sería un infierno.

—No, estas navidades las pasan con sus madres. Solo viene Jenny.

—¿Alguien más? —preguntó Hanne, secándose el pelo y temiéndose lo peor.

—Bueno... —Nefis le pasó la mano por la espalda desnuda—. Dos viejas amigas de Marry. Solo...

—¡No!

Hanne se arrancó la toalla de la cabeza y la tiró al suelo.

—¿Te acuerdas de lo que pasó el año pasado? ¿Eh?

—Pero este año irá mejor. Han prometido que no traerán nada y...

Hanne volvió a interrumpirla y plantó una mano mojada en la pared de la ducha.

—Nefis, escúchame. No se puede confiar en un drogadicto. Pueden jurar y perjurar tantas veces como quieran, pero traerán algo escondido. Además, negárselo sería quitarles la vida. Sencillamente no pueden estar veinticuatro horas sin drogarse. Ni hablar, Nefis.

Fue al dormitorio a grandes zancadas, con aire resuelto, y se puso a toda prisa la ropa del día anterior.

–Además, probablemente tengan sida. No estoy muy segura de que Håkon y Karen estén encantados con la idea de que sus hijos vayan a cenar el asado de Navidad con putas sidosas, cubiertas de heridas y muertas de hambre.

La mano de Nefis estaba a unos centímetros de la mejilla de Hanne cuando se detuvo de golpe. Hanne se llevó la mano a la mejilla que nadie había tocado. Se quedaron así, Nefis con la mano levantada y Hanne ligeramente echada hacia atrás.

—Eso que has dicho es horrible, Hanna. Horrible. En nuestra familia no decimos cosas así.

—¡En nuestra familia tampoco se pega!

—No te he pegado –dijo Nefis dándose la vuelta–. Pero no ha sido por falta de ganas.

Hanne estaba de mal humor cuando llegó a la sala grande de reuniones con once minutos de retraso. El jefe de sección había reunido alrededor de la mesa a dieciséis investigadores, dos abogados policiales y un par de administrativos. Hanne saludó con un breve gesto de la cabeza al subdirector de la policía, que le dedicó una amplia sonrisa. Hizo caso omiso a Silje Sørensen, Erik Henriksen y Billy T., y se buscó un sitio libre al final de la mesa, flanqueada por dos agentes en prácticas. Durante la presentación del caso que hizo el jefe de sección mantuvo la vista fija en la mesa y escondió los ojos bajo el flequillo. Daba la sensación de no prestar atención alguna. Emanaba cierta intranquilidad a su alrededor y los demás parecían apartarse, como si su presencia les provocara un malestar físico.

Cuando todos pudieron intervenir, Billy T. dijo:

—No cabe duda de que el conflicto que mantenían entre sí los miembros de la familia era brutal. La documentación del caso es abundante y compleja, pero el núcleo del conflicto radica en hasta qué punto Hermann Stahlberg se había comprometido a dejarle la naviera a Carl-Christian. Tras la vuelta a casa de Preben, se hizo cada vez más evidente que el hijo mayor tenía más capacidad para los negocios que su hermano. La compañía empieza a ir mejor y se expande. Entre otras cosas, han contratado la construcción de dos minicruceros que podrán botarse dentro de año y medio. Toda la documentación estaba lista desde hace un año. La naviera, una sociedad anónima que no cotiza en bolsa, propiedad en su totalidad de Turid y Hermann Stahlberg, iba a ponerse a nombre de Preben. Es cierto que tanto Carl-Christian como Hermine recibirían acciones, pero su hermano mayor tendría el control. Cuando digo que todo el papeleo estaba preparado es importante resaltar que nunca llegó a firmarse. Carl-Christian demandó a su padre y aportó lo que según él son documentos que prueban que Hermann ya se había comprometido legalmente a cederle el control de la naviera.

Billy T. se abrió paso entre la pared y los respaldos de varias sillas para llegar al proyector. Pulsó el interruptor y puso una transparencia invertida sobre la placa de cristal: Silje Sørensen le ayudó y por fin todos pudieron ver un árbol genealógico de la dinastía Stahlberg.

—Creo que puede ser importante —empezó Billy T.— que todos tengamos una idea de cómo está constituida esta familia. Aquí tenemos a los padres. —Rodeó a la primera generación con un rotulador—. Las cifras de su declaración de la renta del año pasado son, por sí solas, modestas. Algo más de cuatro millones de coronas en ingresos y una fortuna de unos veinticinco millones. Pero todos sabemos… —rió entre dientes y miró a Silje, quien giró su impresionante solitario hacia la palma de la mano, algo que se había convertido en una costumbre cada vez que alguien hablaba de dinero— que esas cifras son engañosas. Están reducidas al máximo.

—Pero en ningún caso estamos hablando de una grandísima fortuna —comentó el jefe de sección.

—Bueno, a mí veinticinco millones me parece una cantidad jodidamente imponente. Pero, vale, no estamos hablando de las cifras multimillonarias de Røkke. –Volvió a trazar un círculo en torno a un nombre de la transparencia–. Preben Stahlberg es el hijo mayor. Su esposa es australiana, Jennifer Calvin Stahlberg. Es ama de casa, cuenta con formación como dietista y no habla noruego. Tienen tres niños pequeños. Creo que estos últimos herederos no presentan mucho interés para el caso. Pero aquí las cosas se vuelven más emocionantes… –Golpeó el nombre del hijo menor con la punta del rotulador–. Carl-Christian Stahlberg. Nacido en 1967. Era un adolescente cuando su hermano se embarcó. Afirma que tenía planes muy concretos para estudiar veterinaria, pero que eligió empresariales para cumplir con los deseos de su padre. Por cierto que una de las cartas del padre al hijo ha sido presentada al tribunal como prueba para reforzar la teoría de Carl-Christian de que hacía mucho que su padre se había comprometido a dejarle la naviera a él.

–Pero… –Erik Henriksen, escéptico, miraba con los ojos entornados la luz del proyector–, ¿de verdad se puede alegar tener derecho legal a una propiedad solo porque tu papá te lo haya prometido? ¿Una promesa cualquiera tiene valor legal?

–Puede darse el caso –dijo la abogada policial Annmari Skar–. En determinadas circunstancias, una promesa puede ser tan válida como un acuerdo firmado entre dos personas.

–En todo caso –prosiguió Billy T.–, el chico se casó hace cinco años con una mujer algo especial. Entonces se llamaba May Anita Olsen. Cuando se casó con CC no se conformó con tomar su apellido. Se renovó entera, vaya. Ahora se llama Mabelle Stahlberg.

Un par de los más jóvenes reprimieron unas risitas cuando Billy T. cambió de transparencia por unos instantes. Apareció una rubia bien torneada, de pelo largo y unos labios que, evidentemente, no la habían acompañado desde la cuna, sobresaliendo contra natura por encima de una provocativa barbilla. La nariz tampoco parecía haberse librado del bisturí, superfina y perfectamente recta. Hanne Wilhelmsen resopló de forma manifiesta. Era el primer sonido que emitía en toda la reunión. Billy T. sacudió la mano a modo de disculpa y cambió la transparencia.

—¿No dirige una revista de moda? —preguntó Silje antes de que Billy T. prosiguiera.

—Correcto. *R&R. Ropa y Reflexiones*. Mucho de lo primero, casi nada de lo segundo. Mucho glamour. No va especialmente bien, claro, pocas de esas revistas funcionan. Pero, sorprendentemente, sobrevive. Al menos ya no sufre pérdidas. Y Carl-Christian tiene dinero. O, por decirlo de otra manera, eso creían CC y Mabelle. Que tendrían dinero. —Dejó la última frase en el aire—. Bueno —continuó tras unos segundos en silencio—, la tal Mabelle tiene un pasado curioso. Nada ilegal, salvo una cosa sobre la que volveré luego. Lo que es importante en estas circunstancias es que sus suegros la han despreciado y le han complicado la vida desde el primer momento. No podían soportarla. No era lo bastante buena para Carl-Christian, y ni de lejos apropiada para los solemnes salones de la calle Eckersberg. Se casaron en Las Vegas, en el mayor de los secretos, muy lejos de las airadas protestas de papito. Hermann hizo incluso un intento de que el matrimonio fuera declarado nulo. Tuvo que rendirse enseguida, claro, no estaba en absoluto en condiciones de hacer algo así. Pero sin duda da una pista del ambiente que se respiraba en la familia.

—Has dicho que también hubo algún delito —le recordó Erik.

—Sí... —Billy T., distraído, se rascó la entrepierna—. Hace seis meses Hermann denunció a Mabelle por tomar prestado un coche sin permiso. La paró la policía y todo. Conducía un Audi A8, que era un coche de empresa de la naviera pero que estaba a disposición de Carl-Christian y Mabelle. Hermann había empezado a reducir gastos y les exigió que lo devolvieran. Como no lo hicieron, denunció que había sido robado sin dar más explicaciones a la policía. Se montó un follón tremendo. Los agentes que localizaron a Mabelle se pusieron nerviosos cuando vieron que no tenía intención de parar, y todo acabó en una cuneta de Grefsen. La señora dijo que se había asustado, que creyó que la iban a asaltar. La esposaron y la dejaron en uno de nuestros calabozos hasta que CC por fin pudo arreglar el entuerto. El viejo no se bajó de la burra y quería que acusaran a su nuera, pero el caso fue archivado por falta de pruebas. El asunto era demasiado estrambótico; al fin y al cabo, era el coche de Mabelle, al menos en la práctica, me refiero.

—Una familia curiosa.

El jefe de sección bostezó e intentó sacudirse para despertarse.

—¿Algo más, Billy T.?

—Nada, salvo que la familia es bastante extensa. Tías y tíos, primos y primas por todas partes. Y luego está Hermine, la hermanita pequeña.

Un interrogante apareció junto al nombre de Hermine en la transparencia, escondido en un rincón del gráfico.

—De ella sabemos mucho menos. Al menos de momento. Parece casi… tonta. Ninguna formación, ningún trabajo de verdad, a pesar de que parece gozar de buena salud. Ha hecho algunos trabajillos para su cuñada en *R&R*, al menos por su físico encaja allí. Además ha hecho alguna cosita para su padre y para uno de sus tíos con el que tiene mucho trato. Es marchante de arte, o lo era. Lo raro es que…

—Todos tenían la atención puesta en Billy T.—. Su padre le dio una auténtica pasta por su veinte cumpleaños —dijo por fin pasándose la mano por el cráneo cubierto por un pelo de pocos milímetros de largo y que, claramente, ya se veía todo gris—. Diez millones de coronas más piso, coche y no sé qué más. Eso demuestra que la fortuna familiar es bastante más grande que lo que supone Hacienda, pero eso no es relevante ahora. Lo llamativo es que el tacaño de Hermann Stahlberg fuera tan generoso. Que sepamos no les ha dado nada parecido a ninguno de los chicos. Y aún más extraño resulta que Hermine parezca llevarse bien con toda la familia. Es la única.

—¿Podría el dinero ser un premio precisamente por eso? —reflexionó Erik—. Un premio por ser buena y dócil.

—No lo sé.

—También podría ser un regalo para calmar su mala conciencia —dijo Hanne despacio—, aunque debería tratarse de una muy mala conciencia.

Fue como si toda la sala se volviera hacia ella, como si el centro de gravedad se desplazara de repente desde las autoridades situadas en la cabecera de la mesa, donde Billy T. estaba de pie junto al jefe de sección y el subdirector de la policía. Todos miraban hacia los nuevos y Hanne Wilhelmsen.

—Vale —dijo Billy T. en tono seco.

—O como un soborno para que la niña permanezca callada.

—¿Acerca de qué? —preguntó Billy T.

—No lo sé, claro —dijo Hanne, y se rascó la nuca—. ¡Solo estoy intentando seguir tu planteamiento! Dadas las circunstancias, es muy extraño que le dieran tanto dinero. Todo el personaje de Hermine resulta muy raro.

—Y por eso la traeremos para tomarle declaración en cuanto pase el entierro —dijo el jefe de sección, y miró la hora.

—Yo no esperaría tanto —murmuró Hanne.

—¿Algo más?

El jefe de sección empleó un tono duro y miró a su alrededor con una expresión que dejaba claro que, para retenerle en el calor de aquella sala mal ventilada un segundo más, había que disponer de una información extraordinariamente importante.

—Las armas —dijo Erik levantando apenas la mano derecha—. Un análisis solo temporal.

—Así que se trata de más de una —dijo Billy T.

—Dos. Dos municiones, 9 milímetros parabellum y .357 Magnum. Una pistola y un revólver. En total dispararon once tiros con la pistola y cinco con el revólver. Aún no disponemos de la tipificación de las armas.

—Once tiros con munición de pistola. Resulta que hay bastantes pistolas con esa capacidad en el tambor. El asesino no tuvo por qué volver a cargarla.

—O los asesinos —precisó el subdirector de la policía Puntvold rascándose la barbilla. Se oyó el sonido de la barba sin afeitar—. Dos armas apuntan a que fueron dos asesinos.

—No necesariamente —dijo Hanne.

Se sentía cada vez más molesta por la presencia de Puntvold. El caso Stahlberg ya era lo bastante complejo y confuso. En asuntos así debían dar con el punto de equilibrio para ser eficientes. Debían ser suficientes para poder hacer el trabajo, pero no tantos como para no poder mantener una cierta perspectiva. Era cierto que Puntvold cada vez era más popular tanto en la comisaría como entre la opinión pública a base de encanto, visibilidad y un gran compromiso con el cuerpo, pero debería haberse abstenido de asistir a una reunión como aquella. Y lo mismo podía aplicarse a varios más, como los agentes en prácticas y un par de guardias. Siendo estrictos, en aquella estrecha habitación había el doble de las personas necesarias, y Hanne resopló con desánimo ante la idea.

—También puede darse el caso de que el asesino sea listo —dijo intentando no sonar como si les estuviera dando una clase magistral—, o prudente. Es una muy buena observación esa de recargar el arma. Teniendo dos, no haría falta.

—Doy por supuesto que la investigación técnica va tan rápido como es posible —dijo el jefe de sección, y se levantó—. Quiero que me hagáis llegar todos los resultados al momento. En cuanto a la investigación táctica, es evidente que Carl-Christian, su mujer y Hermine deben tener prioridad.

—Sobre todo en vista de que sus coartadas son dudosas —añadió Billy T.—. Son tan malas que casi podrían ser ciertas. Mabelle y Carl-Christian estaban juntos en casa, nadie puede confirmarlo ni negarlo. Hermine dice que se pasó la noche durmiendo. En casa. Eso también sin confirmar.

—Vale —dijo el jefe de sección con muestras de impaciencia cada vez más evidentes—. Doy por hecho que seguiréis investigando los movimientos de los testigos, o la ausencia de ellos, la noche del crimen. Quiero veros a vosotros dos, Wilhelmsen y Billy T., en mi despacho dentro de una hora. Y tú —movió la cabeza en dirección a la abogada policial Annmari Skar—, tendremos que acordar cómo proceder con las tomas de declaración y potenciales detenciones. Y lo dejamos aquí, debemos…

—Pero ¿qué pasa con Sidensvans? —dijo Hanne en voz alta—. ¿Es que carece totalmente de interés para la investigación?

El jefe de sección volvió a sentarse muy despacio.

—Claro que no —dijo con voz fingidamente suave—. No, Hanne Wilhelmsen. Solo estoy intentando que trabajemos con un poco de eficacia. Y perder el tiempo en estas reuniones no acaba de casar con mi estilo.

—Estoy completamente de acuerdo —empezó Hanne Wilhelmsen— con que la familia es mucho más interesante. Son Hermine y Carl-Christian quienes tienen algo que ganar con la desaparición del resto del rebaño. Pero no deja de parecerme que hay algo que no encaja cuando no tenemos ni la más mínima idea de por qué Knut Sidensvans se encontraba allí. Los Stahlberg debían de estar esperándole. O eso parecía, con los pasteles y el champán preparados. Habían puesto cuatro copas y cuatro platitos. Contaban con una cuarta persona. Pero ¿por qué iban a reunirse con Sidensvans? ¿No deberíamos intentar averiguar al menos eso?

—Querida comisaria —dijo el jefe de sección en tono apático—. Si no recuerdo mal eres tú quien suele afirmar que la solución de un enigma criminal siempre está en la sencillez. Eres tú quien nos recuerda que, si encontramos el móvil que desencadenó el crimen, daremos con el responsable. Y sin querer adelantarme a los hechos, creo que se puede decir que en este caso el móvil nos está llamando a gritos. Me parece a mí que el tal Sidensvans no es más que una visita casual.

—Es muy probable que sea así, pero ¿no deberíamos estar seguros? Por supuesto que estoy de acuerdo en que hay motivos más que suficientes para sospechar que uno de esos tres —señaló vagamente el esbozo que Billy T. había hecho del árbol familiar— es el asesino. Pero aún no tenemos razones para creer que los tres sean culpables, ¿verdad? Averiguaremos cuál de ellos tiene el móvil más fuerte. Pero ¿no sería especialmente procedente aclarar si alguno de ellos resulta tener alguna relación con la cuarta víctima?

El jefe de sección inclinó teatralmente la cabeza y se incorporó de golpe.

–Tienes toda la razón. –Se frotó los ojos y forzó una sonrisa–. Mantendremos todas las opciones abiertas, como siempre. Y como eres tú quien va a asumir la responsabilidad de la investigación táctica, puedes dedicar el lunes y el martes a Sidensvans.

–Esos días son la víspera de Nochebuena y Nochebuena –protestó Hanne–. ¡Son días muy complicados para conseguir hablar con la gente!

–Dos días –dijo su superior, tajante–. Eso es lo que tienes, de momento. Si encuentras algo relevante, seguiremos con ello, claro.

Se produjo una cacofonía de patas de sillas arrastradas. Erik y Billy T. se quedaron en el pasillo esperando a Hanne. Salió la última de la sala sin ventanas y respiró profundamente.

–Joder, qué espeso se vuelve el aire ahí dentro –dijo con gesto despreocupado.

–¿Qué opinas del tipo ese con nombre de pájaro? –preguntó Erik refiriéndose a Sidensvans con auténtica curiosidad.

–No lo sé muy bien –dijo Hanne apoyando la mano en el brazo de Billy T.–. ¿Sabes? Estoy muy impresionada por todo lo que has averiguado en dos días. Buen trabajo policial, Billy T. De verdad.

Esbozó una sonrisa y se fue con aire decidido hacia su despacho.

–Eso no se ve todos los días, ¡reconocimiento de su majestad!

–Estaba siendo irónica –dijo Billy T. malhumorado.

–Creo que te equivocas. Además, creía que ya volvíais a ser amigos, ¿o me equivoco?

–Pregúntale a Hanne. Con esa mujer es imposible saberlo.

Cuando salió en la misma dirección que la detective, Erik le siguió con la mirada. Era como si Billy T. se hubiera derrumbado. Los dos metros de hombre habían empezado a encorvarse. Su trasero era más ancho, más pesado, y arrastraba los pies al caminar. El jersey le apretaba en la cintura y no le sentaba bien.

Así no puede dejarse uno, pensó Erik Henriksen. Por lo menos, tengo que empezar a entrenar con regularidad.

Hanne tenía muchas ganas de llorar.

¡En los últimos seis meses había mejorado tanto! El ostentoso piso de la calla Kruse ya no le resultaba tan ajeno. La cita semanal con el psicólogo no era tan humillante ni le daba tanto miedo como al principio. Mientras Nefis fuera la única en saber que Hanne había acabado dando su brazo a torcer para buscar ayuda profesional, el tratamiento suponía una especie de alivio. Hanne se había acostumbrado a esas conversaciones y no se había perdido ninguna sesión en los últimos nueve meses. Todavía le daba pavor la idea de que alguien se pudiera enterar. Todavía se arrebujaba en el abrigo, se tapaba media cara con la bufanda y miraba a su alrededor antes de llamar a la puerta de la consulta del psicólogo, como si estuviera a punto de entrar en un sex shop. Pero iba, lo hacía y eso la ayudaba.

Todo había mejorado en el último medio año.

Billy T. y Hanne habían recuperado algo de lo que un día compartieron. Nunca volvería la sensación de fraternidad, la inefable confianza que se había perdido en una noche de sexo y tristeza mientras la anterior pareja de Hanne estaba en su lecho de muerte en el hospital y Hanne buscaba consuelo donde era imposible hallarlo. Ella lo sabía. Billy T. lo echaba de menos. Podía verlo en su mirada, en su forma de moverse, en su torpe confianza cuando equivocadamente creía que ella estaba más cerca de él. En esas ocasiones tenía que rechazarle, mostrarse fría, cerrarse. Pero no ocurría con frecuencia. Trabajaban bien juntos y Hanne por fin había empezado a darse cuenta de que no podía pasar sin él. A veces, no muchas, cuando él era capaz de no forzar la situación en su afán de retroceder en el tiempo, sentía la cercanía que había entre ellos, esa comprensión intuitiva que no encontraba en nadie más, ni siquiera en Nefis.

Todo iba por muy buen camino. Y entonces su padre murió.

No sentía dolor por su ausencia, aunque Nefis insistiera en que era así. Hanne no entendía por qué había experimentado una reacción tan fuerte. Un sentimiento de pérdida, así lo llamaba el psicólogo. La pérdida de algo que podría haber sido. La ira por algo que debería haber sido diferente. Hanne no estaba de acuerdo. Forcejeaba con un sentimiento que no sabía qué era, que no se parecía ni al enfado ni a la pena, pero que la atormentaba intensamente.

—Hola…

Silje Sørensen asomó la cabeza por la puerta. Hanne le dedicó una sonrisa inexpresiva y pareció tener mucha prisa por consultar unos papeles.

—Estaba pensando… —dijo Silje, y se interrumpió—. ¿Es un mal momento?

—No, para nada. Pasa.

La sonrisa de Hanne seguía siendo forzada y Silje dudó.

—Puedo volver en otro momento.

—Siéntate.

—Verás…

Silje no se sentó. En lugar de eso, dejó una gastada y manchada cartera de piel color burdeos sobre la mesa delante de Hanne.

—¿Qué es eso? —preguntó la detective.

—Una billetera —dijo Silje con tono casi compungido.

—Eso ya lo veo. Pero ¿a quién pertenece?

—Knut Sidensvans.

—Vale. ¿Y de dónde ha salido?

—De objetos perdidos. Alguien se la encontró en la calle Thomas Hefty. En otras palabras, no muy lejos del lugar de los hechos. Estaba medio enterrada en la nieve. Con el dinero dentro, Hanne.

Seguía teniendo ese tono de disculpa en la voz. Aunque no sabía muy bien adónde quería ir a parar Hanne cuando hablaba de las llaves y la cartera que faltaban, sospechaba con bastante fundamento que aquello dejaba su teoría bastante tocada.

—Con el dinero dentro —repitió Hanne—. O sea, que lo más probable es que la haya perdido.

—Seguramente.

—Pero ¿las llaves no han aparecido?

—No.

Ninguna de las dos dijo nada. Al otro lado de los cristales nevaba. Una patrulla pasó con la sirena ululando camino de la calle

Åkeberg y los copos que se arremolinaban adquirieron un brillo azulado.

No se oían pisadas en el corredor y no les llegaba ningún griterío. Nadie reía y no había un detenido que diera problemas con su arresto. Parecía que la comisaría entera había cerrado por aquella noche.

—Vale —dijo Hanne por fin—. Así que había perdido la cartera. Pero no sabemos si llevaba las llaves en el mismo bolsillo. De hecho... —Se puso de pie e hizo la comprobación con su propia trenca, que descolgó de un gancho detrás de la puerta—. La cartera aquí —dijo dándose unas palmadas en el muslo izquierdo—, y las llaves aquí. —Sacó un llavero bastante abultado del bolsillo derecho—. Para no sobrecargarlos —explicó—. Cada cosa en un bolsillo.

—¿Adónde quieres ir a parar, Hanne? ¿Quieres decir que el asesino ha podido coger las llaves? ¿Crees que los asesinatos han podido cometerse a causa de las llaves? ¿Qué utilidad podrían tener para nadie? Hemos estado allí, Hanne, en el apartamento de Sidensvans. Allí no había nada. Nada de valor salvo el equipo informático. Nadie mata por un ordenador. Y además no lo habían robado, lo vimos allí.

—Pero alguien ha podido acceder al ordenador —dijo Hanne de pronto con una gran sonrisa—. Y podía haber algo allí, en medio de todo aquel caos, algo que se han llevado. Pero ya es suficiente. Lo pensaré un poco más. Gracias por informarme. Deberías irte a casa.

Eran ya las siete y cuarto. Silje se encogió de hombros y obedeció. Hanne se quedó sentada, sin hacer mucho más que pensar, hasta que Marry la llamó iracunda y le ordenó que se fuera a casa.

Había perdido el control.

Hermine Stahlberg estaba acostumbrada a consumir drogas. Aunque su familia, con frecuencia y casi siempre en silencio, había sido crítica con su relación demasiado liberal con el alcohol, nadie sabía que tomaba pastillas y cosas más fuertes. Hermine se movía en dos mundos. Era rica, guapa y mimada. Inútil y muy querida. Pero también vivía en otro ambiente, por debajo de su propia existencia. A veces en Oslo, generalmente en el extranjero. Durante varios años había mantenido el control, un equilibrio dentro de su doble vida.

Ya no.

La habitación no paraba de dar vueltas a su alrededor. Intentó acostarse, pero no acertó con la cama. El vómito subía por su garganta y no podía respirar. Medio inconsciente, fue capaz de ponerse de lado. Su hermano la miraba. Creía que era él, no podía estar segura, también podría tratarse del tío Alfred.

—Mierda —farfulló y rió sin fuerza.

Todavía podía hablar, no estaba muerta. La cara de su hermano se veía verde y deformada. A lo mejor sí que era el tío Alfred, después de todo. Ya no importaba nada. La figura se inclinó sobre ella. La cara cambió de color, ahora era amarilla, con manchas rojas que fluían y volaban hacia el techo, como pompas de jabón sanguinolentas. Hermine rió.

—Alfred —gimió, y abrió la boca.

El hombre decía algo. Hermine se concentró en sus labios. Se movían de manera extraña, sin sentido, porque el volumen había desaparecido. No oía nada, se había quedado sorda.

—Sorda —dijo riéndose mucho—. Sorda, Alfred.

Carl-Christian Stahlberg levantó a su hermana y la tendió en la cama. La puso de lado, le dobló la pierna izquierda para que no se girara. Dudó un momento antes de meterle los dedos en la boca. La lengua parecía demasiado grande, pero pudo estirarla y limpiar la cavidad bucal de flemas y vómito. Carl-Christian lloraba a moco tendido y, cuando por fin consiguió contactar con el servicio de urgencias, casi no fue capaz de explicar dónde se encontraba. Cuando llegó el personal de la ambulancia había recuperado el control. Se había lavado para quitarse de encima el tufo de la decadencia de su hermana.

Incluso se había ajustado el nudo de la corbata.

El anciano del bosque se sentía inquieto. Era sábado e intentaba pasar un rato agradable con una taza de buen café y una tarta comprada en la pastelería mientras veía un poco la televisión. Un gran silencio se había apoderado de Nordmarka. Había dado su paseo nocturno bajo una ligera nevada. Los troncos quemados en la chimenea daban una suave luz a la cabaña y el ambiente en el interior era cálido. Pero aun así se sentía intranquilo. Era culpa del pescador en el hielo. Era imposible que estuviera pescando. La nieve que rodeaba el agujero apenas estaba pisoteada y no había marcas de nada para sentarse. En definitiva, parecía que el extraño hubiera llegado, hubiera taladrado un agujero en el hielo y se hubiera marchado.

El viejo había regresado por la mañana. Las huellas habían desaparecido, el viento y la nieve habían vuelto invisible la visita del desconocido. Pero él había encontrado el agujero. Había quitado un poco de nieve en la zona en que pensaba que estaría y la fina capa de hielo había resultado fácil de encontrar.

Le sorprendía su propia curiosidad. Había vuelto a hacer su aparición, esa maldita tendencia suya a meter las narices en los asuntos ajenos, y ahora comprendía que tenía que ver con esos asesinatos en la ciudad.

Había bajado al pueblo a comprar toda la prensa. La policía decía que estaban siguiendo varias pistas. Eso no significaba nada. Pero se podía leer entre líneas. Entendía adónde irían a parar. Era ese chico, el hijo de la casa.

La policía decía que no habían encontrado ninguna arma.

Tal vez debería avisar de lo que había visto. Por otra parte, esas cosas traían muchas complicaciones. Bostezó y tiró los posos del café a la chimenea. Acompañado del aroma a café quemado y viejo tabaco amargo, se fue a la cama y se durmió.

Domingo, 22 de diciembre

Mabelle Stahlberg solía pasarse una hora en el baño todas las mañanas. Pero hoy hacía solo unos minutos que se había levantado y ya estaba sentada, completamente vestida, a la gran mesa redonda de cristal situada en el centro de la cocina. Sin maquillaje, su rostro parecía transparente y sin definir.

—Vaya —dijo Carl-Christian mirándola de arriba abajo.

—¿Dónde te has metido? —Se llevó la taza de café a los labios con mano temblorosa—. ¿Cuándo has vuelto?

—Hace un par de horas. No quería despertarte. He dormido un poco en el cuarto de invitados. Sobrevivirá.

Mabelle no reaccionó.

—¿Me has oído? —preguntó molesto—. Saldrá de esta.

—Me alegro por ella. Pero me parece que nosotros tenemos otras cosas de las que preocuparnos.

Carl-Christian se sentó al otro lado de la mesa y escondió la cabeza entre las manos.

—Le ha faltado muy poco para morir, Mabelle. Si no me hubiera pasado por allí, la cosa habría acabado en tragedia.

Su esposa seguía sentada, inexpresiva, con la taza de café en los labios. El vapor se adhería a su cara pálida. Él se dio cuenta de que tenía los ojos enrojecidos. No había dormido. Se inclinó sobre la mesa e intentó cogerle la mano.

—¿Qué va a pasar? —susurró ella—. Tengo tanto miedo.

Él le cogió la taza de café y la dejó sobre la mesa dando un golpe. El líquido marrón salpicó la superficie. La agarró por la barbilla y la obligó a sostenerle la mirada. Sus ojos estaban embotados y, por un instante, se preguntó si Mabelle también habría consumido alguna sustancia. Ella le dedicó una sonrisa triste.

—Me alegro de que Hermine salga adelante, CC. De verdad. Fue una bendición que llegaras a tiempo.

Una corriente helada se coló por la ventana entreabierta y él se levantó a cerrarla. Una luz grisácea de mañana invernal había empezado a deslizarse por la habitación a través de los enormes ventanales que daban al este, pero no tenía fuerza para penetrar del todo. La oscuridad de los rincones le ponía nervioso y encendió todas las lámparas.

—¿Cuándo vendrán? —preguntó ella.

—No lo sé. Quiero creer que esperarán a que pase el entierro. Supongo que somos testigos importantes, ya que somos los únicos supervivientes. Hermine y yo. Y tú, en cierto modo. También están Jennifer y los niños, claro, pero ellos… No es que salgan precisamente beneficiados por lo ocurrido. Seguro que la policía nos dará caña, pero después del entierro.

—Nos vigilan.

—Seguro, por eso no puedo ir por allí.

—Tienes que ir.

—Todavía no.

—¡Tienes que ir! —gritó ella, agitando los brazos sin motivo y de forma descontrolada.

La taza de café salió volando por la superficie de cristal y cayó al suelo con un estallido. Mabelle reía histérica y era imposible tranquilizarla, hasta que Carl-Christian le tapó la boca con la mano y apretó con fuerza. Le sujetó los brazos al cuerpo agarrándola por detrás.

—Te soltaré cuando te calmes —le susurró al oído—. Relájate, mi amor. Chsss… cálmate.

Por fin notó que las convulsiones eran menos intensas. La soltó con cuidado. Mabelle aún lloraba, pero con más tranquilidad. Finalmente se volvió hacia él y se dejó abrazar. Se quedaron así durante mucho rato, ella con la cara apoyada en su cuello.

—Ahora lo más importante es que contemos la misma historia —dijo él en voz baja—. Que sepamos lo que está diciendo el otro.

—Lo más importante es que no digamos nada de nada —dijo ella con la boca pegada a su jersey.

—Tenemos que hablar. Si nos negamos a declarar, solo conseguiremos levantar sospechas. Pero tenemos que dedicarle tiempo, cariño. Tenemos que sentarnos y ponernos de acuerdo.

—Pero ¿por qué no puedes ir allí a comprobar las cosas y dejarlo todo arreglado?

—Si hay algo que no podemos permitirnos ahora mismo es que la policía descubra ese lugar. Lo harán, claro, tarde o temprano. Pero cuanto más tarde sea, mejor. Por lo que sé, puede que ya nos tengan vigilados. Voy a... voy a ocuparme de solucionar esto, Mabelle. Lo prometo.

Dejó que sus dedos juguetearan con su espesa melena. Su olor seguía volviéndole loco. Habían sido novios en secreto durante tres años por miedo a las represalias de su padre. Una boda loca, impulsiva, celebrada en Las Vegas sin más testigos que una mujer obesa que tocaba un órgano eléctrico, había marcado el inicio de una escalada de conflictos con la familia que había durado cinco años. Pero Mabelle nunca le había traicionado. Que él supiera, nunca le había sido infiel. Aunque de vez en cuando pasaba por etapas de cierto distanciamiento indiferente, era como si hubiera tomado una decisión, para siempre jamás. Después de un tiempo volvía a ser cariñosa y atenta, enamorada hasta la sumisión.

Antes de Mabelle no había habido nadie. Alguna que otra compañera casual de cama. Al fin y al cabo, tenía dinero y había aprendido muy pronto que eso podía compensar su falta de atractivo. Pero nunca llegaba a nada más. Ya cerca de la treintena empezó a entender por qué. Era cobarde. Tenía una personalidad esquiva que en lo físico se manifestaba en una barbilla huidiza. Sus ojos tampoco eran bonitos: demasiado grandes, levemente saltones, como si padeciera un hipertiroidismo incipiente.

Su padre le anulaba. La escasa fuerza e independencia que había adquirido en su juventud gracias al esquí se iba desvaneciendo mientras su dependencia de la naviera y de la potestad paterna aumentaban. Quedó tercero en un campeonato nacional de esquí junior antes de que su padre decidiera poner fin a esa pérdida de tiempo. Se esquiaba los domingos, el resto de la semana se trabajaba de ocho a siete. Y, año tras año, Carl-Christian se iba resignando.

Y entonces apareció Mabelle, bella y desenfrenada. Era decidida cuando Carl-Christian era blando, firme cuando él cedía a la voluntad paterna.

—No tenía que haber sido así —susurró ella llorando, agazapada en su cuello.

—No era así como tenía que haber pasado —asintió él.

Mabelle no debía romperse. Si ella no era capaz de sobrellevar la situación, todo se iría al traste. Él no era lo bastante fuerte. Ella había sido su fuerza, solo ella, durante demasiado tiempo.

—¿Y qué pasa con Hermine? —dijo Mabelle desesperada—. Es imposible fiarse de esa cría, al menos ahora que la situación se tensa. ¿Qué vamos a hacer?

Carl-Christian no fue capaz de contestar. Hermine era un cabo suelto.

—Saldrá bien —la consoló sin responder a su pregunta—. Todo saldrá bien, Mabelle.

Pero no se creía ni una palabra de lo que estaba diciendo.

Cuando Hanne Wilhelmsen amaneció, la Navidad había estallado.

A las diez se despertó por el impacto de una mandarina en el ojo. Marry estaba intentando colgar un calcetín lleno de chucherías en el cabecero de la cama.

—Pero si aún no es el día de Navidad —dijo adormilada—. ¿Qué estás haciendo?

—Ya he esperado demasiado. Es el último domingo de Adviento. Toca adornar.

Hanne se puso la bata y fue al salón. La decoración minimalista había sucumbido al oropel festivo. Ristras de luces rojas y verdes cruzaban el techo.

—Células fotoeléctricas —explicó Marry entusiasmada—. Cada vez que alguien pasa por aquí...

Un coro infantil empezó a cantar un villancico con entusiasmo.

En un rincón, junto a la puerta de la terraza, un orondo Papá Noel comía sus gachas navideñas. «Ho, ho, ho...», reía mientras levantaba el brazo en un saludo mecánico.

—¡Dios mío! —susurró Hanne.

De las paredes colgaban cestas trenzadas en colores rojo y verde, ramas de abeto decoradas con pintura en espray, estrellas de bronce y guirnaldas de hojas doradas. El árbol se erguía como un monumento al mal gusto, rematado por la estrella más grande que Hanne hubiera visto nunca. Marry apretó entusiasmada un interruptor de la pared y la estrella giró mientras sonaba «Noche de paz» con dos melodías superpuestas.

Hanne se echó a reír.

—¿No te gusta? —gritó Marry—. Me he pasado toda la noche decorando.

Nefis también se había levantado. Miró emocionada a su alrededor.

—Maravilloso —susurró en medio de aquel caos—. ¡Increíblemente noruego!

—¡No! —hipó Hanne—. Es... es...

Se hizo un silencio repentino. Marry lo había apagado todo con una especie de interruptor general y la miraba con reprobación.

—¿Qué dices que es?

—Es... —Hanne abrió los brazos con una enorme sonrisa—. Joder, es la decoración navideña más fantástica que he visto en mi vida. Marry, eres increíble. De verdad que nunca he visto nada igual.

—¿De verdad? Nefis me dejó encargar lo que me diera la gana. Lo han traído todo a domicilio, ¿sabes? ¡He currado un montón!

—Me doy cuenta —dijo Hanne más seria—. Muchas gracias.

—Gracias a ti —sollozó Marry—. ¡Qué contenta me he puesto!

Se sacó de la manga un pañuelo enorme y se secó los ojos. Luego le dio a Hanne una nota amarilla.

—Un tipo ha llamado esta mañana, antes de que pusieran las aceras. Me negué a despertarte. En realidad no había pensado decirte nada. Pero ahora estoy tan contenta, Hanne. Has hecho feliz a una vieja.

Se dirigió cojeando a la cocina. Por fortuna, se había olvidado de volver a encender los adornos sonoros.

—Te lo prometo —dijo Hanne adelantándose a Nefis mientras leía la nota a toda prisa—. Me toca hacer la cena y volveré con tiempo de sobra. Prometido.

Recogió del suelo un halo plateado y se lo colocó en la cabeza a un angelito.

—Es hasta mono y todo, ¿verdad? —dijo sonriendo.

Incluso la capacidad de sacrificio de los periodistas parecía haberse visto afectada por las fiestas. Al menos no había rastro de ninguno expuesto al viento helado que recorría las fachadas de las casas de la calle Eckersberg. Tan solo un gato caminaba por la acera desierta. Sacudía las patas a cada paso que daba y maullaba desolado.

—Me he preguntado muchas veces —dijo Erik Henriksen mientras abrían la puerta sellada— qué les dice esta gente a sus hijos cuando llegan a casa y les preguntan qué han hecho hoy en el trabajo. A lo mejor comentan: «Sí, bueno, hoy he hecho sufrir a un tipo que acaba de perder a toda su familia». O, tal vez: «He perseguido a una jovencita de la realeza que solo quería que la dejaran en paz mientras compraba un regalo para una amiga. Hoy sí que le he amargado la vida a bastante gente». Madre mía, vaya trabajo.

—No creo que cuenten gran cosa. En su casa, me refiero —dijo Hanne—. Gracias por venir.

—No hay problema —respondió Erik haciendo una mueca—. Pero no acabo de entender para qué hemos venido.

En el piso de la familia Stahlberg hacía demasiado calor. A Hanne le parecía que aún flotaba en el ambiente un resto del olor dulzón a hierro, a sangre y a productos químicos del equipo de los técnicos. Tal vez solo fueran imaginaciones suyas. En cualquier caso, abrió una ventana. Las pesadas cortinas de felpa se agitaron despacio en la corriente.

—Siguen manteniendo la teoría de que habían movido el cadáver de Sidensvans, ¿verdad?

Hanne estaba en cuclillas observando la marca de cinta adhesiva que delimitaba el lugar donde fue hallado el cuerpo del asesor editorial.

—Sí, creen que cayó sobre el mismo umbral de la puerta.

—Es decir, que estaba en el exterior, en el descansillo. Me refiero a cuando le dispararon. ¿Es correcto que le dispararon por la espalda?

Erik buscó en la pequeña carpeta que llevaba debajo del brazo. Sacó el dibujo de un cuerpo humano estilizado y plano, visto por delante y por detrás, con las heridas marcadas con manchas rojas sobre el papel blanco.

—Así es. Dos tiros por la espalda, otro a un lado de la cabeza.

—Así que puede que no llegara a intercambiar palabra con sus anfitriones antes de morir, ¿verdad?

—No... no lo sé. ¿Por qué?

—Lo movieron. Eso puede indicar que estaba más lejos, en el descansillo, y que el asesino quiso meter el cadáver en el apartamento para poder dejar la puerta cerrada al escapar. Pero se quedó abierta, ¿verdad?

—Sí. El perro tuvo que haber entrado por algún lado. Además... el tipo que dio el aviso iba a visitar a Lars Gregusson, el informático del tercero. Cuando no obtuvo respuesta agarró el pomo de la puerta principal y tiró un poco de ella. Estaba algo molesto porque habían quedado en tomarse un par de copas aquí antes de salir de fiesta. Y resultó que la puerta estaba abierta. Sencillamente la cerradura no había encajado. Y entonces asoma la cabeza dentro del portal y ve una puerta abierta en el rellano del bajo y las suelas de unos zapatos. Menos mal que tuvo el suficiente buen juicio y sentido común como para no entrar. Prefirió llamarnos a nosotros.

—Eso quiere decir que tal vez Sidensvans no tuvo que llamar a la puerta —dijo Hanne, y salió otra vez a observar el rellano—. En realidad, puede que entrara directamente.

—Ya... ¿Por qué?

—Por nada. ¿El telefonillo es de los normales?

—Sí, se llama desde fuera, dices quién eres y los vecinos aprietan un botón que abre la puerta. Como todos.

—Como todos —repitió ella distraída—. Y aquí estaba Hermann.

La distancia entre la silueta de Hermann Stahlberg y la cabeza de Knut Sidensvans no era de más de cinco o diez centímetros.

Volvió a ponerse en cuclillas con la barbilla apoyada en la mano.

—¿Podemos suponer que Hermann iba a recibir al invitado?

—Supongo que podemos, sí, pero no lo sabemos. Si... En el caso de que tengas razón y Sidensvans no tuvo necesidad de llamar a la puerta, no sabían que estaba a punto de llegar.

—No he dicho que fuera así, he dicho que podría haber sido así. Hay una gran diferencia.

Erik se quedó mirando a su colega. Nunca la había entendido. Incluso ahora, cuando no estaba lastrado por su estúpido enamoramiento y por ello podía verla con más claridad, seguía sin comprenderla. Nadie lograba entenderla. Hacía mucho que Hanne Wilhelmsen se había granjeado fama de ser la mejor investigadora de la policía de Oslo, tal vez del país. Pero nadie era capaz de descifrarla, ni siquiera después de tantos años. También era cierto que casi todo el mundo lo había dejado por imposible. Hanne era rara, poco receptiva, bordeando la excentricidad. Así la veía la mayoría, a pesar de que su reputación como instructora de los agentes más jóvenes e inexpertos se había hecho legendaria. Todos los aspirantes, casi sin excepción, intentaban acercarse a Hanne Wilhelmsen. Donde los compañeros de más edad veían a una investigadora cabezota y terca que apenas se dignaba comunicar nada, los jóvenes encontraban a una profesora original, intuitiva y concienzuda. Su paciencia, casi inexistente con la jerarquía, podía resultar casi conmovedora cuando se trataba de colegas de los que no esperaba gran cosa.

Erik Henriksen había trabajado codo con codo con ella durante diez años.

—Me pregunto por qué no estoy hasta el gorro de ti y de tus secretos —dijo riendo entre dientes—. Por ejemplo, ¿podrías decirme qué estás pensando ahí agachada? ¿O tengo que traer a algún agente en prácticas para que pregunte por mí?

Hanne se puso de pie e hizo una mueca al notar un tirón. Había estado demasiado tiempo en cuclillas.

—¿De verdad lo quieres saber? —dijo distraída.

Con las piernas plantadas en la silueta blanca del cuerpo de Sidensvans, extendió la palma de la mano hacia el salón como una especie de referencia espacial. Cerró un ojo. Luego dejó que su vista recorriera el contorno del cadáver de Preben, el que estaba más cerca de la puerta del salón. Los tres cuerpos aparecieron alineados, pie contra cabeza, una cadena de gente muerta.

—Hummm —murmuró moviendo la cabeza de un lado a otro suavemente.

—Sí —dijo Erik—. Me interesa, Hanne. Siempre nos interesa. Eres tú la que no quiere compartir.

—Sí, claro que sí —dijo ella todavía concentrada en la porción del salón que era visible desde la puerta de la calle—. Estoy encantada de compartir.

—¡Pues hazlo!

Su tono era de irritación y consultó su reloj sin disimulo.

—Sí. —Ella sonrió abiertamente y le puso la mano en el hombro—. ¿Has comido?

—No...

—Pues vente a casa conmigo y así podré contarte lo que estoy pensando. Vivo muy cerca de aquí. Pero te aviso de que tengas cuidado con... con la asistenta. Es un poco especial. Tú haz como si nada. Y, por favor, no se te ocurra criticar nuestros adornos navideños.

—Claro que no —dijo entusiasmado, y correteó tras ella por el estrecho sendero que partía de la calle Eckersberg número 5.

La sobredosis de Hermine Stahlberg fue considerada un intento de suicidio, algo que Carl-Christian, después de haber dedicado un par de horas a digerir la vergüenza que suponía un diagnóstico así, contempló como una clara ventaja. La policía no podría tomarle declaración a su hermana hasta dentro de bastante tiempo. Su sensación de alivio era casi física, y no desapareció a pesar de la preocupación que le provocaba la evidencia de que su hermana tomaba cosas bastante más fuertes que las bebidas alcohólicas a la venta en el monopolio estatal. La tremenda jaqueca que le había torturado las últimas veinticuatro horas estaba perdiendo intensidad. Con un poco más de suerte, lo tendría todo bajo control.

Al levantarse de la silla junto a la cama de hospital donde Hermine acababa de dormirse, se le nubló la vista. Tuvo que agarrarse a la mesilla y cerrar los ojos mientras respiraba profundamente.

—Alfred —dijo sorprendido cuando volvió a abrir los ojos.

—Carl-Christian. ¡Hijo mío!

Su tío le abrazó. Carl-Christian, debilitado y falto de voluntad, dejó que lo rodeara entre sus brazos durante un buen rato. El olor a puro y a hombre que ya no cuidaba su higiene como antes irritó su nariz.

—Menos mal que estás aquí —gimió su tío—. He intentado llamarte muchas veces. Nos reunimos el viernes por la noche, todas tus tías y algunos de sus maridos. También algunos de tus primos. Por cierto, Benedicte se pasó por allí y…

—No me he encontrado muy bien, tío. Estos días no cojo el teléfono.

—Me hago cargo —susurró Alfred mirando de reojo a su sobrina dormida—. ¿Cómo está?

—Bien, teniendo en cuenta las circunstancias.

—¿Por qué no nos vamos tú y yo a tomar una copita a mi casa, hijo mío? Tenemos muchas cosas de las que hablar. Después de tantos sucesos horribles y…

—Creía que habías venido a visitar a Hermine.

—¡Pero está durmiendo! ¡No puedo despertar a la pobre niña!

El tío Alfred parecía ofendido. Tenía a su sobrino firmemente agarrado por el brazo y tiró de él hacia la puerta con determinación.

—Vamos. Deja que Hermine duerma.

—¡No!

Carl-Christian dio un respingo al oír la dureza de su propia voz al zafarse.

—No quiero acompañarte a tu casa. Tengo cosas de las que ocuparme. Estoy muy liado y lo último que necesito es beber.

Alfred le miró de arriba abajo. Sus ojos pequeños y hundidos, de color azul pálido, brillaban de indignación y su boca se contrajo en un gesto malhumorado. Carl-Christian sintió repugnancia ante sus gruesos labios, siempre rojos y húmedos, casi femeninos. Se apartó un poco.

—Solo quiero estar en paz —murmuró.

—Lo entiendo. —La voz de su tío era más fría, más pragmática—. Me permito recordarte que hay una serie de aspectos de los que ocuparse en relación con el entierro y no digamos ya con el tribunal de sucesiones. En ese aspecto hay, por decirlo suave, cierto desorden. ¿No es así?

Carl-Christian intentó pensar en algo que responderle. La sorprendente seguridad que había puesto de manifiesto solo un momento antes se había esfumado. Clavó la punta del zapato en el suelo y fue incapaz de sostener la mirada de su tío.

En realidad nunca había entendido cuál era el papel de Alfred en la familia. Era el hermano pequeño, y bastante inútil, de su padre. Era verdad que siempre tenía algún proyecto empresarial en marcha, o al menos eso parecía a juzgar por su eterna cháchara sobre las grandes cantidades de dinero que siempre estaba a punto de ganar. Pero luego nunca era así. Antes, cuando Carl-Christian era más joven, en ocasiones prestaba atención a las vagas palabras de su tío. Si le hacía alguna pregunta, las respuestas nunca eran concretas y solían consistir en la descripción de nuevos proyectos con pocos detalles y mucho colorido. Y durante todo ese tiempo se había autodenominado «marchante de arte», a pesar de que Carl-Christian nunca había oído que vendiera un solo cuadro.

Era evidente que el ritmo de vida de Alfred no estaba en sintonía con su nivel de ingresos. Carl-Christian tenía una vaga idea de que los abuelos, que llevaban muchos años muertos cuando él nació, les habían dejado a sus hijos una buena herencia. Se habían dedicado al sector textil y, después de un par de años de indefinición política durante la ocupación nazi en la Segunda Guerra Mundial, tras su muerte en 1952 seguramente pudieron darles a sus hijos un buen punto de partida para emprender sus propias carreras. Pero ese dinero debía de haberse acabado hacía mucho.

Había algo equívoco en Alfred Stahlberg. Incluso Hermine, su sobrina preferida y que casi parecía más hija suya que de Hermann, podía adoptar una actitud introvertida y rechazar de manera ostensible todo lo que tuviera que ver con su tío. Cuando ella era una niña y Carl-Christian un adolescente, a veces le sorprendía ver cómo ella pasaba de un cariñoso afecto a una firme aversión hacia su encantador, charlatán y holgazán tío. Después Carl-Christian dejó de preocuparse. No entendía al tío Alfred, eso era todo. Tampoco entendía que su padre fuera tan permisivo con su hermano pequeño cuando resultaba tan obvio que no se tenían cariño. La gente se reía de Alfred, pero también se reía con él. Hablaban de él, pero sobre todo con él, y todos se regocijaban con las historias que podía sacarse de la manga. Eran falsas, casi poéticas, con su evidente exageración de los méritos propios, de su resolución e instinto para los negocios. Alfred era excesivo en todo, también en su sobrepeso, pero hasta hacía solo unos meses había sido un hombre bastante elegante.

Ahora olía mal y Carl-Christian quería marcharse cuanto antes.

—Tengo que irme a casa —murmuró con voz casi inaudible.

Cuando se dio la vuelta al llegar a la puerta, vio que el tío Alfred se había sentado junto a la cabecera de la cama de Hermine. Tenía su mano entre las suyas. Ella entreabrió un momento los ojos y le sonrió.

Erik Henriksen estaba en la cocina de la calle Kruse con la boca abierta.

—¡Vaya! —dijo por fin—. ¡Esto es una pasada!

—Claro que sí, hijo mío.

Marry enseñó sus dientes nuevos y le sirvió una generosa dosis de vino navideño caliente. Echó un montón de nueces y pasas hasta que pareció más un puré que una bebida.

—Algo para calentarse —dijo cuando lo remató con un chorro de aguardiente de sesenta grados.

—¡Eh! —protestó Erik intentando tapar la taza con la mano—. ¡Son las doce de la mañana!

—A nadie le ha venido nunca mal un buen trago el último domingo de Adviento —concluyó Marry plantando una cesta llena de pastas navideñas caseras en la mesa—. Toma. Come. Las he hecho yo misma.

—Gracias —murmuró Erik mordiendo obediente un hombrecillo de jengibre mientras Marry salía de la cocina y cerraba la puerta.

Hanne se tapó los labios con el dedo índice y se acercó a la nevera sin hacer ruido. Dos minutos más tarde había preparado cuatro sándwiches enormes.

—Tengo hambre —le susurró—. Pero si aviso a Marry se pone a hacernos un almuerzo completo. Le he dicho que acabábamos de comer. Por eso...

Señaló la cestita de las pastas.

—Sois muy buenas por ocuparos de ella.

—En realidad no somos muy buenas que digamos —contestó Hanne—. Se mata a trabajar. Limpia toda la casa y prepara casi todas las comidas. Se niega a aceptar más pago que la habitación y el sustento.

—Sois buenas —insistió Erik—. Yo jamás habría metido en mi casa a una vieja puta y le hubiera dado una oportunidad así. Aunque te echara una mano en aquel caso del chef. ¿No era ella la que se había llevado la prueba clave del lugar del crimen? ¿Fue así como la conociste?

—Sí. Después se pegó a mí. Tuve que ocuparme de ella un tiempo, puesto que dependíamos de su testimonio, y luego, sencillamente, se quedó.

—Pues yo no se lo hubiera consentido.

—Pero tampoco vives en un sitio como este. Marry está aquí por mí.

—¿Cómo?

—Yo… tengo cierta alergia a la familia, Erik. Marry me recuerda que esta es una convivencia que hemos elegido. No es una familia de verdad.

—Bueno, también la familia se elige —dijo Erik claramente desconcertado—. Uno se enamora, tiene hijos…

—Dejemos el tema —le interrumpió Hanne—. No es muy interesante, la verdad.

Siguieron comiendo en silencio. Erik se metió entre pecho y espalda tres de los sándwiches, acompañados de minúsculos tragos del vino navideño. Marry tenía razón. Calentaba. Sentía la cabeza aligerada. Escribió rápidamente un mensaje y lo mandó.

—Mi chica —explicó—. Aviso de que me voy a retrasar.

Erik deseaba quedarse donde estaba, en la cocina de Hanne, mucho tiempo. El alcohol hacía efecto. Todo era cálido. Se quitó el jersey. Se dio cuenta de que Hanne no había tocado su taza. Apartó la suya.

—¿Tienes algo más suave? —preguntó con cierto recato.

—Marry ya no bebe —le explicó—. Y es como si quisiera compensarlo haciendo beber a los demás. A lo mejor es para demostrar que puede pasar sin beber.

—O que se acuerda de lo bueno que está. Oye… ¿de dónde sale todo este dinero?

Hanne fue a buscar zumo de manzana a la nevera de doble puerta en acero bruñido. Se tomó su tiempo para servir dos vasos.

—Eso no te importa —respondió finalmente.

—Cierto. Pero lo pregunto de todas formas.

La cara de Hanne carecía de expresión. Se quedó mirándole un largo rato, como si esperara que contestara a su propia pregunta.

—Nefis —dijo por fin.

—Sí, eso ya lo sé. Supongo que si te hubiera tocado la lotería nos habríamos enterado. Pero ¿por qué es tan rica?

—Su padre. Su padre es multimillonario.

—Eso no explica nada —dijo Erik frustrado—. ¿Por qué es tan rico su padre? ¿Y por qué le da tanto a su hija? ¿Está muerto o qué?

«Jingle Bells» volvió a sonar a todo volumen cuando Marry y Nefis entraron de pronto en la cocina. Erik dio un respingo tremendo y dejó el vaso de zumo sobre la mesa con tanta fuerza que se rajó.

—¡Marry! —gritó Hanne—. ¡No podemos seguir así! ¡Apaga ese engendro de canción! ¡YA!

—Bajaré el volumen —dijo Marry ofendida, y desapareció de nuevo.

No hubo silencio hasta que Nefis encontró el enchufe y lo arrancó de un tirón brutal.

—Creo que lo he roto —susurró Nefis esperanzada, y saludó a Erik antes de decir—: ¡Mira quién está aquí, Hanna!

Billy T. apareció tras ella.

—Pues sí que ha llegado la Navidad a esta casa, sí. ¡Y una conspiración, por lo que veo! ¿Por qué no estoy invitado? Vengo un momento a dejar un poco de mi equipaje para la Nochebuena y me encuentro a dos de mis colegas más cercanos discutiendo un caso sin contar conmigo.

—No estamos hablando de… —Erik miraba incómodo a Hanne y a Billy T.—. Solo estábamos…

—Ni lo intentes.

Billy T. se dejó caer en una silla y se inclinó sobre la mesa de la cocina.

—Deberías recoger esa guarrería —dijo señalando un charco de zumo de manzana, y luego clavó la mirada en Hanne—. Nefis me ha informado de que has decidido compartir tus reflexiones sobre el caso Stahlberg con nuestro amigo pelirrojo aquí presente.

Nefis le pasó una mano con delicadeza por los hombros y le preguntó amablemente:

—¿Puedo ofrecerte algo, Billy T.? ¿Café? ¿Vino, tal vez?

Billy T. dudó. Luego esbozó una sonrisa y dijo que sí a una copa de vino.

Erik estaba aliviado. Por un momento pareció que todo se había ido al traste. Si Nefis no hubiera intervenido tendría que haberse marchado a casa. En los últimos años había visto demasiadas veces cómo Hanne y Billy T. podían bloquearse el uno en presencia del otro, amargarse, cerrarse. Ahora los dos sonreían a regañadientes con la mirada gacha, como niños a los que hubieran pillado en falta.

—¡Cuéntanos!

—Vale. —Hanne respiró profundamente y siguió a Nefis con la mirada cuando salió de la cocina—. Creo... —empezó—. Creo que los asesinatos de la calle Eckersberg pueden estar relacionados con sus tremendos conflictos familiares.

—Increíblemente original —murmuró Billy T.

—He dicho «pueden estar». Hay muchos indicios de que Carl Christian, Hermine o la tal Mabelle tienen algo que ver con el crimen. Juntos o por separado. Y no es difícil pronosticar que tendremos cada vez más razones para apuntar en esa dirección según avance la investigación. En conflictos como el suyo siempre hay un montón de mierda enterrada. Y esa mierda nos viene muy bien en este momento. Todo lo que descubramos reforzará nuestra teoría.

—Exacto —dijo Billy T.—. Y es una buena teoría...

—Pero también peligrosa. Nos bloquea, nos hace cerrar los ojos ante la pieza que preferimos no ver.

—Sidensvans —dijo Erik asintiendo con la cabeza.

—Eso es. Knut Sidensvans. No consigo librarme de la idea de que no era una casualidad que estuviera allí.

—En realidad no tenemos ninguna pista —dijo Billy T.—. Joder, no hay manera de encontrar ninguna conexión entre Sidensvans y la familia Stahlberg.

—Tampoco es que lo hayamos intentado con mucho ahínco.

—No, pero ¿de qué podría tratarse? Ya hemos interrogado a un montón de amigos y familiares de las tres víctimas. Nadie ha oído nunca mencionar a Sidensvans. No hay ningún indicio de que los Stahlberg tuvieran intención de publicar un libro o necesitar otro tipo de asistencia de un asesor editorial. Tampoco parece que necesitaran un electricista bien vestido y sin herramientas para arreglar un cable un jueves por la noche. No lo entiendo, de verdad. Pero debían de estar esperando su visita. Había cuatro copas preparadas sobre el aparador y ya habían abierto la botella de champán.

—Es raro que el champán ya estuviera abierto —dijo Hanne.

—¿Eh?

Erik la miraba con los ojos entornados.

—Normalmente se abre cuando ya han llegado todos los invitados. Esa es gran parte de la gracia de tomar champán, oír cómo salta el corcho. Beber mientras las burbujas están en plena efervescencia. ¿No es así?

—Tú sabrás —murmuró Billy T.—. Yo no puedo permitírmelo.

Hanne no le hizo caso y prosiguió:

—Si por un momento volvemos a la hipótesis más plausible, la de que las muertes están relacionadas con el conflicto familiar, ¿por qué eligió el autor cometer los asesinatos precisamente esa noche?

—Una noche es tan buena como cualquier otra —dijo Erik.

—No —dijo Hanne en tono entusiasta, inclinándose hacia delante—. Cuando cuatro personas mueren asesinadas a sangre fría de esa manera, enseguida nos montamos la teoría de que todo estaba perfectamente planificado. He visto que la prensa ya ha empezado a citar «fuentes anónimas» de la policía sobre esto mismo: los asesinatos fueron premeditados. Pero si alguien ha previsto matar a tres miembros de su familia, ¿no se aseguraría de que estuvieran solos esa noche? ¿No tendría cuidado de que los vecinos no estuvieran en casa y...?

—Y no estaban —interrumpió Erik—. Ninguno salvo Backe. Y el hombre está senil y siempre borracho, seguro que todos los vecinos del inmueble lo saben.

—Backe no está muy fino —reconoció Hanne—, pero tiene sus momentos. Hace la compra y de vez en cuando hasta va al teatro.

—¿Cómo lo sabes?

—Le llevé a casa. No había nadie disponible, así que lo hice yo misma. Es perfectamente capaz de explicarse siempre que tenga suficiente alcohol en sangre y disponga de tiempo para centrarse un poco. Lo que quiero decir es que quitarle la vida a tres Stahlberg el jueves pasado en su propia casa parece un acto bastante impulsivo. Un plan, un plan de verdad preparado para asesinarles, probablemente habría tenido lugar en otro sitio. En su casa de vacaciones, por ejemplo. La semana pasada Hermann y Turid estuvieron en Hemsedal con Preben y su familia. La cabaña está en un lugar despoblado, a más de un kilómetro de la cabaña más cercana. Yo habría... —Se echó hacia atrás y se puso las manos en la nuca. Cuando prosiguió podía intuirse una sonrisa en la comisura de sus labios—: Si yo fuera a quitarles la vida a mis padres y a mi hermano, habría escogido un lugar donde estuviera segura de que nadie me sorprendería y a una hora a la que todo el mundo estuviera durmiendo. No en el centro de Oslo a primera hora de la noche de un jueves.

Erik y Billy T. intercambiaron miradas.

—Y eso vuelve a dejarnos con un montón de posibilidades.

Hanne levantó la vista hacia el lugar donde Marry guardaba el tabaco, pero se controló.

—Si uno o más miembros de la familia son los culpables, estamos ante un acto impulsivo, sin premeditar. Un ataque de ira. Un arranque repentino, que también le costó la vida a Sidensvans porque por casualidad estaba allí.

Hanne guardó silencio y cerró los ojos. Billy T. tenía que hacer un gran esfuerzo para no mirarla. Se sentía impactado. Todos lo estaban. No había un alma en todo el cuerpo policial que no estuviera convencida de que las cuatro víctimas de la calle Eckersberg habían sido liquidadas por uno de los Stahlberg. Ya había un consenso generalizado en torno a la teoría de que los asesinatos estaban planificados al detalle, probablemente desde hacía mucho tiempo. Algunos incluso habían especulado sobre la posibilidad de que el perro glotón hubiera sido llevado allí a propósito. Cuando menos, el animal había dificultado bastante la investigación.

—Si la responsable no es la familia —continuó Hanne de pronto—, tenemos un problema muy jodido. Por decirlo suave. En ese caso, puede tratarse de un robo que salió mal y acabó en homicidio. O de un loco que pasaba por allí, aunque esto último es poco probable, pero aun así… —Captó la mirada de Billy T.—. También podemos plantearnos que en realidad la víctima fuera Sidensvans —prosiguió despacio—. Y que, sencillamente, la familia fue sacrificada. Seguramente para camuflar el asesinato de Sidensvans, no sería la primera vez que ocurre algo así. O tal vez Sidensvans debía…

—… morir antes de entregarle algo a la familia Stahlberg —interrumpió Erik—. O de contarles algo. Pero, en ese caso, estaríamos de vuelta con Carl-Christian y compañía, ¿no? Quiero decir como sospechosos.

Hanne se encogió de hombros.

—Puede ser. Pero en cualquier caso… ¡estaréis de acuerdo conmigo en mis conclusiones provisionales!

—¿Que son… cuáles? —dijo Billy T. muy desanimado—. Me parece que vas dando tumbos de un lado a otro. ¿Qué es lo que quieres decirnos en realidad?

—Dos cosas. Si los culpables son miembros de la familia, se trató de un acto impulsivo. No fue premeditado. Al menos no durante mucho tiempo y con mucho detalle. Por otra parte, no es solo una ocurrencia mía que debamos investigar más a fondo al tal Sidensvans, averiguar a qué demonios había ido a casa de Hermann y Tutta.

—A lo mejor llevaba algo con él —volvió a proponer Erik—. ¿Algo que el asesino se llevó al marcharse?

—Puede ser —dijo Hanne asintiendo con la cabeza—. O tal vez, precisamente, no llevaba nada. A lo mejor por eso no han aparecido sus llaves. O tal vez nunca... ¿Qué pasaría si directamente nunca...?

Hanne se quedó pensativa.

—Esa teoría tuya de que todo fue tan improvisado... —Ahora Billy T. estaba más entusiasmado, gesticulaba—. No se sostiene. ¡Uno no se agencia dos armas así como así! El autor o los autores, familia o no, ¡tienen que haber dedicado tiempo a conseguirlas! ¿De verdad crees que alguien tendría guardadas esas armas, así porque sí, por si surgía la necesidad de ejecutar a alguien?

Hanne no contestó. Tenía la cabeza ladeada y estaba profundamente concentrada, como si intentara captar algo que no estaba del todo segura de haber escuchado.

—¡Hola! —dijo Billy T.—. ¿Estás de acuerdo?

—¿Qué?

Por un momento pareció totalmente desconcertada y luego sonrió para disculparse.

—Es que se me acaba de ocurrir que tal vez Sidensvans no... No es seguro que fuera... No. Ya vale de especular, incluso para mí.

—¿Alguien se queda a cenar? —Marry les obsequió con una tos muy fea desde la puerta—. Y para que quede claro, hoy es la señora en persona la que se pone a los fogones. Pero a lo mejor así y todo se puede comer. Te tienes que poner ya, Hanne. Los domingos nos sentamos a la mesa a las tres. Ni que fuéramos unos guiris de esos que comen de noche. —Golpeó la encimera con una bolsa enorme de chuletas de cordero—. Bueno, ¿qué?

—Yo estoy encantado de quedarme —dijo Erik.

—Vale —dijo Billy T.—. Si Marry insiste...

—Pues no debería insistir, la verdad —dijo Hanne empezando a pelar patatas.

Un hombre intentaba coger el cambio y zamparse un perrito caliente a la vez. La cajera estaba asqueada. El tipo llevaba la sudadera manchada por debajo de una cazadora abierta y andrajosa. Su cara mostraba las huellas de muchos años enganchado a las drogas, descarnada y con heridas abiertas y supurantes. Dejó el dinero sobre el mostrador. Furioso, regañó a la chica con la boca llena:

—¡Joder! ¡Que me pongas el dinero en la mano! ¡Que no soy un jodido pulpo! ¿No ves que estoy comiendo?

Temblaba, y tuvo que separar las piernas para mantener el equilibrio. Con el codo le dio a un niño que iba en brazos de su madre. Un buen chorro de kétchup cayó sobre el abrigo de la mujer. El crío berreaba como un poseso. El tipo de la sudadera no paraba de increpar mientras intentaba recoger el dinero. La chica del mostrador estaba visiblemente asustada y miraba a su alrededor buscando ayuda.

—¡Tú! ¡Sí, tú! —Un robusto treintañero clavó un dedo en la espalda del yonqui—. Tómatelo con calma, ¿vale?

El drogadicto se dio la vuelta despacio. Daba la impresión de que tenía problemas para enfocar la vista. De pronto plantó el resto del perrito en la solapa del intruso.

—Tú no te metas —farfulló, e intentó marcharse.

Como respuesta, recibió un puñetazo en la boca. Se le partieron dos dientes. En su caída, arrastró tres cajas de chocolatinas y un expositor completo de la revista de cotilleos *Ver y Oír*.

El niño berreaba más que nunca y la madre lloraba muerta de miedo.

La cajera ya había llamado a la policía.

Mabelle Stahlberg se encontraba en el proceso de crearse una nueva realidad. Estaba tumbada en el suelo de su estudio de la calle Odin, escuchando música mientras diseñaba una realidad alternativa, una historia en la que ella misma y los demás pudieran creer.

Había practicado la meditación con anterioridad, antes de Carl-Christian, antes de su vida con la familia Stahlberg, en los tiempos en que todo y todos iban en su contra y nada soplaba a su favor. Era cierto que era guapa, y eso podía servirle para intentar prosperar en un mundo que cultivaba lo superficial.

Solo tenía catorce años cuando le salió su primer trabajo como modelo. No era gran cosa, un poco de publicidad para una compañía de venta por catálogo, pero un descubrimiento para una muchacha que de pronto comprendió que su físico podía ser el pasaporte para salir de un pequeño apartamento donde una madre con una pensión por invalidez se mataba a base de fumar sin descanso y dejaba a May Anita y a sus tres hermanos pequeños que se buscaran la vida.

La chica acababa de cumplir los diecisiete cuando se dio cuenta de que cada vez tenía que quitarse más ropa para encontrar trabajo. En un local cutre de Sagene, con las ventanas tapadas y una bañera sucia en un rincón, por fin dijo basta. May Anita quería convertirse en Mabelle. No tenía ni idea de cómo lograrlo. No tenía dónde vivir, sus hermanos estaban repartidos en tres hogares de acogida diferentes, pero por suerte protección de menores no había hecho gran cosa para localizarla a ella, que cumpliría dieciocho años al cabo de cuatro meses. May Anita no tenía nada, pero por primera vez en su vida comprendió que poseía una especie de inteligencia natural, intuitiva y sin cultivar, que después de todo la había mantenido apartada de las drogas y la había llevado a decir basta ante el porno sin ambages. Los seis años siguientes vivió a salto de mata. Un trabajo temporal por aquí, un trabajo de modelo por allá, a veces para un viejo conocido que se sentía generoso con una niña pobre que al fin y al cabo tenía los ojos bonitos y un cuerpo más que aceptable.

May Anita nunca llegó a prosperar del todo, pero aprendió mucho. Y entonces, una noche, conoció a Carl-Christian. Él estaba borracho y ella sobria, como siempre. El hombre tenía un halo de debilidad, algo tierno verdaderamente desvalido. Vomitaba con la cabeza metida en una papelera frente al 7-Eleven de la calle Bogstad.

May Anita acompañó al desconocido a su casa y lo acostó. No vio razón alguna para dejarle solo cuando se derrumbó sobre la gran cama con sábanas de seda. Al contrario, se metió en ella. Tres días más tarde se convirtió en la amante de Carl-Christian.

Con la ayuda de CC se transformó en Mabelle. Se enderezó la nariz, como tantos fotógrafos le habían aconsejado que hiciera. De paso aumentó el tamaño de sus labios, y al final él se le declaró.

Mabelle le quería en cierto modo. Él la adoraba. Su miedo, su angustia por que ella le pudiera dejar, le daban seguridad. Encontraba cierta satisfacción en lo asimétrico de su relación, en ese desequilibrio entre ambos. Ella dependía de lo que él poseía. Él, por el contrario, dependía de ella.

Cuando conoció a Carl-Christian, tuvo que adornar un poco la historia de su vida, claro. Poco a poco, las historias que tantas veces repetía se fueron haciendo verdad, cada vez con más precisión y detalles añadidos. A veces pensaba que pasaba como con el maquillaje, como con un pequeño retoque de cirugía estética: si se hacía bien, era imposible adivinar cómo eras antes.

No mentía, creaba una realidad.

Ya en su infancia, Mabelle Stahlberg había comprendido que bastaba con penetrar en el engaño, mantenerlo firme y nunca dejarse vencer, para que las mentiras se hicieran completamente verdaderas. La verdad auténtica estaba reservada para quienes se la podían permitir, y Mabelle Stahlberg no tenía ninguna intención de volver a ser May Anita Olsen.

Hermann y Tutta merecían morir. Lo estaban pidiendo a gritos. Hermann era malvado, era perverso y egoísta hasta la médula. Era rencoroso, tozudo y obstinado. Hermann era un ladrón que estaba a punto de robarles su vida. Arrebatársela a Carl-Christian, su propio hijo, que se había desvelado trabajando durante años según los caprichos y ocurrencias de su padre. Tutta no era más que un apéndice estúpido, una marioneta sin voluntad. Tenía que asumir su responsabilidad por no haber avisado de la injusticia, del reparto desigual. Hermann y Tutta eran responsables de su propia muerte. Preben también. Mabelle cerró los ojos e intentó relajarse. Estaba cansada, casi agotada. No quería pensar en Preben. No habían hecho nada malo. Ya casi era verdad.

—¡Pero si es el Trapo en persona! Creía que habías dejado este mundo hace mucho.

Billy T. plantó la palma de la mano en la espalda del arrestado.

—No vez que me han zaltado loz dientez —ceceó el hombre de la sudadera y le enseñó los restos—. Cé un poco legal, ¿no?

—No es que tuvieras muchos más antes —dijo Billy T. sentándose al otro lado de la mesa de la sala de interrogatorios—. Pero tampoco parece que mastiques mucho. ¡Joder, qué flaco te has quedado!

—Eztoy enfermo —murmuró el Trapo, y se acarició el labio hinchado—. Muy enfermo, joder. Huelez a vino.

—Hoy tengo el día libre —dijo Billy T. risueño—. Acabo de comer con una familia encantadora. No tenía ninguna intención de venir por aquí, pero entonces alguien me ha llamado, ya sabes. Y me ha dicho que insistías en hablar conmigo. ¡Así que más vale que —levantó la voz hasta lanzar un berrido— sea importante!

El Trapo se llevó tal susto que se golpeó la nuca contra la pared.

—Que eztoy malo, te digo. ¡Y puedez ver que me zangra la boca!

—No me acerques esa mierda, te lo advierto. Me dicen que has causado problemas en un quiosco de la calle Vogt. Que has manchado a otros clientes de sangre, nada menos. Niños y señoras de bien. ¿Se puede saber qué ha pasado? ¿Qué clase de modales tienes ahora?

—Era kétchup —protestó el Trapo—. ¡Zolo quería mi dinero!

—Y luego no has tenido el buen juicio suficiente para deshacerte de esto antes de que aparecieran mi gente. —Billy T. chasqueó la lengua y le enseñó una bolsita de contenido inconfundible—. ¿Tres gramos? ¿Tres y medio? Trapo, tío, que te estás haciendo mayor.

Billy T. le miró con los ojos entornados y fingió sopesar la bolsa con mucho detenimiento.

—¡Tengo algo!

—Tenías —dijo Billy T. con dureza—. Tenías cuatro gramos de heroína, ahora me pertenecen.

—¡Tengo información, Billy T.! ¡Cé algo!

Susurraba muy alto y el aire se escapaba por los agujeros de sus encías. Billy T. puso cara de no estar interesado. Conocía al tipo de sus años en la patrulla de seguridad ciudadana. El hombre era completamente incapaz de decir la verdad tres minutos seguidos.

—¡Ez verdaz! ¡Lo juro, Billy T.! Cé algo de eza... —Se calló de pronto y miró a su alrededor en plena paranoia.

—Esa ¿quién? —preguntó Billy T.

—Quiero inmunidad —dijo el Trapo. Sus ojos daban vueltas recorriendo el cuarto a toda velocidad, como si pensara que alguien iba a salir de la pared—. No diré nada hazta que me dez inmunidad.

—Trapo, Trapo, Trapo... —Billy T. se acarició el cráneo con las dos manos y rió con ganas entre dientes—. Así no son las cosas en este país y lo sabes. ¿Dónde ves tú la tele? ¿En la ayuda para colgados de la Cruz Azul? Me parece que has visto demasiadas películas americanas. Suéltalo ya. ¿Qué es lo que sabes?

—No diré nada.

El Trapo se cerró, literalmente. Se tapó la cabeza con la capucha, se cruzó de brazos y echó los hombros hacia delante. Luego bajó la cara hacia el pecho. Recordaba a un monje medieval famélico y olía igual de mal.

—Corta el rollo y suéltalo ya.

El Trapo parecía una estatua de sal. Billy T. se puso de pie con un movimiento brusco.

—Vale —dijo tajante—. Tú quédate aquí sentado, te va a tocar estar entre rejas una temporada por este asunto.

Se metió la heroína en el bolsillo y se encaminó hacia la puerta.

—¡Ayúdame un poco!, ¿no?

El Trapo había llegado al punto de gemir. Billy creyó por unos instantes que se había echado a llorar.

—No aguantaría en la cárcel ahora, juzto ahora no. ¡Ayúdame un poco, por favor!

Billy T. se detuvo sin darse la vuelta.

—Pues tú dirás —contestó—. Si lo que me cuentas tiene alguna utilidad, puedo intentar que esta bolsa adelgace un poquito. —Giró la cabeza por encima del hombro—. ¿Vale?

—Vale...

Billy T. miró el reloj con gesto teatral y volvió a sentarse.

—Pero tiene que ser algo gordo, Trapo. Nada de chismes y mierdecillas, ¿de acuerdo?

—He dicho que vale. Ezcucha.

Once minutos más tarde, Billy T. empezaba a sentirse acalorado. De vez en cuando interrumpía al arrestado con una pregunta. Había sacado un cuaderno de notas y lo utilizaba con diligencia. Cuando por fin el Trapo dijo haber acabado y se reclinó en su asiento, Billy T. permaneció en silencio. El Trapo dejó a la vista sus encías desdentadas intentando sonreír. Las comisuras de sus labios estaban cubiertas de sangre coagulada, que se cuarteó como consecuencia de la mueca.

—Ez material bueno, ¿no?

Billy T. seguía sin responder. Se limitó a seguir allí sentado, como si no se creyera ni una palabra de lo que el Trapo le había contado. Tenía la boca torcida en un gesto de escepticismo y los ojos entornados. El Trapo se balanceaba impaciente de un lado a otro, rascándose una herida de la frente con frenesí.

—¡Pórtate, tío! ¿Me puedo ir ya?

—Oddvar, ¿verdad? Ese es tu nombre, ¿no?

—Cí... No me tomez el pelo, ¿eh? ¿Me puedo ir?

—Oddvar.

Billy T. utilizó el intercomunicador para pedir que mandaran a uno de los agentes en prácticas.

—Oddvar —repitió—. Me encantaría ayudarte. Pero no es posible. Para empezar, cuatro gramos son demasiados para hacer la vista gorda. Por otro lado, estás tan hecho polvo que no sé si sobrevivirías a otra noche con este frío. Y para terminar...

—Puedo quedarme en caza de mi hermana —dijo el Trapo desesperado—. ¡Joder, tío! Te lo he contado todo, todo lo que zabía, Billy T. No aguantaré en una celda.

Un joven esquelético entró en la sala y puso una mano sobre el hombro del Trapo.

—Vamos, ven conmigo —dijo el agente intentando demostrar autoridad.

—¡Que te jodan, Billy T.! ¡Que te jodan!

Sollozaba y protestaba mientras se alejaba por el pasillo. Billy T. pasó las hojas releyendo sus notas con aire distraído.

—Esa información tuya... —murmuró—, Hanne la va a escuchar de primera mano.

Luego se metió el cuaderno en el bolsillo trasero y fue a ver si alguno de los abogados de la policía estaba haciendo horas extraordinarias. Si no, tendría que llamar a uno, aunque pasara ya de las siete de la tarde.

El anciano del bosque estaba en la leñera quitándole el polvo al viejo taladro para el hielo. Hacía muchos años que no lo usaba. En realidad no era muy aficionado a la pesca, y menos en invierno. Una tranquila noche de verano junto al lago podía estar bien, con gusanos y flotador para el cebo y el café de puchero sobre la hoguera; siempre solía pasar algún excursionista que se sentaba a charlar un rato. Pero nunca le había encontrado la gracia a pasar un frío mortal junto a un agujero en el hielo.

Ahora se había decidido. Intentaría descubrir qué era lo que había hecho aquel desconocido la otra noche. Seguramente no serviría de mucho, y además no sería raro que estuviera equivocado. Tal vez lo que iba a hacer era absurdo. Sería casi imposible encontrar nada, pero algo se había despertado en su interior, la curiosidad le aceleraba el pulso. Le recordaba vagamente a los viejos tiempos, cuando deambulaba por puertos desconocidos, con permiso para desembarcar o sin trabajo, como sucedía cada vez con más frecuencia. Borracho y sin blanca, pero siempre a la caza de nuevas posibilidades. La vida en el bosque era rutinaria, tal y como quería que fuera, como había elegido vivir. La alteración de su existencia por los actos de un extraño, esa repentina presencia de algo incomprensible y estimulante, era un regalo de Navidad, un cambio grato.

No le vería nadie. Esperaría a que fueran pasadas las nueve de la noche en la víspera del día de Nochebuena, cuando la gente de bien estaba en sus casas adornando el árbol. Iba a emplear su tiempo en algo que seguramente era una tontería, y era mejor que nadie lo supiera.

El viejo taladró al aire para hacer una prueba, y luego, pensativo, se pasó el puño por la barbilla sin afeitar. El taladro de hielo estaba en perfecto estado.

El Trapo apareció muerto en su celda dos horas antes de la medianoche. Bajo los efectos de un agudo síndrome de abstinencia, se había lanzado de cabeza contra la pared. El médico opinaba que debía de haber cogido carrerilla. Tenía el cráneo partido en dos. Cuando Billy T. se enteró de lo ocurrido, se encerró en su despacho. Solo.

Lunes, 23 de diciembre

Solo Hanne Wilhelmsen era capaz de conseguir autorización para una toma de declaración como aquella. Billy T. intentó disimular una sonrisa cuando por fin les condujeron a la habitación de la paciente. Media hora antes aquello había parecido algo del todo imposible. El médico jefe de la sección se había mostrado lo suficientemente altivo y condescendiente como para que Hanne se sintiera provocada. Cuando el hombre de blanco finalmente les dejó pasar, fue después de verse sometido a una mezcla de presión y arrogancia policial aderezada con amenazas veladas relacionadas con «una situación procesal grave». El veterano médico toqueteaba el estetoscopio que llevaba colgado alrededor del cuello. Una joya, pensó Billy T., un símbolo de casta para marcar las distancias y dejar clara su superioridad.

Hermine estaba despierta. Les recibió con total indiferencia. Hanne presentó a Billy T. y luego a sí misma. La paciente apenas pestañeó y Billy T. dudó, no estaba seguro de si se daba cuenta de quiénes eran.

—Policía —dijo dedicándole una sonrisa de ánimo—, somos de la policía.

Estaba medio incorporada en una cama articulada. Su cabello se veía sucio y despeinado, y la piel pálida no contrastaba con la ropa de cama. Tenía una especie de sarpullido alrededor de la boca, granitos que formaban un dibujo como las alas de una mariposa. Billy T. se acordó de su hija, que era alérgica al chupete. Esa era la sensación que daba Hermine, como si le hubieran ofrecido algo de consuelo infantil, pero no lo tolerara.

A pesar de todo, tenía una belleza como desvalida. El cabello, aunque muy enredado, caía suave y rubio alrededor de su rostro. Sus ojos carecían de expresión, pero eran grandes y azules. Incluso dos días después de una grave sobredosis, Hermine Stahlberg sabía con qué recursos contaba, y le dedicó a Billy T. una sonrisa casi coqueta.

—Lo he oído —dijo—. Supongo que se trata de mamá y papá. Y de Preben, claro. Os estaba esperando. No estoy pasando por un buen momento, como podéis ver. —Sus ojos se deslizaron con expresión autocompasiva por el soporte del gotero—. Pero entiendo perfectamente que tengáis que hablar conmigo.

Billy T. se sintió incómodo. La mirada de Hermine le seguía como un apéndice pegajoso, incluso cuando se movió desde el borde de la cama hasta la ventana. Su reacción fue guardar silencio y apartar la vista. Hanne estaba llevando a cabo las necesarias formalidades de rutina. Primero los datos personales, seguidos del pésame de rigor y preguntas inofensivas con respuestas sin utilidad. Durante todo el procedimiento, Hermine le miró a él y solo a él. El pictograma de una de las puertas le informó de que la habitación disponía de su propio cuarto de baño. Se disculpó. Orinó y se lavó las manos a conciencia. Se echó un poco de agua en la cara. No volvió a entrar hasta que oyó que alzaban la voz.

—Nada más —dijo Hanne—. Solo quiero saber qué hiciste el 10 de noviembre, el domingo 10 de noviembre.

Había conseguido captar la atención de Hermine.

—¡Que no lo sé!

No parecía haberse dado cuenta de que él había vuelto. Se incorporó un poco más en la cama. Estaba girada hacia Hanne y gesticulaba con vehemencia.

—¿Cómo me voy a acordar de lo que hice un día concreto de hace más de un mes?

—¿Y qué pasa con el 16 de noviembre? —dijo Hanne—. ¿Qué hiciste la noche del 16 de noviembre?

–¡No entiendo adónde quieres ir a parar con esto!

–No es necesario, de verdad. Solo quiero que respondas a mis preguntas. Pero está claro que... podemos llevarte al juzgado para que te tomen una declaración jurada, claro. Si es que es eso lo que quieres. Solo intentamos ser amables, facilitarte un poco las cosas.

–Amables... ¡Ja!

Hermine se dejó caer sobre la cama con gesto teatral y se tapó la cara. Se oyeron un par de sollozos medio ahogados entre sus manos. Hanne suspiró y se inclinó hacia delante.

–Escúchame, Hermine Stahlberg. Cuanto antes contestes a nuestras preguntas antes nos marcharemos. ¿Vale? Así que repito: ¿podemos traerte algo que te ayude a recordar qué hiciste el 10 y el 16 de noviembre? ¿Un calendario? ¿Tal vez un diario?

Hermine golpeó el edredón con las palmas abiertas.

–Quiero un abogado.

Su voz había cambiado. Parecía más incisiva, más presente, como si la sobredosis y la cama de hospital solo fueran una tapadera, una función escenificada para protegerse de preguntas incómodas e investigaciones desagradables.

–Abogado... –Hanne alargó la palabra, la saboreó, se encogió de hombros y esbozó una sonrisa–. Así que eres de la opinión de que necesitas un abogado.

Hermine tenía los ojos cerrados, y Billy T. tuvo que reconocer que su capacidad para mantener los párpados inmóviles era admirable. Tan solo un leve temblor de la mano derecha permitía intuir que la joven estaba tensa.

–Interesante –dijo Billy T.–. Aquí Hanne Wilhelmsen y yo llevamos cuarenta años sobre las espaldas, me refiero a cuarenta años de experiencia policial entre los dos. Y sabemos bien que cuando alguien pide un abogado es que le hemos tocado un punto débil. Y eso nos gusta.

Hermine seguía sin reaccionar.

–Debes tener claro que sabemos lo que estabas haciendo el...

—Creo que no necesitamos contarle a la señorita lo que sabemos —le interrumpió Hanne con un gesto de advertencia—. Hermine no quiere hablar y está en su derecho. Si Hermine prefiere que vengamos a buscarla con una orden para interrogarla en la comisaría, se hará como ella quiere. Hasta le conseguiremos un abogado, ¿verdad que sí, Billy T.? Un abogado de los buenos.

De repente Hermine echó mano del timbre que colgaba de un cable en el cabecero de la cama. En pocos segundos había hecho acto de presencia una enfermera.

—No lo soporto —murmuró Hermine, y luego su voz se hizo más aguda—. ¡No soporto a estas personas! ¡Que se vayan! ¡Sácalas de aquí!

El ataque de histeria casi parecía auténtico. Mientras un brusco camillero les empujaba fuera de la habitación, lo último que Billy T. pudo ver fue a una enfermera que preparaba una inyección.

—Vaya —dijo una vez en el pasillo—. Esa chica podría ser actriz, impresionante.

—No es seguro que esté fingiendo —dijo Hanne—. A mí me parece que está muerta de miedo. Y tiene razones para estarlo.

—Pero ahora —dijo Billy T. dándole un golpecito en la espalda mientras se dirigían a un coche sin distintivos policiales que estaba muy mal aparcado en mitad de un paso de peatones—, ahora me darás la razón en que tu teoría hace aguas.

—¿Qué teoría?

—La teoría de que… a lo mejor la familia no es culpable.

—Nunca he dicho eso —afirmó Hanne—. Al contrario, he dicho que esa solución es la que parece más probable que cualquier otra que se me pueda ocurrir. Pero que no es seguro, por supuesto. Aún no.

Billy T. rió entre dientes desafiando al mal tiempo con la cara levantada.

—¡Aún no! ¡Joder, Hanne! ¡Hermine ha comprado armas, por Dios! Ha encargado, inspeccionado, probado y pagado armas en un mercado al que muy pocos tendrían el valor de acercarse. ¿Por qué demonios iba a hacer eso si la compra no tuviera nada que ver con los asesinatos?

—Se te olvidan muchas cosas —dijo Hanne a punto de resbalar sobre un montículo de hielo.

Billy T. la sujetó y no le soltó el brazo. Hanne se volvió hacia él.

—Se te olvida, por ejemplo, que no tenemos ni rastro de nada que pueda ser un móvil para Hermine. Es la hija amada, la mimada. Es amiga de todos, la conciliadora. ¿No te acuerdas? Por supuesto, no hay que descartarla. Más bien al contrario, yo... —Ladeó la cabeza y se humedeció los labios resecos por el frío con la punta de la lengua—. Tengo una sensación más fuerte de que pasa algo raro con ella que en el caso de su hermano y su cuñada. Tú y yo sabemos muy bien lo que las drogas le hacen a la gente. En ese sentido, su perfil encaja mejor con un crimen truculento y más o menos improvisado. Y además siento una gran curiosidad por saber por qué le dieron esa fortuna al cumplir los veinte años. Pero precisamente por eso, Billy T., precisamente porque Hermine es la difusa, la misteriosa, la sospechosa de la que tenemos menos información, debemos investigar más antes de sacar conclusiones. Mucho más. Y además —miró al cielo con los ojos entornados—, no «sabemos» que Hermine haya comprado armas. Solo tenemos la palabra de tu amigo el Trapo. Hay un montón de cabos sueltos. Más te vale reconocerlo de entrada: tu fuente no es la más fiable del mundo. Podría ser una invención de cabo a rabo. Tú mismo has dicho que el Trapo estaba desesperado ante la perspectiva de ser encerrado. La gente como él también lee la prensa, Billy T. El Trapo sabía muy bien qué era lo que tenías más ganas de oír.

Billy T. aún no le había soltado el brazo. Se quedaron así, él con la espalda contra el viento y ella a sotavento de su enorme cuerpo.

—Decía la verdad, Hanne. Conozco al Trapo. Estoy seguro de que en lo que contó había algo de verdad.

Billy T. se secó con el dorso de la mano las lágrimas que el frío había hecho brotar en sus ojos; el viento soplaba cada vez con más fuerza.

—Pero que dijera la verdad no quiere decir que lo que contaba fuera correcto —contestó Hanne en un tono más conciliador—. Él mismo te dijo que era algo que le habían contado.

—Tenía fechas, Hanne. El Trapo tenía dos fechas y el lugar donde se produjeron las entregas.

—Pero ningún nombre, ningún proveedor.

—No, ningún nombre. Pero... —siguió caminando despacio hacia el coche—, esta mañana he hecho unas comprobaciones con los agentes infiltrados. Hay muchos rumores en el ambiente. Cada maldito drogadicto que han detenido este fin de semana suelta alguna historia relativa a los asesinatos de la calle Eckersberg.

Volvió a detenerse, esta vez de cara al viento que le azotaba las mejillas.

—El Trapo estaba totalmente convencido, Hanne. Solo siento no haber insistido en que me dijera dónde lo había oído. Evitó contestarme cada vez que se lo pregunté, y al final estaba tan hecho polvo que pensé que era mejor dejarle ir.

—Y ahora es demasiado tarde —dijo Hanne abriendo la puerta del conductor.

—Pero no deja de ser una pista —dijo Billy T. con cierto desánimo.

—Una pista —repitió Hanne, y rió unos instantes—. Y que lo digas. Es la pista más gorda y peluda que pudiéramos desear. Y además es casi la única que tenemos. Yo conduzco.

—¿Adónde vamos? —preguntó Billy T.

—A la editorial.

—¿A la editorial? ¿Y qué vamos a hacer allí?

—Averiguar algo más de Sidensvans.

—¿Sidensvans?

Billy T. se dio con el brazo derecho en el salpicadero; el pequeño coche policial no estaba hecho para él.

—No te rindes —dijo intentando echar el asiento hacia atrás—. ¿Sigues opinando que la clave de este caso está relacionada con Sidensvans? Por Dios… —Algo se rompió debajo del asiento y este salió disparado hacia atrás. Billy T. se mordió la lengua con fuerza a causa del repentino tirón—. ¡Ay! ¡Mierda! ¡Estoy sangrando!

—Pobre pequeñín —sonrió Hanne, y por fin consiguió meter primera.

Alfred Stahlberg tenía una fuerte resaca, a pesar de ser ya casi las diez y media de la mañana. El exceso de alcohol de la noche anterior al menos le había permitido conciliar el sueño, o tal vez debería decir desmayarse, pensó todavía mareado. No recordaba mucho más que haber buscado el vodka con desesperación.

Su cerebro golpeaba rítmicamente en el interior del cráneo. El dolor que cada latido le provocaba descendía por su nuca y le hacía difícil mover la cabeza. Llevaba cuatro días sin ducharse y tenía la pechera de la camisa manchada. Por fin tomó conciencia de que apestaba, un olor rancio y repugnante. Le dedicó una mueca a su reflejo en el espejo. Ese pequeño gesto provocó que el dolor irradiara hacia sus ojos. Derramó un poco de vodka al servirse en un vaso de agua. Lo apuró de un solo trago. Le alivió. Ligeramente. Volvió a servirse. El dolor de cabeza fue remitiendo muy despacio. Intentó respirar con tranquilidad, profundamente. Necesitaba una ducha, tenía que ponerse ropa limpia. Estaba agotado a pesar de que hacía diez horas de la última vez que había mirado el reloj, y de que debía de haber pasado al menos ocho de ellas durmiendo.

En la ducha observó su cuerpo. El agua caía despacio por su cuerpo pálido y fofo, casi como si fuera una sustancia viscosa, como si su piel fuera pegajosa. Alfred era el feo. El hermano pequeño inútil. El débil, el que dilapidaba la herencia paterna y nunca tenía éxito.

Era un bufón y había gastado demasiada energía intentando no darse cuenta. Había que arreglar muchas cosas. Alguien tendría que tomar las riendas, orientar a la familia en la jungla legal y de maledicencias en la que estaba inmersa, y no parecía que nadie se decidiera a asumir ese papel. Así que tendría que ser él. Era el último hombre de la generación más veterana de los Stahlberg. La idea le abrumaba. Se fue deslizando en la ducha hasta caer de rodillas, pero se dio con la frente en los azulejos y se tambaleó hasta volver a ponerse de pie. El agua no le limpiaba. Ni siquiera podía ver sus genitales bajo la barriga descolgada. Se arañó con las dos manos, arañó y raspó hasta que sus uñas estuvieron llenas de piel muerta y la sangre apareció en finas estrías sobre su panza. Alfred era un hombre fracasado y estaba cansado de disimular. Se acabó el agua caliente. Salió de la ducha e intentó ocultar su cuerpo en una enorme toalla de baño. Alfred Stahlberg era un bufón, feo y fracasado. Así era como se veía, y resopló llorando de desprecio por sí mismo.

Pero le resultaba imposible admitir que también era un criminal.

Åshild Meier, de la editorial, era una mujer menuda. A Hanne le recordó a una comadreja, de movimientos ágiles y con una mirada que iba de un lado a otro mientras intentaba hacerles sitio a los dos.

—Siento el desorden —dijo trasladando un montón de manuscritos de una silla al escritorio, que ya estaba más que lleno—. Mi nieto. Di hola a la policía, Oskar.

Oskar tendría año y medio y estaba sentado debajo de la mesa con aire escéptico. Billy T. se agachó, chasqueó los dedos y emitió unos ruiditos. El niño se rió. Cuando asomó la cabeza, Hanne le dijo hola con mucha cautela y sonrió. El crío se echó a llorar. La abuela lo cogió en brazos y salió del pequeño despacho.

—Los niños y yo —dijo Hanne encogiéndose de hombros.

—Deberías tener uno —dijo Billy T.—. Eso ayuda.

—Es víspera de Nochebuena —dijo Åshild Meier, que había vuelto sin el niño—. La mayoría de la gente ya ha cogido vacaciones. Así que no pasa nada raro, con Oskar, quiero decir. Le traigo a veces porque...

—No hay problema —dijo Billy T.—. Yo tengo cinco y sé lo que es. Los abuelos vienen muy bien.

—Cinco, ¡vaya!

—Y todos juntos suman nada menos que doce abuelos —dijo Hanne con acritud.

Billy T. se sonrojó un poco y empezó a rascarse una costra que tenía en el dorso de la mano izquierda. Hanne pensó que él se había amansado bastante en los últimos años y hubiera querido tragarse sus palabras.

Al principio de su amistad, los primeros años de la Academia de Policía y más tarde en la comisaría de Oslo, era una presencia impresionante. Un gigante atlético que se apoderaba de cualquier habitación en la que entrara. No solo por efecto de sus dos metros y dos centímetros de altura, sino porque que Billy T. era el policía perfecto. Nacido y criado en el centro de la ciudad y mantenido en la senda del bien por una madre sola que creía en los valores tradicionales y en los cuidados prodigados con mano dura. Le había apartado de las peores trampas de un ambiente en el que solo la mitad de su pandilla vivió para celebrar los treinta. Billy T. conocía Oslo mejor que nadie del cuerpo, un gamberro callejero con inestimables conexiones entre los delincuentes de Oslo. Le había faltado el filo de una navaja para ser uno de ellos.

Ahora la comisaría se había transformado en el Distrito Policial de Oslo, la Academia en la Escuela Superior de Policía, y los verdaderos criminales ya no venían de los barrios obreros de Oslo. En cierto modo, Billy T. se había desinflado. Incluso sus muchos hijos, cada uno de una madre distinta, se habían convertido en una especie de estigma. Antes presumía de ellos como prueba de una pasión libidinosa por la vida y una virilidad desbocada. Ahora se había moderado, y Hanne le había pillado un par de veces ocultando el hecho de que todos eran hermanastros.

—Tal vez deberíamos empezar. ¿Qué es lo que queréis saber?

114

—Knut Sidenvans —dijo Hanne con aire ausente.

—Sí, me lo dijiste cuando llamaste. Es tremendo, espantoso que le hayan asesinado, pero ¿en qué puedo ayudar yo?

—¿Le conocías bien?

—¿Bien? No. De hecho, no creo que nadie le conociera bien. En realidad era una persona muy peculiar. Un poco… raro.

—¿Raro?

—Sí, diferente. La verdad es que estamos bastante acostumbrados a eso en este negocio. —Åshild Meier rió de forma breve pero intensa—. En el fondo, era un alma gentil. Lo que pasa es que no era fácil apreciarlo. Además, para nosotros era un recurso inestimable. Por lo que escribía, claro, pero también como asesor.

—¿En qué consiste ese trabajo?

—En este departamento puede tratarse de muchas cosas —explicó la editora—. Por supuesto, tenemos asesores de estilo. Revisan los manuscritos y corrigen los textos, los mejoran, en una palabra. Pero como publicamos libros que tratan de hechos reales, también utilizamos asesores para el contenido. En una primera fase, para evaluar si queremos apostar por el manuscrito que nos han enviado o el libro que nos han propuesto. Y más adelante, durante el proceso, como un ayudante o censor. De vez en cuando también recurrimos a expertos en temas legales, por ejemplo para no incurrir en injurias. Así…

—Entonces Sidensvans era una especie de asesor técnico —interrumpió Hanne.

—Sí.

—¿En qué especialidad?

Åshild rió abiertamente.

—Pues sí, ¡buena pregunta! La verdad es que el hombre empezó en la sección de libros de texto. —Señaló al aire, como si la sección de manuales estuviera tras la espalda de Billy T.—. Es, o, mejor dicho, era electricista. En un principio. Ejerció como profesor en la escuela de Formación Profesional de Sogn durante muchos años, y hace un par de décadas escribió un manual. Al parecer era bueno. Luego empezó a trabajar como consultor para textos escolares, hasta que alguien descubrió que era una fuente inagotable de conocimientos. Knut Sidensvans era un tipo especial y nada fácil en el trato personal. Aunque tampoco es que tuviéramos trato personal.

—¿Qué temas tocó, aquí con vosotros, quiero decir? —preguntó Hanne.

—Muchos. —Åshild Meier empezó a rebuscar en las estanterías repletas del fondo—. Coches. —Le tendió a Hanne un gran libro sobre Ferrari—. Está traducido del italiano, así que no había muchos problemas para publicarlo. Pero había que adaptarlo a la coyuntura noruega; además, el traductor necesitaba ayuda con los términos técnicos y cosas así.

—Sidensvans ni siquiera tenía carnet de conducir —murmuró Hanne moviendo la cabeza despacio.

Åshild Meier se sentó por fin.

—El hombre no tenía formación académica —dijo—, aparte de su título de electricista. Pero sabía una cantidad de cosas increíble. Era sabio y muy suyo. Por ejemplo, solo quería trabajar conmigo. Hace un par de años cogí una excedencia y en ese tiempo no apareció por aquí. Volvió unas semanas después de que yo me reincorporara.

—Así que no hay nadie aquí que pueda darnos más información —dijo Billy T. de forma innecesaria—. De sus circunstancias familiares y esas cosas. Su círculo de amistades.

—No, definitivamente no —respondió Åshild, volviendo a reír muy alto, a espasmos—. Tenía un sentido muy estricto de la justicia.

—Eso es bueno —dijo Hanne.

—Se preocupaba escrupulosamente de que todo se hiciera bien. En una ocasión le habíamos retenido de menos en el IRPF. Estaba desesperado. Era una cantidad sin importancia y lo solucionamos enseguida, pero tengo la impresión de que no dormía por miedo a que Hacienda le sancionara.

—Estoy de acuerdo en que parece un poco exagerado, sí. —Hanne esbozó una sonrisa y añadió—: ¿En qué estaba trabajando ahora? Una colega me comentó algo de que...

—Justo ahora iba a redactar un poco —interrumpió Åshild Meier—. Un breve prólogo para un libro sobre coches antiguos. Pero había algo mucho más importante: iba a escribir un capítulo para una extensa publicación sobre la historia de la policía noruega. —Su rostro se iluminó, como si acabara de caer en que estaba hablando con dos representantes del cuerpo—. ¡Es muy interesante! Estamos colaborando con la Dirección General de la Policía y estamos en proceso de conseguir la colaboración de escritores muy relevantes. Abogados y policías. También varios especialistas, claro, y periodistas. Incluso tenemos a un condenado por asesinato que va a contar su interrelación con las fuerzas del orden. El capítulo dedicado a la guerra es especialmente emocionante, y ahí hemos conseguido a uno de los más destacados...

—Pero el tal Sidensvans no parece encajar en la categoría de apasionante —objetó Billy T.

Åshild Meier adquirió una expresión de vago descontento.

—En ese caso he debido de explicarme mal —dijo—. Sidensvans era un personaje realmente interesante. Un poco peculiar, como ya he dicho, pero la gente fascinante muchas veces es rara. Además, esta era una labor que sabíamos que afrontaría con...

Se interrumpió cuando alguien llamó a la puerta. Echó un vistazo al reloj.

—¡El tiempo vuela! Lo cierto es que tengo una reunión... ¡Pasa! Pero puedo... claro...

Hanne se puso de pie y negó con la cabeza.

—No, por favor. Ya te hemos robado suficiente tiempo.

Una mujer, evidentemente una compañera de trabajo, asomó la cabeza y dijo:

—La reunión ya ha empezado, Åshild. ¿Vienes?

—¡Ahora mismo!

Un tanto desconcertada, miró a Hanne y a Billy T.

—No hay problema —aseguró Hanne de nuevo—. Si surgiera algo más llamaré por teléfono. Muchas gracias por toda tu ayuda.

La insistencia de Mabelle se había vuelto insoportable. Y finalmente Carl-Christian asumió que era probable que tuviera razón. Si la policía sospechaba de ellos, y sería un milagro que no fuera el caso, tarde o temprano encontrarían el apartamento. Era mejor arriesgarse ahora. Vaciar el lugar. Eliminar el peligro ya. Así que había ido hasta allí, a pie y en tranvía, dando rodeos absurdos.

Con mucho cuidado, descolgó un grabado de la pared del dormitorio. La caja fuerte estaba bien cerrada. La abrió. Las fotos estaban en su sitio.

Su deseo había sido quemarlas inmediatamente. Cuando Hermann Stahlberg arrojó sobre la mesa un montón de fotos seudopornográficas de Mabelle y amenazó con publicarlas si CC no paralizaba el proceso legal que había iniciado contra él, lo que más le apeteció fue destruirlas. Apenas consiguió decirle a su padre «Tendrás noticias mías» con voz apenas audible, y cuando llegó a casa encendió la chimenea. De mala gana y con mucha vergüenza le contó a Mabelle la última jugada de Hermann, y ella lloró amargamente durante una hora. Luego se secó las lágrimas y se mostró sorprendentemente racional.

—Tiene copias —afirmó—. Claro que las tiene. Además…

En momentos como aquel, Carl-Christian la admiraba más que nunca. Mabelle había nacido para los negocios. Era capaz de ser razonable, casi cínica, sin importar la presión a que estuviera sometida. Si hubiera elegido apostar por algo que no fuera una revista de moda, habría tenido un éxito fulgurante. Incluso en un sector tan inestable y poco rentable, había conseguido labrarse un nombre lo bastante importante para ser tenida en cuenta. No es que Mabelle fuera famosa, pero en el sector todo el mundo sabía quién era. Estaba dentro, y acababa de empezar a tener beneficios con *R&R*.

—Y, de todos modos, el daño que puedan hacer estas fotos, si caen en las manos equivocadas, no deja de ser limitado. —Valiente, había elegido afrontar la situación con optimismo—. Supongo que no volverán a pedirme mi opinión sobre la Casa Real —dijo tragando saliva—, pero sobreviviré. No son tan obscenas... Solo resultará un poco incómodo. Jodidamente incómodo.

Empezó a llorar otra vez.

Él quiso quemar las fotos, pero ella le detuvo.

—Podríamos necesitarlas —hipó desesperada.

—¿Necesitarlas? —gritó él, acalorado—. ¡No quiero volver a verlas nunca!

—Escúchame... —Le temblaba la voz—. Puede que... podría darse la circunstancia de que tuviéramos que demostrar cómo se ha comportado tu padre. Estas fotos al menos son la prueba de que...

Tuvo razón entonces y volvía a tenerla ahora. Las quemaría cuando llegara a casa. Las fotos estaban en un sobre. Se lo metió debajo de la chaqueta, en la cintura del pantalón. Con mano temblorosa intentó abrir la caja que estaba en la balda inferior de la caja fuerte. Los dedos no acababan de obedecerle. Sus uñas raspaban el metal verde. Por fin levantó la tapa.

El susto hizo que su estómago se contrajera con un espasmo. Cerró la boca intentando retener la masa amarga que quería abrirse camino.

La caja solo contenía un arma, la que Carl-Christian poseía legalmente: el Korth Combat Magnum estaba en su sitio. Era muy, muy valioso, uno de los revólveres mejor acabados del mundo. Lo había comprado en un ataque de entusiasmo infantil tras hacerse miembro de un club de tiro seis años atrás. Pero Carl-Christian se había cansado. Cuando conoció mejor el ambiente de los tiradores, dejó de gustarle. Además, la práctica con armas de más calibre le provocaba dolores en el hombro. El revólver estaba casi sin usar. Y seguía en su sitio. La otra arma había desaparecido.

Cuando Carl-Christian por fin fue capaz de cerrar la caja fuerte, se dio cuenta de que había olvidado comprobar la munición que guardaba en la balda de arriba. Pero ya no tenía capacidad para afrontar más problemas. Se llevó las manos al estómago, donde el sobre de las fotos hacía de escudo para su vientre.

Solo Mabelle sabía de la existencia de la caja fuerte y la combinación que la abría.

Y Hermine, por supuesto.

—¿Cuánto tiempo crees que puede llevarnos esto?

Hanne Wilhelmsen miró a su alrededor sin contestarle. El despacho del director de la policía judicial Jens Puntvold era agradable sin caer en lo hogareño, y bastante elegante, aunque Hanne no fuera capaz de señalar qué era lo que lo hacía distinto de otros despachos de la sede del Distrito Policial. Aunque en sí era bastante más grande que la mayoría, las paredes eran del mismo gris aburrido, el suelo estaba igual de rayado y las cortinas parecían muy necesitadas de una visita a la tintorería. Tal vez fuera por las flores: lirios recién cortados en un colorido jarrón sobre su escritorio, y los primeros tulipanes en un ramo de muchos colores sobre el centro de la mesa de reuniones. Los cuadros debían de ser suyos. En la pared orientada al oeste había dos óleos enormes, ambos no figurativos y de tonos azules.

Además había algo en el aire. Un aroma fresco a loción para después del afeitado y a persona recién duchada.

Jens Puntvold parecía estar tan cansado como el resto de los policías de Oslo, pero aun así llamaba la atención su gran atractivo. Hanne se preguntó si se aclaraba el pelo. Los mechones rubios caían suaves y espesos sobre su frente, sin rastro de canas. Aunque su rostro mostraba las huellas de largas jornadas de trabajo y poco sueño, sus ojos eran vivaces. Cruzó las manos tras la nuca y esperó su respuesta.

—Eres impaciente —sonrió Hanne—. Solo han pasado cuatro días desde los asesinatos.

—Sí —dijo él, devolviéndole la sonrisa—. Pero sabes por qué te lo pregunto. Tú eres la que sabe cómo hacer esto, Wilhelmsen. Solo quiero una hipótesis cualificada.

—Meses —dijo dubitativa—. Tal vez años. Cabe la posibilidad de que no lo consigamos. Quiero decir que no consigamos resolver el caso. No sería la primera vez.

—Nunca hemos tenido un caso como este.

—No... —Observó las rayas del jarrón multicolor—. Pero aunque el porcentaje de casos de asesinato resueltos en este país es elevado, tú y yo sabemos que los primeros días son los más importantes. Si el culpable es uno de los Stahlberg, esto puede llevarnos una eternidad. Pero, en ese caso, acabaremos por coger al culpable o culpables. Estoy convencida de ello. Ya sabes que la justicia es un molinillo que va muy lento. —Volvió a sonreír y añadió—: Pero si fuera otro, un desconocido, un robo fallido o... Bueno, en ese caso, puede que ya hayamos perdido el tren.

—Eso no puede suceder. —Puntvold se inclinó hacia delante y plantó los codos sobre la mesa. Su mirada atrapó la de Hanne y prosiguió—: Este caso tiene que resolverse, Wilhelmsen. Nosotros no podemos permitirnos un asesinato cuádruple sin aclarar.

—¿Quiénes somos nosotros? —dijo Hanne sin apartar la mirada.

—La policía. La sociedad. Todos nosotros. Ya trabajamos con suficientes trabas. Índices cada vez mayores de criminalidad y presupuestos que no están acordes con las circunstancias. La policía debe demostrar que es fuerte, Hanne. Tenemos que demostrar que somos necesarios, eficaces. Durante demasiado tiempo este cuerpo ha tenido una imagen torpe y atrasada. Quiero que...

A Hanne la sorprendió que utilizara su nombre de pila y, curiosamente, se sintió halagada.

—Por supuesto, mi misión principal es dirigir la sección judicial para que sea lo más eficiente posible y para que sus trabajadores estén a gusto. —Daba la sensación de estar soltando una frase que se sabía de memoria. Pero entonces su rostro se abrió en una sonrisa mientras levantaba los brazos y ladeaba la cabeza con picardía—.

Pero si mi pizca de... habilidad ante los medios puede contribuir a que la opinión pública sea consciente de la necesidad de que la policía disponga de más recursos y mejores condiciones laborales, creo que es el momento de que haga uso de ella. Y lo que no necesitamos ahora es perdernos con este caso. Espero que entiendas lo que te estoy diciendo.

Hanne no respondió, pero sintió un cierto malestar ante su mirada, que se había tornado más fría.

—¿Sigues la prensa estos días? —preguntó Puntvold.

—No, la verdad es que no. Ojeo el *Aftenposten* por las mañanas, pero ahora mismo no puedo con los tabloides sensacionalistas.

Miró la hora, creyendo que lo hacía con discreción.

—Sigue así —dijo él mirando su propio reloj—. No te entretengo más. Entonces supones que este caso puede llevar tiempo, mucho tiempo. Pero si tú... Si tuvieras que apostar... ¿quién crees que lo hizo?

—Yo nunca apuesto —dijo Hanne—. Al menos no sobre mis propios casos.

—Vamos —insistió él en un tono casi de broma—. Solo entre tú y yo.

—Ni hablar. —Se levantó—. Pero esperemos de verdad que sea uno de esos tres. Porque, si no, no veo muy bien cómo vamos a resolver este caso. ¿Puedo irme ya?

Él asintió con un movimiento de cabeza.

—Tan solo una pregunta más —dijo cuando ella estaba llegando a la puerta—. En la reunión del viernes eras la única que parecías muy interesada en el tal Sidensvans. No entendí muy bien por qué. ¿Me lo puedes explicar?

Hanne se detuvo, se giró a medias hacia él y se tiró distraída del lóbulo de la oreja.

—Como todos los demás de esta casa —dijo despacio—, encuentro que lo más probable es que uno de los miembros de la familia sea el culpable de este crimen, aunque no tienen por qué ser los tres. Y, como en cualquier otro caso de asesinato, se trata de dar con el móvil real de ese acto. Si lo encontramos, daremos con el asesino.

—O asesina —dijo Puntvold.

—O asesina. En el caso de Carl-Christian, los motivos casi gritan su nombre, pero llevo el tiempo suficiente en el cuerpo para saber que hay... Todas las familias esconden secretos. Siempre. Solo intento no dejarme ofuscar por lo evidente. Y quiero... quiero saber qué hacía Sidensvans en la calle Eckersberg la noche del jueves. Solo así la imagen del crimen estará completa y podremos encontrar el móvil.

El director de la policía judicial soltó una carcajada y aplaudió despacio.

—Eres todavía mejor que lo que dicen —rió entre dientes—. Ya te puedes ir, y gracias por venir.

—De nada —murmuró azorada, y se marchó.

Silje Sørensen bostezó largo y tendido. Se le saltaron las lágrimas y se las secó con una sonrisa de disculpa antes de volver a intentar concentrarse en los documentos.

—Es que mi niño está durmiendo fatal estos días —explicó mientras leía—. Asma. Anoche tuve que darle baños de vapor y todo eso. Es esta masa de aire frío que...

—Mmm... —La abogada policial Annmari Skar se pasó los dedos por el cabello salpicado de canas y ladeó la cabeza—. No deja de ser extraño que nadie haya visto nada —dijo sin levantar la vista—. Hemos recibido cientos de llamadas sobre el caso, pero ninguna de ellas, ni una... —Pasó las páginas deprisa y estiró el brazo con el que sujetaba los documentos—. Tengo que hacerme unas gafas —murmuró—. Los brazos ya no me alcanzan. Pero ni una sola de las informaciones dice nada al respecto de quién pudo pasar por la calle Eckersberg número 5. Resulta muy llamativo.

—No necesariamente —dijo Silje, y volvió a bostezar—. En la ciudad no nos fijamos en casi nada. No prestamos atención, no

123

estamos alerta. Satisfacemos nuestra curiosidad por la vida y las desgracias ajenas leyendo el *Ver y Oír* y la prensa sensacionalista. Es como si… Es como si el terrorismo que atenta contra la intimidad de los famosos nos hubiera llevado a fijarnos menos en nuestro propio entorno. Claro que ha sido mala suerte que la cotilla de la calle estuviera en el bingo justo esa noche. Ganó dos kilos de café, por cierto, y una tarjeta regalo de los grandes almacenes GlasMagasinet. Superfeliz. —Esbozó una sonrisa y añadió—: Mira que acordarme de eso… ¡por Dios!

—Precisamente ese es el problema —dijo Annmari frustrada—. En un caso como este nos bombardean con datos completamente irrelevantes. Es como un puzzle al que le sobran un montón de piezas. Es imposible hacerlo.

—Difícil, al menos.

Una vela chisporroteó en un candelabro rojo de madera dispuesto sobre el estrecho alféizar de la ventana. Se estaba consumiendo. La oscuridad ya había descendido sobre Oslo. La superficie de la ventana reflejaba la luz oscilante. La llama de la vela alcanzó el aro decorativo con motivos navideños. El muérdago de papel y los frutos rojos de cartón empezaron a arder. Silje agarró una taza de té mediada y vertió el líquido sobre la pequeña hoguera, que ya había dejado marcas de hollín en el cristal.

—Pues solo nos faltaba eso —dijo Annmari sobresaltada, observando la mancha húmeda que se extendía por la pared debajo de la ventana—. Abogada policial incendia la comisaría en un ataque de ambientación navideña. Gracias.

—Esos adornos son peligrosísimos —dijo Silje intentando quitar lo más gordo con una servilleta.

—Ya lo sé. Luego lo recogeré. ¿De dónde has sacado esto? —preguntó agitando un par de folios.

—La viuda de Preben, Jennifer. Vino de Londres con los niños este sábado, e informó de que había un testamento en el Registro de Últimas Voluntades de Oslo. Ella y los niños habían ido a hacer compras navideñas. O sea que estaba fuera en el momento del crimen. Está destrozada. No me extraña. Una cosa es quedarte viuda con tres niños pequeños de manera tan dramática, y otra... Erik Henriksen fue a verla ayer. La mujer es bastante... chapada a la antigua. Esa fue la expresión que empleó. Una mujer de su casa, ¿no era así como solían llamarlo? ¿Antiguamente?

—Algo así.

—No tiene más formación que el equivalente al bachillerato y algo que Erik creyó entender que debe de ser un colegio para niñas de familia bien. Un poco de historia del arte y cocina. El arte de poner una bonita mesa. Resumiendo: mucho arte. Como recordarás es australiana, de una familia burguesa pero no especialmente adinerada. Supongo que Jennifer es el tipo de mujer que suelen elegir los chicos de las altas esferas empresariales.

—Sí, de eso sabes un poco —sonrió Annmari—. Mujeres como tu madre, ¿no?

Silje no le hizo caso.

—Jennifer Calvin Stahlberg podría poner «mamá» como profesión. Erik me contó que hizo un tremendo esfuerzo por controlarse cuando apareció su hijo mayor. El chico de diez años tendría que haber estado en casa de la familia de un amigo mientras tomaban declaración a su madre, pero se había escapado para regresar a casa. Jennifer actuó con calma y racionalidad, cuidando mucho de su hijo hasta que pudo llamar a la madre del amigo para volver a dejarle con ellos. Entonces se hundió por completo. No habla noruego, no tiene amigos de verdad en Noruega, solo los padres de los compañeros de colegio de sus hijos y algunos contactos que ha conocido en actos en los que representaba a su marido. En realidad no tiene nada en este país. Además, hace ya quince años que dejó Australia, ella y Preben se conocieron en Singapur. Sus padres murieron. Y tampoco tiene hermanos.

—Pero ahora sí tiene un montón de dinero —dijo Annmari, y observó la copia del documento manuscrito—. Huele bastante a quemado. ¿Abrimos?

Sin esperar respuesta, entornó la ventana.

—No es ella exactamente quien se lleva el dinero —corrigió Silje—. Aunque yo no sabía que fuera legal.

—¿Qué? ¿Desheredar a los hijos?

—Sí.

—Bueno, es que el común de los mortales no podemos hacerlo —dijo Annmari—. Según la Ley de Sucesiones, una parte debe ir obligatoriamente a los herederos directos. Dos tercios del patrimonio.

—¡Eso mismo!

—Pero solo hasta un cierto límite. Un millón de coronas, si no me equivoco. Así que para vosotros los ricachones no supone nada. Podéis decidir que vuestros hijos tengan que conformarse con la calderilla.

La corriente de la ventana resultaba incómoda. Silje la cerró sin consultarlo con Annmari. Dejó la copia del testamento sobre la mesa con mucho cuidado.

—En realidad no es Jennifer quien sale beneficiada, sino su hijo mayor. A Carl-Christian solo le corresponde el mínimo al que tiene derecho. Hermine puede canjear acciones por un valor de cinco millones de coronas. El resto, es decir, la naviera en su totalidad, todas las propiedades, coches y pertenencias, son para su nieto mayor, salvo algunas menudencias para sus hermanos. Y el bueno de Hermann fue un visionario, desde luego. Si Preben hubiera sobrevivido a sus padres todo habría sido para él, pero al haber fallecido el patrimonio irá a parar a una especie de fondo con un administrador que se ocupará de todo hasta que el chico…

—¿Cómo se llama?

—Hermann. Por supuesto. Parece que Preben también tenía una gran visión de futuro. Cuando el chico nació llevaba un montón de años sin hablar con su padre. Y aun así eligió el truco más viejo de todos: ponerle su nombre. Bueno, en todo caso, el chico accederá a todo ello al cumplir los veinticinco, siempre que cumpla un montón de condiciones.

—¿Como por ejemplo?

—Que debe tener una formación en el área empresarial equivalente a una licenciatura o superior. Que no tenga antecedentes penales. Y... que no se haya casado y no tenga hijos.

—¿Que no tenga hijos? ¡Eso sí que no puede ser legal! ¡Eso sí que es controlar a la familia desde el más allá!

La ventana se abrió sola y una corriente helada recorrió el despacho.

—Se ha atascado —dijo Annmari intentando volver a cerrarla—. No hay manera de encajarla.

Silje se abrochó mejor la rebeca de lana.

—Ese hombre ha gobernado a su familia durante un montón de años —dijo con un escalofrío—. Está claro que no tiene intención de ceder así como así...

—De modo que Carl-Christian, estrictamente hablando, no tiene nada que ganar con este crimen —dijo Annmari despacio—. Ni rastro de un móvil.

Se quedaron un buen rato en silencio, mirándose a los ojos. Silje se fijó en que los de Annmari eran en realidad verdes, jaspeados en castaño.

—Si es que lo sabía —dijo por fin—. No es seguro. El testamento fue firmado hace menos de cuatro meses. El padre y su hijo menor apenas han tenido contacto desde entonces.

—Pero Jennifer lo sabía —dijo Annmari sin apartar los ojos de los de Silje—. Jennifer conocía la existencia del testamento que beneficiaba a su hijo.

Silje negó con un intenso movimiento de cabeza.

—No, Annmari, no puede haber sido ella. Estaba de viaje con tres niños.

—Hay asesinos a sueldo. En Noruega también tenemos.

—¡Por Dios, Annmari! —Silje se golpeó la frente y puso los ojos en blanco—. ¡No conoce a nadie! ¡No habla el idioma, no tiene amistades! Ella...

—No es idiota —interrumpió Annmari con vehemencia—. ¡Puede haber buscado ayuda en el extranjero, por lo que sabemos!

—Y habría encargado a alguien que asesinara a su marido y a sus suegros, ¡el padre y los abuelos de sus hijos! No hay nada, absolutamente nada, que indique que entre Jennifer y Preben hubiera más conflictos que los problemas corrientes que puede tener cualquier pareja. No hay rastro de infidelidades, ni discusiones por dinero, ni…

—Llevamos investigando este caso cuatro días escasos, Silje. Cuatro días. No sabemos prácticamente nada de esa familia.

—¡Nada! ¿Llamas nada a esto?

Silje golpeó con la palma de la mano los tres grandes montones de documentos que había en la mesa entre ellas. Uno de ellos se volcó y un archivador y cuatro gruesas carpetas fueron a parar al suelo.

—Perdón —siseó—. Pero todo tiene un límite. No puede ser que, en cuanto alguien cercano a ti es víctima de un crimen, te veas inmediatamente envuelto en el torbellino de escepticismo y sospechas que nosotros provocamos a su alrededor.

—Yo creo que el problema es justo el contrario —dijo Annmari, serena—. Estoy de acuerdo con Hanne Wilhelmsen. Nos bloqueamos demasiado. Reducimos mucho el número de sospechosos, al menos en bastantes casos. ¿No te parece?

Su tono era confiado, sin rastro de ironía. Aun así, Silje se sintió provocada. No entendía la repentina furia que experimentaba en nombre de Jennifer Calvin Stahlberg. Silje ni siquiera la conocía. Era cierto que Erik había parecido muy afectado por su entrevista con ella el día anterior y, objetivamente, había muchas razones para sentir simpatía por una madre de tres niños que estaba sola en un país extranjero. Pero, por otra parte, Jennifer era una más de las muchas personas que poco a poco se estaban viendo involucradas en uno de los casos más dramáticos que hubiera llevado nunca la policía de Oslo. Puede que Silje se sintiera identificada con la vulnerabilidad que representaba su papel de madre. Tal vez sintiera empatía con Jennifer por ser alguien diferente y solitario en unas circunstancias que ellos apenas eran capaces de imaginar.

—Lo que de verdad te tiene cabreada es esto, ¿verdad?

Annmari sostuvo en el aire los diarios sensacionalistas *VG* y *Dagbladet* del día anterior. El periódico de más difusión en Noruega ocupaba toda su portada con una foto de Jennifer y sus tres hijos cruzando la aduana del aeropuerto de Oslo-Gardermoen. La mujer estaba boquiabierta y con los ojos desorbitados y enrojecidos por la luz de los flashes. Un niño de cabello oscuro sonreía mansamente a los fotógrafos, pero la más pequeña, una cría que se aferraba a la mano de su madre, parecía llorar a moco tendido. El mediano estaba detrás de su madre y no se veía de él más que una zapatilla deportiva de un blanco radiante, con los cordones sin atar bajo un pantalón azul.

—Puede ser —dijo Silje con un suspiro casi inaudible—. Me indigna. ¿Por qué hacen esto? ¿Por qué lo consentimos? Quiero decir... aquí estamos hablando de tres niños. Acaban de perder a su padre y... Es que no lo concibo. ¿Cómo lo hacen?

—Son el nuevo servicio de vigilancia —dijo Hanne Wilhelmsen en tono seco desde la puerta—. El servicio secreto de la policía pasó a ser el servicio de inteligencia, y está atado y bien atado, amordazado y controlado. El cuarto poder ha tomado las riendas. No se detienen ante nada. Para ellos no hay reglas que valgan. Tienen archivos ilegales, sobornan, convencen, presionan y exprimen a sus fuentes. Gritan, patalean y berrean en cuanto alguien menciona en su presencia la palabra «control». Son los administradores de la libertad de expresión, ¿no? Cada vez que la cagan montan en sus publicaciones especializadas y ombliguistas un pequeño debate ético y lo llaman debate interno. Y así hasta la siguiente.

—Hola —dijo Annmari.

—Hola. ¿Habéis encendido una hoguera aquí dentro o qué?

Hanne olfateó el aire y frunció el ceño.

—Casi. Solo ha sido un pequeño accidente.

—¿Habéis sacado algo del testamento? —Hanne miró con mucho interés la carpeta de plástico que estaba encima del montón de papeles más cercano a ella y continuó—: He oído que el viejo Hermann lo escribió de su puño y letra. ¿Es así?

—Eso parece —confirmó Annmari—. Es bastante extraño, la verdad. En todo momento ha estado rodeado de abogados, tanto en el trabajo como a raíz de la discusión familiar. Pero el testamento lo escribe él mismo… Cumple con todos los requisitos formales, al menos por lo que yo puedo juzgar. No conozco a los testigos, pero si de verdad estaban presentes cuando Hermann y Turid lo firmaron… entonces todo está en orden. Aunque supongo que, a pesar de eso, habrá jaleo.

—¿Jaleo? ¿Estos testamentos no son una mera cuestión formal?

—No es tan simple. El difunto puso unas condiciones muy peculiares. Tratándose de una fortuna y con un contenido tan controvertido, probablemente sea impugnado. Menos mal que una es pobre, ¿eh?

Silje volvió a sentir una irritación hasta ahora desconocida.

En realidad, Annmari Skar le caía bien. La abogada policial era justa y auténtica, y llevaba el tiempo suficiente en el cuerpo como para no hacer valer el hecho de que, como jurista, ocupaba un escalafón superior al de las agentes. Además, Annmari era una de las pocas personas que no parecían estar especialmente impresionadas por Hanne Wilhelmsen. Cuando oía las alabanzas que le dedicaban los jóvenes aspirantes a policía, se encogía de hombros con indiferencia. También se negaba a escuchar los cotilleos de los agentes más veteranos, aunque sin armar ningún revuelo. Simplemente se levantaba y se iba. Annmari Skar era competente sin ser brillante, y se podía hablar con ella. Mostraba una mentalidad abierta y se había convertido en uno de los abogados con más experiencia de la casa. Era la segunda del sindicato de los funcionarios, nunca se echaba atrás si una discusión estaba justificada y se había ganado el respeto de todos los estamentos en el edificio curvo de la calle Grønlandsleiret 44.

Pero al parecer le daba mucha importancia al dinero.

Pocas veces dejaba pasar una oportunidad de comentar el estatus económico de Silje. Sus palabras solían ser sarcásticas, casi siempre hirientes. Y desde que Hanne Wilhelmsen se había convertido en una residente de la zona más elitista de la ciudad, también había pasado a ser objeto de sus constantes indirectas. Ella no se daba por enterada, aunque también era cierto que Hanne no parecía alterarse por nada.

Pero Silje ya había tenido suficiente.

—¿Puedes dejarlo ya de una vez?

—¿Qué? —Annmari se mostró muy sorprendida—. ¿Se puede saber qué quieres decir?

—«Menos mal que una es pobre, ¿eh?» —la imitó Silje con voz impostada, y siguió con su exabrupto—: Estoy harta de tus constantes pullas sobre mi dinero. Para empezar, se trata de dinero limpio. Además, tampoco gasto tanto. Vivo bien, vale, ¡pero no es culpa mía que mi padre sea rico y generoso, joder! Es un padre estupendo, decente y cariñoso, y no tengo por qué avergonzarme de él. Y, desde luego, ¡no porque a ti te apetezca hacerme sentir mal! —Se golpeó el muslo con la mano con más fuerza de la prevista y le escoció mucho—. ¡Ay! —dijo sin pensarlo.

Hanne rió por lo bajo y abrió mucho los ojos.

—¡Tienes más carácter del que me pensaba!

—Y tú... —siseó Silje volviéndose hacia ella—. Tú ya te puedes ir callando. Vas por ahí fingiendo que no tienes dónde caerte muerta, pero he visto el resumen publicado de la renta de tu novia catedrática. Tú eres una esnob de otra clase, Hanne. ¡Pero mírate!

Dos pares de ojos se posaron en Hanne. Ella paseó la mirada por su cuerpo. Llevaba una sudadera desgastada de la NYU; en el hombro izquierdo, una mancha de lejía destacaba sobre el azul claro. Los vaqueros le quedaban estrechos y estaban blancos de tanto uso a la altura de las rodillas.

—Vale —dijo perpleja—. ¡Pero mirad esto!

Levantó una pierna. Las botas vaqueras eran de un color marrón oscuro, de piel repujada en las costuras. La puntera y el talón tenían refuerzos metálicos.

—Plata de ley —declaró dando golpecitos al suelo—. Nada barato.

Annmari se echó a reír. Silje intentó resistirse, pero acabó luciendo una amplia sonrisa en contra de su voluntad.

—Lo siento de verdad —dijo Annmari con sinceridad—. No sabía que me estaba comportando así. No era mi intención. Me controlaré, lo prometo.

Silje había perdido fuelle. Sabía que las malas lenguas la llamaban mini-Hanne en cuanto se daba la vuelta. Hasta ahora se lo había tomado como un cumplido, pero de pronto pensó que tal vez no tuviera nada que ver con sus capacidades como investigadora. Sus reacciones desproporcionadas ante comentarios sin importancia solo les darían más que hablar, si es que Annmari era de las que cotilleaban. Silje se consoló pensando que probablemente no lo fuera.

—Soy yo quien debe disculparse —dijo compungida—. Pero es que a veces me altera mucho.

—¡Cuántas veces voy a tener que decirte que pases de lo que diga la gente! —dijo Hanne dándole una palmadita maternal en la cabeza.

Silje se apartó de forma algo brusca. Hanne se encogió de hombros.

—Además, nadie debería envidiarte tu dinero. En cambio, tu padre… —captó la mirada de Silje y la sostuvo—, tu padre sí que da envidia. Qué suerte tienes.

Se dio la vuelta y desapareció. Annmari y Silje se quedaron en silencio. Los tacones de Hanne repicaban mientras se alejaba por el pasillo. A lo lejos alguien cantaba un villancico desafinando a tope. Alguien gritó y recibió unas risas por respuesta.

—Tienes suerte —dijo Annmari con voz queda—. Resulta que Hanne te quiere de verdad.

La nieve seguía cayendo. Parecía que al final iban a tener una Navidad blanca tradicional, a pesar de los cambios de temperatura.

Hacía varios años que Billy T. no se ponía en contacto con Ronny Berntsen. Ahora se encontraba frente al apartamento de Ronny en la calle Urte y se preguntaba por qué estaba allí. Ronny no era confidente de la policía. Era cierto que había ayudado a Billy T. en algunos casos proporcionándole información relevante y buenos consejos. Pero nunca lo había hecho en su propio beneficio. Ronny no decía nada de sí mismo ni de los suyos, y tampoco abría la boca sobre asuntos de los que opinaba que no eran de su incumbencia, incluso en los casos en los que estaba claro que saldría ganando.

Ronny tenía sus principios. Puede que no estuvieran del todo en sintonía con los diez mandamientos, puesto que vivía de infringir el séptimo y el noveno, se divertía saltándose el sexto, y en general pasaba del resto. Pero no por eso Ronny carecía de reglas en su vida. Una de ellas era no dar nunca el chivatazo sobre alguien que no se lo merecía. Y decidía sobre la marcha, con mucho pragmatismo, quiénes debían ser protegidos por esa regla.

El bloque era uno de los que habían eludido todos los intentos de remozar el centro de la ciudad. La fachada estaba totalmente desconchada. Era imposible saber cuál era el color original. Los parches de pintura que la salpicaban le daban un aspecto gris y sucio. Las cornisas hacía mucho que se habían caído. Las ventanas, torcidas y batidas por el viento, debían de ser de los años treinta. Billy T. reía para sus adentros mientras cruzaba el portal que apestaba a basura y pis de gato. Once de los apartamentos que se repartían por las tres plantas del decadente edificio servían de refugio a drogadictos y otras aves de rapiña. En cambio, el piso de Ronny era un oasis de colores suaves y valiosos muebles de diseño.

—¿Qué hay? —dijo Ronny entreabriendo la puerta.

Era casi tan alto como Billy T. y, por extraño que pareciera, se había cuidado más que el policía. Estaba moreno y, por contraste, sus dientes lucieron blanquísimos cuando le dedicó una media sonrisa.

—¿Trabajo o visita privada? —preguntó cerrando la puerta hasta no dejar más que una rendija.

—Un poco de cada —dijo Billy T.—. Las dos cosas.

—¿Nada de registros?

—Nada de eso. Solo quiero charlar un rato.

La puerta se abrió del todo. La luz del interior inundó el rellano tenebroso, cuya única lámpara estaba hecha añicos. Billy T. entornó los ojos y siguió a Ronny hasta un gran salón. En la mesa del centro una fuente enorme rebosaba de frutas tropicales. Billy T. se dejó caer en un gigantesco sofá de cinco plazas, se quitó los zapatos y puso los pies sobre los cojines. Las hojas de una piña le hacían cosquillas a través de los calcetines.

—Bonito lugar —dijo.

—Tienes un aspecto horrible, Billy T. ¿Has dejado de entrenar del todo o qué?

Sin esperar respuesta, Ronny se dirigió a la cocina. Billy T. oyó que vertía algo en un vaso. Cerró los ojos. Los cojines del sofá eran blandos. Jenny estaba pachucha, como siempre, y les había tenido despiertos gran parte de la noche. Aún no había comprado los regalos de Navidad. La cuenta corriente estaba casi a cero. Su madre le había llamado al móvil dos veces seguidas para contarle las mismas cosas. Iba a pasar la Navidad con su hija, pero parecía creer que iban a estar todos juntos. Las señales de una incipiente senilidad eran demasiado evidentes como para pasarlas por alto, pero no se veía con ánimos para ocuparse de eso ahora. Su hermana estaba molesta porque él evitaba el tema. Tone-Marit, la madre de Jenny, estaba de mal humor porque no tenían dinero. Todo el mundo estaba de mala leche. Hanne estaba enfadada y rara. Billy T. se caía de sueño. Los brazos le pesaban tanto que no tenía fuerzas ni para mirar la hora. Iba mal de tiempo, y todas las mujeres a su alrededor le echaban la bronca. Hanne, con unas alas azules de ángel, volaba hacia el techo de una gran catedral. La luz de la cúpula era deslumbrante, y entonces Hanne se transformó en un pájaro con cabeza humana que llevaba a su madre en un sudario rosa. De pronto la dejó caer. Billy T. intentó detener la caída, pero estaba encallado en un campo cubierto de plantas carnívoras que se enredaban en sus piernas. Se agarraban a él y estaban a punto de hundirle en una ciénaga llena de cadáveres de niños.

—¡Eh!

Billy T. dio un respingo. Se sentó de golpe, haciendo caer la piña cuando puso los pies en el suelo a toda prisa.

—¡Te has quedado dormido, joder! ¿Estás enfermo, Billy T.?

—Solo cansado...

—Toma. Bébete esto.

Ronny dejó sobre la mesa de cristal un vaso alto lleno de un líquido rojizo. Billy T. lo observó entre desconcertado y escéptico, y no hizo ademán de bebérselo.

—Déjalo ya, tío. Nada de alcohol. Y ninguna otra mierda tampoco. Solo fruta. Cosas que te vendrán bien, amigo. Bebe.

Billy T. se llevó el vaso a la boca muy despacio. Se lo bebió de un trago y se obligó a sonreír como muestra de agradecimiento.

—Lo lamento —dijo—. Llevo una temporada cansadísimo. Mucho trabajo en el curro y con los niños y...

—Y mañana es Nochebuena y no tienes ni un duro —rió Ronny burlón—. Entiendo. ¿Estás trabajando en ese macroasesinato de Frogner?

—Entre otras cosas.

—Pues parece bastante fácil, ¿no?

—Es de todo menos fácil.

Ronny se llevó las manos a la nuca.

—La verdad es que en la calle hay una cantidad alucinante de rumores.

—Lo sé.

—¿Has venido por eso?

—Bueno, también.

—Pues ahí no te puedo echar una mano, tío. Son todo rumores. Salvo que... aunque supongo que eso ya lo sabéis.

—¿El qué?

Billy T. se sentía mucho más despierto. Notaba leves pinchazos en la piel y levantó la mano derecha para observarla. Tenía las venas del dorso muy marcadas y casi podía ver cómo la sangre circulaba más deprisa. Sentía la cabeza más ligera.

—¿Has echado algo en esa bebida? —preguntó sin levantar la vista.

—Zumo, Billy T. El jugo de varias frutas y una verdura. Lo que pasa es que ahora tienes más glucosa en sangre.

—¿Qué es lo que seguramente ya sabemos? —repitió Billy T.

—Lo de la tía esa, Hermine.

—Sí, Ronny. Sabemos que existe una tal Hermine Stahlberg.

—No del todo legal, pero eso ya lo sabéis.

—Mmm...

El caso Stahlberg se había convertido en algo monstruoso. Ya habían asignado a veintitrés investigadores, y solo en la parte táctica. Además estaban los técnicos, desde los expertos de balística hasta los forenses y especialistas en escenarios de crímenes. La documentación relativa al caso ocupaba ya varios metros de estantería. Habían tomado declaración a más de ochenta personas, el piso de la calle Eckersberg había sido inspeccionado minuciosamente, y habían intentado reconstruir las vidas de las víctimas para obtener una visión de conjunto que todavía presentaba enormes lagunas. El caso Stahlberg era un conglomerado de datos, perfiles, teorías y hechos. Billy T. se sentía incapaz de estar al día de toda la información que entraba, documentación e interrogatorios, soplos anónimos e hipótesis más o menos realistas. Se convocaban numerosas reuniones, en un intento de asegurarse de que la mayor cantidad de gente posible estuviera al tanto de las últimas novedades. Billy T. se vio obligado a reconocer que, en esas reuniones, cada vez tenía menos ganas de hablar. Sentía que en este caso iba siempre a remolque, pero al menos sabía quién era Hermine Stahlberg.

Ronny levantó la cabeza con una sonrisa torcida en la cara.

—Ha estado rondando por ahí, ya sabes, y ahora todo el mundo presume de conocerla, y de que ellos... La gente no habla de otra cosa que no sea ese caso tuyo.

—Ya nos hemos dado cuenta, ya. ¿Crees que puede haber algo de verdad entre tanta palabrería?

—Bueno, lo dudo. Conoces el ambiente casi tan bien como yo, Billy T.

136

Eso ya no era cierto, pero el policía asintió dándole la razón.

—La gente quiere darse importancia, ¿no? Mucho murmurar sobre venta de armas y mucha mierda. Y puede que haya algo de cierto. Pero parece que es más fácil conseguir armas que droga. Los yugoeslavos, por ejemplo, tienen más fácil conseguir una pipa que vosotros.

—No hace falta mucho para eso. Hay…

—En eso vais bien atrasados. Hacéis todo lo que podéis para impedir la entrada de droga, con perros en las aduanas, gente infiltrada, servicio secreto y colaboración internacional. No es que toda esa mierda sirva de mucho, aunque está claro que no os faltan recursos. Pero los tíos que vienen al norte desde los Balcanes con la carrocería llena de armas y la mujer y los niños en el asiento trasero para disimular, a esos no los veis. Me llevaría media hora, Billy T. ¡Media hora! Dime qué arma quieres y te la consigo en treinta minutos. Esta ciudad está a rebosar de armas. ¡Mira esto!

Se agachó para sacar un periódico de la repisa que había debajo de la mesa. Estaba abierto por un artículo sobre las armas incautadas en la capital. En la foto se veía al director de la policía judicial, Jens Puntvold, con la mano extendida con gesto solemne sobre una enorme colección de armas de fuego.

—Eso es lo que habéis pillado solo en veinticuatro meses —dijo Ronny—. Si alguien busca un arma en esta ciudad, tan solo hay que ir a vuestra casa para servirse lo que uno quiera.

—Tendrías que haber sido policía, Ronny. Entonces sí que le meteríamos caña al asunto.

Ronny no se inmutó ante semejante ironía. Su sonrisa cambió.

—Eso era lo que íbamos a ser los dos, Billy T. Tú y yo. ¿Te acuerdas?

Billy T. posó la mirada sobre el artículo de la edición del viernes del *Aftenposten*, oportunamente insertado como información de fondo en las cuatro páginas dedicadas por completo al crimen de la calle Ekersberg.

Claro que se acordaba.

El parque de Kuba en primavera. Las aguas del río Aker extendiéndose hasta las orillas resbaladizas. Dos chicos con la cabeza rapada para el verano y con pistolas de hojalata metidas en cinturones de cowboy torcidos sobre sus caderas esqueléticas. Estrellas de sheriff con la pintura dorada descascarillada. Ronny tenía un sombrero vaquero con flecos en el ala. Su padre era marinero y por fin había vuelto a casa. Billy T. tenía la espalda cubierta de eccema. Le picaba mucho, y empeoraba por los vertidos de la fábrica de jabones. No tenía permiso para bañarse, su madre le daba un bofetón si iba al río, pero aun así lo hacía. Nadaban entre fuertes corrientes y se dejaban caer por las cascadas de Nedre Foss. Salían molidos por las piedras, muertos de risa. Billy T. le acertó a un pato con las flechas de su arco. Lo frieron sin desplumarlo en una hoguera ilegal y se lo dieron de comer a los gatos. Animales medio salvajes, raquíticos, que se tragaban la carne de pato quemado y luego les seguían a todas partes.

—Íbamos a ser de la pasma los dos —dijo Ronny—. Pero las cosas no salieron como pensábamos.

—No...

Billy T. recorrió el apartamento con la mirada. No había un solo objeto en el salón que pudiera permitirse comprar. Hasta la fruta de la opípara fuente le resultaba extraña, muy lejos de las posibilidades del sueldo de un policía del que había que descontar la pensión de cuatro hijos de madres distintas. Ronny había pasado nueve años en la cárcel. En total, desde que cumplió los diecinueve. Ahora los dos eran hombres de mediana edad. Billy T. enterró la cara entre las manos e intentó respirar rítmicamente.

—Tú no has venido a preguntarme eso —dijo Ronny.

Sí, quiso decir Billy T., he venido para preguntarte qué sabes de un caso en el que estamos atascados. Pero no es cierto, pensó sin decir palabra. He venido para recordarme a mí mismo que eres un tipo marginal sin auténticos valores. He venido para asegurarme de que no deseo lo que tú tienes, porque nunca has hecho nada importante, nada útil, verdadero y honesto. Podrías haber sido como

138

yo, pensó. Podrías trabajar duro entre una nómina y la siguiente, podrías dejarte la piel corriendo del trabajo a casa, ocuparte de los niños y de tu suegra, y aguantar a colegas imposibles y un sistema que está a punto de hundirse a causa de los que son como tú, Ronny, que te has dado de baja de todo y solo pagas tu parte pasando temporadas en un sistema carcelario que te ofrece formación y entretenimiento, comida caliente y asistencia médica cuando te hace falta.

—Tengo que irme —dijo Billy T. sin moverse.

—Toma —dijo Ronny.

Billy T. notó que dejaba algo en la mesa, frente a él.

—¿Qué es eso?

—Míralo. Es un regalo.

Billy T. apartó muy despacio las manos de su cara. Era un papelito. Un boleto de apuestas en las carreras de caballos V75.

—No está registrado —dijo Ronny—. Siempre apuesto con boletos sin registrar. Es totalmente legal, Billy T. Siete aciertos, pagan ciento cincuenta y tres mil cuatrocientas treinta y dos coronas. Dinero legal.

—Un pastón —murmuró Billy T.—. ¿Qué coño significa esto?

—Cógelo. Es tuyo.

Era un simple boleto V75. Premiado con más de ciento cincuenta mil coronas. Regalos para los niños. Tal vez unas vacaciones que no tuvieran que pasar en la cabaña de sus suegros en Kragerø, con un montón de familia y unas camas demasiado cortas. Un respiro. Sacar la cabeza del agujero. Todo legal.

—Blanqueo —dijo Billy T., sin tocar el papelito—. La manera más sencilla de blanquear dinero negro. Comprar un boleto premiado por un importe mayor que el premio.

—No, eso solo lo hacemos en el hipódromo de Bjerke. No con boletos oficiales emitidos en Hamar. Sería demasiado complicado. ¿Cómo íbamos a localizar a los ganadores? Este es mi hobby, Billy T., nada más. Lo he sellado yo mismo, te garantizo que es un premio legal. Tómatelo como una muestra de agradecimiento.

—¿Agradecimiento?

Ronny le respondió con una sonrisa.

Billy T. sabía a qué se refería. En dos ocasiones había hecho la vista gorda. De eso hacía mucho. En ningún caso había sido nada muy serio. Había cerrado los ojos y dejado que Ronny se librara. Hacía ocho años de la última vez. Le había ayudado porque recordaba que hubo un tiempo en que Ronny tenía miedo a la oscuridad y que mojó la cama durante años. Ronny era un pobre alfeñique, y fue el mejor amigo de Billy T. hasta que a los quince asaltó un quiosco por un botín de cien coronas. Ronny fue enviado a un centro de menores, y entonces Billy T. se puso las pilas. Su madre le castigó dos meses sin salir de casa solo por haber hablado con Ronny antes de que le metieran en un coche de los servicios sociales para llevárselo. Su hijo iba a mantenerse alejado de esa escoria, así que le ató en corto hasta que aprobó el bachillerato. Cuando Billy T. le había dejado irse de rositas tenía en mente al Ronny de granos enormes y polla ridícula. No al Ronny bronceado con un piso de lujo que era una especie de búnker y un Audi TT.

—Sabes que no puedo aceptarlo —dijo Billy T. La sangre le zumbaba en los oídos y no conseguía apartar la vista del boleto mágico—. Sería pura corrupción.

—Para nada —dijo Ronny con firmeza—. No te pido nada a cambio. Es solo una mano tendida de un amigo de la infancia, Billy T. Lo cobras y nadie te preguntará nada. Libre de impuestos y legal. Y una auténtica gozada.

Billy T. se sentía mareado. Notaba la cabeza muy ligera y, cuando se puso de pie y fue tambaleándose hacia el recibidor, veía puntitos delante de los ojos.

—Si quisieras comprar un arma... —dijo, constatando que le costaba vocalizar—. Si fueras un ciudadano normal y corriente y quisieras conseguir un arma de manera ilegal, ¿qué harías?

—¿Una persona normal y corriente?

Ronny se apoyó en el marco de la puerta y le tendió los zapatos.

—Se te olvida esto —dijo—. No tengo ni idea de lo que hacen las personas normales y corrientes, aunque la tal Hermine Stahlberg tampoco es lo que se dice muy corriente, la verdad.

Billy T. intentó coger los zapatos y estuvo a punto de perder el equilibrio.

—Como he dicho antes —continuó Ronny—, esta ciudad está hasta arriba de armas. Pero si no tienes los contactos apropiados y no sabes llegar a los chicos de arriba, puede que tengas que conformarte con... —Pensó unos instantes—. Per el de la choza, ¿te acuerdas de él? Tenía un negocio completamente legal por la zona de Vålerenga hasta que vosotros os cargasteis el tinglado. Ahora se lo monta a pequeña escala. O Bjørnar Tofte. Creo que sigue en el negocio, aunque él es de los grandes. O Sølvi, Sølvi Jotun. Ella es la más fácil de encontrar. Pero es tan inconstante que puede pasar bastante tiempo antes de que pueda conseguirte algo.

Billy T. se había puesto los zapatos y se levantó con movimientos abotargados. Se pasó la mano por el cráneo. Seguía sintiéndose extraño, con la cabeza hueca.

—Sølvi... es una yonqui total.

—Va a rachas. Una tía lanzada. Tiene una pinta horrible, pero no se rinde. Saca pasta de donde puede.

Billy T. se quedó frío. Luego el calor volvió a inundar sus brazos, y tuvo que mirarse las manos otra vez para comprobar que la sangre seguía circulando bajo la piel. Sølvi Jotun era la novia del Trapo. O al menos lo había sido durante muchos años.

—Vale.

Tenía que salir, tomar el aire. Ya no soportaba estar allí. Olía a fruta y a la colonia de Ronny, y Billy T. necesitaba irse.

—¿Había algo en la bebida que me has puesto? —gimió mientras se peleaba con el picaporte—. Joder, Ronny, ¿me has dado algo?

—Nada peligroso, solo para animarte un poco. Pero será mejor que no te acerques a tus colegas hasta dentro de unas horas.

Su voz era tranquila, suave, con un toque de risa contenida. Por fin logró abrir la puerta.

Billy T. bajó tropezando por la escalera. La peste del patio trasero le envolvió con un tufo amargo que le resultó fresco y familiar, expuso el rostro al mundo y tomó aire.

En el bolsillo de la camisa llevaba el boleto V75, bien doblado. Ronny se lo había metido cuando se estaba poniendo la cazadora de cuero.

Sølvi Jotun, pensó embotado. Tenía que dar con Sølvi Jotun.

Carl-Christian se arrepentía profundamente de haber accedido a celebrar la reunión familiar en su casa. Mabelle se movía en silencio sirviendo café a los presentes, que hablaban en voz queda. Ya eran diecinueve parientes, y solo los dioses sabían si aparecería alguno más. Mabelle tenía un aspecto espléndido. El luto le sentaba bien. No solía vestir nunca de negro porque la hacía parecer más pálida, descolorida, su piel clara y el pelo rubio no soportaban bien los tonos oscuros. Pero ahora estaba hermosa. Su piel se veía blanquísima en contraste con el jersey y llevaba suelto el cabello recién lavado, que caía sobre su rostro como un velo cada vez que se agachaba para servir más café. Incluso sus suaves ojeras, una sombra azul muy tenue que apenas había intentado tapar con un poco de maquillaje, resultaban adecuadas en una ocasión así. Carl-Christian se sintió extrañamente orgulloso cuando por casualidad oyó a una de sus primas susurrarle a su hermana:

—Parece que está destrozada, la pobre. Pero qué guapa está.

Aun así, se arrepentía. Allí no tenía ningún control. No podía marcharse de su propia casa si las cosas se ponían demasiado difíciles. Se veía obligado a esperar hasta que al último pariente lejano le apeteciera marchar. No tenía ningunas ganas de celebrar aquella reunión en casa, pero Alfred había insistido. El piso de la calle Eckersberg estaba descartado. La policía lo había precintado y además hubiera resultado muy poco adecuado, sentenció Alfred, y llamó a toda la familia para recordarles la dirección de Carl-Christian.

Mabelle fue a la cocina para poner otra cafetera. Una mujer, que Carl-Christian no estaba muy seguro de quién era, la siguió. Vio que le ponía la mano en el hombro con delicadeza, con la intención de consolarla. Aquello le asqueó. Aquella gente le ponía enfermo, aquella familia, aquel revoltijo casual de personas que, sin más razones que la tradición y una relación genética, se reunían los días de Navidad muy arreglados y voraces alrededor de la mesa, por una vez generosa, de Hermann y Tutta.

—Pues parece que ya estamos todos —anunció Alfred. Estaba recién duchado y su loción para después del afeitado llegaba hasta Carl-Christian, que se había resistido a sentarse cuando su tío dio la orden y permaneció apoyado en la pared contigua al cuarto de baño—. Salvo nuestra querida Hermine, claro, que todos sabemos que está ingresada en el hospital y no podrá venir. Bienvenidos todos.

Carl-Christian recorrió con la mirada a los presentes. Algunos parecían estar tristes de verdad, otros habían ido por pura curiosidad y les costaba disimularlo. El primo que estaba de pie junto a Carl-Christian intentaba ahogar un bostezo y estaba claro que solo había acudido por sentido de la obligación. Jennifer Calvin Stahlberg y sus tres hijos ocupaban una especie de lugar de honor en tres sillas alineadas al fondo del salón. La viuda tenía en el regazo a la más pequeña, que estaba a punto de quedarse dormida con el pulgar en la boca. Los niños flanqueaban a la madre, sentados con gesto muy serio pero sin llorar. Aunque los ojos de Jennifer estaban enrojecidos e hinchados por el llanto, permanecía muy erguida en su asiento, susurrando palabras de cariño al oído de la pequeña.

Alfred propuso guardar un minuto de silencio en memoria de los fallecidos. Nadie protestó, ya estaban casi en silencio desde el principio.

—Mi deseo de convocar esta reunión —dijo Alfred pasados más de dos minutos— ha sido motivado porque parecía necesario que nos juntáramos después de una vivencia tan brutal como la que hemos sufrido. Es cierto que algunos de nosotros ya nos vimos el viernes pasado, pero en aquel momento todo era tan reciente y estábamos en tal estado de shock que… —carraspeó—, que no todos pudisteis venir. Pero ahora… —extendió la mano como si les estuviera bendiciendo— estamos aquí. ¿Alguien quiere decir algo?

Nadie abrió la boca. Las hermanas de Alfred, una delgada y achacosa, la otra rellenita y redondeada como Alfred, se enjugaban las lágrimas con sus pañuelos bordados.

—Ya veo que no —dijo Alfred sin poder ocultar su descontento ante la pasividad de los presentes. Sorbió un poco de café—. No hay mucho que decir de esta tragedia. Lo ocurrido es indescriptiblemente horroroso, y va más allá de lo humanamente comprensible, al menos para mí. —Remató sus palabras con una risita que pretendía ser de ironía autoinfligida, pero había calibrado mal a su público. Todos bajaron la vista—. Debemos permanecer unidos —se apresuró a añadir—. Debemos apoyarnos los unos a los otros. Por ejemplo, tenemos que escoger a alguien para tratar con la prensa. Los periodistas ya se han puesto en contacto con algunos de vosotros y seguro que no ha sido una experiencia agradable.

—Yo creo que lo más correcto es que no hagamos declaración alguna —interrumpió un hombre de treinta y tantos años—. Al menos hasta después del entierro.

A Carl-Christian siempre le había caído bien su primo Andreas. Tenía algo de Hermine, algo afable y digno de confianza. Nunca tomaba partido por nadie y por ello resultaba bastante sorprendente que le llevara la contraria a su tío.

—La prensa nos ha tanteado a todos —prosiguió Andreas—, y todos sabemos lo que van buscando, las teorías de las que parten.

A Carl-Christian le ardían las mejillas. Nadie miraba en su dirección. Al contrario, todos tenían un repentino y llamativo interés por la decoración y las vistas.

—Solo hay una cosa que quisiera decir de entrada —continuó Andreas, que se había puesto de pie y daba la espalda a Alfred—. Yo no creo nada de lo que insinúan. Conocemos bien a CC. Ninguno de los que estamos aquí… —clavó la mirada en Carl-Christian—, ninguno de nosotros cree ni por un instante que alguien de la familia esté detrás de este acto espantoso. Pero los periodistas son periodistas. Te ponen las palabras en la boca, sobre todo a los que no tenemos experiencia con este tipo de cosas. Debemos pedirles que respeten nuestro deseo de no hablar antes de que nuestros familiares hayan sido enterrados. Y luego ya veremos.

Un murmullo unánime se extendió por la habitación. Alfred parecía ofendido.

—Como si lo hubiera dicho yo mismo —dijo—. Así que estamos todos de acuerdo. Pero hay otros temas pendientes. Cosas que hay que gestionar. Como tal vez ya sepáis, hay un testamento.

Carl-Christian cerró los ojos. Desde que Jennifer le había llamado la noche anterior, después de que la policía consiguiera el testamento en el Registro de Últimas Voluntades, se había encontrado inmerso en un caos de sentimientos contradictorios. Aún no había visto el documento real, en papel, pero durante la conversación con su cuñada había entendido lo bastante como para saber que iba a tener serios problemas económicos. No le habían dejado nada.

Pero el testamento también podría ser su salvación.

Él no ganaba nada con la muerte de sus padres. Y no podía negar que ya conocía la última voluntad de su padre. Mabelle también era muy consciente de ello, y le había estado dando la lata toda la noche. Ya sabían de la existencia de ese documento, no había parado de recordarle en susurros mientras permanecían tumbados en la cama sin poder dormir. Sabían que algo se estaba preparando, no era ninguna sorpresa que su padre hubiera dado un paso tan radical como desheredarle, dadas las circunstancias. Y como en realidad ya sabían que algo así era inevitable, tampoco sería una gran mentira afirmar que tenían información concreta al respecto. Mabelle era muy persuasiva y CC no tenía elección, esa era la verdad.

—No conozco el contenido —dijo Alfred—. Jennifer no... —hizo un gesto elegante en dirección a la viuda—, de momento no ha querido compartirlo conmigo. Pero entiendo que, en cualquier caso, se celebrará una reunión para...

—¡Por favor! —Andreas había vuelto a tomar la palabra. Frunció el ceño indignado y abrió los brazos—. ¡Es inaudito que quieras discutir el contenido del testamento antes del funeral! ¿Estáis todos de acuerdo conmigo?

Miró a su alrededor. Los demás asentían, algunos de forma vehemente. Alfred se puso como la grana y su respiración se aceleró.

—No se trata de eso —dijo—. No es esa mi intención. Pero, al fin y al cabo, se trata de una empresa en activo y no es bueno para ninguno de nosotros que se dejen sin atender los...

—La naviera no tendrá ningún problema —sentenció Andreas bruscamente—. Estamos hablando de menos de una semana. ¿Sabemos algo más sobre cuándo podrán entregarnos los cadá... a tus padres y tu hermano?

Miró con gesto afectuoso a Carl-Christian, que negó con la cabeza en silencio.

—Bien —dijo Andreas—, pero no puede llevar mucho más tiempo.

—Tengo una propuesta. —La hermana de Andreas, Benedicte, se puso de pie. Tenía apenas veinticinco años y su cabello era igual de rubio y rizado que el de su hermano. Parecía tímida, pero aun así elevó la voz—. Propongo que designemos a Andreas portavoz de la familia —dijo, y carraspeó.

Alfred miraba desconcertado a su alrededor. Abrió la boca como si fuera a decir algo, pero de sus labios no salió sonido alguno. Desde la puerta de la cocina llegó un tímido aplauso que poco a poco se fue extendiendo. Incluso Jennifer soltó un momento a la niña para juntar delicadamente las palmas de las manos.

—Entonces el asunto queda zanjado —dijo Benedicte satisfecha, y se sonrojó.

—Y mi primera decisión es que esto sea un encuentro y no una reunión formal —declaró Andreas—. CC y Mabelle han tenido la amabilidad de acogernos en su casa. En la cocina hay pasteles y sándwiches para aquellos que quieran. Démosles las gracias e intentemos pasar un rato lo más agradable posible, dadas las circunstancias. Jennifer, si quieres irte a casa ya, yo mismo te llevaré, por supuesto. *I'll drive you home, if you wish. OK?*

Antes de que Jennifer tuviera tiempo de contestar, sonó el móvil de Carl-Christian. Se disculpó con un murmullo y se retiró al dormitorio.

Era Hermine.

—¿Habéis hablado del testamento? —farfulló al otro lado de la línea.

—Un poco —susurró. No estaba seguro de haber cerrado bien la puerta—. Pero solo Jennifer y nosotros conocemos el contenido. ¿Cómo…? ¿Cómo te has enterado, por cierto?

—Yo tengo otro —dijo sin entonación alguna—. Tengo uno más reciente, totalmente nuevo.

Carl-Christian apretó una tecla por error y un agudo pitido hizo que soltara el teléfono.

—¡Hola! —siseó cuando por fin volvió a ponérselo en la oreja—. ¿Hermine, estás ahí?

—Tengo un testamento nuevo. Le pedí a papá que escribiera otro que…

—¿Cuándo? ¿Cuándo hiciste eso?

—Hace tres semanas, CC.

Carl-Christian no sabía demasiado de leyes. Pero sabía que un testamento nuevo prevalece sobre otro más antiguo. Se le cerró la garganta. Le latía el pulso en los oídos.

—¿Cómo…?

—Ven aquí, CC. Estoy de vuelta en casa.

—¿En casa? Pero ¿tú no tenías que…?

—Estoy en casa. Ven.

La llamada se cortó. Carl-Christian se sentó despacio en la cama. Miraba el teléfono móvil como si fuera un invento reciente que no supiera cómo utilizar.

—¿Quién era?

Mabelle había entrado sin hacer ruido.

—Hermine —murmuró—. Era Hermine.

—¿Qué quería?

Él seguía mirando el Nokia, lleno de estupor.

—Tiene un testamento nuevo —susurró por fin, y levantó la vista—. No tengo ni idea de cómo ha podido conseguir algo así.

Su expresión era una mezcla de sorpresa, esperanza y puro terror.

—¿Es más favorable para ti... para nosotros?

—Dios mío, ¡cómo puedes pensar en eso ahora! No tengo ni idea. Me ha pedido que vaya. Está en casa.

—Tenemos que ir —dijo con decisión—. Sabes que ahora no podemos permitirnos algo así. Podemos esperar, podemos guardarlo hasta que...

Cuando volvieron a mirarse a los ojos, no estaba claro quién estaba más asustado. Carl-Christian cerró las manos alrededor de la sábana. Se clavó las uñas en la palma de la mano.

—Tenemos que ir con Hermine —dijo por fin, y le costaba controlar la voz.

No encontró nada, claro. Más de una hora de trabajo con frío y bajo la nieve no habían servido para nada. Estaba seguro de que había dado con el lugar correcto, las marcas del agujero anterior seguían siendo visibles. Y cuando el taladro por fin perforó el hielo, oyó cómo el agua gorgoteaba oscura contra la cubierta helada. Se le puso piel de gallina al introducir el brazo.

Se sintió avergonzado. Toda aquella ocurrencia había sido una estupidez de principio a fin. Primero se había inventado una inquietante sospecha en torno a una persona que se había comportado de manera extraña. Pero gente rara había mucha, eso lo sabía el viejo muy bien, él era uno de ellos. Segundo: no tenía ni idea de la profundidad del agua y no se había traído una plomada para comprobarlo. Por suerte, la fortuna le acompañó y, tumbado en el hielo con todo el brazo dentro del agua, pudo palpar el lecho resbaladizo y desigual cubierto de piedras. Revisó más o menos medio metro cuadrado del fondo, antes de sentirse agotado y verse obligado a dejarlo.

El anciano estaba enfadado consigo mismo. La emoción que había alimentado era falsa, y además no se encontraba bien. Un peso húmedo y pegajoso parecía oprimirle el pecho y no paraba de estornudar. Menos mal que era la víspera de Nochebuena y habría muchas cosas agradables para ver en la televisión. Cuando llegó a casa, se preparó una gran taza de té con miel y se acomodó con la intención de olvidarse del asunto. La fiebre iba en aumento y fuera hacía un frío de perros. Se levantó con dificultad para echar más leña a la estufa.

Hermine Stahlberg estaba a punto de recuperar la sobriedad. Intentó sin éxito retener el estado de intoxicación de la tarde. Pero no había manera. El veneno había desaparecido, dejándola totalmente desconcertada sobre qué debería hacer.

Caminaba con paso incierto por la calle Bogstad intentando comprender lo que había pasado. Al principio no había notado nada. En el hospital habían consentido a regañadientes que pidiera el alta voluntaria. El médico había hecho un intento desganado de convencerla para que se quedara, pero parecía estar más preocupado por los días festivos que se aproximaban. Tan solo una hora después de levantarse de la cama, estaba con su camello habitual de la calle Majorstuen. La transacción fue rápida. Fue directa a casa y esta vez estuvo más acertada con la dosis.

Bajo el efecto de la droga, sus manos dejaron de temblar. Logró sacar los cajones de un armario de la cocina y desmontar la plancha de contrachapado que tapaba el agujero de la pared. Las fotos estaban en su sitio, y el testamento también. Dejó las fotos donde estaban. Metió el testamento entre dos grandes libros sobre Egipto que había en la estantería inferior de la librería. Luego llamó a Carl-Christian. Pero no acababa de llegar. Tardaba muchísimo. Se sentía inquieta y recorría el piso mientras miraba la hora todo el rato. Lo primero que le llamó la atención fue la alfombra del salón. Estaba del revés, seguro. Una mancha de vino que siempre escondía debajo de la mesa estaba ahora expuesta a la vista. Su miedo fue en aumento mientras, con el cuerpo rígido, intentaba detectar otros cambios. Habían movido los libros de las estanterías. Estaba segura. Los lomos no estaban a la misma altura, algunos incluso sobresalían del estante.

Carl-Christian, claro. Intentó que la frecuencia de su pulso bajara a un ritmo normal. Carl-Christian había venido a ayudarla el sábado anterior, se había ocupado de que ingresara en el hospital. Tenía que haber sido él. No entendía por qué razón habría dado la vuelta a la alfombra o descolocado los libros, pero Carl-Christian era su hermano, la quería y no suponía ningún peligro.

Pero el dormitorio era un caos, con la ropa de cama esparcida y vómito por todas partes. Dos cuadros estaban torcidos. Ella no los había tocado. Bueno, tampoco se acordaba de nada. Podría haberse caído, agitando los brazos como una loca, enfadada con Carl-Christian porque no quería ir al hospital. Qué iba a saber ella, si no se acordaba de nada.

Aun así, ¿por qué iba Carl-Christian a tocar los cuadros? Ni siquiera estaban colgados cerca de la cama. Y él no le había dicho nada de que se hubiera resistido.

La puerta no estaba forzada, pero alguien había registrado el apartamento.

Fue en ese momento cuando decidió que no esperaría a su hermano. Agarró el abrigo, se puso un par de deportivas que estaban por allí tiradas y salió vacilante de la casa. Cinco minutos más tarde estaba en la que solía ser la calle comercial más transitada de la zona más pudiente de Oslo. Los adornos navideños bañaban la calle Bogstad en una luz estridente. Se detuvo de golpe, debajo de una estrella de ramas de abeto que colgaba cargada de nieve de una farola antigua. Estaba sola. Era la víspera de Nochebuena y no se veía ni un alma. No tenía ni idea de adónde ir.

En realidad nunca lo había sabido, nunca, desde que siendo una niña tuvo que reconocer, de manera brutal, que nadie era capaz de protegerla.

Más tarde empezó a ir allá donde más le conviniera, donde alguien estuviera dispuesto a pagar con dinero, atención o una sensación momentánea de pertenencia. Nada de eso era cierto ni real, salvo los momentos de amor que había encontrado en sus hermanos, sobre todo en Carl-Christian. Pero, en muchos casos, la atención no era más que un cambalache que Hermine pagaba con sumisión y una irresponsabilidad de niña pequeña que escondía sus grandes secretos tras una naturaleza dulce y preconcebida.

Por eso le había resultado tan difícil recuperar el control. En los últimos meses, cuando Hermine había actuado por primera vez basándose en lo que ella consideraba justo y verdadero, se había quedado sin fuerzas. Todo lo que deseaba era que alguien la cuidara, la consolara y le asegurara que todo saldría bien. Quería que le dijeran que era amada, que era necesaria para alguien.

Por fin decidió adónde iría.

Cuando Hanne volvió a casa de la comisaría, cerca de la medianoche, la cocina olía a tabaco.

—Hola —dijo arrugando la nariz—. ¿Le has dado permiso a Marry para fumar aquí?

—Una pequeña excepción —sonrió Nefis—. Hoy ha trabajado muchísimo. ¿Has visto la mesa?

Hanne asintió con un movimiento de cabeza. La mesa del salón estaba magníficamente adornada con motivos navideños. Mantel rojo, cristalería, ramas verdes. Candelabros dorados y una vajilla con dibujos de Papá Noel. Por encima de todo aquello había una especie de rejilla sujeta al techo, de donde colgaban multitud de bolas de cristal decoradas, muy juntas y de todos los tamaños.

—Bonito —sonrió—. Seguro que le has echado una mano. Un poco exagerado, tal vez. A los niños les va a encantar.

—Ven —dijo Nefis dando una palmadita a la silla que estaba junto a la suya—. Siéntate. ¿Has tenido un día duro?

Hanne le dio un suave beso en la frente y se dejó caer sobre la silla.

—Sí. Estoy tan cansada que no creo que vaya a poder dormir. Qué guapa estás.

Nefis llevaba el pelo suelto sobre un jersey de cuello de pico de un rojo intenso. Parecía que acabara de maquillarse y desprendía un aroma fresco.

—Yo huelo a yegua —dijo Hanne arrugando la nariz.

—Más bien a un dulce y pequeño poni —dijo Nefis sirviéndole vino de una botella cubierta de polvo—. ¿Te hace ilusión?

—¿Esto? —Hanne miró a su alrededor con cierto escepticismo—. Tal vez. Un poco, no mucho.

Era mentira, y las dos lo sabían. Dentro de la escasa capacidad de Hanne para ilusionarse con nada, la Nochebuena era algo que sí le hacía ilusión. Le gustaba que la del día siguiente no fuera la típica reunión con la familia. Se alegraba de la iniciativa de Nefis, de que fueran a juntarse alrededor de la mesa toda clase de personas. Se dio cuenta de que llevaba varias horas sin pensar en su padre. La sensación agotadora y vacía de que era demasiado tarde perdía intensidad. Nefis y ella se habían escogido la una a la otra. Y juntas habían elegido a Marry. Nefis había creado una existencia tan rica y generosa en abrazos que Hanne, muy de vez en cuando, consideraba la posibilidad de seguir su consejo y dejar la policía. Nefis insistía en que Hanne podía poner una pequeña agencia de detectives privados. Con la cantidad justa de trabajo. Un pequeño despacho muy exclusivo, con tal vez tres detectives, que no se ocuparían de esposos infieles o gente que no volvía de las vacaciones en la playa, sino que se centrarían en temas relativos a la industria y a la seguridad. Disponía de capital para establecerse y tenía un nombre.

Pero Hanne se moriría sin la policía, y lo sabía.

—Me parece que estoy a punto de enfrentarme con todo el mundo en este caso —dijo, y bostezó—. No sería la primera vez que me equivoco. Es como si…

—Como si siempre tuvieras que seguir un razonamiento diferente al de los demás —concluyó Nefis—. Es una buena cualidad. O suele serlo. El mundo progresa gracias a la gente que piensa diferente.

—Vaya, qué estimulante —murmuró Hanne mirando el fondo de su copa—. Aunque tampoco es que sea como Semmelweiss.

—Un poco sí —dijo Nefis—. Pero a veces te confundes, claro.

—Y puede que ahora también. Todos los indicios apuntan a Carl-Christian Stahlberg o a su hermana. O a alguien que actuara por encargo de ellos. Me refiero a la familia. Te diré que…

Empezó a enumerar entusiasmada toda la serie de indicios.

—Para —dijo Nefis poniendo un dedo sobre los labios de Hanne—. Ahora no estás de servicio, Hanna, piensa en otra cosa.

—Lo veo difícil.

—Quiero que tengamos un hijo, Hanna.

Hanne se fijó de pronto en que el perejil que hacía de hierba en el gran belén que Marry había montado en la encimera de la cocina había sido sustituido por recortes de papel pinocho. Se levantó y empezó a colocarlo mejor alrededor del pesebre. Cogió una oveja y le quebró las patas.

—Está mejor con papel —dijo—. El perejil se estaba marchitando.

—Hanna…

—No quiero hijos. Y no quiero hablar de ello. ¿A qué hora vendrán los invitados mañana?

Hanne tenía ganas de llorar. Tragó saliva, respiró profundamente. Niños no. Cecilie le había insistido. Todo el tiempo. Y Hanne había tenido razón. No debían tener hijos porque Cecilie había muerto.

—Si tan solo entendiera por qué —dijo Nefis—. Nunca me dices por qué no quieres. Te limitas a marcharte. ¡No lo hagas!

Hanne había cogido a la Virgen María y le estaba arrancando el halo. Dio un respingo ante la reacción de Nefis y volvió a dejar la figurita con cuidado en su sitio.

—Estoy cansada —dijo, e hizo ademán de marcharse.

Nefis bloqueó la puerta.

—No, no dejaré que te vayas. Tenemos que hablar de esto. Yo quiero tener hijos, tú no. Tenemos que averiguar cuál de las dos tiene los motivantes más fuertes.

—Motivos —la corrigió Hanne—. No deberías utilizar palabras de las que no estés segura. Motivos. Los míos son más fuertes.

—Eso no lo sé.

A Hanne la asustaban los niños. Necesitaba conocerlos bien para ser capaz de dirigirles la palabra. Los niños daban miedo, hacían ruido, exigían mucho y generaban obligaciones. Ella misma había sido una niña. Había dedicado toda su vida adulta a olvidar cómo había sido aquello, y cuando estaba con niños se asustaba de todas las cosas que no quería recordar. Y aun así se acordaba.

Recordaba el gran chalet en el que vivían. Su madre, su padre, su hermana y su hermano. Hanne, la que llegó tarde. Hanne, que tenía miedo de su habitación, miedo de toda la casa, salvo del desván. Allí estaban las cosas que habían dejado los abuelos y que le permitían soñar que estaba muy lejos, crear su propio pequeño hogar entre todo aquel polvo, entre todas aquellas cosas que ya nadie necesitaba ni recordaba, igual que nadie la necesitaba ni se acordaba de ella.

Hanne miró fijamente al niño Jesús y se acordó de aquellas noches. De una noche en concreto. Había subido las escaleras temprano, pero no entró en su cuarto. Se deslizó furtivamente hasta el desván, como era su costumbre. Abrió la maleta de América y sacó las telas que contenía. Las colgó a su alrededor de argollas del techo, de clavos torcidos en las vigas y puntales. El desván se convirtió en un teatro y ella empezó a disfrazarse. Puede que tuviera diez años, tal vez más. Jugó a representar obras con ella como protagonista, hasta que se quedó dormida. La luna se atisbaba apenas por el tragaluz del techo. Cuando se despertó estaba helada y ya había amanecido. Nadie la había buscado, nadie la había cogido y la había llevado en brazos a su cama, al edredón y al calor, ni se había sentado a su lado un rato para que no tuviera miedo, siempre tanto miedo.

Los ojos de su padre en el desayuno, faltos de interés, indiferentes. Y Hanne iría al colegio con la misma ropa del día anterior, la ropa con la que había dormido en el desván entre máscaras africanas y viejos álbumes de futbolistas, con una comadreja disecada entre los brazos.

Al hacerse adulta comprendió que sencillamente habrían pensado que estaba durmiendo en su cuarto. Seguramente se habrían preocupado si hubieran sabido la verdad.

Pero nadie lo había comprobado. Nadie había ido a ver si estaba bien antes de irse ellos a dormir. Ese día Hanne no fue al colegio. Fue a ver al carpintero de la casa vecina, que preparó gachas para comer y le enseñó a utilizar un medidor de ángulos. Cuando se echó a llorar porque tenía que volver a su casa, fue el carpintero quien cogió a la niña ya bastante crecida en su regazo y la meció hasta que se hubo calmado, y luego la ayudó a falsificar una nota para su profesora.

—No puedo tener hijos —dijo Hanne bajito, y se sentó.

—¿No puedes? ¿Eres…? ¿Lo sabes?

—No me refiero a eso. No tengo ni idea de si soy… fértil. Aunque lo dudo, a mi edad. —Sonrió indecisa—. Pero es que no puedo asumir la responsabilidad de tener un niño. No sé cómo debe ser una infancia. Solo sé cómo no debe ser.

—Eso puede ser más que suficiente, Hanna. Eres buena, Hanna, eres…

—Soy una persona herida —la interrumpió Hanne, serena—. Supongo que no me ha ido mal, dadas las circunstancias. Pero tengo suficiente mierda dentro como para tener que estar intentando arreglarlo… —miró recelosa hacia la puerta, siempre ese miedo a que alguien aparte de Nefis supiera que iba al psicólogo– toda una vida –concluyó.

–Un niño es una bendición –dijo Nefis–. Siempre.

–Tal vez lo sea para unos padres normales –dijo Hanne–. Pero un niño no estaría bien conmigo, es así. Ni siquiera aunque tú estuvieras a mi lado. Tú lo entiendes, Nefis, me conoces muy bien. Y en realidad estás de acuerdo. Si lo piensas un poco, me darás la razón.

Nefis calló. Su copa estaba intacta. Se limitó a cogerla por la base y hacerla girar mientras observaba la luz que se proyectaba en matices rojos sobre la superficie de la mesa.

–Voy a acostarme –dijo Hanne–. Si te parece bien. Empiezo a ver doble.

Nefis no contestó, se quedó allí sentada. Seguía sin probar el vino.

Cuando Hanne se levantó el día de Nochebuena, la botella continuaba igual de llena y Nefis dormía en el cuarto de invitados.

Martes, 24 de diciembre

Oslo amaneció cubierta de una inusual capa de nieve. En algunos puntos, la nieve de las cunetas alcanzaba varios metros de altura. Todos los sonidos quedaban amortiguados. La ventana del despacho de Hanne Wilhelmsen estaba entornada, pero ni siquiera el ruido de los camiones articulados que circulaban por la calle Schweigaard llegaba nítido a la colina donde la sede de la policía de Oslo se extendía trazando una curva entre la casa de Dios y la vieja cárcel.

Hanne, junto a la ventana, notaba la corriente helada en la cara. Olía a humedad invernal, y en la gran explanada cubierta de nieve, frente a los calabozos, tres niños inmigrantes jugaban con un trineo de los que se impulsan con el pie. Era casi imposible moverlo. Un chaval de unos diez años intentó empujarlo hacia delante sujetándolo por las cuchillas, como si fuera una carretilla. Por fin la más pequeña —a juzgar por el mono rosa era una niña— decidió que tenían que sacarlo a la alameda que partía de la cárcel. Hanne cerró los ojos cuando los niños salieron lanzados a toda velocidad hacia la calle Grønlandsleiret. Un camión frenó de golpe y derrapó hasta empotrarse en un Volvo que estaba aparcado. Los niños resultaron ilesos. Un coche patrulla se detuvo. Los agentes tuvieron más que suficiente con intentar calmar al camionero, que estaba hecho una furia. Los niños desaparecieron a la velocidad del rayo en cuanto la policía les dio la espalda. Reían y chillaban. El trineo se quedó volcado en mitad de la calle.

Hanne cerró la ventana.

Sacó de la cartera la esquela de su padre. De nuevo se sintió invadida por el viejo rencor, la ira involuntaria mezclada con tristeza. El papel estaba manchado y a punto de rasgarse. Debería llevarlo a plastificar antes de que fuera demasiado tarde. El carnet inverso se había convertido en algo que le hacía recordar, después de tantos años de olvido constante y tenaz.

Lo que recordaba con más claridad era la Navidad de sus doce años. Sus dos hermanos estudiaban fuera. De alguna manera, Hanne había esperado su regreso con ilusión. Su madre se ponía más contenta. Su madre era casi invisible en los recuerdos de Hanne de esa época, trabajaba hasta tarde y siempre estaba cansada.

Lo único que Hanne había pedido era una caja de herramientas. Su carta a Papá Noel estaba colgada en la pared, detrás del cabecero de su cama. En un par de ocasiones había considerado la posibilidad de ponerla en la pared de la cocina para asegurarse de que sus padres la vieran. Pero algo la contuvo, una vaga sensación de que les molestaría su osadía. Quería un martillo y un cepillo de carpintero, destornilladores y un punzón. Por tercer año consecutivo, Hanne sentía un gran deseo de tener sus propias herramientas y, según se acercaba la Navidad, empezó a creer que esta vez se cumpliría su deseo.

Le regalaron una edición de lujo encuadernada en piel de las sagas de Snorri, un camisón y un frasco de colonia que se cayó al suelo y se rompió al abrir el paquete. Nadie se había percatado de que volvía a dormir en el desván, y nadie se dio cuenta de que a primerísima hora de la mañana siguiente fue a ver al carpintero. Allí le dieron cacao y unas buenas rebanadas de pan, así como el viejo cepillo del carpintero adornado con un lazo rosa.

La Navidad de sus doce años apestaba a colonia 4711, y en los años siguientes no desperdició sus fuerzas en esperar absolutamente nada de las fiestas.

—¡Hanne!

Guardó rápidamente la esquela y se giró.

—Erik —constató.

—¿Tienes un momento?

—Claro que sí. Pasa.

Se dio cuenta de que había estado llorando y se secó las lágrimas con el dorso de la mano.

—La corriente —dijo señalando la ventana—. He tenido que cerrarla. ¿De qué se trata?

—¡Mira esto!

Erik llevaba el pelo disparado en punta hacia todos lados, en juvenil contraste con el elegante traje y la camisa azul claro planchada y almidonada. El nudo de la corbata le apretaba, y de forma inconsciente se metió un dedo por el cuello de la camisa.

—Estoy revisando toda la documentación que hemos obtenido sobre las disputas entre los Stahlberg padre e hijo. Y es... ¡Menuda familia! Que la gente sea capaz de... En todo caso, mira esto.

Buscó un papel y se lo entregó. Hanne se sentó despacio mientras leía.

—Una página mecanografiada —describió sin entender gran cosa—. Por lo que puedo ver, es de Hermann y va dirigida a Carl-Christian. Y habla de...

—De que CC debe tomárselo con calma. Como puedes ver, la carta está fechada el 3 de marzo de 2001. Poco después de que Preben hubiera empezado a maniobrar para reincorporarse al negocio familiar. Papá le asegura a su hijo menor que por supuesto que recibirá lo que es suyo. Ha sido muy buen chico, ha trabajado muy duro durante mucho tiempo y nada cambiará el acuerdo que tienen desde hace mucho sobre el futuro de la naviera.

—Ya...

—Firmado por Hermann, pero no con su nombre, sino como «tu padre». Y como puedes ver, abajo del todo...

Hanne se le adelantó:

—«Aprobado. Madre», una fórmula anticuada, muy anticuada.

—Sí, sí. Y lo que es más importante: Hermann afirmó durante mucho tiempo que no tenía noticia de este documento. ¡Que era falso!

—¿Falso?

—Sí. En un momento dado Hermann exigió que la carta fuera verificada por un grafólogo. Pero entonces intervino Tutta.

—¿Qué?

—Tutta. ¡La madre!

—Sé quién es, pero ¿qué quieres decir con que «intervino»?

Erik rió en voz alta y se revolvió el pelo con las dos manos. Sus mejillas estaban encendidas de emoción.

—¡Afirmó que era auténtica! Dijo que recordaba cuándo se había escrito la carta y que estaba presente cuando Hermann la firmó. Por eso este renunció a que la verificara un grafólogo. Puede que la razón fuera que no estaba nada claro cómo podría influir este documento en el caso, no es más que una especie de carta para tranquilizar a Carl-Christian, pero Annmari dijo que tal vez…

—Deberíamos poner a alguien a revisar todo este embrollo —le interrumpió Hanne.

—¡Pero si eso es lo que estamos haciendo!

—Nosotros sí. Pero esto debería estudiarlo un experto en herencias, derecho de familia, contratos… No sé cómo podría hacerse, pero es importante que tengamos una valoración seria e independiente de cómo estaba el asunto para cada una de las partes.

—¿Quieres decir quién tenía más posibilidades de ganar?

—Eso también.

—Seguramente tengas razón. ¡Pero no te lo he contado todo! Hace unas semanas algo hizo que Hermann cambiara de opinión. Quería una prueba grafológica a pesar de todo. Y el resultado… —se dio una palmada en el pecho y sacó una notita del bolsillo interior— lo he recibido hoy. ¡No solo falsificaron la firma de Hermann, sino también la de Turid!

La arruga de la frente de Hanne se hacía cada vez más profunda.

—¿Ella mintió?

—¡Clarísimamente! Afirmó que el documento era auténtico y que tanto ella como su marido lo habían firmado. Y resulta que todo es falso. ¡Carl-Christian está de mierda hasta aquí! —añadió pasándose el dedo por el nacimiento del pelo.

—No sabemos si ha sido obra suya —dijo Hanne.

—Pero piénsalo un poco —dijo Erik inclinándose hacia ella—. ¿Quién podría tener interés en falsificar una carta así? Nadie, salvo CC. ¡Y estaba a punto de ser descubierto! Si sumas todos los indicios de que disponemos hasta ahora, las cosas tienen muy mala pinta para Carl-Christian, Hanne. Tiene móvil, tiene…

—Armas —dijo Silje muy alterada, entrando en tromba en el despacho—. ¡Tiene licencia de armas para un revólver!

—Pues sí que están ocurriendo cosas hoy —dijo Hanne deslizando un dedo por su nariz—. Tranquilizaos los dos, por favor. Siéntate, Silje.

En ese momento llamaron al móvil de Hanne. Echó un vistazo a la pantalla y decidió ignorarlo.

—Carl-Christian es miembro de un club de tiro con pistola —dijo Silje sin resuello—. No participa en ninguna actividad, más bien parece que le dio un arrebato infantil años atrás y luego se cansó. Pero tiene un arma, un Magnum alemán.

—No será del calibre .357… —dijo Erik sin poder ocultar el tono esperanzado de su voz.

—Sí.

—¡Madre mía!

—Tenemos que inculparle, aunque solo sea para poder registrar…

—¿Has hablado con Annmari o…?

—Ahora mismo hay tres abogados con el director de la policía y ellos…

—¡Joder, Silje! ¡Esto es la…!

Los dos jóvenes funcionarios se quitaban las palabras de la boca. Hanne se reclinó en su silla. El respaldo crujió. Se masajeó la nuca. No dejaba de sorprenderla lo mucho que se entusiasmaban sus colegas. Hasta qué punto parecían sentirse personalmente involucrados en los casos, cómo una pista que reforzaba indicios anteriores suponía un gran triunfo.

Para Hanne Wilhelmsen, la profesión de policía era bastante triste. Le gustaba su trabajo, creía que tenía algún sentido y en ocasiones hasta resultaba satisfactorio, pero hacía muchos años que no sentía nada que recordara a entusiasmo o felicidad. La labor policial consistía básicamente en encontrar la verdad en una realidad cada vez más compleja, donde tal vez nada era ya del todo verdad o mentira.

—Un momento —dijo en voz alta muy despacio—. Supongo que ninguno de vosotros creerá que Carl-Christian Stahlberg sería tan idiota de matar a su familia con su propia arma. Con su propia arma, registrada oficialmente a su nombre...

—No —confesó Erik—. Pero por lo menos quiere decir que entiende de armas. Que sabe cómo conseguir una. Que conoce a gente en el ambiente de los campos de tiro.

—Que yo sepa —dijo Hanne intentando no parecer condescendiente—, el ambiente de los aficionados al tiro en Noruega se reduce a un grupo de gente de lo más convencional, con una inocente afición a tradiciones nacionales atávicas como la caza, y con frecuencia también la pesca. Los aficionados al tiro en Noruega se dedican a cuidar de sus armas, a reunirse en competiciones y a beber en sus caravanas un poco más de lo que deberían de ese alcohol de destilación casera.

—Estás dejándote llevar por tus prejuicios —dijo Silje—. Estás hablando del tipo de gente que va a las convenciones nacionales, que suele ser gente de entornos rurales. Aquí en la ciudad es diferente. Hay muchos inmig... ¡Otro tipo de gente!

—¿Y ahora quién tiene prejuicios...? —Hanne esbozó una sonrisa y se apresuró a añadir—: Por supuesto que estos datos son interesantes, sobre todo lo de la falsificación. Estoy de acuerdo en que Carl-Christian cada vez parece tener más motivos. No me extrañaría que Annmari y compañía le acusaran muy pronto. —Se encogió de hombros—. A pesar de que yo preferiría que esperaran.

—Esperar... —dijo Erik, colérico—. ¿Por qué habríamos de esperar? Cuanto más tiempo pase, más oportunidades tendrá de cubrir sus huellas.

—Pero yo he… —empezó Silje antes de que Hanne la interrumpiera.

—No es seguro que tenga oportunidad de ocultar pruebas. Por ejemplo: si se deshace del revólver sabrá que está más que pillado. Sabes tan bien como yo que detener a alguien antes de tener un caso bien armado puede resultar mucho más perjudicial que dejarle libre. Lo mejor es traer a los sospechosos para interrogarles, darles caña, soltarles. Hacerles venir de nuevo, dejarles ir. Saben que les tenemos en el punto de mira. Sienten ansiedad. No duermen, se cansan. La gente asustada y agotada comete errores. Arréstales y se mostrarán enérgicos y resistentes. Yo esperaría, al menos hasta después de Navidad, después del entierro. Creo…

—He encontrado… —volvió a empezar Silje, pero tampoco esta vez pudo continuar.

—… que lo mejor sería esperar —concluyó Hanne, y luego le dedicó una sonrisa a Silje—. ¿Qué querías decir?

—He encontrado un apartamento —dijo por fin, bastante irritada—. Todo resulta un poco extraño.

Los ojos de Hanne adquirieron un brillo de interés.

—¿Un apartamento? ¿Qué clase de apartamento?

—Estoy revisando el patrimonio familiar. En realidad debería haber dado prioridad a los viejos… los fallecidos, quiero decir. Pero mientras utilizaba el programa de búsqueda pensé que podía ser útil tener una idea general de las propiedades del resto de los miembros de la familia.

Hanne asintió con gesto de aprobación.

—Así que cuando he terminado —Silje esbozó una sonrisa—, he pensado que antes Mabelle se llamaba May Anita Olsen. He hecho una búsqueda con su nombre también. Y resulta que es propietaria de un piso en el barrio obrero de Kampen.

—¿Qué? —Erik se tiró del cuello de la camisa con tanta fuerza que el primer botón se desprendió—. ¿Para qué lo usan? —Hizo equilibrios con el botón sobre su índice derecho—. ¿Alguna de vosotras sabe coser?

163

—No sé qué uso le dan —dijo Silje, molesta—. ¡Y supongo que puedes coserte un botón tú solito! El caso es que el apartamento es propiedad de Mabelle. Su número de identificación personal coincide. No tengo ni idea de por qué está a nombre de Mabelle ni de por qué lo conservan aún. Pero según el registro civil allí no vive nadie.

—Un piso vacío en Kampen —dijo Hanne despacio mirando al infinito, como si estuviera pensando en voz alta e intentara dar con alguna idea sobre la posible utilidad de un lugar así—. ¿Despacho? ¿Alojamiento para invitados? ¿Inversión?

Silje hizo una mueca escéptica y añadió:

—A ninguno de ellos les hace falta un despacho privado, o al menos no lo parece por lo que yo sé. Y si el piso fuera una inversión, lo lógico sería que lo tuvieran alquilado.

—Tengo que ir derecho a casa de mi suegra —se quejó Erik—. ¿De verdad que ninguna de vosotras puede coserme el botón?

Hanne se puso la chaqueta, se caló un gorro hasta las orejas y estuvo lista para salir antes de que los otros dos hubieran tenido tiempo de ponerse de pie.

—Seguro que tu suegra no se dará cuenta de lo del botón, Erik.

—¿Adónde vas? —preguntó Silje.

—¿Yo? A comprar regalos de Navidad.

—¿Ahora? ¿En plena…? ¿En Nochebuena?

—Nunca es demasiado tarde —dijo Hanne, y fue hacia la puerta—. Por cierto… —se volvió hacia Silje de golpe—, eso del piso es muy, muy interesante. Escribe un informe y asegúrate de hacérselo llegar a Annmari, ahora, antes de irte hoy. —Luego les dedicó una amplia sonrisa y se llevó la mano a la frente a modo de despedida—. ¡Feliz Navidad! ¡Pasadlo bien!

Giró sobre los talones y desapareció.

—¿Va… va a marcharse sin más? —susurró Silje—. ¿Ahora que estamos a punto de conseguir una orden de detención?

—Nadie va a detener a nadie en este caso todavía —dijo Erik, intentando sujetarse el botón con una grapadora—. No detendrán a nadie sin antes informar a Hanne, créeme. Me gustaría conocer al abogado de esta casa que se atreviera a hacer algo así. ¡Hasta luego! –Tiró el botón a un rincón–. ¡Ah! ¡Feliz Navidad!

Silje se quedó sola en el despacho de Hanne. Se hacía raro que todo estuviera en silencio. El gran edificio se estaba vaciando y así permanecería durante los dos días de festividades solemnes. Se reclinó en el asiento y respiró profundamente por la nariz. Una y otra vez, intentando, sin querer reconocerlo, captar el aroma del perfume de Hanne.

No fue difícil encontrar a Sølvi Jotun. Estaba en su casa. Al menos, físicamente. Billy T. había conseguido su dirección la noche anterior. Pero había aplazado la visita, no estaba en condiciones de hacer otra cosa que dormir. Apenas había dado las buenas noches cuando ya se estaba metiendo en la cama. Y, transcurridas ocho horas en un estado casi comatoso, ahora al menos ya no tenía sueño.

Abrió la puerta de la calle Mor Go'hjerta, en Sagene, y encontró a Sølvi Jotun acurrucada en un rincón, como un hato de ropa que alguien se hubiera dejado olvidado. Por lo demás, el apartamento estaba sorprendentemente ordenado. El baño, adonde fue a buscar un vaso de agua porque, por alguna extraña razón, la puerta de la cocina estaba cerrada con llave, había sido limpiado recientemente. En el minúsculo salón todo estaba en su sitio. Un sofá maltrecho cubierto con una manta, dos sillas que no hacían juego entre sí. Una mesa de comedor que le hizo pensar en los años sesenta. Sobre el televisor reposaba un pájaro de vidrio azul. Incluso había una especie de librería, antiguas cajas de cerveza apiladas, llenas de novelas negras y una colección de las obras completas de Dostoievski.

En un buen día, hasta podría decirse que el apartamento era agradable, pero ahora hacía un frío espantoso. A Billy T. le preocupaba bastante el recibo de la luz, pero aquello ya le parecía mucho ahorrar. Miró el termostato de la pared con los ojos entornados: once grados.

—Hola —dijo con voz amable, acuclillado junto a la figura encogida. Le tocó el hombro con cuidado—. Sølvi, ¡vamos!

Ella gimió y chasqueó la lengua.

—Agua —dijo Billy T., y le levantó la cabeza despacio para que pudiera beber.

Sølvi Jotun lo intentó. La mitad del agua se derramó fuera de su boca, pero por fin tuvo fuerzas para abrir los ojos.

—Ay, joder —gimió—. Eres tú.

—Tranquila —dijo él con voz pausada—. Esta vez no tienes nada que temer, Sølvi. Solo vamos a hablar un poco.

Ella volvió a desplomarse. El brazo de Billy T. se quedó pillado entre su cabeza y un radiador apagado. Le costó soltarse, la cazadora se le había enganchado en una tubería. Por fin pudo colocar a Sølvi en una posición estable. Estaba claro que la mujer había gastado las pocas fuerzas que le quedaban en el saludo de bienvenida. Le abrió los ojos con dos dedos y vio que tenía las pupilas contraídas, pero no hasta un punto alarmante. Su respiración era superficial, pero lo bastante rítmica como para no preocuparle en exceso. Más de uno había acabado en el calabozo en peores condiciones. Pero esta vez Billy T. no estaba dispuesto a arriesgarse.

—Te llevaré al hospital —dijo bajito cogiéndola en brazos—. Mañana hablaremos tú y yo.

Sølvi Jotun tuvo tiempo de poner cara de sorpresa, casi de incredulidad, antes de volver a apagarse.

Le llevó hora y media conseguir que la ingresaran en el hospital de Ullevål. Tuvo que poner a parir a un médico y engatusar a dos enfermeras, además de volcar un soporte de administración intravenosa que por fortuna no se estaba usando en ese momento. Al final había amenazado hasta con acudir al Tribunal de Derechos Humanos de Estrasburgo. El médico se echó a reír, resignado y agobiado por las horas extraordinarias, y por fin le prometieron a Sølvi veinticuatro horas de atención médica a cargo de la Seguridad Social. Ni un minuto más, le advirtieron a Billy T. Y el médico no respondía de lo que pudiera pasar si, en ese tiempo, a la paciente le daba por querer marcharse.

Billy T. se sentía exhausto cuando por fin volvió a montarse en su coche. Se fijó en la hora. Las doce menos cuarto. Tendría que recoger a Sølvi Jotun al día siguiente, antes de las diez, por si acaso. El día de Navidad, pensó con desánimo, y no tuvo fuerzas para pensar en cómo iba a poder librarse del almuerzo con la familia de su hermana.

El boleto premiado de las carreras de caballos V75 seguía en el bolsillo de su camisa. Ni siquiera lo había sacado para echarle un vistazo.

El agente en prácticas solo tenía veintidós años. De momento, todo continuaba resultándole emocionante. Incluso atender el teléfono al que la gente llamaba para aportar sus testimonios sobre algún caso. Generalmente iban acompañados de relatos largos y redundantes, y pocas veces aportaban algo de interés a la investigación. Aun así, el joven se sentía importante. Todavía no había acabado su formación en la Escuela Superior de Policía, pero al fin y al cabo estaba participando en la investigación de uno de los crímenes más brutales que se hubieran perpetrado en Oslo en los últimos tiempos, tal vez en toda su historia.

En cuanto la opinión pública tuvo conocimiento de los asesinatos de la calle Eckersberg, empezaron a recibir una gran cantidad de información. El departamento tuvo que reforzar la plantilla, dos agentes en dos turnos diarios. El joven policía anotaba con mucho esmero y luego clasificaba las llamadas tal y como le habían indicado. Generalmente se limitaba a apuntar en tres o cuatro líneas lo que le contaban, junto con el nombre y el número del interlocutor. Se había acostumbrado a comprobar si el número que le facilitaban coincidía con el que aparecía en el visor del teléfono. Luego colocaba sus notas en tres montones diferentes: uno para borrachos y bromistas, otro para las informaciones que aparentemente carecían de interés, y un tercero para las que deberían comprobarse. Este último montón era desesperantemente pequeño en comparación con los otros dos.

—Policía —dijo mecánicamente dando paso a una nueva llamada.

—Buenos días —dijo una voz grave al otro lado de la línea.

—Buenos días, ¿con quién hablo?

—Eh… Mmm. Me pregunto si eso importa mucho.

—Preferimos que nos dé su nombre.

El agente miró la pantalla del teléfono y anotó el número en un post-it.

—No quiero decirlo —murmuró la voz, estresada e insegura—. Preferiría no hacerlo.

—¿Qué nos querías contar?

—Es por lo de ese asesinato.

—Sí. El caso Stahlberg.

—Sí. Solo había pensado que… esa arma…

—Sí.

—Solo quería decir que ese día… mejor dicho, esa noche no. El día después de los asesinatos… alguien hizo un agujero en el hielo, aquí arriba. Una cosa muy rara. No sé muy bien si era un hombre o una mujer, pero era noche cerrada, y por aquí no hay nada que pescar.

—Espera un momento. ¿Dónde dices que fue eso?

—Solo había salido para… Bueno, estaba dando un paseo, vale. Con los esquís. Y la nieve estaba fatal, así que preferí caminar un rato. Me acerqué a la laguna y entonces fue cuando lo vi. Cuando fui a mirar después el agujero estaba allí, pero no había ninguna otra señal de que hubieran ido a pescar, no. Y mucho menos en medio de la noche. No he oído hablar de nadie que pesque en el hielo en plena noche.

—Tengo que pedirte que esperes un momento. Empecemos por el principio.

El agente sintió una punzada de emoción y echó una mirada a la pantalla para asegurarse de que la llamada se estaba grabando. Cogió un folio en blanco y empezó de nuevo.

—¿Desde dónde llamas?

—Bueno, yo solo quería informar de...

—Y nos parece muy bien. Pero ahora tenemos que empezar por el principio, ¿vale?

—Vale —dijo la voz, algo menos estresada.

Siete minutos más tarde el agente colgó y se quedó pensativo, completamente inmóvil a pesar de que el teléfono no paraba de sonar.

Lo peor era que ya no estaba del todo seguro de poder confiar en Mabelle. Intentó convencerse que lo que le hacía sospechar era la falta de sueño. Prácticamente no había dormido desde el jueves. El insomnio minaba su capacidad de análisis y le volvía receloso y asustadizo, y era consciente de ello. Se sentía enemistado con todo el mundo, pensó desesperado, y se observó en el espejo del baño. Había adelgazado, sus ojos parecían aún más saltones y un grasiento velo de angustia había cubierto su rostro.

—Mabelle —dijo con voz afónica, intentando echar hacia delante una barbilla que no tenía.

No podía fiarse de Hermine, claro. Siempre había sido el dulce conejito de la familia, un día saltaba hacia un lado, al siguiente hacia otro. Había algo previsible en su actitud veleidosa. Por el contrario, Mabelle era la base de su vida. Podía confiar en ella. Siempre había podido confiar en ella.

Pero ya no estaba tan seguro.

La farsa de la reunión familiar de la tarde anterior se había transformado en una fiesta navideña infernal. Nadie quería hablar con el desconcertado y profundamente ofendido Alfred. Los parientes más lejanos eran incapaces de disimular su curiosidad, examinaban descaradamente el apartamento y su contenido mientras

hablaban en voz baja entre ellos en un tono teñido por el escándalo y el regodeo. Lo más difícil, casi, había sido deshacerse de Andreas. Daba vueltas por el salón pavoneándose por su recién adqui-
rida responsabilidad y se le notaba quizá excesivamente preocupado
por asegurarle a Carl-Christian que creía en su inocencia. Cuando
el resto de la gente por fin hubo salido del apartamento, Andreas
insistió en que tuvieran una charla estratégica, como le gustó llamarlo. Carl-Christian fingió que se desmayaba, le dedicó una pálida sonrisa desde el suelo con un corte bastante feo en la ceja, y
pidió que le dejaran tranquilo.

Cuando llegaron al piso de Hermine, hacía más de dos horas
que ella les había llamado. Ya no estaba allí, o por lo menos no les
abrió y tampoco contestó a ninguno de sus teléfonos. Hermine
había desaparecido sin más, y Carl-Christian no tenía ni idea de
qué hacer.

Mabelle quería avisar a la policía.

Pero Mabelle no entendía nada. Hermine tenía en su poder un
nuevo testamento. Y también era la única que conocía la existencia del arma sin registrar en la caja fuerte del piso de Kampen.
Tenían que hablar con ella antes de que la policía volviera a tener
alguna razón para interrogarla. Carl-Christian debía saber qué iba
a decir, debía localizar el arma que faltaba y conseguir el nuevo
testamento cuyo contenido ni siquiera conocía.

Hermine podía haber tirado la pistola. Pero, por supuesto, no
lo habría hecho. ¿Dónde iba a tirar una pistola?

Carl-Christian se mordió el labio para no perder el control y
se obligó a reír. Despacio, empezó a extender la espuma de afeitar
sobre sus carrillos. Con los dedos trazó pequeños senderos por la
materia blanca, la extendió por la nariz, alrededor de los ojos, se
cubrió todo el rostro de espuma.

—¿Qué estás haciendo?

Mabelle estaba totalmente cambiada. Lo sabía, sabía que la
criatura delicada y afligida de la noche anterior era una falsificación digna de un maestro. Tenía la sensación de que la mayoría se

lo había tragado. A pesar de que todos conocían el desgarrador conflicto que existía entre los miembros de la familia, era como si la convincente actuación de Mabelle hubiera reforzado la creencia familiar en que había un límite hasta el que un miembro de la dinastía Stahlberg no estaría dispuesto a dejarse arrastrar.

Mabelle ejercía un perfecto control sobre su rostro. Ahora sus cejas estaban bien dibujadas, los labios de un rojo profundo. El delicado colorete de sus mejillas transmitía resolución y decisión.

—Pero ¿se puede saber qué estás haciendo? —repitió.

—Nada.

—¿Nada? ¡Pareces completamente loco!

En silencio, Carl-Christian se quitó la espuma.

—Pero tienes que afeitarte —dijo ella con crudeza—. Esos pinchos que te salen en la cara no te sientan nada bien.

—Estaba a punto de... —empezó levantando el bote de Gillette.

—Estás a punto de desmoronarte, CC. Y no nos lo podemos permitir.

Indeciso, empezó a enjabonarse la cara otra vez. Mabelle no se movió.

—Hermine es un problema —dijo ella con voz neutra—. Tienes razón, por supuesto, pero tendremos un problema muchísimo mayor si esa niña ha desaparecido realmente y no damos parte.

—Nosotros no teníamos por qué saberlo —dijo Carl-Christian.

Mabelle dio un paso hacia el interior del baño y se apoyó en él.

—Vas a tener que controlarte —siseó—. ¡Nos vigilan! ¿Cuándo lo vas a entender? Seguramente la policía ya sabe que anoche estuvimos delante de la puerta de la casa de Hermine. Es muy probable que registren todas nuestras llamadas en tiempo real. Saben que hemos intentado localizarla. Y saben... saben... —su voz le hería los oídos— que es Nochebuena. ¿Alguna vez no has sabido dónde estaba tu hermana en Nochebuena? ¿Eh? ¿No lo has sabido?

Carl-Christian se echó a llorar. Hipaba como un niño pequeño al que ya no le importa que sus compañeros le vean, sollozó en voz alta y bajó la cabeza. La espuma humedecida corrió en finos hilos por su delgado pecho.

—Estoy tan…

No era capaz de hablar. Mabelle le rodeó los hombros con el brazo y le hizo volverse hacia ella, le limpió la espuma con el dorso de la mano y le murmuró palabras de consuelo sin sentido. Al final le apretó contra su cuerpo, le acarició la cabeza y le acunó despacio.

—Tengo tanto miedo de que también a Hermine le haya pasado algo —lloraba Carl-Christian sobre su hombro.

—Lo sé —dijo Mabelle acariciándole el cabello mojado—. Los dos estamos asustados. Pero ahora debes escucharme y todo saldrá bien. Nosotros solo nos tenemos el uno al otro, ya lo sabes.

—Y a Hermine —sollozó él.

Mabelle no contestó. Abrazó a Carl-Christian tan fuerte como pudo y, por encima de su hombro, se encontró con su propia mirada en el espejo. No la apartó. Si ella se controlaba, sería capaz de dirigir a Carl-Christian. Tenía que hacerse con las riendas de la situación. No había a quién recurrir. Nadie les ayudaría. Le abrazaría todo el tiempo que hiciera falta.

Las putas no se presentaron. Marry aplazó la cena hora y media y llamó a cuatro números de móvil distintos sin obtener respuesta. Al final suspiró con tristeza y se quejó durante un buen rato, como si sus propios hijos la hubieran decepcionado. Su humor mejoró cuando todos los demás se sentaron impresionados a la mesa y alabaron su comida como merecía.

Hacia las nueve el gran salón era un caos de papel de envolver y chucherías, vasos a medio llenar, botellas de refrescos, juguetes, ropa y libros. Marry había aceptado a regañadientes apagar todos los adornos navideños con luz, movimiento y música mientras cenaban. Ahora los niños daban la lata para que volviera a encenderlos, pero Marry se había dejado sobornar con un cartón de tabaco y mantuvo con firmeza que el Papá Noel del rincón se había ido a dormir por hoy. Estaba cansado, tenían que entenderlo, y necesitaba descansar un poco de tanto jaleo. Billy T. gateaba a cuatro patas con Jenny subida a su espalda. La niña, vestida con un pijama de vivo color rojo que le quedaba grande, llevaba una Barbie en la mano.

—Regalo de papá —gritaba feliz, y besaba el burka de la Barbie musulmana.

Billy T. pasó dando botes junto a la silla de Hanne mientras intentaba hacer los sonidos de un camello. La mirada que dedicó a su compañera rebosaba de agradecimiento. Hanne se limitó a sonreír y encogerse ligeramente de hombros. Había revisado el contenido del saco de regalos que él les había dejado el domingo pasado. Como sospechaba, no contenía ningún regalo para su mujer y su hija. Era probable que se hubiera gastado todo el dinero en regalos para sus otros hijos. Hanne le compró una Barbie afgana y una casita de muñecas a la pequeña, y un jersey rojo oscuro de cachemira para Tone-Marit. Para acabar de rematarlo, durante el caos que precedió a la cena había llevado a Billy T. al baño para que escribiera las tarjetas con su letra y que no fuera descubierto.

Los niños de Håkon y Karen estaban montando una pista para coches. Håkon tenía las mejillas sonrosadas y estaba un poco achispado. Se entretenía con la GameBoy de su hijo sentado en el sofá, mientras Karen, Tone-Marit y Marry jugaban al Scrabble en la mesa de comedor, que acababan de recoger.

—No puedes escribir eso, Marry —dijo Karen riéndose—. «Buendía»... Se dice «buenos días», son dos palabras y no se escribe así.

—¿Tú dices «buenos... días»? —preguntó Marry colérica, dejando una dramática pausa entre las dos palabras—. ¿Hay alguien que diga eso?

—Bueno, ya, pero...

—Deja que ponga «Buendía» —dijo Tone-Marit—. No pasa nada porque tengamos reglas especiales para Marry.

—¡Reglas especiales, no! —Tiró sus letras muy enfadada—. Yo no necesito reglas especiales. ¡A mí me tratáis como a todo el mundo!

—A lo mejor el Scrabble no es el juego más apropiado para ti —dijo Hanne—. ¿Nos vamos tú y yo a recoger la cocina?

Llamaron a la puerta.

Al principio nadie reaccionó. Luego Tone-Marit miró sorprendida a Nefis. Karen ladeó la cabeza.

—¿Esperáis a alguien? —Consultó su reloj—. ¿A estas horas?

—No —dijo Nefis sorprendida.

—Yo hoy ya no trabajo —dijo Marry. Se había preparado una bebida a base de cola, agua con gas, Fanta, zumo de naranja y jugo de grosellas, y había decorado el vaso con un parasol de papel rojo y dorado y un duendecillo agarrado a una pajita. Liv y Jenny saltaban a su alrededor pidiendo uno igual—. Que abra otro.

Fue Nefis. Treinta segundos más tarde estaba de vuelta con cara de desconcierto.

—Es para ti, Hanna.

—¿Yo? ¿Quién es?

—Un… un chico. Un muchacho. Ven.

Hanne se peinó con los dedos camino del recibidor.

El chico podía tener unos dieciséis años. Iba poco abrigado, sin gorro ni bufanda. Los tejanos le estaban estrechísimos y debajo de la cazadora vaquera no llevaba más que una camiseta blanca. Apenas levantó la vista cuando Hanne le tendió la mano despacio y dijo:

—Hola. ¿Quién eres?

Era guapo. De rostro ovalado y nariz recta. Sus ojos eran azules, constató Hanne sintiéndose de pronto mareada, de un azul oscuro con un círculo negro alrededor del iris. Su cabello era castaño y brillante, y lo llevaba recién cortado.

—Tú eres Hanne —dijo el chico sin cogerle la mano, y una sonrisa pasajera ladeó su boca de forma casi imperceptible. Hanne observó incrédula esa imagen de sí misma de joven—. Hola.

—Entra —dijo ella, dando un paso atrás.

El chico se quedó donde estaba. Hanne vio que llevaba un petate de estilo marinero de tela marrón. La manga de un jersey asomaba desmadejada por la parte superior. Junto al petate había una caja de cartón.

—No sé si... —empezó el chico, y tragó saliva—. Yo...

—Tú tienes que ser... ¿Eres tú, Alexander?

Sus ojos estaban anegados de lágrimas. La nuez subía y bajaba, y volvió a apartar la mirada. Las pestañas eran oscuras, con una curiosa curvatura que hacía que parecieran más largas de lo que eran en realidad. Las pestañas de Hanne eran así. Su boca también era como la de ese chico. Incluso la manera en que intentaba aparentar indiferencia, con un pie algo adelantado al otro, como si no hubiera decidido si irse o quedarse, era un gesto de Hanne, un movimiento de Hanne.

El chico asintió con una inclinación de cabeza casi imperceptible.

—Me han echado —susurró—. Me han echado, joder. En Nochebuena. No sabía adónde ir. Tú no apareces en el listín, pero me acordaba del nombre de tu chica. —Miró un instante a Nefis, que intentaba evitar que los niños, curiosos, se acercaran al recibidor—. Del anuncio, de cuando os casasteis. Lo recorté.

Resultaba extraño, pero de pronto lo entendía todo, con total certeza. Había pasado antes. No de la misma manera, no con las mismas personas, pero por la misma razón y con idéntico resultado.

—Pasa, Alexander —dijo intentando que no le temblara la voz, antes de darse la vuelta de golpe hacia Nefis, que estaba rodeada de niños en la puerta del salón—. ¿Nos podéis dejar solos un ratito, por favor?

El chico todavía estaba en el descansillo. Hanne le puso la mano en el brazo y sintió lo frágil que era, lo delgado que estaba. Se dejó conducir hasta el interior. Hanne cogió su equipaje, lo depositó en un rincón y luego cerró la puerta. Él tenía el hombro apoyado en el marco, casi de espaldas, como si en realidad planeara

175

salir corriendo. Lloraba en silencio. Seguía intentando aparentar indiferencia, con la barbilla apretada contra el pecho y las manos en los bolsillos.

—Mírame —dijo Hanne, y le levantó la cara con mucho cuidado. Su rostro parecía sin terminar, su nariz era un poco demasiado grande y su cuello estrecho. Tenía la frente lisa y desnuda. Intentó echarse el pelo hacia delante para taparse los ojos—. Ahora vas a entrar conmigo, ¿de acuerdo? Es una reunión de gente un poco peculiar... —Sonrió y continuó hablando—: Pero nos hace mucha, mucha ilusión que estés aquí con nosotros.

Volvió a sonreír de la misma manera, vaga y torcida. Ya no lloraba. Respiró profundamente y se secó los ojos con el dorso de la mano en un gesto que quería ser de hombre y que remató sonándose con los dedos y limpiándoselos en la pernera del pantalón.

—No voy vestido para una visita de Navidad —murmuró, pero la siguió hasta el salón donde esperaban los demás.

—Este es Alexander —anunció Hanne en voz alta—. El hijo menor de mi hermano. Ha tenido un... desencuentro bastante serio con sus padres, así que ahora vivirá aquí con nosotras.

El chico no parecía muy convencido. Su mirada recorrió a la concurrencia y se detuvo sobre el Papá Noel mecánico. Marry murmuraba tacos dirigidos al fondo de su vaso con el coctel recién inventado, que los niños también sorbían de unas tazas de medio litro.

—¡Qué bien! —dijo Nefis—. Nos vendrá bien tener a un hombre en casa.

—Yo también quiero mudarme aquí —se quejó Hans Wilhelm, que tenía nueve años—. ¿Por qué no puedo vivir aquí?

—Ni hablar, maldita sea —farfulló Håkon, que estaba bastante borracho—. Me moriría de pena si te fueras de casa. Tú vas a vivir con mamá y conmigo hasta que cumplas los cuarenta.

—Alexander tiene... —comenzó Hanne—. ¿Cuántos años tienes?

—Dieciséis —dijo él, bajito—. Cumplo dieciséis el mes que viene.

—Dieciséis dentro de cuatro semanas —repitió ella en voz alta.

—Se parece una barbaridad a ti —dijo la pequeña Liv con cierto recelo, y le clavó un dedito rechoncho en el muslo, como si quisiera comprobar que existía de verdad.

—Increíble —le susurró Karen a Tone-Marit—. ¿Te has fijado?

Billy T. le dio una palmada a Alexander entre los omóplatos.

—¿Me ayudas en la cocina? Nos toca a los chicos. Nuestro colega de ahí está como una cuba, no sirve para nada.

El chaval asintió con la cabeza y sonrió, esta vez con más ganas. Enseñó los dientes y Nefis lanzó una sonora carcajada cuando vio que una de sus paletas estaba ligeramente superpuesta a la otra, como las de Hanne, el mismo diente, el mismo ángulo extraño.

—Llamaré a tus padres —le susurró ella al oído cuando se disponía a seguir a Billy T. a la cocina. Alexander se puso tenso—. No te preocupes —añadió en voz baja—. Lo que pasa es que no quiero que tengamos problemas con protección de menores, ¿vale? Yo me ocuparé de todo.

Jenny se había quedado dormida en el regazo de su madre, con su pijama rojo y unas orejas de Mickey Mouse en la cabeza. Hans Wilhelm jugaba con la pista de coches. Liv estaba en la cocina preparando nuevos cócteles con Marry. Esta vez probaron una mezcla de leche, tónica y zumo de naranja en vasos altos, con cacahuetes en el fondo. Håkon había desaparecido en el cuarto de baño, probablemente se había quedado dormido. Los demás charlaban en el salón, bajito, para no despertar a la pequeña de cuatro años.

Hanne sintió un extraño bienestar. Era liberador, casi físico, como si hubiera dado una caminata larga y fatigosa y por fin pudiera descansar de verdad.

—¿Qué ha ocurrido realmente? —preguntó Karen, prudente.

—¿Ocurrido? —Hanne se acomodó en el sofá y metió los pies bajo los muslos de Nefis—. Lo que ha ocurrido es que he tenido la mejor Nochebuena de toda mi vida. Y, en cierta manera, nos han hecho un regalo extragrande. Una especie de hijo. Eso es lo que querías, Nefis, un niño.

Por alguna razón, Nefis había dejado de sonreír. Se llevó un vaso a los labios, algo que Liv se había dejado, con zumo de tomate y refresco de manzana. Dio un trago largo, como si quisiera esconder la cara tras el vaso.

—Y ahora voy a llamar a mi hermano y a decirle que es un homófobo idiota —concluyó Hanne, tan satisfecha que seguía sin reparar en que Nefis casi había dejado de beber alcohol.

La Nochebuena había llegado a su fin. Alexander se había acostado temprano. Apenas había abierto la boca. Ya hablaría. Al menos sus padres sabían dónde estaba. Todo lo demás podía esperar. No había clase y Hanne estaba feliz pensando que el chico podría quedarse al menos una semana, tal vez más. Le había estado observando toda la noche, disimuladamente, había seguido su mano cuando se llevaba el vaso a la boca, sus dedos que se doblaban como los suyos, con el índice metido hacia la palma de la mano.

No podía dormir. Era casi la una y media.

A través de la ventana del salón que daba al oeste, medio escondida tras las cortinas, se quedó mirando cómo se apagaban una a una las luces de los salones y dormitorios de las casas vecinas. Se sorprendió al sentir una satisfacción teñida de inquietud, un sentimiento de pertenecer a este lugar aunque fuera con cierto desasosiego. Sintió un escalofrío y se cerró la bata. Su respiración dibujaba nubes fugaces sobre el cristal frío.

No podía dormir y no quería trabajar.

Notó que en los antebrazos se le ponía la piel de gallina. Aun así, se quedó allí plantada en la corriente casi imperceptible. Pensó que no quería ir a trabajar y que era la primera vez que le pasaba. Eran muchas las cosas que no había querido hacer en su vida, personas y circunstancias de las que se había apartado. Pero nunca del trabajo. La sede de la policía en Grønlandsleiret siempre había sido el refugio de Hanne. Solo había huido cuando Cecilie murió y ya no era posible esconderse. Fue a un convento en Italia, donde obtuvo medio año de soledad.

Ahora tenía tanto... La vida era soportable. A veces bastante bonita. En raras ocasiones podía sentir la caricia de la felicidad, y entonces se tomaba un día libre. O solo unas horas. Pero nunca había dejado un caso.

El asesinato de los Stahlberg le daba miedo, y realmente no quería tener nada que ver con el caso. Quería librar. Estar con Alexander, que sería lo mismo que pasar tiempo con ella misma. Alexander es mi pasado con una especie de futuro, pensó, y no quiero saber nada del caso Stahlberg.

Cuando se permitió ese pensamiento empezó a sentir frío de verdad. Con cuidado, cogió una manta del respaldo de la silla que tenía detrás y se la echó por los hombros. Pero algo la retuvo junto a la ventana, y siguió mirando fijamente la escasa luz de las farolas. Las sombras de los árboles se perfilaban afiladas sobre el asfalto mojado, y el viento le confería a la calle un aire otoñal. La temperatura cambiaba demasiado. El día anterior la nieve blanca lo cubría todo; esta noche las hojas podridas flotaban muertas por las aceras, entre los restos de nieve sucia y agua.

—Cuatro personas —le susurró a su imagen pálida en el cristal—. ¿Quién puede matar a cuatro personas a la vez?

Nadie. En Noruega no. No en Oslo, en el Distrito Policial de Hanne, no en este país donde casi todos los asesinatos eran la trágica consecuencia de borracheras y discusiones fatales.

Pero alguien lo había hecho.

Tenía el móvil en el bolsillo de la bata y no dudó en marcar el número. Sonó cinco veces, y estaba a punto de colgar para evitar el contestador y volver a intentarlo cuando farfullaron al otro lado:

—¿Hola...?

—Billy T. —dijo Hanne. Hablaba bajito, a pesar de que no había ninguna posibilidad de despertar a los demás desde el salón—. Soy yo.

Unos ruidos extraños parecieron indicar que el teléfono se había caído al suelo.

179

—Son las dos menos diez —gimió él por fin.

—Lo sé. Gracias por lo de antes.

—Bueno, eso debería decirlo yo. Gracias por todo, de verdad.

—Siento que yo…

—«Lo siento» es tu apellido, Hanne. No sirve de mucho disculparse todo el rato. Mejor me cuentas por qué has llamado.

Hanne oyó cómo se incorporaba hasta quedarse sentado en la cama.

—¿No te vas a ir a otra habitación? —le preguntó.

—Estoy en el cuarto de los chicos. Solo. Tone-Marit se queja de que ronco cuando he bebido un poco. ¿Por qué has llamado?

—Solo quiero poner a prueba un razonamiento.

—Vale. A las dos de la mañana del día de Navidad. Vale.

—¿Por qué matamos, Billy T.?

—¿Cómo?

Los ojos de Hanne habían captado un movimiento en la calle. Algo oscuro había desaparecido detrás de un árbol, pegado al tronco. Por unos instantes había estado pendiente de la conversación y no había registrado lo que pasaba.

—¿Estás ahí? —dijo Billy T.

—Sí. ¿Quién asesina en este país y por qué?

—Por Dios, Hanne…

—Contéstame, Billy T.

—Los dos lo sabemos —dijo impaciente—. Joder, ¿qué es esto?

—Por favor, te lo pido, sígueme un poco en esto.

Él suspiró haciendo que el teléfono sonara como si lo azotara el viento.

—La mayor parte de los asesinatos se cometen por impulso —dijo con voz inexpresiva—. Los autores no habían matado antes y no vuelven a matar después. El acto suele cometerse bajo los efectos del alcohol u otras drogas, y el asesino con frecuencia es familiar o de alguna manera conocido de la víctima.

—Exacto —dijo Hanne entornando los ojos para enfocar el punto en el que creía haber visto algo, detrás del mayor de los robles—.

Unas historias muy poco apasionantes, la verdad. Tristes, pero aburridas. Has dicho que con frecuencia es así. ¿Qué más?

—Delitos sexuales —prosiguió Billy T.—. En los que el asesinato forma parte del propio acto sexual y, habitualmente, se enmascara como si se tratara de un accidente.

—Bien. Pero ¿y los premeditados?

—Por odio, venganza o dinero. Aunque de esos no hay muchos.

—Odio, venganza, dinero o… algo más.

—¿Qué?

—Honor —dijo Hanne alargando la palabra—. Se ha perdido el honor y solo puede recuperarse con un asesinato, algo que en principio solo es aplicable a una mínima proporción de nuestros nuevos compatriotas. ¿No es cierto?

Billy T. murmuró algo que daba a entender que estaba de acuerdo.

—Pero también puede ser por el honor que podría perderse —prosiguió Hanne—. El asesinato se comete porque la víctima tiene algo en su poder, o sabe algo, que representa una amenaza para el criminal.

—¿Quieres decir…—empezó Billy T. alterado— que Carl-Christian y compañía habrían matado a toda la familia para preservar su honor?

—Es cierto que la carta falsificada de Hermann podría apuntar a algo así —dijo Hanne—. No cabe duda de que sería una vergüenza deshonrosa para un hombre como CC que le pillaran manipulando documentos en un caso que le enfrenta a sus propios padres. Pero no es ahí a donde quiero ir a parar. Quiero…

—¡El móvil de CC —casi gritó Billy T.—, y el de Mabelle y el de Hermine, es un cúmulo de cosas, Hanne! Un cúmulo de años de luchas, opresión, acoso, procesos legales, temor a que les roben la herencia y a que descubran que han falsificado documentos, además de estar familiarizados con el manejo de armas. Si a todo esto le sumas unas coartadas miserables para los tres, obtienes una razón de más peso para sospechar de ellos que ninguna que recuerde haber tenido antes, ¡joder!

—Relájate, ¿eh?

Era una persona, parecía un hombre. Hanne no estaba segura. Las densas sombras y la escasa luz deformaban la perspectiva. La figura llevaba ropas oscuras y un gran gorro. Se movía despacio siguiendo la valla del otro lado de la calle. Se quedó parado debajo del siguiente árbol, oculto por una furgoneta aparcada.

—Relájate —repitió Hanne mecánicamente—. Por supuesto que estoy de acuerdo con lo que dices. Pero, a cambio, ¿por qué no me sigues el juego y consideras la idea de que los motivos no fueran el dinero y la herencia, ni el odio y la venganza? Solo por plantear una hipótesis. Piénsalo por un momento, Billy T.

—Estoy pensando —dijo cansado al otro lado de la línea—. Estoy pensando con todas mis fuerzas, joder.

—Honor —repitió ella despacio, y parpadeó. Algo se movió junto a la furgoneta—. Y tiene que tratarse de una cuestión de honor mayúscula, de una caída abismal. Que hay que evitar a toda costa, matando a cuatro personas.

Billy T. bostezó largo y tendido.

—¿Podemos hablar de esto mañana? —pidió con un hilo de voz—. Estoy hecho polvo.

—Vale. Lo siento.

—No digas siempre que lo sientes. Me pone…

Ella colgó y se apartó despacio de la ventana. Ya no había ningún indicio de vida bajo los árboles. La furgoneta seguía allí parada, ahora se daba cuenta de que tenía las ruedas pinchadas y manchas de óxido junto al parachoques trasero izquierdo. De nuevo habían empezado a caer copos de nieve grandes y húmedos que se deshacían en contacto con el suelo. Se asomó un momento tras la cortina, con un ojo nada más, como si enfocara algo que no sabía muy bien qué era.

Por honor había hombres que mataban a su esposa y a sus hijos y luego se suicidaban. Porque ellas habían decidido abandonarlos. Reaccionaban a una demanda de divorcio con un asesinato múltiple. Cada vez más, por desgracia. Lo hacían por su honor, eso decía alguna gente después.

Por la vergüenza, pensó.

Honor y vergüenza. El derecho y el revés del mismo concepto. Palabras breves que en realidad encerraban el gran miedo a caer, a perder algo que podía ser más grande que la vida: su estructura, todas las piezas que mantenían la existencia en su lugar y definían la posición de una persona en relación con las demás.

Nadie resistía la caída, si era lo bastante grande. Algunos escogían quitarse la vida. Famosos y empresarios de éxito, por lo que parecían cosas sin importancia, circunstancias que dentro de unos años solo habrían sido un paréntesis anecdótico en sus vidas. Lo hacían para escapar a la vergüenza, para preservar el honor. Algunos les quitaban la vida a sus hijos.

—Algunos les quitan la vida a sus hijos —susurró—, cuando la caída es demasiado grande.

Una figura apareció allá abajo, una persona. Un hombre. Salió de entre las sombras de detrás de la furgoneta manchada de óxido. Durante uno o dos segundos se quedó allí, vuelto hacia ella, con la cara en sombras por la gorra. Luego agachó la cabeza y siguió su camino, despacio.

Por un momento sintió una angustia desconocida. Se llevó las manos a la garganta y trastabilló hacia el interior de la habitación. El pulso le taladraba los tímpanos. Tragó saliva, se sentó, volvió a tragar saliva, y de pronto se dio cuenta de que tenía sangre en los dedos desnudos de los pies. El dolor la ayudó a respirar con más libertad, a llenar los pulmones de aire para volver a expulsarlo.

Al principio no entendía qué era lo que la había asustado tanto. Estaba segura en su propia casa. Había por lo menos cuarenta metros de distancia hasta donde se encontraba el desconocido, y nada indicaba que llevara un arma. Cuando cerró los ojos en un intento de reconstruir el incidente, ni siquiera estuvo segura de que hubiera estado mirando hacia ella. A lo mejor solo estaba meando detrás de la furgoneta. O dando un paseo. Con su perro, aunque no había visto ninguno. A los perros también hay que sacarlos a pasear en Nochebuena.

Le llevó una hora admitir que sencillamente estaba agotada.

Miércoles, 25 de diciembre

Henrik Backe se despertó temprano. El invierno alteraba su percepción del transcurso de los días. No había luz matinal que le indicara la hora que era. Tanteó la mesilla en busca de las gafas. El despertador señalaba que faltaban once minutos para las seis. Era demasiado temprano para levantarse, pero a la vez sabía que no sería capaz de volver a dormirse. Vestido solo con el pantalón del pijama, se dirigió al baño para intentar que la orina pasara por su maltrecha e inflamada glándula prostática. Luego fue a coger una botella de coñac y una copa grande, antes de volver a dejarse caer pesadamente sobre la cama.

Era el día de Navidad, pero daba lo mismo. Esta no era una Navidad auténtica. Unn había muerto hacía seis semanas, y sin ella la Navidad no era nada. No habían tenido hijos, sin Unn todo carecía de sentido. Dejaría que la Navidad pasara, como hacía con el resto de los días, tan faltos de contenido como las botellas vacías que se acumulaban en la cocina.

Llenó la copa casi hasta el borde.

El libro que estaba leyendo no valía nada.

A ratos le fallaba la vista. Solo tenía que cerrar los ojos unos segundos para que se le pasara. Su memoria tampoco era la de antes. Eso le preocupaba más. Al principio, hacía como un año más o menos, lo había notado en pequeños detalles prácticos de la vida cotidiana. A veces iba a la cocina y luego no recordaba para qué, despistes corrientes que fueron empeorando. Ahora tenía di-

184

ficultades para recordar el contenido de un libro que acababa de leer. Había empezado a marcarlos, una cruz roja en la última página indicaba que se lo había terminado. Esa circunstancia hacía que le provocara ansiedad abrir un libro. El miedo a encontrar la cruz roja en un volumen que creía no haber leído le hizo pensar en otras soluciones. Empezó a clasificar los libros en pilas, según nuevos sistemas que olvidaba nada más idearlos. La mesa del salón se había convertido en una especie de archivo, y la tarea de mantenerla ordenada y bajo control le ponía nervioso y le frustraba.

El apartamento estaba en silencio. El golfo del piso de arriba, el chaval que daba fiestas hasta la madrugada y ni siquiera se dignaba abrir la puerta cuando alguien iba a quejarse, estaba de viaje. Backe le había visto cargando su equipaje en el coche la víspera de Nochebuena. O el día anterior, no estaba seguro, y también le daba igual.

Los vecinos de enfrente estaban muertos.

Bebió un trago y tosió. De todos modos, eran arrogantes y antipáticos. Bueno, la señora Stahlberg tal vez no. De hecho, parecía bastante cohibida. Henrik Backe siempre había sentido un vago desprecio por esa mujer, era tan servil... La gente servil le irritaba, le recordaba su propia carga, su humillación, la traición imposible de olvidar. Que ni siquiera se dejaba ahogar en alcohol, el maldito alcohol.

Turid Stahlberg era servil y no le caía bien. Aquella sonrisita cuando se pegaba a la pared al cruzarse con él en el descansillo... Detestable.

Al menos Hermann Stahlberg no era humilde.

Henrik Backe bufó con desprecio y dio otro trago.

Unn estaba muerta y su vida se había terminado. Tan solo era cuestión de esperar. La bebida, contra la que había luchado denodadamente, una batalla inútil durante muchos años, podía acortar la espera. Así que bebía. Ya no había nadie a quien evitarle el disgusto. Soltó una risotada, un sonido agudo. Unn se había ido y ya no quedaba nadie que necesitara ser protegido. De él y su traición. Pero tampoco quedaba nadie que quisiera escucharle.

Henrik Backe miró desconcertado el libro que tenía entre las manos. Era una novela de Sigrid Undset. Seguro que ya la había leído. Con dedos rígidos buscó la última página. Ninguna cruz roja. No podía ser. Tenía que haberlo leído antes, cuando aún no había implementado el sistema de las cruces rojas, antes de que todo se enredara y ya no fuera capaz de recordar el argumento de *Kristin Lavransdatter.*

El reloj de la mesilla marcaba las seis y diez. Fuera estaba oscuro. No entendía por qué todavía llevaba puesto el pijama, si era casi la hora de cenar. Abriría una lata de sopa de espárragos, era lo que más le apetecía. Resultaba sorprendente lo silencioso que estaba todo, pero, claro, los vecinos estaban muertos.

Sølvi Jotun arrastraba por la nieve unos botines que le quedaban demasiado grandes, y no paraba de maldecir por el hecho de que no fueran en coche.

—Te vendrá bien tomar un poco el aire —dijo Billy T.—. Nos vendrá bien a los dos.

Ella se arrebujó en el abrigo de piel falsa y se sopló las manos. Billy T. se quitó las manoplas.

—Toma, te presto las mías.

—Me vienen un poco grandes, ¿no?

Las observó con escepticismo, pero se las puso cuando él insistió.

—Menos mal que me puedo ir a casa —murmuró en lugar de dar las gracias—. Hoy no hubiera aguantado ni una hora en los calabozos. Ya tuve bastante con ese maldito hospital.

—Claro que vas a irte a casa —dijo Billy T. dándole una palmadita en la espalda—. No has hecho nada ilegal. Y en cuanto hayas contestado a mis preguntas, yo también te dejaré en paz. Tienes un piso bonito, por cierto.

—El Ayuntamiento —graznó—. Está bien que el dinero de los contribuyentes sirva para algo razonable.

El dinero de mis impuestos, pensó Billy T., y se acordó de pronto del boleto de las carreras de caballos V75, que seguía intacto en el bolsillo de su camisa. La noche anterior se había preguntado cuánto tardaba en caducar un premio de esos.

—De acuerdo —dijo para apartar ese pensamiento de su mente—. Pero ¿por qué tienes la cocina cerrada con llave?

—Eso no te importa.

Cruzaron el cementerio Nordre Gravlund. La nieve se acumulaba a gran altura entre las lápidas, y solo se veía alguna que otra, anónima, asomando entre la ventisca. Algunas tumbas estaban bellamente adornadas con velas metidas en pequeños faroles y ramas de abeto con lazos rojos. Estaba claro que Sølvi Jotun no se sentía a gusto. Se caló la gorra hasta las cejas y se quejó en voz alta y tono hosco. Caminaron en silencio hasta que salieron a la calle Ueland y empezaron a cruzar callejuelas camino de Sagene, entre bloques de ladrillo de los años treinta y vehículos cubiertos de nieve.

—Joder, tío. ¿No podríamos haber ido en coche?

Era evidente que Sølvi estaba cansada. La distancia entre el hospital de Ulleval y la calle Mor Go'hjerta no era de más de dos kilómetros, y no habían recorrido ni la mitad. Aun así, respiraba con dificultad y una tos bronca y enfermiza la obligó a detenerse.

—Vamos —dijo Billy T. sin bajar el ritmo—. ¡Pero si vives aquí mismo!

—¡Piérdete! No voy a casa.

—Escúchame…

Se detuvo y retrocedió unos pasos. La verdad era que Sølvi Jotun estaba hecha una pena. Billy T. empezó a preguntarse si habrían hecho algo por ella en el hospital. Era probable que solo le hubieran ofrecido una cama limpia. El pitido que emitían sus pulmones podía ser indicio de una fuerte infección, o tal vez de una crisis de asma aguda. En cualquier caso, deberían haberle puesto un tratamiento.

—No hay un solo asqueroso bar abierto en todo Oslo —dijo en tono desanimado—. Ni siquiera el Lunsjbar de Sagene. Es el día de

187

Navidad, Sølvi. Y solo son las nueve y media de la mañana. Tienes que irte a casa. Ayer encendí la calefacción, seguro que ahora se estará muy bien.

—¡La calefacción! —exclamó pateando el suelo—. Pero ¿tú sabes a qué precio está la electricidad?

Billy T. la agarró del brazo e intentó que siguiera andando.

—Vamos.

—¡Tú no vas a venir conmigo a casa!

Tenía los pies plantados con firmeza en la acera, y cuando él la sujetó mejor y empezó a tirar de ella demostró una fortaleza sorprendente. Era como intentar llevarse a Jenny cuando se ponía rebelde en el jardín de infancia. La diferencia era que a la cría berreante podía cargarla en brazos, pero con Sølvi Jotun resultaría más complicado.

—Vale —dijo sujetándola con menos fuerza—. Pero entonces tienes que contestarme a lo que te pregunte. Ahora.

Algo afloró en su mirada. Sølvi Jotun había alcanzado la treintena en un ambiente en el que pocos hubieran sobrevivido apenas un mes. No era tonta, y aguantaba las drogas mejor que la mayoría. El colapso del día anterior debía de haber sido un accidente. O droga adulterada. Ladeó la cabeza y miro a Billy T., que le sacaba cerca de medio metro.

—¿Por qué iba yo a responderte a nada, me lo quieres explicar? No me apetece, y además no veo razón alguna para soportar un interrogatorio policial en mitad de la calle, en plenas navidades, sin ni siquiera estar detenida. No he hecho nada malo, tú mismo lo dijiste.

Billy T. la observaba. Se le ocurrió que igual se la podría llevar en brazos después de todo. Seguro que no pesaba más de cuarenta kilos.

—Sølvi —empezó con un carraspeo—, tú y yo vamos a hacer un pequeño trato, llamémoslo un intercambio. ¿Qué me vas a dar tú? Pues información sobre si has tenido algo que ver con Hermine Stahlberg... —Dejó que sus palabras quedaran suspendidas en el aire, pero no fue capaz de deducir nada de su rostro inexpresivo.

Ni siquiera pestañeó al oír el nombre de Hermine—. Y sobre todo si la viste en dos fechas concretas de noviembre. A cambio, no te arrestaré aquí y ahora.

—¿Arrestarme? —gritó y se llevó las manos a la mejilla con gesto teatral, como si él la hubiera abofeteado.

Un caballero de cierta edad que estaba al otro lado de la calle pareció sopesar la posibilidad de cruzar la estrecha calzada para acudir en su auxilio. Cuando echó un segundo vistazo a Billy T., siguió su camino mientras miraba al suelo con repentino interés.

—¡No puedes llevarme ahora! ¡Lo prometiste! Además… ¿qué coño se supone que he hecho?

—Calla —dijo Billy T. mirando rápidamente a su alrededor—. Solo tengo que abrir la puerta de tu cocina. Seguro que allí encontraré montones de razones para dejarte entre rejas una temporada. Pero… —Levantó la voz para ahogar sus protestas—. Hay una solución muy sencilla para todo esto: simplemente, que me cuentes lo que pasó. El 10 y el 16 de noviembre.

Ya la tenía. Su mirada dura y provocativa desapareció por unos instantes, y supo que aceptaría el trato. Estaba inquieta y golpeaba las enormes manoplas rojas entre sí.

—¿Me las puedo quedar? —preguntó en tono irritado—. Quiero decir, además de…

—Vale —dijo Billy T.—. Las manoplas son tuyas. Pero iremos a tu casa para poder charlar tranquilamente.

—Y júrame que dejarás la puerta de la cocina en paz —le advirtió ella.

—Prometido —dijo Billy T., y se trazó una cruz sobre la garganta para darle mayor seguridad.

Hermine se había vuelto a olvidar de echar la llave de su apartamento. Carl-Christian estaba muy preocupado porque no había sabido nada de ella desde que le llamó y le pidió que fuera a su casa, y de eso habían pasado ya casi dos días. Al acercar con mucho cuidado la mano al pomo de la puerta, se sintió molesto consigo mismo. Cuando estuvieron allí en la víspera de Nochebuena, deberían haber comprobado si la llave estaba echada. Se habían conformado con llamar. Trató de hacer memoria. ¿Habían probado a entrar? Profundamente concentrado, con los ojos entornados, procuró reconstruir el intento de localizar a su hermana la víspera de Nochebuena. Recordaba con claridad que Mabelle estaba de pie un escalón por debajo de él, inquieta, como si ya tuviera claro que no habría nadie en casa y hubiera tomado la decisión de marcharse. Pero fue incapaz de recrear el resto de la escena.

También podría ser que, entretanto, Hermine hubiera pasado por casa. Era típico de ella marcharse sin echar la llave, pese a que le tenía miedo a casi todo, a la oscuridad, a volar, a los perros... Hermine tenía terror a los perros, un miedo que apelaba a la galantería y con el que de vez en cuando se adornaba para resultar infantil y desvalida. A veces le molestaba que fuera tan dependiente, algo que durante mucho tiempo había obstaculizado una relación fraternal más profunda. En ocasiones, sencillamente se hartaba de ella y la apartaba de su lado.

Su mayor temor eran los robos. La puerta tenía tres cerrojos y, a pesar de eso, varias veces se había encontrado la puerta abierta y el apartamento vacío. Hermine no era capaz de responsabilizarse de nada, ni siquiera de su propia vivienda. Sus pensamientos volaban, y nunca acababan de aterrizar en el lugar exacto en el que ella se encontraba.

Entró despacio en el piso. El ambiente era pesado y dulzón, e hizo una mueca de desagrado ante un racimo de plátanos de color marrón oscuro que había en un cuenco en la mesa del salón. Tuvo la incómoda sensación de estar haciendo algo ilegal. Sigilosamente, fue deslizándose de habitación en habitación. Hermine no estaba por ninguna parte, y la preocupación de Carl-Christian empezó a verse reemplazada por un sentimiento de auténtica angustia.

Cuando el fiscal Håkon Sand llegó al Distrito Policial de Oslo a las doce menos cuarto, tenía una resaca monumental. Las tres aspirinas que se había tomado para desayunar no habían servido para calmar su intenso dolor de cabeza. No podía ni pensar en comer algo. La ropa se pegaba a su cuerpo empapado en sudor, a pesar de que se había dado una ducha de veinte minutos.

Afortunadamente, Karen le había parado cuando, llevado por la costumbre, se puso al volante de su coche para llegar a tiempo a la reunión extraordinaria. Le costó encontrar un taxi, y finalmente entró resoplando en la sala de reuniones con más de un cuarto de hora de retraso. Silje Sørensen, que estaba sentada muy cerca de la puerta, se tapó la nariz cuando se inclinó sobre ella para alcanzar la documentación que Annmari Skar había puesto a disposición de los presentes.

—Espero que no hayas venido conduciendo.

Murmuró una respuesta ambigua y se metió otro caramelo en la boca antes de abrirse paso por detrás de las sillas de cuatro de los asistentes, conteniendo la respiración. Dedicó una sonrisa servil al director de la policía y se sentó al final de la mesa. Håkon era el único fiscal presente. Para compensar, dos abogados policiales habían interrumpido sus vacaciones de Navidad, además de Annmari. El jefe de la sección de Delitos Violentos y Contra la Propiedad estaba sentado junto al director de la policía judicial y dos detectives, mientras que Hanne, como era habitual, se había instalado al final de la mesa. Le dio unos golpecitos en el muslo por debajo de la mesa.

—Gracias por la celebración de ayer —susurró—. Lamento haber...

Hanne le mandó callar con una expresión afectuosa.

—Puedo hacer un resumen de lo dicho hasta ahora —dijo Annmari despacio—, en vista de que no todo el mundo ha podido ser puntual.

—Lo siento de verdad —dijo Håkon en voz más alta esta vez—. Los niños estaban imposibles y no querían que me fuera.

Alguien ahogó una risa y a Håkon le entró mucha prisa por limpiarse las gafas.

—Creemos que hay razones fundadas para sospechar de Carl-Christian Stahlberg como autor del asesinato de Hermann, Turid y Preben Stahlberg —dijo Annmari—. Durante la noche he intentado…

—¿La noche? —interrumpió Silje—. ¿Te has pasado aquí toda la noche?

—Alguien tiene que hacer el trabajo —dijo Annmari cortante, sin rastro de autoindulgencia—, aunque sea Navidad. Como sabéis, disponemos de una cantidad enorme de documentación. Hasta ahora tenemos más de ciento veinte declaraciones tomadas a testigos. La gran mayoría de ellas carece de valor. Contamos con una serie de indicios técnicos, muchos de los cuales aún no han sido sistematizados. Los análisis de ADN aún no están disponibles. También falta hacer varios análisis en el apartamento. Es bastante grande, está lleno de objetos y estamos hablando de nada menos que cuatro víctimas. Lo de ese perro… Ya está confirmado que se trata de un perro. Probablemente mestizo. Lo de ese perro ha complicado nuestra labor, por expresarlo suavemente. Pero de todas maneras creo que… —esbozó una sonrisa casi tímida y bebió agua de un vaso de plástico— hemos hecho muchísimo trabajo en menos de una semana. Enhorabuena a todos. Soy consciente de que no es plato de gusto que os haga venir un día como hoy, dejando fiestas familiares y celebraciones navideñas, pero, de acuerdo con el director de la policía… —hizo un gesto en su dirección—, he concluido que no podemos esperar mucho más. A menos que el fiscal Sand opine lo contrario.

Håkon dio un respingo al oír su nombre, como si acabara de descubrir que esto le atañía. El café que se había tomado para tapar el aliento a borrachera se había adherido a su tráquea como una columna ácida. Tragó saliva de manera audible, pero no dijo nada.

—Puede que me esté adelantando un poco a los hechos —empezó el director de la policía judicial Puntvold, y se pasó la mano por el cabello húmedo–. Pero después de la conversación que mantuve anoche con Annmari Skar, puedo afirmar que hemos avanzado en este caso más de lo que hubiéramos podido soñar el jueves pasado. Me sumo a sus palabras de elogio hacia todos vosotros. Procederemos a practicar detenciones esta misma tarde y eso me…

–No es mi intención resultar maleducada –le interrumpió Annmari–. Pero ¿no sería mejor que siguiéramos un cierto orden?

Puntvold sonrió ampliamente y se reclinó en su silla.

–Por supuesto –dijo–. Lo dicho: me adelanto a los acontecimientos. Continúa.

–En ese caso propongo la siguiente agenda –dijo Annmari–. Yo expondré los elementos principales a los que debemos dar prioridad en una eventual petición de cárcel. Después daremos la palabra a quien quiera intervenir. Nuestro objetivo debe ser llegar a un acuerdo antes de… –se remangó el brazo izquierdo, pero se había dejado el reloj en su despacho–, antes de las cuatro –concluyó, mirando a los presentes uno a uno–. ¿De acuerdo?

Un murmullo unánime la animó a continuar.

–Lo más destacado es que tenemos un móvil excepcionalmente claro –dijo Annmari y, con letra inclinada e infantil, escribió MÓVIL en el gran bloc que colgaba de la pizarra que tenía detrás–. He elaborado un informe que espero que todos tengáis ya en vuestro poder… –nuevos murmullos de asentimiento y todos, salvo Hanne y Håkon, empezaron a pasar las páginas–, en el que intento resumir todos los conflictos existentes entre Hermann y Turid Stahlberg, por una parte, y Carl-Christian, por otra. Puedo decir de entrada… –Dudó unos instantes y dio vueltas al rotulador entre los dedos de la mano derecha–. Supongo que puedo adelantar que quiero que discutamos la posibilidad de intentar que también se dicte prisión contra Mabelle. Las pruebas contra ella son menos contundentes, pero resulta evidente que la simbiosis entre la pareja es muy fuerte. Volveré sobre esto más tarde. En cuanto a las disputas judiciales, hay indicios de una especie de… –Volvió a quedarse en silencio, como si le costara dar con las palabras ade-

193

cuadas–. Escalada de violencia entre las partes –concluyó de pronto con decisión–. Todo empezó con cuestiones intrascendentes, como discusiones sobre el sueldo de Carl-Christian y cosas así. Esto sucedió cuando Preben acababa de regresar a Noruega. Luego el péndulo fue oscilando de un lado a otro, diría que con movimientos cada vez más extremos. La primera citación con la que Carl-Christian tuvo intención de llevar a sus padres a juicio fue por una cuestión relativamente banal sobre una casa de vacaciones cerca de Arendal. Ha sido propiedad de tres generaciones de la familia y todos han tenido un derecho de usufructo no recogido en ningún acuerdo escrito. Hasta que a Hermann se le ocurrió negar el acceso a Carl-Christian y Mabelle. En sí una causa menor, puesto que la pareja tiene una casa junto al mar y no solía frecuentar mucho el chalet familiar. Parece que una cosa hubiera llevado a la otra y…

Volvió a hacer una pausa para beber. Hanne se dio cuenta de que Annmari se tambaleaba un poco y tuvo que separar ligeramente las piernas para mantenerse firme.

–¿De verdad has estado levantada toda la noche? –le preguntó.

Hanne nunca había visto a Annmari tan absorbida por un caso. Parecía una obsesión, una fijación maníaca con una meta ya decidida de antemano. Ni siquiera Hanne se habría pasado la noche de Navidad en el trabajo. Era como si Annmari pusiera su prestigio personal al servicio de encarcelar cuanto antes a los supervivientes de la familia Stahlberg. Hanne volvió a sentir esa inquietud inexplicable que rayaba con la angustia. Se percató de que se había establecido una alianza entre Annmari Skar y el director de la policía judicial Puntvold. Para ellos el caso ya estaba resuelto. Lo que quedaba de la investigación era una mera formalidad. Un proceso necesario pero irritante. Hanne miró alternativamente a Puntvold y a Annmari. Y, en un instante revelador que la dejó helada, comprendió que ya tenían a todos los demás de su parte.

–¿Has estado levantada toda la noche? –volvió a preguntarle.

–Sí –dijo Annmari–. Pero estoy bien.

—Siéntate, al menos.

Como si no la hubiera oído, o como si no se atreviera a sentar-se por miedo a derrumbarse, Annmari continuó de pie.

—Han sido en total tres demandas las que se han interpuesto entre las partes. Dos de ellas fueron unificadas en una, puesto que ambas trataban del acceso al uso de propiedades. La segunda fue la discusión que acabó con Mabelle en los calabozos de nuestro patio trasero por unas horas. Estos son los casos menos importantes, evidentemente. La demanda principal trata nada menos que de determinar quiénes son los propietarios de la naviera.

—Pero… —Erik Henriksen parecía un semáforo cuando se levantó para ir a buscar algo de beber: el cabello rojo, un jersey amarillo y pantalones de chándal de un verde intenso. Sirvió un refresco de cola en un vaso mientras continuaba—: Yo creía que no había duda alguna de que Norne Norway era propiedad de Hermann.

—Y así es. Pero cuando hace un año papá Stahlberg preparó una cesión de acciones que daría todo el poder a Preben, Carl-Christian contraatacó, aduciendo que la transacción no podría llevarse a cabo debido a los acuerdos que, según él, ya había cerrado con su padre.

—Pues no parecía que tuviera muchas posibilidades de ganar —dijo Silje dubitativa.

—No. Y tal vez por eso Carl-Christian intentó ayudarse con un documento que ha resultado no ser auténtico.

—No tenemos la certeza de que fuera él quien lo falsificó —intervino Hanne.

Annmari resopló inflando las mejillas en señal de frustración.

—No, Hanne, no. Por supuesto que no tenemos la certeza. Pero es extremadamente poco probable que otra persona pudiera tener el más mínimo interés en falsificar un documento así. ¿De acuerdo? —Hablaba en voz muy alta, casi chillando, y Hanne levantó las manos en señal de rendición—. Hemos solicitado también un estudio grafológico de algunos de los otros documentos, pero tardaremos algún tiempo en recibir los resultados. En resumen, y tal como se deduce de la documentación que tenéis delante, Carl-Christian tenía razones muy poderosas para desear la muerte de sus padres, y también la de su hermano, en el enfrentamiento familiar que estaba en curso. El joven matrimonio corría el riesgo de perder todo lo que tenía. El piso, la casa de vacaciones, el coche y otras posesiones están muy hipotecadas, probablemente sobre la base de una futura afluencia económica. Y luego está el testamento. —Algunos empezaron a pasar páginas—. No lo encontraréis ahí, pero todos conocemos el contenido. Fue escrito hace tres meses y en él prácticamente se deshereda a Carl-Christian.

—En ese caso no parece muy buena idea cargarse a los viejos —dijo Erik haciendo ruido con el envoltorio de un sándwich.

—No. Es un punto débil de nuestro razonamiento que solo puede refutarse con la idea de que Carl-Christian no conocía su existencia. Y resulta bastante probable. En los últimos nueve meses el padre y el hijo no se habían dirigido la palabra más que a través de abogados. No hay ninguna copia del testamento, al menos no que sepamos. Jennifer, la viuda de Preben, solo sabía que había un testamento depositado en el Registro de Últimas Voluntades. Nada acerca de cuál era su contenido ni de cuándo fue redactado.

—Eso dice ella —dijo Hanne.

Annmari fijó la mirada en algún lugar de la pared.

—Por supuesto que no vamos a exculpar a Jennifer Calvin aquí y ahora, Hanne. Tal y como están las circunstancias, su hijo es el único que se beneficia, y mucho, con este crimen. Por otra parte, el chico ha perdido a su padre, y de manera brutal, lo que supone una pérdida considerable. Al menos la mayoría de nosotros seríamos de esa opinión. ¿De acuerdo?

Clavó sus ojos en los de Hanne y no apartó la mirada. Hanne no contestó, no asintió, no parpadeó.

—Además... —prosiguió Annmari—. Además, hasta el momento no hemos encontrado ningún indicio de que Jennifer pudiera desear la muerte de su marido. Silje y yo lo hemos analizado muy a fondo y hemos llegado a la conclusión de que una mujer de su posición, con muy pocos y selectos contactos, no estaría en condiciones de planificar o ejecutar una acción como esta. ¿Bien? ¿Por lo menos hasta este punto?

Hanne se encogió de hombros con indiferencia.

—Luego está el conocimiento que Carl-Christian tiene de las armas. Dispone de licencia para un revólver de gran calibre y es socio, aunque no en activo, de un club de tiro. En otras palabras, podemos concluir con mucha seguridad que sabe manejar un arma.

Annmari ya había empezado a detectar pequeñas señales entre los presentes. Uno tras otro se iban reclinando en sus sillas y ya nadie encontraba motivos para tomar notas. Casi nadie parecía considerar que mereciera la pena molestarse en pasar las páginas de la documentación que les había preparado de madrugada.

Estaban de acuerdo con ella, había razones de sobra para sustentar una sospecha.

—Y las coartadas son para morirse de risa, la verdad —concluyó—. Carl-Christian y Mabelle afirman, como todos sabéis, que estaban en casa, solos. Sin que nadie lo pueda verificar. *Summa summarum...* —Intentó ahogar un bostezo. Sus ojos se llenaron de lágrimas y sacudió la cabeza con fuerza para despertarse—. Opino que tenemos suficiente base para pedir prisión provisional. Así podremos avanzar en la investigación, y entre otras cosas podremos efectuar un registro. La duda es si lo intentamos con los dos cónyuges o solo con Carl-Christian.

—Con los dos —dijeron Silje y Erik al unísono, y fueron respaldados por gestos de asentimiento y murmullos unánimes alrededor de la mesa.

Solo Hanne permanecía inmóvil. Tenía los ojos entornados y su rostro carecía de expresión. Ni siquiera dijo nada cuando la discusión prosiguió de un modo informal y bastante ruidoso. Nadie pareció darse cuenta, hasta que Annmari de pronto exclamó:

—¿Sabes qué, Hanne? A veces puedes ser una auténtica pesadilla. ¿Qué estás pensando? ¿Tienes que ser tan enigmática? ¿Nos tomas a los demás por idiotas, o tienes otra razón para estar ahí sentada con cara de saber exactamente los que pasó en la calle Eckersberg el jueves pasado, pero no te da la gana de compartirlo con nosotros?

Hanne esbozó una sonrisa y volvió a encogerse de hombros.

—Para nada —dijo con gesto indiferente—. No sé qué ocurrió. Ninguno de nosotros sabe qué ocurrió esa noche.

—¡Pues entonces qué te pasa!

Annmari plantó las manos en la mesa. El director de la policía se volvió hacia ella bruscamente.

—Vamos a tomarnos las cosas con calma —dijo—. Entiendo que estés cansada, abogada Skar. Pero no hay ninguna razón para emplear ese tono entre nosotros. Ya tendremos bastante de eso cuando esta gente —dio unos golpecitos a los documentos con el dedo índice— contrate a sus abogados. Va a ser una auténtica vorágine. Y deberíamos guardar nuestras energías para hacerles frente, ¿no?

—No —espetó Annmari con dureza—. Por una vez quiero que hablemos claro. Hanne Wilhelmsen… Mírame. ¡Mírame, te digo!

Hanne levantó la cabeza con desgana.

—Compártelo con nosotros —dijo Annmari—. ¡Comparte tus pensamientos con nosotros, Hanne!

Su voz ya no era agresiva. Ahora su figura parecía triste, desanimada. Tenía los hombros caídos y la cabeza ladeada.

—Si Hanne Wilhelmsen no quiere participar en la discusión, no veo ninguna razón para rogarle que lo haga —intervino Jens Puntvold—. Nos interesa mucho más seguir la línea de investigación que tú has planteado, Skar.

—Sencillamente quiero conocer la opinión de Hanne. Nada más —dijo Annmari casi en un susurro, y se sentó de golpe.

Hanne se rascó la mejilla con el pulgar un buen rato. Daba la impresión de que seguía sin tener intención de decir nada. Estaba reclinada en su silla con aire indolente, y empezó a inclinar la cabeza con fuerza a un lado y a otro, como si estuviera más preocupada por la rigidez de su nuca que por el exabrupto de Annmari.

—Hanne —dijo Håkon Sand bajito—. Tal vez deberías…

Presionó su rodilla contra la de ella. Hanne se incorporó de repente.

—Lo siento si parezco reservada —dijo mirando fijamente a Annmari—. No es mi intención. En realidad estoy... concentrada. Me encantaría compartir mis pensamientos con vosotros, pero son... elucubraciones de tipo general, y probablemente este no sea el sitio ni el lugar...

—Supongo que tendremos que tomarte la palabra —interrumpió Puntvold—. ¡Continúa, Skar!

—Vamos a darnos el tiempo necesario —terció el director de la policía—. Si Skar desea incluir tus consideraciones en el trabajo que tiene por delante, las tendrá. Adelante, Wilhelmsen.

Ella se encogió de hombros y se abrió camino hasta la pizarra de la que colgaba un gran bloc de hojas blancas.

Arrancó varias páginas hasta dar con una en blanco y escribió las letras de la A a la E.

—Así es como pensamos todos. —Dibujó unos puntitos debajo de la B con el rotulador—. Si la B va después de la A, la C después de la B y la D después de la C, estamos dando por descontado que la siguiente letra es la E. Es una lógica banal, elemental. Sencillamente porque cuando nos ponen delante las letras A, B, C y D, suponemos que lo que vemos es el principio del abecedario. Es tan probable que casi podríamos jurar que a continuación vendrá la E. Todo nuestro sistema legal está basado en esa manera de pensar, y así es como debe ser.

Tapó el rotulador y se volvió hacia los presentes. Erik tenía la boca abierta y la mirada fija en las letras del bloc. Jens Puntvold garabateaba irritado sobre un vaso de papel y parecía dejar patente su falta de interés. Los dos investigadores más jóvenes tomaban notas, como si estuvieran en clase de una materia que entrara en un examen. Silje no paraba de darle vueltas a su anillo.

—Cada día hay gente que es condenada a prisión sobre la base de conclusiones así. En vista de que por desgracia las pruebas sólidas, precisas e incuestionables escasean en nuestra profesión, los tribunales tienen que posicionarse sobre culpabilidad o inocencia basándose en pruebas circunstanciales. Y yo… —levantó la voz para adelantarse a la interrupción de Håkon—, yo no lo critico. Así es, y todos tenemos que vivir con ello. Si no, nuestro sistema se colapsaría. Es altamente improbable que A, B, C y D aparezcan una detrás de otra por casualidad. Pero con frecuencia no puedo evitar pensar en que nuestras ideas preconcebidas sobre el orden de las cosas, sus consecuencias e interrelaciones, pueden ser utilizadas en algunos casos en beneficio propio. Al menos, es posible.

Se volvió hacia la pizarra y escribió _IRO_EAR en mayúsculas en una hoja en blanco.

—Aquí falta una letra, la misma las dos veces. ¿Cuál es?

—T —contestaron todos al unísono.

—¿Seguro? —Percibía el interés de todos los reunidos—. ¿Estáis seguros?

—Sí, la T de «tirotear», está clarísimo.

—T —repitieron varios de los presentes.

—¿Estáis completamente seguros?

La impaciencia se abría paso por la sala en forma de murmullo contrariado.

—Vale —dijo Hanne—, entonces completaré la palabra TIROTEAR. Pero ¿qué pasa si os digo que habéis elegido la T porque sois policías? ¿Qué me decís entonces?

—¿Adónde quieres ir a parar, Wilhelmsen? —El director de la policía judicial frunció el ceño y miró la hora.

—Estoy evidenciando lo fácil que es equivocarse —dijo Hanne con ironía—. Estoy intentando, ya que habéis insistido en que teníamos tiempo para esto, demostraros cómo interpretamos los datos incompletos en función de quiénes somos y de la información que estamos buscando. La letra que falta no es la T, sino la P. —Escribió PIROPEAR y subrayó la palabra tres veces—. Lo que quiero decir es…

—¡Eso es lo que me estoy preguntando! —Le había llegado el turno al jefe de sección de mostrar su irritación—. Pero ¿qué puede tener esto que ver con el caso Stahlberg? Con todo mi respeto hacia ti y hacia el director de la policía, estamos aquí el día de Navidad, un día que supone un doble coste en horas extraordinarias, y tenemos cosas más importantes que hacer que resolver acertijos.

—Me parece muy bien —dijo Hanne—. Por favor... No he sido yo quien ha insistido en hablar de esto. De hecho, debería estar en casa atendiendo a mis invitados al almuerzo de Navidad, así que...

Dejó el rotulador en su sitio e intentó pasar por detrás de Silje, que retiró un poco la silla de la pared.

—No —dijo Annmari en voz tan alta que Hanne se detuvo de golpe—. Soy yo quien, llegado el momento, tendrá que defender esta petición de cárcel en el juzgado. La interpretación de Hanne me parece muy interesante. Quiero oír más. Si crees que estamos perdiendo el tiempo, puedes irte. Sigue, Hanne, por favor.

Daba la sensación de que había pillado desprevenido al jefe de sección, que se llevó la taza de café a los labios sin beber y la volvió a dejar en su sitio.

—Está haciendo uso de la jerarquía —le susurró Erik a Silje al oído—. ¡Qué fuerte!

La situación era casi inaudita. Aunque Annmari era abogada policial y por tanto tenía un rango superior al jefe de sección en cuestiones relacionadas con la fiscalía, hacía muchos años que los juristas de la casa habían renunciado a emplear un tono así ante altos funcionarios con un cargo de responsabilidad.

El silencio se hizo casi insoportable. Incluso el director de la policía judicial, Jens Puntvold, siempre tan seguro de sí mismo, parecía desconcertado y abrió la boca un par de veces sin que se le ocurriera nada que decir.

—Solo intentaba demostraros —comenzó Hanne por fin, intentando no mirar hacia el jefe de sección— cómo nuestras interpretaciones están condicionadas por nuestras expectativas y experiencias. Cuanto más detallada y completa es la imagen de un caso o una circunstancia, más fácil resulta sacar conclusiones definitivas sobre cuál es la pieza que falta. Aquí... —recogió del suelo la hoja que había arrancado y la mostró a los presentes–, los fragmentos de palabra que os he dado estaban casi completos. No habéis dudado ni un momento de qué era lo que faltaba. Pero os habéis equivocado. O, mejor dicho, os podríais haber equivocado. Es imposible que supierais si yo estaba pensando en «tirotear» o en «piropear».

Incluso Håkon parecía ahora más espabilado. Por fin se había puesto las gafas y sus ojos se veían más claros, más atentos.

–La serie de indicios es muy extensa –continuó Hanne–, por no hablar de que los motivos parecen muy convincentes, muy sólidos.

El jefe de sección parecía una estatua de sal. Unas manchas de intenso color rojo habían aparecido en sus mejillas. No sabía muy bien qué hacer con las manos. Al final las juntó con fuerza y Hanne vio que sus nudillos se ponían blancos.

–Pero si los tres Stahlberg fallecidos son A, B y C, Knut Sidensvans es la incógnita X –prosiguió–. No encaja. Lo que me preocupa es que prescindimos de él como si fuera una letra despistada en lugar de preguntarnos: ¿qué hacía ese hombre ahí? ¿Hay algo que explique su presencia? ¿Puede que los que estén en la foto por casualidad sean los otros tres y que la X sea la que dé sentido a la imagen? Por supuesto que no parece lógico, resulta mucho más fácil buscar causa, relación y lógica allí donde salta más a la vista, precisamente en una familia tan disfuncional que es como la gran mayo... Lo que quiero decir es que...

Hanne le estaba hablando a Annmari, solo a ella. La abogada policial permanecía cruzada de brazos, y era imposible deducir nada de su expresión neutra bajo el flequillo gris. Pero estaba muy atenta. Al fin y al cabo, sería ella quien decidiría por dónde debía ir la investigación. Ni Hanne, ni el jefe de sección, ni el director de la policía judicial, ni el director de la policía. Ni siquiera el fiscal general. Annmari Skar era la abogada responsable del caso y se había hecho con el timón desde el primer momento con una determinación poco habitual. Parecía que apenas había pasado por su casa en la última semana, y nadie dudaba de que Annmari era la única persona de la policía de Oslo que tenía algo parecido a una visión global del complejo caso en que se había convertido el asesinato de los Stahlberg.

—¿Adónde quieres ir a parar, Hanne? —La voz de Annmari no sonó ni agresiva ni escéptica. Una arruga se dibujó en su frente y movió ligeramente la cabeza al volver a preguntar—: ¿Deberíamos abandonar la pista de Carl-Christian?

—No, por supuesto que no. Incluso puede que tengas razón en que debamos detenerle. Y a su mujer también. Lo que pasa es que creo que es importante que tengamos... —Hanne se contuvo. Estaba acalorada y le costaba continuar—. El móvil del crimen no tiene por qué ser el más evidente. Así que... podría ser Hermine quien hubiera asesinado a los cuatro. O cualquier otra persona.

Las últimas palabras fueron casi susurradas, y Silje la miró con estupor.

En ese momento la puerta se abrió con un impulso furioso y golpeó a Hanne en la nuca.

—Lo siento —dijo Billy T.—. ¿Estás bien?

Hanne murmuró, asintió y se frotó un chichón que crecía por momentos.

—Hermine Stahlberg compró un arma en noviembre —anunció Billy T. con aire triunfal. Llevaba las solapas metidas hacia dentro y la chaqueta mal abrochada, como si le hubieran tirado la ropa por encima. Congestionado y falto de resuello, continuó—: He hablado con uno de mis pajaritos. El 10 de noviembre Hermine se reunió con alguien que pasa armas en un pub de la calle Trondheim. Necesitaba un arma sin registrar, a poder ser una pistola. Estaba...

—Siéntate —dijo Annmari con serenidad—. Tranquilízate, por favor.

—No hay sitio —contesto él—. El trato era que le conseguiría el arma y se la entregaría el 16 de noviembre y...

—Te estás comportando como un novato —dijo Hanne—. Siéntate y cálmate.

—¿Dónde?

No había ninguna silla libre. Hanne le ofreció la suya, y fue a apoyarse en una mesita auxiliar. Volcó una botella de cola e ignoró la mancha negruzca que iba haciéndose cada vez más grande.

—Redactaré un informe, claro —dijo Billy T.—, pero...

—¿Un informe? —le interrumpió Annmari—. ¿Por qué no una toma de declaración al testigo? Supongo que habrás interrogado a ese comerciante de armas tuyo...

—Olvídate de eso ahora, ¿vale? —Agitó la mano con impaciencia y se dejó caer de golpe sobre la silla sin quitarse la cazadora—. Mi fuente dice que el acuerdo era conseguirle un arma «adecuada para protegerse de criaturas de gran tamaño». —Indicó las comillas doblando los dedos en el aire—. Eso fue lo que dijo Hermine literalmente, «criaturas de gran tamaño». Mi fuente tuvo suerte, consiguió una Glock y se la pasó a Hermine en el váter de ese mismo pub el 16 de noviembre.

—Tu fuente le consiguió una Glock —repitió Annmari despacio—. ¿Eso quieres decir que has hablado con quien hizo la entrega? ¿Que la información es de primera mano?

—Sí, señora. Como sabes, ya conocía la historia de antes, de boca del Trapo, el yonqui que la palmó el domingo. Pero como mentía más que un cura, he tenido que... Ahora he...

—Espero, por tu bien, que ese traficante de armas se encuentre en los calabozos esperando a ser interrogado en profundidad —dijo el director de la policía judicial Jens Puntvold con un entusiasmo evidente, casi llamativo.

Fue como si Billy T. de pronto perdiera fuelle. En cierta manera, su figura pareció hundirse. Se escurrió sobre su asiento, dejó caer los hombros y agachó la cabeza. Luego tomó aire profundamente de manera ostensible y volvió a levantar la vista.

—Esto es lo que puedo ofrecer: un informe en el que transcribiré la conversación que he mantenido hoy con una fuente anónima, un vendedor de armas a pequeña escala que me ha informado de que Hermine Stahlberg se puso en contacto con e... con esa persona. Hermine buscaba un arma de cierto calibre, «adecuada para protegerse de criaturas de gran tamaño». La transacción se llevó a cabo seis días más tarde. El informe puede estar redactado, firmado y listo sobre la mesa de Annmari dentro de tres cuartos de hora. Punto. No tengo intención de cargarme mi fuente de información. Ahora no. Tampoco tengo intención de aguantar una bronca de nadie ni de quedarme aquí. Si aceptas mi oferta —un dedo sucio y enorme, con la uña mordida hasta sangrar, se agitó en dirección a Annmari—, me puedes mandar un SMS. Hasta luego.

Se levantó y se marchó. La puerta se cerró a su espalda con un estruendo parecido al que había provocado al entrar unos minutos antes.

—Está cansado —dijo Hanne, dirigiendo una sonrisa huidiza al director de la policía—, solo está muy cansado.

Tras unos momentos de silencio, se montó una gran algarabía. Todos hablaban a la vez, las voces rebotaban en las paredes y resonaban cada vez más altas en su afán de ser escuchadas. Solo Hanne permaneció en silencio, pensativa, mientras su dedo índice empujaba la cola derramada hasta el borde de la mesa y la dejaba caer en pequeños ríos que goteaban sobre el suelo.

—No veo otra posibilidad que la de practicar detenciones —gritó Annmari, agitando los brazos para ordenar silencio—. Y lo mejor será que no nos limitemos a un solo sospechoso. Detendremos a los tres, ¿de acuerdo? A Hermine, Carl-Christian y Mabelle.

Alguien empezó a dar palmas, y el aplauso se fue extendiendo hasta convertirse en atronador. Annmari sonreía feliz. Hanne podría jurar que la abogada estaba a punto de echarse a llorar.

—Esto está muy bien —le dijo Jens Puntvold al oído. Hanne no se había dado cuenta de que se había colocado a su lado. Ella le sonrió educadamente sin mirarle a los ojos—. Al final no era tan importante solucionar el enigma de Sidensvans —prosiguió—. ¡Hay que ver qué red de contactos tiene Billy T.! ¡Y hay que verte a ti! ¡Has tenido a Hermine en el punto de mira desde el principio!

Hanne se giró para contestarle, pero para entonces Puntvold ya estaba hablando con el jefe de sección. Miró a su alrededor, de rostro en rostro. Todos parecían felices. Ella solo sentía inquietud, y fue a buscar a Billy T.

Hanne le buscó por todas partes. Nadie le había visto, salvo Erik Henriksen, que aseguraba haber percibido el tufo de Billy T. en el servicio de caballeros hacía un cuarto de hora. Borrachera y sudor, concluyó, preguntándose qué clase de Nochebuena habían celebrado.

Al final se dio por vencida y volvió a su despacho. Se quedó en el umbral unos segundos. La oficina estaba en penumbra, pero había algo que la llevó a intuir que no todo estaba en orden. Volvió a sentir fugazmente esa sensación de angustia, un rechazo desconocido a estar allí, en la comisaría, en el trabajo. Levantó la mano muy despacio y encendió la luz.

Todo seguía donde lo había dejado. El caos estaba en su interior. Pero, a pesar de eso, sentía que había algo diferente, como si alguien la observara, mirando por encima de su hombro.

—¡Hola! —oyó decir a su espalda, y dio un bote tremendo.

—¡Dios mío, Billy T.! Me has dado un susto de muerte.

Él se acercó a la ventana.

—Últimamente nunca acaba de hacerse de día —dijo con voz queda.

—Estamos en invierno, Billy T. Pero ya ha pasado lo peor. Cada día hay más luz.

—Noto que ya no lo llevo igual de bien.

—¿El invierno?

—La oscuridad. Que nunca salga el sol del todo. Todo es gris, y el día parece sucumbir antes de llegar. Y luego se hace de noche demasiado pronto. Me agota muchísimo.

Se sentó en la silla que había frente a la mesa. Hanne se acercó a él por detrás y le acarició la cabeza rapada suavemente. El pelo cortado al uno le pinchaba la mano. En la nuca tenía dos pequeños rollos de grasa. Notó que se relajaba. Billy T. se inclinó hacia atrás y cerró los ojos, apretando su cabeza contra el cuerpo de ella con delicadeza. Hanne le masajeó la frente.

—Vamos cumpliendo años, Billy T. No pasa nada.

Tras los cristales había desaparecido cualquier resto de color. La temperatura había subido por encima de los cero grados. Los árboles aparecían negros y desnudos de nieve, apenas visibles entre la niebla que entraba lentamente desde el fiordo. El viento había amainado. En media hora sería noche cerrada.

—Me he dejado corromper —dijo.

—¿Te has…?

Un coche patrulla salió derrapando por la calle Grønlandsleiret. Una luz azul desgarró la niebla por unos segundos. La sirena se perdió camino del centro.

—Mira.

Se levantó y sacó un papel del bolsillo de la camisa. Hanne lo cogió dubitativa y lo desdobló.

—¿Una quiniela?

—V75. Caballos. Siete aciertos. Vale más de ciento cincuenta mil coronas.

—¡Qué… qué bien! ¡Enhorabuena!

Él volvió a acercarse a la ventana.

—Rómpelo —dijo apoyando la frente sobre el cristal frío.

—¿Qué?

—Que lo rompas. Yo no soy capaz.

—Billy T…

—¡Rómpelo!

Su respiración dejaba manchas húmedas y palpitantes sobre el cristal.

—Cuéntame qué está pasando —dijo ella.

—¡Mierda, Hanne! ¡Te estoy diciendo que lo rompas!

—Date la vuelta.

Él se quedó donde estaba, con los hombros levantados, la cabeza hundida y la frente apoyada en la ventana. Hanne cerró la puerta sin hacer ruido.

—Billy T., quiero saber qué es esto.

—Un boleto de las carreras de caballos V75.

—Eso lo entiendo. Pero ¿de dónde lo has sacado? ¿Por qué tengo que romperlo?

—Porque…

Por fin se giró. Estaba pálido, dos gruesos surcos se extendían desde las aletas de la nariz hasta las comisuras de los labios, y bajaban profundos hasta la barbilla. Iba sin afeitar. Los ojos estaban tan hundidos en sus cuencas que era imposible ver de qué color eran.

—Porque me lo ha dado un canalla de primera, Ronny Berntsen. Él me lo dio. Y yo necesito el dinero.

Se tapó la cara con las manos y volvió a darle la espalda, ahora hacia la pared. Empezó a golpearse la cabeza contra el revestimiento de madera, una y otra vez.

—Joder, Hanne. Necesito ese dinero. ¡Rompe esa mierda de boleto en mil pedazos!

—Billy T…

Le abrazó por la cintura y dejó descansar la cabeza sobre su ancha espalda. El calor que desprendía su cuerpo atravesaba la chaqueta.

—Tienes que hacerlo tú mismo –dijo–. Hasta ahora no has hecho nada que no debas, no has cobrado el dinero.

Él no reaccionó.

—Billy T. No has cobrado el premio, ¿verdad?

—Si lo hubiera hecho, no tendría el boleto –dijo sin entonación.

—Entonces no hay problema. Pero debes romperlo tú mismo. Será importante para ti más adelante, dentro de un tiempo. Saber que fuiste capaz de poner límites, de resistir.

—¿Resistir al mal o qué? ¿Es que ahora eres creyente?

Hanne sonrió y le abrazó con más fuerza.

—¿Yo? ¡Estás loco! Date la vuelta.

Su respiración se había serenado y por fin se giró. Ella le bajó la cremallera del chaquetón e intentó quitarle la bufanda. Él se lo impidió.

—Tengo que irme —murmuró—. Se ha montado una bronca monumental porque no he podido ir al almuerzo de mi hermana. Si me marcho ahora, al menos llegaré al postre.

—Puedo darte dinero.

Estaban muy cerca el uno del otro… Hanne le dio unas palmadas en el pecho, le colocó bien las solapas y le enderezó la bufanda.

—No puedo aceptar tu dinero, Hanne.

—Por supuesto que puedes. Es mi dinero. Ya no gasto casi nada. Mi cuenta corriente no hace más que engordar, porque Nefis lo paga todo. Todavía no tengo ciento cincuenta mil coronas, pero te puedo ayudar un poco.

—Entiendes que esa no es la solución, ¿verdad? No puedo aceptar tu dinero, ni el de nadie.

—Tú eres mi familia, Billy T.

—No.

—Sí, en cierto modo eres la única familia que tengo. Conocías a Cecilie. Me conocías a mí, hace mucho, antes que los demás, antes de… Te daré cien mil coronas. Considéralo un préstamo. —Hanne se apartó de pronto—. Pero tú decides, claro.

—¿Te duele la cabeza?

—¿Qué?

—Te golpeé en la nuca con la puerta.

—Ah, eso. No pasa nada, un pequeño chichón, eso es todo.

Billy T. se sacó un gorro del bolsillo y se lo puso.

—Deberías revisar tu correo un día de estos —dijo señalando la bandeja de entrada, que contenía un enorme montón de cartas sin abrir y comunicaciones internas.

—Seguro. ¿Qué vas a hacer con el boleto?

Hanne lo sostuvo en el aire, y él dudó unos instantes antes de agarrarlo y volver a metérselo en el bolsillo.

—Arreglaré esto por mí mismo —dijo sin más.

—Sé que lo harás —dijo Hanne—. No olvides escribir ese informe antes de marcharte.

—Mis noticias no despertaron precisamente un entusiasmo abrumador —dijo en tono arisco mientras echaba un vistazo a la lista de detenidos en las últimas horas, que estaba encima de la pila de correo.

—No seas idiota —dijo Hanne—. Te fuiste sin más. Annmari no había acabado de hablar. Luego todo el mundo empezó a aplaudir.

—Pues no ha dado señales de vida.

—¿Tienes el teléfono encendido?

Perplejo, se sacó el móvil del bolsillo.

—Vaya. Está apagado.

—Ve a escribir ese informe, anda. Y vete preparando para empezar a exprimir esa fuente tuya. ¡Dios mío, Billy T.! Es el testigo más importante que tenemos.

—La testigo —murmuró él—. Es una mujer, y no pienso delatarla hasta que no me quede más remedio.

Hanne bajaba a toda prisa por la cuesta de la comisaría. Los adoquines estaban resbaladizos y estuvo a punto de perder el equilibrio un par de veces. A mitad de camino oyó que gritaban:

—¡Wilhelmsen! ¡Hanne Wilhelmsen! ¡Eh, comisaria!

Se detuvo y se dio la vuelta. El hombre que venía corriendo detrás de ella parecía demasiado joven para el uniforme que vestía. Sus galones delataban que era estudiante de segundo año. Tenía la cabeza rodeada de espesos rizos y una cara perfectamente redonda, con los ojos estrechos y rasgados y la nariz ancha y plana. Si no fuera porque era rubio y pálido, podría haber pasado por afroasiático. También era de corta estatura, algo poco frecuente para un policía. Hanne se preguntó si daba la altura mínima para entrar en la Escuela Superior de Policía.

—¡Hola! —dijo sin resuello tendiéndole la mano—. Soy Audun Natholmen.

Hanne asintió sin interés y miró la hora.

—Es que estoy atendiendo el teléfono, ¿sabes? Bueno… y… recibiendo las llamadas de la gente que cree tener información.

Del caso Stahlberg, ¿no? Y entonces... —Miró hacia atrás por encima del hombro y bajó la voz como si quisiera compartir un secreto con ella—. Nos llega de todo, ya sabes.

—Sí.

—Sí, claro, ¡claro que lo sabes! —Rió con timidez y se pasó la mano por la manga del uniforme—. Pero es que llamó un tipo. De forma anónima. Se negó a decir su nombre, ¿no? Pero apunté el número desde el que llamaba. Luego lo comprobé. Era de una cabina de Maridalen, ¿vale? Ya sabes, justo donde la carretera...

—No creo que eso tenga mucha importancia —le interrumpió Hanne.

El joven tragó saliva y respiró hondo antes de empezar de nuevo.

—El hombre había visto algo sospechoso. Alguien había hecho un agujero en el hielo de una laguna de Nordmarka. El que llamó dijo que era muy extraño... el tipo que hizo el agujero, vaya. Fue el día siguiente a los asesinatos. Esa persona estuvo allí muy poco tiempo, taladró el agujero en el hielo y se largó. El hombre que llamó opina que el agujero era lo bastante grande como para dejar caer algo dentro. Como, por ejemplo... un arma.

—Esto debes hablarlo con otras personas, no conmigo —dijo Hanne empezando a caminar despacio—. No estoy segura de recordar quién es el responsable de valorar ese tipo de informaciones. Puede que sea Guldbransen, pero lo que está claro es que no soy yo.

—¡Espera! —El joven no se daba por vencido, y la siguió de cerca por la cuesta mientras gesticulaba—. ¡Es que he hablado con la abogada Skar!

—¿Annmari? ¿La has molestado a ella por una cosa así?

—Se enfadó un poco, sí. Pero es que, ¿sabes?, primero hablé con... Y luego... ¿No puedes pararte un momento?

Hanne se detuvo y observó al chico sorprendida, casi impresionada.

—Es que no entiendo qué es lo que quieres que haga —dijo con más amabilidad esta vez—. Como sabrás, o al menos debes intuir, el caso Stahlberg es un asunto muy amplio y complejo. Tanto en lo que se refiere a personal como a los aspectos técnicos y tácticos. Supongo que habrá gente que tenga cierta visión de conjunto de todo el caso, y sin duda Annmari Skar es una de esas personas. Pero si tienes la sensación de que una información debe verificarse, deberías ponerlo en conocimiento de tu inmediato superior. ¿Quién es?

—¡Pero escúchame, por favor!

El joven casi estaba gritando. Una mujer mayor que subía por la cuesta se detuvo y les miró sobresaltada. Cuando vio el uniforme del chico siguió su camino con pasos rígidos por miedo a caerse.

—He hablado con tres personas del cuerpo —dijo Audun Natholmen muy alterado—. Y a nadie le ha interesado.

Hanne le contestó con una amplia sonrisa:

—Sabes muy bien que la gran mayoría de las informaciones que recibimos de la gente carecen de utilidad alguna. ¡No puedes esperar que toda la maquinaria se ponga en marcha solo porque un tipo anónimo ha llamado para decir que ha visto a un hombre muy raro pescando en el hielo!

Audun asintió contrariado. Sus pupilas eran de un azul gélido entre sus estrechos párpados, y su boca parecía la de un niño. Hanne habría podido jurar que le temblaba, un movimiento casi imperceptible del labio inferior, como si le emocionara aquella situación, la de estar parado con Hanne Wilhelmsen bajo la llovizna discutiendo el caso más importante de la policía de Oslo.

—Lo entiendes, ¿verdad? —Le dio un golpecito en el hombro y se metió las manos en los bolsillos—. Mira, tengo helado hasta el culo y me van a echar una bronca monumental por llegar tan tarde a casa. Así que, si te parece bien, me voy a ir. No te puedo ayudar de ninguna manera. Si dejas la información en mi casillero, mañana puedo echarle un vistazo. Y veré qué puedo hacer.

—Pero es que hay algo que quería…

Hanne había empezado a caminar, esta vez con más decisión.

—Pero es que solo te iba a preguntar si…

Hanne se dio la vuelta por tercera vez, muy molesta. El tipo había resultado ser de lo más inoportuno.

—Verás es que… yo practico buceo. Es mi afición. ¿Estaría muy mal que me llevara a un par de colegas e hiciera una pequeña búsqueda allí arriba? En mi tiempo libre, ¡eh! ¿En vista de que a nadie le interesa esta información?

Hanne se quedó pensando. Un par de agentes pasaron a su lado con prisa y la saludaron con una inclinación de cabeza.

—Sí —dijo por fin—. Estaría rematadamente mal. —Luego esbozó una sonrisa—. Aunque eso no quiere decir que yo no lo haría, si fuera tú. Pero no diría ni una palabra de todo esto a nadie. En caso de que no encontrara nada, claro. Aun así, lo mejor será que lo dejes correr, de verdad.

El joven tenía la boca abierta, como si quisiera decir algo. En cambio, la cerró y salió corriendo cuesta arriba. A mitad de camino se dio la vuelta sin detenerse y levantó la mano.

—¡Gracias! —gritó entusiasmado, y siguió con su carrera.

A Annmari Skar empezaba a fallarle la vista. Los ojos le hacían chiribitas y no sabía cómo iba a poder afrontar el encuentro con la prensa que el director de la policía judicial Puntvold había insistido en organizar.

Las detenciones de Carl-Christian y Mabelle habían transcurrido sin incidentes. La idea inicial había sido citarles para prestar declaración y a continuación informarles de que estaban arrestados. Cuando se negaron firmemente a acudir a comisaría, alegando las fiestas navideñas y el inminente entierro, les detuvieron en casa. Según Erik y Silje, más que enfadados, los dos parecían aturdidos y apáticos por el shock. Ni siquiera habían pedido un abogado hasta que alguien les sugirió que tal vez sería buena idea contar con uno antes de ser interrogados.

Annmari se encontraba mal a causa de la falta de sueño, y tenía náuseas ante la idea de lo que se avecinaba. Pasaba las páginas de los informes de las detenciones una y otra vez, aunque en realidad solo estaba a la espera del último. Hermine Stahlberg estaba resultando más difícil de encontrar que su hermano y su cuñada. Eran casi las seis de la tarde. La conferencia de prensa empezaría a las seis y media. Lo que implicaba una conexión en directo con las noticias de TV2 en horario de máxima audiencia y, en el peor de los casos, diez minutos de metraje desordenado y mal cortado media hora más tarde en la televisión pública NRK.

—Se la ha tragado la tierra —dijo Erik Henriksen, y dio un puñetazo en el marco de la puerta.

—¿Quién ha desaparecido?

Annmari colocó los documentos con mucho cuidado, con los bordes perfectamente alineados, y se pasó la mano por el pelo en un intento de parecer tranquila y preparada. Volvió a mirar al recién llegado y repitió:

—¿Quién dices que ha desaparecido?

—Hermine. No aparece por ninguna parte. No está en casa, y tampoco tiene un lugar de trabajo donde buscarla. —Se encogió de hombros y se dejó caer en la silla que estaba libre—. En cualquier caso, ¿qué iba a hacer allí el día de Navidad? Estábamos…

—Estábamos poco preparados —le interrumpió Annmari con expresión frustrada—. Es lo que yo llamo un verdadero error de principiante. Por Dios, Erik, ¿no conseguís dar con ella?

Erik movió la cabeza de mala gana.

—Lo siento.

—¿Lo sientes? Es un poco tarde para eso. No me cabe en la cabeza… Es sencillamente imposible que yo lo tenga todo bajo control, Erik. ¡Tengo que poder confiar en que los demás también vais a hacer vuestro trabajo!

—Fuiste tú quien dio la orden de detenerles —estalló él, combativo—. He hecho exactamente lo que tú me indicaste. Hemos hecho lo que dijiste, pero el caso es que no encontramos a Hermine.

Annmari cerró los ojos. La boca se le llenó peligrosamente de saliva. Tragó varias veces y bebió agua. Por fin tuvo fuerzas para volver a mirarle.

—Cuando doy instrucciones para que se lleve a cabo una detención...

—Tres —la corrigió Erik—. Tres detenciones.

—Cuando doy instrucciones para que se lleven a cabo tres detenciones —empezó Annmari de nuevo—, parto de la premisa de que vosotros, los de la policía, haréis la labor previa para poder efectuar los arrestos de la manera más eficaz posible y, al menos... —levantó la voz, casi gritaba—, ¡con un nivel de competencia profesional aceptable!

—«Vosotros, los de la policía» —la imitó Erik—. ¿Así que tú también te has vuelto así? ¿Ahora se supone que no eres una de los nuestros?

La examinó con ojos reprobatorios. Su mirada recorrió el uniforme que llevaba puesto porque ya se había cambiado para la conferencia de prensa, pasó por los galones de los hombros y se detuvo en el bolsillo derecho de la chaqueta: POLICÍA, en letras doradas sobre fondo oscuro.

—Malditos leguleyos —masculló, y Annmari se echó a reír.

Él se mordió el labio. Hizo un denodado esfuerzo por concentrarse en la lluvia que por fin había empezado a caer.

—Nosotros no —dijo Annmari sonriendo—. Nosotros no discutimos, Erik. Tú y yo, no.

—No, pero sigo pensando que tú eres la responsable de que no hayamos trazado un mapa lo bastante detallado de los movimientos de esa gente. En mi opinión, resulta muy cuestionable detener a alguien en unas fechas así, en plenas navidades y todo eso. Van a contar con todas las simpatías, ya lo sabes, con la solidaridad de las buenas gentes que disfrutan de la Navidad, de la familia, los regalos y la misa. Y que no son capaces de imaginarse que alguien haya podido cargarse a la mitad de su parentela. Ahora no, Annmari, no en plena sagrada y puñetera Navidad noruega.

—Pero es que resulta que es lo correcto, Erik. Toda nuestra experiencia, todo lo que sabemos y todos los indicios apuntan a que debemos detener a los sospechosos... Entonces ¿qué hacemos? ¿Nos sentamos a esperar a que pase la Navidad? ¿Esperamos a que las sospechas se debiliten o desaparezcan? ¿Para que todo resulte más agradable? ¿Para ellos o para nosotros?

—Bueno… —Erik se revolvió el pelo, que llevaba demasiado largo. Se levantó torpemente. Cuando salía del despacho, se dio media vuelta y dudó un momento antes de decir con voz queda, y con un fervor que contrastaba extrañamente con su aspecto desaliñado—: Estoy contigo en esto, Annmari. Cruzo los dedos para que tengas éxito en este caso. Dalo todo, y pasa de la prensa. Van a ir a por ti hagas lo que hagas. Y vamos a encontrar a Hermine, danos un día y tendrás su cabeza en una bandeja de plata.

—¿Lo prometes?

—Te lo garantizo. Viva o muerta.

Y, tras soltar un largo bostezo, se marchó.

Hanne optó por ir a casa dando un paseo, aunque llevaba casi una hora cruzar Oslo desde el casco antiguo hasta Frogner. Incluso dio un rodeo. Billy T. tenía razón. Cuando se miraba en el espejo por las mañanas, veía que la grasa ya no se asentaba en los mismos lugares que en anteriores épocas de escasa actividad física. Y, además, le costaba mucho más deshacerse de ella.

Caminó desde la zona que rodeaba la comisaría, con gran densidad de población inmigrante, hacia el parque medieval. Lo que había sido una tierra de nadie, poco acogedora y cercada, estaba en proceso de transformarse en un hermoso recordatorio de cómo se había gestado la ciudad en su origen. Ahora la superficie del agua estaba congelada y gris, y las ruinas desenterradas casi desaparecían entre la niebla y la nieve sucia. Hanne tenía los pies mojados y empezó a trotar ligeramente para entrar en calor. El tráfico en Bjørvika, donde la ópera que llevaba una eternidad proyectándose nunca parecía acabar de levantarse, no era muy intenso. Se encaminó hacia la plaza del ferrocarril, Jernbanetorget. Los bares y los pubs estaban cerrados, con rejas en las ventanas. Solo en Plata, una explanada llena de basura al sudoeste de la Estación Central, el comercio seguía su ritmo habitual. Aquella triste isleta era el principal punto de compraventa de droga de Oslo. Yonquis y chiquillas esqueléticas demasiado maquilladas intercambiaban mercancía, dinero y servicios, mientras algunos pasajeros que acababan de bajar del tren se estremecían y se alejaban dando un rodeo. Hanne reconoció a un par de los pobres desgraciados de Plata, y ella misma cruzó deprisa el lugar en dirección a la calle Karl Johan. Desde la plaza de Egertorget apenas se distinguía la silueta del Palacio Real. Las bombillas de los tilos de la calle principal de la ciudad estaban rodeadas de un halo de humedad, una alameda de luces difusas y menguantes. Hanne se detuvo frente al escaparate de la librería Tanum para ver las novedades. Nunca había visto Oslo tan silenciosa. Cruzó el parque del Palacio Real sin encontrarse con nadie. Pronto estaría en casa. Las calles se fueron ensanchando. Los edificios se elevaban con mayor elegancia, más apartados de las aceras. La Navidad parecía más atenuada a este lado de la ciudad. Las luces no eran tan chillonas ni multicolores como en Grønland, y las ramas de abeto de las coronas de las puertas eran auténticas.

Le costó localizar su reloj entre los guantes y la manga algo estrecha de la chaqueta.

Las cinco y diez. Ya habría pasado todo. Hermine, Mabelle y Carl-Christian Stahlberg habrían sido detenidos y estarían cada uno en una sala de interrogatorios de la comisaría. No hacía falta que Hanne estuviera allí. Si las cosas salían como todo el mundo parecía pensar, pasarían mucho tiempo en prisión preventiva. Probablemente semanas, tal vez hasta la vista preliminar, y la primera toma de declaración no era más que un puro trámite. Habrían sentido ya la angustia de haber sido desenmascarados, detenidos y encerrados.

Y entonces llegaría su turno. Se había decidido que Hanne interrogara a Carl-Christian a partir de las nueve de la mañana del día siguiente. Cruzó los dedos con la esperanza de que no hubiera un solo abogado en toda la ciudad que estuviera dispuesto a pasar diez horas en comisaría en plenas navidades. Pero, viendo cómo habían evolucionado las cosas para los letrados penalistas de la ciudad, seguramente harían cola. Parecían dispuestos a cualquier cosa con tal de obtener sus quince segundos de gloria en la televisión. Y en este caso podríamos estar hablando de bastantes más. El caso Stahlberg podía suponer el billete para la fama, aunque no incluyera la honra del prestigio. Hanne hizo una lista mental de sus favoritos, una relación de abogados íntegros y prestos a colaborar por el bien de su cliente. Resultó desagradablemente corta.

La calle Kruse estaba desierta. No se movió ninguna cortina, nadie retiró de pronto la cara de la ventana. Hanne debería sentirse a gusto con eso, debería sentirse como en casa con gente que se ocupaba de sus cosas y casi no existían los unos para los otros. Frogner era para Hanne un barrio en el que la gente se reducía a una placa con su nombre en la puerta, y un prudente saludo inclinando la cabeza era todo lo que uno podía esperar de sus vecinos. Debería estar predispuesta a vivir en un lugar así.

En cambio, se sentía desconcertada por la falta de curiosidad. Eso le quitaba la posibilidad de sentar las premisas sobre lo que los demás deberían pensar sobre ella. Estaban allí, claro, tras puertas cerradas y cortinas echadas; allí también había gente, mucha gente, pero no tenía ocasión de contarles verdades a medias sobre sí misma. Eso hacía que se sintiera inquieta y tensa cuando se acercaba a casa, iba en aumento conforme iba llegando al apartamento, y no se le pasaba hasta que se encerraba tras la puerta anónima con tres apellidos anodinos grabados en una placa de bronce colocada debajo del timbre.

Dio la vuelta a la esquina de su casa. Cuando iba a pasar por la cancela, se llevó tal susto que se le cayó el archivador que había llevado en la mano todo el tiempo.

Un perro pasó junto a su pantorrilla. Venía de detrás del muro bajo donde, unas semanas antes, habían montado una caseta de madera impregnada para los cubos de basura.

El perro era feo y gris. El cuello se veía desproporcionado en relación con sus caderas estrechas y caídas. Una de sus orejas estaba casi arrancada, y a la luz de la farola pudo ver que tenía una herida abierta en la pata izquierda. El animal cojeaba mucho, pero mantuvo una velocidad nada despreciable al cruzar la calle y desaparecer en un patio trasero cien metros más allá.

Hanne respiraba de forma entrecortada. La descarga de adrenalina había sido tan fuerte que sintió que el calor volvía a los dedos de sus pies helados. Se agachó para recoger el archivador, sorprendida de haberse asustado tanto. Era por el silencio, claro, y además por ir caminando absorta en sus pensamientos cuando de repente había aparecido esa bestia tan fea. Seguía teniendo el pulso acelerado cuando de pronto recordó algo. Se volvió a incorporar sin recoger el archivador. Había oído hablar de ese perro. Nefis había asistido a una reunión de la comunidad de propietarios en otoño, cuando decidieron construir una caseta para la basura a fin de mantener alejadas a las ratas y otras alimañas. Ahora lo recordaba con claridad, se había reído con ganas de que la gente de los barrios elegantes del oeste de la ciudad creyera que una simple caseta podría mantener a raya a las ratas. Pero Nefis también había mencionado a un perro. Era un animal que realmente daba miedo, y Hanne se quedó pensando un rato largo sin darse cuenta del frío que tenía.

Últimamente se asustaba con mucha facilidad, y eso le preocupaba.

Alexander dormía como lo hacen los adolescentes. Estaba casi atravesado en el colchón, boca abajo, con la cara apoyada en la mano derecha y el brazo izquierdo colgando fuera de la cama. El edredón solo cubría la mitad de su cuerpo. A la débil luz que se deslizaba dentro de la habitación desde el pasillo, Hanne apenas podía distinguir la mitad de su trasero. El chico dormía desnudo, con los calcetines puestos. Alguna vez debieron de ser blancos. Ahora tenían la planta del pie perfilada en suciedad y polvo, y las gomas colgaban flojas alrededor de los tobillos.

Alexander dormía sin hacer ningún ruido.

Junto a la cama había una caja de cartón y un petate de marinero lleno de ropa. Aún no los había abierto.

—No cree que esto sea verdad —susurró Nefis—. No ha hecho nada para instalarse.

—¿Qué esperabas? Solo lleva aquí veinticuatro horas.

—¿Cómo fue? —preguntó Nefis aún en susurros, aunque el chaval estaba profundamente dormido.

—¿Qué?

—Que te echaran.

—Nunca me echaron, me hicieron el vacío. Eso es todavía peor. O…

Trató de resistir la tentación que sentía de tapar mejor al chico. En realidad no deberían estar allí. Él había cerrado la puerta cuando se fue a dormir. Alexander era un chico mayor, pensó Hanne, y tenía derecho a una vida privada y a que sus dos tías de la otra acera a las que ni siquiera conocía le dejaran dormir tranquilo.

Se acercó despacio a la cama, levantó el edredón con cuidado y lo estiró para arroparle. Lo remetió un poco alrededor de sus pies. Dejó el brazo que colgaba desnudo como estaba.

—Así —dijo bajito, y empujó a Nefis con cuidado a un lado antes de cerrar la puerta—. Tengo que acostarme, mañana será un día muy largo.

Nefis la siguió de puntillas hasta el dormitorio.

—¿Alguna vez vas a poder cogerte unas vacaciones de verdad? —preguntó, y se respondió ella misma—: Nunca, claro.

—Este verano libré una semana.

Hanne fue al baño y empezó a lavarse los dientes.

—Cinco días —la corrigió Nefis.

—¿Vamos a discutir ahora?

—No. ¿Cómo fue?

—Una delicia… Inusual, raro. —Hanne sonrió con la boca llena de pasta de dientes.

—No me refería a tus días libres —dijo Nefis, y se tumbó sobre la cama hecha sin quitarse la ropa—. Me refería a que te hicieran el vacío.

—Es demasiado tarde, Nefis. No puedo profundizar en eso ahora. He sobrevivido.

Nefis sonrió y cogió el mando a distancia de la mesilla. Hanne terminó en el baño y se quedó de pie, desnuda, con los brazos abiertos.

—¿No te vas a acostar?

—Sí, claro. Pero antes puedes contarme un poco de cómo fue.

—No, ahora mismo no tengo fuerzas.

—Entonces quiero una historia.

El gran televisor LCD de la pared estaba a un par de metros del pie de la cama, y en la pantalla Madonna se movía de forma impetuosa y muda. Nefis agarró la mano de Hanne y tiró de ella.

—¡Una historia antes de irnos a dormir!

A veces Hanne tenía la sensación de que Nefis pensaba que era algo retrasada. Hacía mucho que había entendido que los pequeños relatos que Nefis le exigía a cambio de su silencio sobre los temas importantes eran fragmentos que iba reuniendo para reconstruir la infancia de Hanne.

—No será larga —dijo Hanne.

—Un poco larga, entonces…

—No —sonrió Hanne.

En la pantalla, Madonna se contoneaba con un baile español para oídos sordos.

—¡Sí!

—Antes tengo que preguntarte algo.

Nefis estaba medio tumbada encima de ella, un peso agradable sobre su pubis y su diafragma.

—Espera —dijo Hanne—. Ese perro…

La boca de Nefis sabía a aceitunas y perejil.

—Espera —dijo Hanne riendo e intentando apartarse, dando golpecitos a las manos que le acariciaban los muslos—. Ese perro del que hablasteis este otoño… cuando acordasteis construir esa ridícula caseta para la basura… ¿qué clase de animal es?

Nefis estaba encima de ella, con toda la ropa puesta, y le sujetó los brazos con los suyos. Los botones de su blusa raspaban el vientre de Hanne, su lengua jugueteaba con el lóbulo de la oreja.

—¡Pero escúchame, Nefis! Ese perro… Solo quiero saber si hace mucho que anda por aquí. ¿Tiene dueño?

Nefis se incorporó de pronto. Su rostro quedó enmarcado por el cabello oscuro. Con el contraste de la luz de la pantalla, Hanne apenas podía distinguir sus rasgos.

—Un perro, Hanna. Un perro salvaje. Alguien dijo que llevaba aquí mucho tiempo, varios años. Da miedo, sobre todo a los niños, y además revuelve en la basura. Alguien propuso llamar a Sanidades.

—Sanidad —rió Hanne—. Vale. ¿Te vas a desnudar?

—Había pensado que de eso podrías encargarte tú —dijo Nefis, y volvió a besarla.

Hanne le desabrochó la blusa.

Se había librado una vez más. Ya no tendría que hablar de aquella vez, cuando tenía cinco años y quiso dormir con la luz encendida. Creía que el armario estaba lleno de murciélagos que chupaban la sangre, y la única manera de mantenerlos encerrados allí era dejar la luz prendida toda la noche. Cuando se despertó, la casa estaba a oscuras y del armario del rincón salían unos ruidos terroríficos. Casi no tuvo valor para levantar la mano y encender la lámpara de la mesilla. Pero habían quitado la bombilla. La lámpara del techo también estaba inutilizada. Su padre adquirió la costumbre de dejar la habitación de Hanne a oscuras durante la noche. Al cabo de un año, una noche durante la cena, Hanne dijo que los murciélagos habitan en cuevas, iglesias, desvanes y otros lugares oscuros y amplios, y que por supuesto no se encontrarían a gusto en un armario pequeño y lleno de ropa y zapatos. Además, ahora sabía que el tipo de murciélago que chupa la sangre no se daba en Noruega. Su padre asintió satisfecho y dejó de ir a su habitación por las noches.

Hanne ya había desnudado a Nefis, suave, dura e impetuosa, envolviéndola por todas partes.

Jueves, 26 de diciembre

La anciana de la calle Blindern volvía a estar sola. Su hijo se había marchado por la mañana temprano, tenía que coger un avión. Regresaría el lunes, a tiempo para el entierro, pero mientras tanto debía estar de vuelta en casa. Era lógico. Tenía esposa e hijos y un puesto de responsabilidad. Una vida propia, como la que debería construirse ella ahora que Karl-Oskar había muerto. Uno de nosotros tendrá que irse primero, solía decir su marido. Y entonces los dos rezaban en silencio para ser el que se marchara antes, y al final había resultado ser él.

Terje había recogido las cosas, o, mejor dicho, lo habían hecho juntos. Despacio, habían revisado cajones y armarios. Había resultado tranquilizador, casi hermoso, desprenderse de los objetos de Karl-Oskar sabiendo que en realidad él nunca abandonaría aquella casa.

Pero Terje no había tocado el dormitorio. Nadie más que ella revisaría las pertenencias más personales de Karl-Oskar.

Su pijama aún estaba debajo de la almohada, bien doblado. Se sentó con cuidado en el borde de la cama y acercó la tela suave y gastada a su mejilla.

Donaría la ropa al Ejército de Salvación. Lo habían decidido juntos, años atrás, en una de esas noches en las que se sentaban en la terraza con una copa cada uno y contemplaban la puesta de sol sobre Tåsen. No había que ser sentimental con las cosas materiales, esa era la opinión de Karl-Oskar, se lo daremos todo a alguien a

223

quien le haga más falta que a nosotros. La ropa y todo aquello que no tuviera un significado especial para el que se quedara tendrían que desaparecer. Lo dijo con un tono casi brusco, como si de pronto le pareciera de mal gusto hablar de muerte y ausencia.

La que se había quedado era ella.

Dejó el pijama sobre la colcha, se levantó entumecida y fue hacia el armario. A medio camino tropezó con algo. Una carpeta. La recogió.

El personal de la ambulancia había estado allí, claro. Intentaron reanimar a Karl-Oskar el jueves pasado, solo había pasado una semana. Parecía que hacía más tiempo. Era difícil recordar. La carpeta estaría sobre la mesilla y se habría caído al suelo con todo el jaleo del intento de reanimación. Kristina no había pisado ese lado de la habitación desde el viernes por la mañana, cuando aquella extraña y menuda sacerdote estaba a punto de llegar y ella había hecho la cama de su marido por última vez. No había notado nada. Tal vez no fuera extraño, apenas recordaba haber hecho la cama.

La casa estaba llena de flores. Aunque estaban en plenas navidades, amigos y conocidos, contactos de negocios y parientes lejanos se habían tomado la molestia de presentar sus condolencias. Nadie había preguntado por una carpeta, no tendría importancia.

Kristina intentó recordar qué reunión era esa a la que tendría que haber acudido Karl-Oskar la tarde fatal poco antes de las navidades. Se frotaba las manos y se balanceaba de lado a lado. No se lo había contado, si fuera así lo recordaría, estaba segura. Había estado casada con un abogado durante casi cincuenta años, y nunca tocaba sus papeles.

Kristina dejó la carpeta sobre la mesilla de su marido sin abrirla. Que Terje le echara un vistazo cuando regresara. Respiró profundamente y fue hacia el armario. Tarde o temprano tendría que ocuparse de organizarlo y más le valía afrontarlo cuanto antes.

Carl-Christian Stahlberg no se atrevía a llevarse el vaso de agua a los labios. Había optado por sentarse encima de sus manos. La sed hacía que su lengua aumentara de tamaño y la chasqueó para activar la secreción de saliva. Alguien se había olvidado de darle agua la noche anterior, aunque tal vez lo hicieran a propósito. No estaba seguro, pero se oían rumores. La policía noruega no torturaba, claro, pero dejarle diez horas en una celda recalentada sin bebida ni comida tampoco había resultado especialmente considerado. Ahora, cuando por fin le habían dado de beber, temía que vieran lo asustado que estaba. Dejó el vaso de agua sin tocar.

—¿Tienes sed?

La mujer que le iba a interrogar tendría cuarenta y pocos años. Carl-Christian la observó para intentar acordarse de ella, fijarse en su cara ovalada y en los grandes ojos azules rodeados de incipientes arrugas. Pero no, no eran azules del todo, era como si alguien le hubiera puesto un círculo alrededor del iris, un aro negrísimo en medio de la claridad. Carl-Christian pensó sin querer en una película de ciencia ficción en la que los humanos vivían felices, rodeados de invasores de otra galaxia, sin saber que la única manera de distinguirlos era por sus ojos, negros y azules a la vez.

Debía observar a esa mujer intensamente. La noche anterior, durante todas esas horas absurdas que había pasado en una habitación que apestaba a orines y donde apenas se podían dar más de tres pasos, sintió que perdía la noción de la realidad. Acudieron a su mente flashes de su madre en verano, con un vestido muy feo que se ponía porque su padre decía que le sentaba muy bien. Era de flores, y al pequeño Carl-Christian le parecía que los girasoles amarillos eran leones sonrientes. Luego vio aparecer la cabeza de un gato risueño, y entonces estampó el puño contra la pared de la celda y el dolor en los nudillos le hizo volver al lugar en que se encontraba.

Por unos instantes creyó dormir, sería hacia las tres de la mañana. Le habían quitado el reloj y era difícil saberlo con seguridad. Tenía frío. La nieve le deslumbraba y entrecerró los ojos ante un débil sol primaveral; llevaba unos esquís demasiado grandes que

225

intentaba levantar, y entonces descubrió que estaba meando en un agujero entre los ladrillos del rincón. De madrugada había comprendido que la única manera de anclarse a la realidad era fijar la mirada y concentrarse en una solo cosa muy concreta.

La mujer era bastante guapa, aunque Mabelle le habría aconsejado que perdiera unos kilos. Tenía las puntas del pelo bastante mal y debía llevar tiempo sin cortárselo. Pero su cabello era castaño y brillante y caía suavemente sobre sus hombros. Su indumentaria era un capítulo aparte. Carl-Christian intentó pensar en ropa, en moda. En la revista de Mabelle, *R&R*, que ahora podría generar unos discretos beneficios. Si esto no hubiera ocurrido... Imposible saber cómo irían las cosas a partir de ahora. No se atrevía ni a imaginarse lo que la prensa estaría diciendo de ellos mientras estaban allí dentro.

—Quiero que sepas que hacemos lo que podemos para dejar muy claro que este caso aún no está resuelto —dijo la mujer—. Me refiero a los medios de comunicación. Si es que estás preocupado por eso.

Carl-Christian intentaba recordar el nombre de la película, la película en la que los invasores de ojos azules y negros eran capaces de leer los pensamientos de la gente, y gracias a eso al final se llevaban sin dificultad a toda la humanidad en su gigantesca nave espacial.

—¿Estás dispuesto a decir algo o no?

No conseguía recordar el nombre de la mujer. Ya no se acordaba de nada, por mucho que se concentrara en algo que no fuera la sed que tenía, esa sed horrible que no se atrevía a aplacar, olvidaba el nombre de la mujer todo el rato, pero esta parecía amable. Una suavidad inexplicable que le desconcertaba y le impedía recordar quién era y qué era lo que él debía decirle.

—Hanne Wilhelmsen —repitió ella por tercera vez—. Mi nombre es Hanne Wilhelmsen.

Carl-Christian Stahlberg no era ajeno a la mentira. En una ocasión había leído que el ser humano miente, de media, cinco veces al día. Le parecía poco. Él era perfectamente capaz de asentir cuando algo le parecía estúpido, no le costaba nada seguir la corriente con entusiasmo cuando los vecinos le hablaban de algo que no le interesaba en absoluto. La mentira era un instrumento para mantener una armonía adecuada con el entorno.

Sin embargo, la mentira que debía contar ahora era demasiado grande. No tenía principio y todavía menos un final. Esta era una mentira de verdad, tan ficticia y alambicada que sencillamente no tenía ni idea de por dónde empezar. Cada vez que la mujer le hacía una pregunta abría la boca para contestar. Pero no le salía nada. Quería inspirar confianza, resultar creíble. Deseaba darle lo que le pedía esa mujer de cabello oscuro y chaqueta algo estrecha, llamativo calzado y ojos peligrosos. Quería que se pusiera de su parte. Pero la mentira era demasiado enorme. Carl-Christian no estaba a la altura de su propia historia, y por eso cerraba la boca después de soltar unas pocas palabras inconexas.

—Tienes derecho a no declarar, por supuesto —dijo Hanne Wilhelmsen—. Pero sería una ventaja para todos que nos lo contaras, para que no tengamos que perder el tiempo.

De pronto se dio cuenta de que ella olía bien. Algo le alcanzó, un suave roce sobre su cara, casi físico. Cerró los ojos y percibió un aroma pesado que le recordaba a algo que casi se esfumaba. Sonrió y respiró profundamente por primera vez en quince horas.

—Es turco —dijo Hanne Wilhelmsen devolviéndole la sonrisa. Por fin había recordado su nombre—. Tengo una… amiga de Turquía que hace este perfume ella misma. No tengo ni idea de qué le pone, pero me gusta.

Rió con timidez, como si fueran dos extraños a los que hubieran sentado juntos en una cena y por fin hubieran dado con un tema de conversación.

—A mí también —dijo Carl-Christian—. Huele a otoño.

—¿Otoño?

Ella volvió a reírse. Ladeó la cabeza y le escrutó con la mirada.

—Debo preguntártelo otra vez —dijo en voz baja—. ¿Estás seguro de que no quieres un abogado?

• Él asintió inseguro. No sabía qué hacer. Lo único que deseaba era que todo aquello acabara, que fuera una broma de mal gusto, una cámara oculta que se hubiera pasado de rosca y que pronto quedaría desvelada cuando apareciera alguien con una nariz de payaso y un montón de globos. Una farsa que emitirían por televisión para que la gente pudiera reírse de lo tonto que parecía, de lo fácil que había resultado engañarle. Eso lo soportaría. Se reiría de sí mismo golpeándose los muslos, tal vez soltaría unos tacos y se enfadaría en broma con el presentador, porque todo había pasado y Carl-Christian era capaz de tolerar una broma por pesada que fuera.

Un abogado lo haría todo más grave, más real.

—En serio, creo que deberías llamar a un abogado.

Se inclinó hacia él. La grabadora estaba apagada. Estaban ellos dos solos, del pasillo ya no llegaba sonido alguno. Carl-Christian intentó pensar, situarse en el lugar donde debería encontrarse.

Tenía una sed horrible y hubiera dado cualquier cosa por saber cómo estaba Mabelle.

Mabelle no estaba nada mal. Erik Henriksen opinaba que podría haber resultado espectacular de no ser porque llevaba el pelo un tono demasiado rubio y se pasaba un poco con el maquillaje. Sus ojos se mantuvieron fijos en los suyos algo más de lo debido, como si pensara que la clave de la credibilidad radicara en una mirada firme e inamovible. Pero estaba fuera de lugar, como si coqueteara con él. Erik no se explicaba muy bien dónde y cómo había podido arreglarse así. Parecía que viniera derecha de un salón de belleza y no de pasar una incómoda noche de prisión provisional en un calabozo.

Mabelle tenía una gama de registros apabullante. Al menos eso estaba fuera de duda. Incluso su abogado parecía estar exhausto por los constantes cambios entre rogar y estallar en cólera, llanto e incredulidad, risa frustrada y fingida indiferencia ante lo que pudiera pasar. Su vida estaba arruinada por culpa del terrible error que la policía había cometido.

Mabelle tenía abogado, por supuesto. De momento se había conformado con su picapleitos de siempre, un letrado de cierta edad, socio de un bufete mediano de Oslo. Estaba sentado tieso como una estaca, impecablemente vestido con un traje gris acero, y había demostrado desde el primer momento ser un hombre razonable. Erik se sintió aliviado y no poco sorprendido. El abogado Gunnar Huse se había presentado solo media hora después de que Erik le llamara y le expusiera la situación. Era educado, casi amable, y no tenía nada que objetar a la detención en sí. Estaba alerta y pendiente de que Mabelle no dijera nada de lo que pudiera arrepentirse, pero no parecía empeñado en obstaculizar el interrogatorio. Eso hizo que Erik se pusiera las pilas y se preparara para un día muy largo. Después de este, vendrían otros abogados. El tipo de mirada despierta tras unas discretas gafas no duraría mucho, y el siguiente sería peor. El propio Gunnar Huse lo había dicho al llegar, en tono confidencial, acercándose un poco a la oreja de Erik:

—Soy el abogado de los jóvenes Stahlberg. Mi especialidad es mercantil. No encuentro razones para oponerme a que mi clienta preste declaración hoy, pero le hago saber que mi bufete ya está buscándome un sustituto. Un abogado con mayores probabilidades de manejar un caso de... de esta índole y magnitud.

Y después le había dedicado a Erik una mirada de disculpa, como si lamentara contribuir a todo el ruido y alboroto que se iba a generar, y al trazo grueso que adquiriría el procedimiento previo del caso en el momento en que uno de los reputados abogados criminalistas entrara en juego.

—Estoy diciendo que teníamos una relación normal, ¿no?

Ahora era Mabelle la que estaba harta. Se golpeó la frente y puso los ojos en blanco con gesto dramático antes de volver de repente al papel de mujer razonable.

—Lo que quiero decir es que en todas las familias hay discusiones, ¿no? Tenemos nuestras disputas y nuestros desacuerdos, con padres y suegros. Pero eso no quiere decir que les deseemos la muerte, ¿o qué?

De pronto se echó a llorar, y su mirada volvió a quedar prendida de la de Erik. Mabelle se había transformado en una niña herida, injustamente tratada.

—No entiendo nada —sollozó entre hipidos—. Es que no puedo entender cómo ha podido pasar.

Erik golpeó impaciente la mesa con el bolígrafo.

—Escucha —dijo intentando que su voz sonara relajada—. Así no vamos a ninguna parte. No contestas a ninguna de mis preguntas. Todo lo que dices son fragmentos —chorradas, pensó, pero se contuvo— inconexos que ni de lejos se parecen a una declaración formal. Te sugiero que…

—Empezaremos de nuevo —dijo el abogado Huse con decisión. Se inclinó hacia su clienta y puso con firmeza su mano sobre la de ella—. Mabelle, vas a tener que pasar por esto. El agente tiene toda la razón. No estás obligada a decir nada, pero estoy convencido de que sería conveniente para tu defensa que te expliques y que intentes estar algo más… centrada y pendiente de este asunto, por así decirlo. Ahora tú y yo vamos a hablar un momento sin… —señaló amablemente a Erik con una inclinación de cabeza— el agente Henriksen. ¿Podría quedarme unos minutos a solas con mi clienta?

Le dirigió otra sonrisa casi compasiva a Erik, que ya se había puesto de pie.

—Por supuesto —dijo, y les dejó solos.

Ni en sueños iba Mabelle a esperar a tener otro abogado, pensó al cerrar la puerta. Esa mujer quería público, ahora y siempre. Eso le había quedado claro. Mabelle no quería volver a una celda sórdida y maloliente ni muerta. Si la dejaban llorar, amenazar y rogar el tiempo suficiente, todo el mundo comprendería que era terriblemente injusto tenerla encerrada. Mabelle Stahlberg no parecía nada tonta, era probable que en un principio hubiera previsto permanecer en silencio. Pero su egocentrismo le había estropeado el plan, el mismo egoísmo que en otras ocasiones la había favorecido, en situaciones en las que se trataba de ser rápida, de ir siempre por delante, la primera de la fila. La cautela, la moderación, eran estrategias que sencillamente no dominaba.

Mabelle quería irse a casa, pensó Erik, y por eso declararía hoy mismo.

—¿Va todo bien?

Annmari le puso una mano en el hombro y él se sobresaltó.

—Sí. Creo que hemos tenido algo de suerte. Parece que su abogado está francamente interesado en...

Buscó la expresión adecuada, pero no dio con ella.

—Que cuente la verdad —propuso Annmari.

—Exacto —dijo Erik, sorprendido—. Pero van a sustituirle enseguida.

—Entonces aprovecha el momento.

Le dio otra palmadita de ánimo en la espalda y se fue en busca de un sofá para dormir un rato. Aunque solo fuera media hora.

Ya habían hecho tres descansos. Al menos Carl-Christian había empezado a beber algo. Eso le había soltado la lengua un poco. Se explicaba de manera breve, inconexa, y mentía tan descaradamente que Hanne cada vez sentía una mayor incomodidad por que el hombre se negara a dejarse asesorar por un abogado.

—Se ha demostrado que esta carta —dijo hastiada, dejando por tercera vez una copia del documento de la discordia ante él— ha sido falsificada. ¿No tienes ni idea de quién pudo hacerlo?

—No.

—¿La recibiste por correo?

—Seguramente.

—¿Conservaste el sobre?

—No. No es lo habitual, ¿no?

—Pero la recibiste, puesto que fuiste tú quien la presentó en el juzgado.

—Por supuesto.

—¿Y no la escribiste tú?

—No. Mi madre confirmó que es auténtica. Recordaba haberla firmado.

—Carl-Christian Stahlberg —dijo Hanne, enfatizando cada sílaba—, tenemos la opinión de dos peritos grafólogos que han concluido que ninguno de tus padres firmó esta carta.

—Mi madre confirmó que es auténtica.

—Pero no decía la verdad. Creo que te quería proteger.

—¿A mí? Yo la había demandado.

—Sí, sobre el papel. Pero en realidad el conflicto era entre tu padre y tú. Creo sinceramente que tu madre se sentía muy incómoda con toda esta situación. La apenaba mucho, seguro. Porque aquellos a quienes más quería estaban constantemente enfrentados. Creo que… —Hizo una pausa. Tuvo que concentrarse mucho para no dejar traslucir su creciente irritación—. Nadie sabrá nunca por qué tu madre decidió mentir sobre este asunto. Pero resulta fácil suponer que ella, cuando se vio incapaz de evitar que el conflicto fuera a más entre Hermann y tú, quiso evitar que te imputaran un delito.

—¿Delito?

Por fin levantó la vista. Su piel estaba macilenta, pero en sus mejillas habían aflorado pequeñas manchas rojas.

—Es un delito falsificar documentos, Stahlberg.

—¡Pero si no es un documento oficial! ¡Solo es una carta! ¡Una cartita sin importancia!

—En el momento en que presentas una carta como esta ante un juez y afirmas que es auténtica, sabiendo que no lo es, estás cometiendo un delito. ¡Un hombre de tu posición y con tu formación debería ser muy consciente de estas cosas!

—No tengo ni idea de quién lo hizo. Mi madre dijo que era auténtica y yo la creo.

Hanne intentó recordar si alguna vez había interrogado a algún detenido que mintiera tan descaradamente. Carl-Christian Stahlberg bajaba la vista, miraba a un lado, tartamudeaba, murmuraba, se ruborizaba y frotaba los pies contra las patas de la silla. Parecía un niño de diez años, terco y cabezota, al que hubieran pillado con las manos en la masa robando manzanas y luego afirmara que un doble suyo debía de haberse colado en el jardín del vecino.

—Sé que mientes —dijo Hanne Wilhelmsen en tono despreocupado—. Y nunca antes le había dicho eso a alguien durante un interrogatorio. Para que lo sepas. La verdad es que resulta interesante.

Se puso de pie y se desperezó estirando brazos y piernas. Dio una vuelta alrededor de la sala, despacio, mientras se tiraba de los dedos. El sonido que producía era enervante, así que se dio una vuelta más. Por fin volvió a sentarse y se quitó las botas vaqueras.

—Esto no es algo que suela hacer, porque son pesadísimas de quitar y poner —dijo colocándolas con cuidado una junto a la otra—. Pero entiendo que vamos a pasar mucho tiempo aquí sentados, muchísimo tiempo. Y hay algo que debes saber antes de que sigamos adelante...

De pronto apagó la grabadora y se inclinó hacia delante. Carl-Christian Stahlberg pareció muy asustado, se echó hacia atrás y apenas tuvo tiempo de reaccionar cuando Hanne empujó la mesa hacia él y se quedó arrinconado contra la pared.

—Esto es muy desagradable —murmuró, intentando apartar la mesa.

—En toda esta casa —susurró Hanne, incapaz de captar su mirada—, hay una sola persona que se plantee siquiera la posibilidad de que no hayas cometido el delito del que se te acusa. Una sola persona, Stahlberg. ¡Yo! Todos los demás, y quiero decir literalmente «todos los demás», están convencidos de que eres el malo de esta película. Yo, por el contrario...

De repente volvió a tirar de la mesa hacia ella. Él se quedó pegado a la pared, rígido e inmóvil, con la mirada fija a la altura de su ombligo. Hanne continuó:

—Yo creo que puede haber otras respuestas. Tengo cierta... experiencia con el hecho de que puede haber una gran diferencia entre planificar un acto criminal y llevarlo a cabo. Resulta que sé, igual que tú…

La mirada de él iba de un lado a otro. Levantó la cabeza despacio, y cuando sus ojos se encontraron por primera vez lo que vio Hanne en sus grandes pupilas fue pura angustia. El hombre estaba muerto de miedo.

—Al igual que tú —dijo Hanne—, sé lo que significa desear que tu padre se vaya al infierno. Eso no quiere decir necesariamente que lo mandes allí.

Una pequeña lágrima se desprendió del ojo izquierdo de Carl-Christian. La gota se deslizó poco a poco por su mejilla hasta coger velocidad y transformarse en un reguero húmedo junto a la comisura de sus labios.

—Si yo fuera tú, aprovecharía la oportunidad —dijo Hanne—. La que se te presenta en este momento. Mientes tan mal que hasta una niña de preescolar te pillaría. Todos esos que esperan ahí fuera —señaló la puerta con un gesto de la mano— tienen la extraña creencia de que quien miente sobre una cosa miente sobre todo lo demás. Yo, en cambio, sé que no es así. Ahora voy a volver a encender la grabadora y empezaremos de nuevo. De ti depende cómo resulte todo esto.

Volvió a poner la cinta en marcha.

—¿Cuándo fue la última vez que tuviste noticias de Hermine? —comenzó.

—¡No puede ser verdad! ¡Dios mío, esa chiquilla se ha metido siempre en un montón de cosas raras, pero esto…! ¿Qué es lo que ha hecho?

Erik Henriksen dejó que Mabelle bramara sin interrumpirla. Tuvo que hacer un gran esfuerzo para no tomarse toda aquella situación como un magnífico entretenimiento. Era como estar en el teatro, pensó. Un cabaret en el que Mabelle representaba todos los papeles. Y además era bastante buena. Demostraba verdadero talento en las partes más femeninas, cuando apelaba a su instinto de protección masculino y echaba mano de su físico, que le parecía cada vez más atractivo a pesar de todas las mentiras que le servía. Llevaban más de cuatro horas en aquella habitación estrecha y de ambiente pegajoso. Erik empezaba a hartarse, y hasta el abogado Huse había sucumbido, quitándose la chaqueta y aflojándose un poco el nudo de la corbata. Mabelle, por el contrario, permanecía impertérrita. Su cabello estaba aún suelto y voluminoso, como recién lavado. El maquillaje seguía tan inalterado que parecía formar parte de su rostro. Se había retocado los labios un par de veces, girándose discretamente y pintándoselos a la perfección sin necesidad de espejo.

Erik abrió la boca para interrumpir su vehemente arrebato.

—¡Espera! —dijo Mabelle al borde del llanto—. ¡Escucha lo que tengo que decir! ¡Hermine es imposible! Tiene que ser ella la que os ha contado eso. ¡No es verdad! ¿Y cómo habéis dado con ella? ¿La habéis trincado?

Solo el vocabulario la delataba de vez en cuando, dando testimonio de una infancia que había transcurrido muy lejos de navieras y una familia política adinerada.

Erik no respondió a su pregunta. En cambio dijo:

—O sea que no tienes noticia alguna de que Hermine haya comprado un arma corta en el mercado negro en noviembre.

—¡No, estoy diciendo que no! ¡Dios mío, un arma! ¿Y para qué demonios querría un arma? Y aunque así fuera, ¿qué tengo yo que ver con eso? Si ni siquiera sé lo que es un arma corta. ¿Es una pistola o algo así? ¿Y qué dice Hermine?

—Solo quiero que esto quede meridianamente claro: ¿nunca has oído ni visto ni de algún modo sabido algo que pudiera indicar que tu cuñada Hermine Stahlberg había adquirido un arma de forma ilegal?

—¡No!

—Pero Carl-Christian sabe de armas.

—¿Carl-Christian?

–Sí.

–No. Bueno... sí, te refieres a lo del club de tiro. Pero de eso hace mucho. ¡Palabra de honor! Ya no le divertía. Y tampoco se le daba bien. ¿Quién nos ha involucrado en esta horrible historia?

Mabelle se echó a llorar. Era un llanto silencioso y elegante, concebido para llorar por niños fallecidos y desgracias irreparables. Erik estaba impresionado. Por un momento sintió una compasión involuntaria por aquella criatura menuda. Su mano se levantó para acariciarle el cabello.

La retiró de golpe cuando el abogado Huse se puso de pie y dijo:

–Creo que lo vamos a dejar aquí. Mi clienta necesita otro abogado. No puedo permitir que el interrogatorio continúe hasta que se aclare esta situación.

–Bien –dijo Erik desconcertado–. Tienes razón, supongo.

Mabelle levantó la vista por fin. Soltó un par de sollozos, se secó las lágrimas y murmuró algo incomprensible mientras se sonaba en el pañuelo que su abogado le ofreció.

–Hermine siempre miente –la oyó gritar Erik cuando iba camino del calabozo.

Hanne no era capaz de quitarse de encima una sorda sensación de melancolía. Una presión constante en el diafragma que la dejaba sin apetito y amenazaba con hacerla llorar sin motivo. Al menos no tenía una razón de la que fuera consciente. Volvió a pensar un instante en la muerte de su padre. Esa no podía ser la causa de su desazón. No de esta manera. En los últimos días sobre todo había sentido una resignada satisfacción por el hecho de que William Wilhelmsen ya no existiera. Podían pasar horas entre las veces que pensaba en él. Era como si la aparición de Alexander en su vida hubiera puesto punto final al duelo que habría podido pasar por unas relaciones familiares que no tenían arreglo. Alexander y Hanne apenas habían hablado desde que él se presentara, poco abrigado y repudiado, en Nochebuena. Pero, a pesar de eso, sabía que había venido a ella. Se había instalado en la calle Kruse para poder estar con ella. No se iba a dormir hasta que ella no llegaba a casa por la noche. Por muy pronto que se levantara para ir al trabajo, aparecía por la cocina vestido con un viejo jersey y un pantalón de chándal. Tomaban café en silencio y lo único que le preguntaba era cuándo volvería. Se estudiaban con disimulo, como si no estuvieran seguros de que su parentesco fuera algo bueno, o por el contrario algo que podía estropearlo todo.

Hanne se llevó las manos al estómago sin entender su propio estado de ánimo.

—¿No te encuentras bien? —preguntó Silje, dando unos golpecitos innecesarios con los nudillos en el marco de la puerta—. ¿Cómo ha ido el interrogatorio?

—Pasa. Bien... En realidad, mal. Depende del punto de vista con que se mire. El hombre miente, eso está claro. Y, por supuesto, no sabe nada del arma. Hermine está metida en asuntos de drogas. Eso es cierto, pero el tipo se hizo un lío fenomenal cuando le pregunté dónde creía que podría estar su hermana ahora. Primero dijo que no había hablado con ella desde que fue al hospital. Entonces le insinué que, naturalmente, comprobaríamos las llamadas de su teléfono de los últimos días, y de repente se acordó de que había hablado con ella la víspera de Nochebuena. Le dije que me llamaba la atención que no supiera dónde estaba su hermana en Nochebuena cuando acababan de quedarse huérfanos y todo eso, y entonces enmudeció. Así que si el objetivo de este interrogatorio era... —se frotó la cara con las manos antes de continuar— conseguir que el tipo hablara hasta justificar una orden de encarcelamiento, la cosa ha ido bien. Pero...

—... ese nunca es el objetivo de Hanne Wilhelmsen —concluyó Silje—. Ella solo busca la verdad. —Se sentó y sacó una cajetilla de diez cigarrillos—. Solo uno, por todo este estrés —susurró—. ¿Te importa?

Hanne extendió la mano derecha.

–Para nada. Yo también estoy a punto de volver a empezar. Por cierto, ¿has entrado en mi despacho esta mañana a primera hora?

–¿Aquí? No. ¿Por qué?

–Por nada –murmuró Hanne–. Todas las mañanas, cuando llego aquí, es como si hubiera entrado alguien.

–Pero, Hanne... ¡Eso pasa constantemente! La gente viene a buscar informes, a dejarte recados... ¡y tu puerta nunca está cerrada! Y si no recuerdo mal, la semana pasada el jefe de sección te echó una buena bronca por eso mismo.

–Olvídalo. ¿Alguna novedad sobre Hermine?

–No. Hemos estado en su apartamento, pero allí no hay nada que nos dé algún indicio de dónde puede estar. Todavía no hemos tenido tiempo de revisarlo a fondo, lo haremos mañana, pero sí que hay evidencias de que no se ha ido de viaje. Su pasaporte estaba en un cajón, y todas sus cosas de aseo seguían en la repisa del baño.

–Estoy preocupada –dijo Hanne.

–Tu siempre estás preocupada.

–Este caso me incomoda de verdad. Es como si no tuviera... Es como si me pusiera... enferma. Me da náuseas.

–Bueno, no es que sea muy agradable pensar que han asesinado a cuatro personas. Es como para ponerse enferma.

–Dices cuatro. Pero en realidad solo hablamos de tres.

De pronto se inclinó hacia los cigarrillos. Cogió uno y siguió sentada mientras lo movía entre los dedos.

–Es como si todo el mundo se hubiera olvidado del pobre Sidensvans –dijo, y se llevó el cigarrillo bajo la nariz por unos instantes–. Como si no significara nada. Como si su muerte fuera menos horrible que la de los Stahlberg. Solo porque era un tipo peculiar y no tenía ni dinero ni poder. Me indigna, de verdad. Además de que realmente opino... –cogió el mechero de Silje con gesto decidido y encendió el cigarrillo– que es un fallo importante de esta investigación no aclarar qué hacía allí. En la calle Eckersberg. Le esperaban, eso parece evidente. Cuatro copas en la mesa. Los pasteles y el champán estaban listos. Iban a celebrar algo.

238

Se reclinó en su silla y exhaló tres aros de humo perfectos hacia el techo.

—Los cigarrillos siempre saben bien. —Sonrió—. Siempre. ¿No sientes curiosidad, Silje?

—¿Por Sidensvans?

—Sí.

—¡Claro! Todos la tenemos, y apuesto a que a lo largo de la investigación lo aclararemos. Solo llevamos una semana investigando el caso, y además es Navidad. Esto nos llevará meses, pero acabaremos descubriéndolo. Cuando llegue la primavera, tendremos la vida y milagros de Sidensvans en una gran carpeta, hasta el más mínimo detalle.

—Pero mientras tanto... —dijo Hanne—. Mientras tanto estamos destrozando la vida de tres personas. Aunque tal vez no hayan hecho nada.

—En serio... —Silje, irritada, apagó el cigarrillo en una taza de café sucia—. ¿No seguirás pensando que Carl-Christian y compañía son inocentes?

—No. Pero no podemos saber si todos han estado implicados. Primero tenemos que dar con el móvil. Y para encontrar el móvil necesitamos saber qué hacía Sidensvans allí. Así de sencillo. Y sin embargo... —ahora era Hanne quien sonaba alterada—, no se ha hecho ni una puta mierda en su piso. ¡Pedí que lo examinaran a fondo hace cuatro días! Quiero saber lo que hay en su ordenador, encontrar su agenda, si es que tiene una, quiero huellas dactilares, quiero...

—Lo tendrás, Hanne. ¡Pero es Navidad, maldita sea!

—Navidad... —Hanne le dio vueltas a la palabreja, la estiró con una mueca, como si supiera mal—. ¿A qué habías venido?

—Fúmate otro cigarrillo, Hanne. Relájate. Me parece que deberías cogerte unas vacaciones. De verdad. ¡Desconecta un poco! Este caso va sobre ruedas y nadie saldrá perjudicado si te ausentas una semana o así.

—¿Por qué has venido?

Silje se encogió de hombros y encendió otro cigarrillo.

–Las llaves de Sidensvans. Al final resulta que no habían desaparecido.

–¿Qué?

–Se habían metido en el interior del forro.

–¿Qué estás diciendo?

–Digo… –Silje dio una profunda calada al cigarrillo– que no había ningún misterio con las llaves de Sidensvans. Han estado ahí todo el tiempo, solo se habían colado por dentro del forro.

–Pero… –Hanne parecía sinceramente desconcertada–. Si lo miré yo misma. Revisé la gabardina personalmente en busca de la cartera y las llaves. La cartera se había perdido, pero…

–Las llaves estaban en el forro. ¿Por qué tanto revuelo por eso? Solo es un detalle, Hanne. La única razón por la que he venido a contártelo es porque estabas tan obsesionada con eso de las llaves que creí que estaría bien zanjarlo.

Hanne no respondió. Permanecía rígida y silenciosa, con la mirada fija en la ventana. La ceniza del cigarrillo fue aumentando muy despacio hasta convertirse en una columna que se partió sin ruido y cayó al suelo.

–¿Vale? –dijo Silje.

–Vale –murmuró Hanne.

–Entonces me voy a marchar –dijo Silje, casi como si pidiera permiso.

–Muy bien –dijo Hanne sin cambiar de postura.

–Hasta luego.

La puerta se cerró detrás de Silje.

Hanne no podía concebir que las llaves hubiesen estado en el forro. Había comprobado los bolsillos varias veces y no recordaba que hubiera ningún agujero. Además creía haber sacudido la gabardina, como hacía con sus propias prendas cuando buscaba las llaves. ¿De verdad había olvidado sacudirla?

Un chico estaba metido en el agua helada hasta la cintura. Ya se había hecho de noche. El viento soplaba suave, pero la temperatura había descendido por debajo de los cero grados. Las nubes barrían la cima de las colinas hacia el este. Parecía que el tiempo iba a empeorar. El chaval se arrancó la boquilla y soltó una retahíla de tacos.

—¡Pero si no cubre! ¡Aquí es imposible bucear, joder!

Les había llevado un buen rato abrir el agujero en la capa helada. Como ninguno de los tres chicos tenía experiencia en bucear bajo el hielo, también les había costado colocarse el equipo. Cuando por fin tuvieron listo el agujero y el más joven de ellos, de apenas dieciocho años, estaba preparado con el único traje de buceo de invierno que habían conseguido, descubrieron que habían olvidado comprobar la profundidad del agua.

—A lo mejor estás de pie sobre una roca —sugirió Audun Natholmen. Llevaba un anorak y pantalones de esquí encima del traje de neopreno y albergaba la esperanza de no tener que meterse en el agua—. Camina un poco.

—¡Andar! Pero si llevo aletas, joder. ¡Anda tú, no te fastidia!

El tercero intervino en la discusión:

—¡Pues si es tan poco profundo, mete la mano y ya está!

—Tengo frío.

Audun se golpeó la frente. Ya se arrepentía de aquello. Primero había intentado que uno de los buceadores con más experiencia del club le acompañara en su misión. El tipo se había reído con sorna y le había preguntado si estaba bien de la cabeza. No estaba dispuesto a trabajar gratis para la pasma en pleno invierno. Eso no debería hacerlo nadie.

—Solo has hecho diez o quince inmersiones, chaval, y ninguna bajo el hielo. Olvídalo.

Audun había murmurado algo de que tal vez debería dejarlo, pero entonces llamó a sus compañeros del cursillo de iniciación al buceo. No tenían ni experiencia ni el equipo necesario, pero ganas de aventura no les faltaban. Además, uno de ellos tenía un tío que era buzo profesional y estaba pasando la Navidad fuera. El chico sabía dónde escondía la llave. Un préstamo sin importancia y nadie notaría nada.

—¡Hazlo! —dijo Audun—. Mete el brazo.

—¿Dónde? —gritó el chico que estaba dentro del agujero, y a punto estuvo de caerse al intentar quitarse la máscara—. No me da la gana.

Con movimientos torpes, se encaramó hasta sentarse en la superficie helada. Su compañero le dio un golpe en el hombro.

—¡Maldito cobardica! ¡Pero si llevas el mono especial! ¡Hurga un poco por ahí con el brazo! Si hay tan poca profundidad, no te pasará nada.

Audun intentó calmarles.

—Déjale que haga lo que quiera —dijo en voz alta—. Lo intentaré yo.

La amenaza de perder su estatus surtió efecto. El chaval se dejó caer desde el borde del hielo e intentó encontrar apoyo para los pies.

—Mierda —masculló entre dientes—. Creo que voy a quitarme las aletas. Espera un momento.

Intentó poner el pie encima de la superficie helada. Audun le sujetaba por el brazo, mientras el tercero se iba dando golpecitos por todo el cuerpo moviendo la cabeza con desaprobación.

De pronto el buceador se escurrió hacia atrás. Audun tuvo que soltarle el brazo y el chaval cayó de espaldas y desapareció bajo el agua con un chapoteo. Al cabo de un rato, volvió a emerger.

—Mirad —dijo, casi atragantándose—. ¡Mirad, chicos!

Su voz sonó muy aguda, y a punto estuvo de caerse de nuevo antes de, con gran esfuerzo, conseguir volver a poner el trasero sobre el hielo. Tenía la mano derecha levantada en el aire y reía como un loco.

—¡Lo he encontrado! ¡Joder, tíos, he encontrado el maldito chisme!

En la mano sujetaba un revólver. Los otros dos miraban el hallazgo petrificados. Audun soltó un largo silbido.

—Déjame ver —dijo por fin y, con aire solemne, sacó una bolsa para guardar la prueba.

—¡Es mío! —gritó el chaval—. Habrá una recompensa por encontrarlo o algo así.

—Corta ya —gritó Audun—. ¡Dame ese revólver ahora mismo!

El tercero intervino:

—No hagas el tonto, tú. Dáselo a Audun. Joder, es el arma de un crimen, ¿vale?

La repentina idea de que ese revólver pudiera haber sido empleado para asesinar a cuatro personas hizo que el buceador perdiera fuelle. Bajó el brazo despacio y le dio el arma a Audun. Cuando lo soltó, casi parecía asustado.

—¿Crees que estará cargado?

Audun metió el arma en la bolsa con todo el cuidado del que fue capaz. Cuando estuvo bien envuelta en el plástico, la iluminó con su linterna.

—MR 73 Cal 357 MAGNUM —leyó despacio—. Y lleva puesto el silenciador. ¡Vaya, chicos! ¡Este podría ser el arma del crimen!

—Pero... ¿está cargada?

—No lo sé. Tienes que seguir buscando.

—¿Más? ¡Pero si ya la he encontrado! Quiero salir ya de este congelador, joder.

—¡Escúchame!

Audun estaba aún más decidido. Ahora que, en efecto, habían localizado un arma, tenía una nueva superioridad sobre sus dos camaradas. Era el mayor de los tres y, además, agente de policía. O casi.

—Se emplearon dos armas. Tiene que haber otra ahí abajo.

—Pues esa la buscas tú —dijo el buceador subiéndose a la superficie helada—. A mí se me ha congelado la polla.

A unos cien metros de allí, protegido por los troncos de los pinos sobre un pequeño promontorio, un anciano observaba atentamente el trabajo de los ruidosos muchachos. Se había acercado a la laguna varias veces desde que se había decidido a llamar a la policía. Esa misma mañana había estado limpiando el sotobosque muy cerca de allí. Después del descanso para almorzar, decidió cambiar de sitio una pila de leña que había almacenado cerca del camino, junto al sendero que llevaba al pequeño lago. Las dos veces que alguien se había acercado por allí, se había escondido detrás de la leña apilada. La primera vez solo era un matrimonio que estaba esquiando. Los siguientes llegaron media hora más tarde, cargados con montones de equipamiento. Tenían que ser ellos. El anciano se dirigió sigilosamente hacia la laguna por otro camino. Por fortuna, había dado unas explicaciones muy detalladas sobre cómo llegar al lugar. Los chicos fueron directos a la estaca clavada en el hielo.

Hacían muchísimo ruido. No daba la impresión de que tuvieran mucha experiencia, y soltaban tacos como auténticos camioneros. Además eran muy jóvenes, pero, como en todas las profesiones, seguramente era la gente joven la que tenía que hacer los peores trabajos en la policía.

Cuando uno de ellos dio un salto muy extraño y salió del agua con un arma —«revólver», oyó que gritaban—, el anciano respiró aliviado. Había hecho lo correcto. Su instinto no le había fallado. Eso le produjo cierta felicidad, una agradable satisfacción que le hizo anhelar volver al calor de su casa.

Pero los jóvenes no parecían estar del todo conformes. Sus voces resonaban con dureza sobre el hielo. Resultaba raro que se pelearan ahora que habían hecho el hallazgo. El chico que se había metido bajo el hielo salió a cuatro patas, mientras que el más bajito se quitaba el anorak y el pantalón y saltaba al agua.

El viejo no lo entendía. Habían encontrado lo que buscaban, deberían recoger sus cosas y volverse a la ciudad. Era ya última hora y cada vez hacía más frío. Intentó doblar los dedos de los pies dentro de los zapatos para que volvieran a la vida, los tenía entumecidos y le daban pinchazos en el nacimiento de las uñas.

De pronto dio un respingo. Ese chico también había encontrado algo. Forcejeaba dentro del agua y sostenía algo por encima de su cabeza, como había hecho el otro con el revólver. Era noche casi cerrada y, a pesar de que movían el farol de un lado a otro sobre el hielo, era difícil ver lo que era.

Un golpe de viento en su dirección le permitió escuchar lo que gritaban. Una pistola. Otra arma.

El anciano enroscó la taza de plástico de su viejo termo. Ya no hacía falta que se quedara allí más tiempo. Había cumplido con su deber para con la sociedad. Estaba enormemente satisfecho y se retiró en silencio entre los árboles.

Esa noche no pensaba perderse las noticias.

Hanne Wilhelmsen estaba apoyada en la barandilla de la galería del segundo piso y miraba el enorme espacio abierto que se extendía desde la planta baja hasta la sexta. Lo percibía intensamente, una vibración clara, como si esa bolsa gigantesca de espacio vacío fuera un pulmón, un mecanismo vital que latía despacio. Había una cantidad de gente poco habitual trabajando en el gran edificio, sin obligación ni necesidad. No parecían tener prisa. Esperaban. Un hombre de piel oscura se apoyaba sobre su mopa en mitad del suelo baldío frente a los mostradores de la planta baja. El agua del cubo ya no soltaba vapor. Dos agentes en prácticas charlaban junto al fotomatón, uno de ellos con una botella de cola oscilando indolente entre dos dedos. Detrás del mostrador de información cerrado, una mujer leía una revista. Pasaba las páginas sin interés, de un lado a otro, como si en realidad le diera todo igual.

Hanne había experimentado lo mismo en otras ocasiones, pero no muy a menudo. Los administrativos que iban de un despacho a otro sin un objetivo concreto, llevando papeles que volverían a recoger horas después; los jóvenes agentes que de pronto habían decidido usar el gimnasio en plenas navidades; la mujer de la patrulla canina que quería entrenar a su perro un par de horas;

los jóvenes e inseguros guardias de tráfico que querían reducir el montón de multas acumuladas en fin de semana... todos estaban esperando.

—El ambiente está muy raro —dijo Annmari.

—Sí —sonrió Hanne, que no la había visto llegar.

—En cierto modo, es algo... hermoso.

—Mmm.

—Ahora les daremos las buenas noticias, que tenemos más que suficiente para encarcelar a esos dos. Mañana presentaremos el requerimiento. No creo que nadie vaya a ponernos problemas porque hayan estado un día de más sin resolución judicial, en plenas navidades. Acabo de hablar por teléfono con Håkon Sand y está de acuerdo con que divulguemos primero la noticia aquí, en jefatura. Para que tengan la sensación de que la espera ha merecido la pena. Está bien un poco de espíritu de equipo y todo eso.

—Resulta crítico lo de Hermine.

—¿Crítico?

—Que no la encontremos, quiero decir.

—Estamos poniendo la ciudad patas arriba. Tarde o temprano tiene que aparecer.

Hanne asintió en silencio mientras su mirada seguía al director de la policía judicial Puntvold y al director de la policía, que llegaban por la entrada principal. Este último iba de civil, con vaqueros y un jersey muy rojo con un enorme Rudolf de nariz colorada en el pecho. Debía de tener una hermana en Estados Unidos que le odiaba.

—Una vestimenta un poco llamativa para una rueda de prensa —dijo Hanne.

—Ya se cambiará. Tiene una hora. Acabo de leer la transcripción provisional de tu interrogatorio. Gracias por haber llevado las cintas para que las transcribieran. A Erik ni se le pasó por la cabeza y no veré ni rastro de su interrogatorio hasta mañana.

—Pero creo que la cosa estará bien. Anoté los comentarios del que preparó el informe. El chico sabe escribir y pensar, las dos

cosas. —Hanne se estiró y se frotó las lumbares con las dos manos—.
En realidad deberías agradecérselo a Billy T.

—La verdad es que estoy algo preocupada por sus métodos...
—dijo Annmari—, por los métodos de Billy T. Supongo que no
pensará en serio que puede proteger a un traficante de armas que
es un testigo crucial en este caso.

Hanne rió con ganas.

—No tienes que preocuparte por Billy T. Es un profesional.
Claro que lo entiende, solo intenta hacer las cosas a su ritmo.

Volvió a apoyarse en la barandilla. Annmari la observó de sos-
layo. La detective parecía diferente, menos hostil. Tal vez aquel
caso podría ser un momento clave para ellas dos, también a nivel
personal. Annmari no se hacía ilusiones de que Hanne pudiera
llegar a ser su amiga, pero si lograban que desapareciera algo del
tono hosco, la indiferencia exasperante y el eterno distanciamiento,
sería más que suficiente.

—Es impresionante cómo mienten —dijo Hanne esbozando una
sonrisa.

—Sí. ¿Habías visto antes algo así?

—Bueno, no es inusual. Pero a esta escala y con gente de su nivel social... no. La verdad es que resulta fascinante. Supongo que
sabrán que comprobamos los teléfonos. Es que me parece tan estúpido mentir sobre cuándo has hablado con alguien, ¡tan perfectamente inútil!

—Pues sí.

—Resulta todo tan absurdo que...

—No, Hanne, no me vengas con esas. No digas que crees que
pueden ser inocentes solo por el hecho de mentir de forma tan
descarada. No se sostiene. De verdad que no. Me gusta la arruga de
tu frente, ¿te lo había dicho alguna vez? Está bien un poco de sano
escepticismo. Pero esta vez sabemos demasiado. Demasiado para
tener el más mínimo atisbo de fe en la inocencia de los Stahlberg.

—Esa idea debe estar siempre presente, pase lo que pase.

—No te pongas estupenda, Hanne.

247

—No lo hago, solo menciono algo que es nuestra obligación.

Hanne se giró hacia ella con una sonrisa nueva, resignada o cordial, Annmari no fue capaz de interpretarla.

—Has hecho un trabajo increíble con este caso, Annmari. Solo ha pasado una semana desde que se cometieron los asesinatos y mañana ya vas a ir al juzgado con unas peticiones de cárcel contundentes. Eres muy buena, te lo digo de verdad.

Annmari buscó cierta ironía o un tono sarcástico subyacente en sus palabras, pero no lo encontró.

—Gracias —dijo perpleja.

—Pero tenemos que dar con Hermine. ¿Sabemos algo más?

—No. Ha desaparecido, sin más. Hemos dictado una orden de búsqueda a todos los niveles. Así es como hemos descubierto que se mueve en un entorno de lo más… variopinto, por decirlo suavemente. Pero nadie la ha visto, nadie ha oído nada. Se ha esfumado.

—Un entorno variopinto… —repitió Hanne—. Tiene lógica.

—¿Qué quieres decir?

—Ya lo sabes —empezó Hanne—. Cuando la gente de los estratos más altos de la sociedad tiene problemas con nosotros suele ser por…

Dejó la frase a medias y miró a Annmari enarcando las cejas, animándola a que la terminara.

—Bueno —dijo Annmari—. Delitos económicos, infracciones de tráfico, algo de violencia doméstica.

—De esto último no tanto —dijo Hanne—, se esconden bien tras sus gruesas cortinas. Pero por lo demás es correcto. Si por un momento… —sonrió, casi con aire travieso—, partimos de la idea de que Carl-Christian, Mabelle y Hermine, uno, dos, o los tres, son culpables de los asesinatos, y también damos por sentado que se trata de un crimen premeditado… automáticamente eso dice mucho del entorno en el que has crecido y con quién te relacionas.

Annmari puso cara de incredulidad y exclamó:

—¡Eso suena a retórica fascista, Hanne! ¿Quieres decir que nacemos con predisposición al crimen? ¡Pero, Hanne, eso es…!

—No he dicho nacer, sino crecer en determinado entorno.
—Hanne hablaba con rapidez, como si ya se hubiera cansado de su propio razonamiento. Pero después de una pausa decidió continuar de todas formas—: Para empezar tienes que conseguir un arma, un arma que no esté registrada, ilegal e imposible de rastrear. ¿Sabrías con quién ponerte en contacto?

—No... Bueno, sí, yo sé...

—Eres policía, Annmari. Sabes cómo hacerlo, pero nunca lo habrías conseguido. No sabes cómo manejarte en ese terreno. Pero está claro que Mabelle sí, por lo que he podido saber de su pasado. Y Hermine, por su adicción, se ha relacionado con toda clase de despojos humanos. Esas dos señoritas... —Guardó silencio y sacudió la cabeza—. Los asesinatos premeditados son poco frecuentes, Annmari. Lo sabes tan bien como yo. Al menos, los que han sido cuidadosamente planificados durante largo tiempo. Casi no aparecen en nuestras estadísticas. Y las dos sabemos por qué.

—¿Por qué?

—Porque, cuando reflexionamos un poco sobre ello, los seres humanos evitamos matar. Podemos hacerlo en un arrebato. ¡Por Dios, en este país se comete un asesinato por impulso cada cinco días! Algunos matan para ocultar otro delito, claro. Pedófilos despreciables que, tras verse con la polla flácida en la mano, caen en la cuenta de que tal vez la niña a la que acaban de destrozar vaya a contarle a su madre lo que ha pasado.

—Estás siendo un poco...

—¿Vulgar? ¿Desagradable? Seguro que sí. Lo que quiero decir es que los miembros de una familia de la alta burguesía, con una hija drogadicta y un matrimonio algo dudoso, no tienen por qué convertirse necesariamente en ejecutores de crímenes horribles. Lo que estoy diciendo es que esos crímenes espantosos y premeditados son difíciles de cometer si no se cuenta con la estructura familiar apropiada.

—¿Es eso lo que piensas, Hanne? ¿Lo crees de verdad?

—No del todo. —Hanne sonrió entre dientes sin malicia alguna y miró la hora—. Pero un poco sí. Tengo que irme.

—Espera…

—Mañana hablaremos, Annmari. Vete a casa, duerme, tienes un aspecto horrible. No puedes presentarte ante el tribunal mañana estando así de agotada.

—Tengo que intervenir en la conferencia de prensa —dijo Annmari—. Pero gracias por el cumplido. Voy a parecer un espantajo al lado del apuesto director de la policía judicial.

—Para nada. Él también parece bastante destrozado. Todos estamos igual. ¡Hasta luego!

Los tacones de sus botas vaqueras resonaron sobre los escalones cuando Hanne bajó a toda prisa por la escalera. Se le cayó la bufanda, que quedó atrás como un triste y pequeño montoncito de hierba sobre el suelo azul. Ni siquiera aminoró el paso cuando la llamó Annmari. Se despidió agitando la mano y empujó las pesadas puertas de acero, que se cerraron despacio tras ella.

—¿Cómo…? ¿Cómo has llegado hasta aquí?

Billy T. estaba más asombrado que enfadado. En los últimos años los sistemas de seguridad de la sede de la policía habían mejorado mucho. Que Sølvi Jotun, con su aspecto, hubiera conseguido pasar todos los controles hasta llegar a su despacho sin que nadie la registrara ni la siguiera, resultaba incomprensible. Estaba en la puerta, bajita, enclenque y devastada. Su tos llegó antes que ella. Billy T. creía haberla oído antes de que se materializara. Parecía más enferma que la última vez. En su rostro había rastros de llanto y respiraba con dificultad mientras se apoyaba en el marco de la puerta. Llevaba el pelo pegado al cráneo, escaso y enredado. Un herpes florecía vigoroso en su labio superior. El abrigo de piel sintética estaba mugriento.

—Eres un mierda, un hijo de puta.

Los insultos salieron de su boca sin más fuerza que el significado de las palabras. Casi susurraba, y Billy T. temió que estuviera a punto de palmarla. Se acercó a ella e intentó ayudarla a sentarse.

—¡No me toques! ¡No me toques, joder!

Se soltó de su mano con una fuerza sorprendente. Luego caminó con dificultad hasta la silla por sus propios medios y se derrumbó sobre ella como un saco. Cada vez que respiraba emitía un feo pitido, tanto al inspirar como al espirar. Billy T. cerró la puerta.

—Claro, no me extraña. No querrás que los otros sepan la clase de mierda que eres en realidad.

Se echó a llorar. Grandes lagrimones se deslizaban por sus mejillas.

—¿Qué… qué pasa, Sølvi?

Billy T. estaba a un par de metros de ella, desconcertado.

—No me dijiste nada de Oddvar. No me dijiste nada de Oddvar.

Por fin levantó la mirada y la clavó en Billy T. Él dio un respingo.

—No he estado tan triste en toda mi vida —dijo Sølvi—, ni tan endiabladamente cabreada con nadie. ¿Por qué no me dijiste nada?

Billy T. comprendió de pronto a lo que se refería. Respiró aliviado en parte, pero no tuvo fuerzas para mirarla. Optó por sentarse a su mesa y empezar a ordenar los montones de papeles que estaban esparcidos por toda la superficie.

—Piensas que puedes pasar de la gente como yo igual que de la mierda —dijo Sølvi.

—No —dijo Billy T.

—Pues sí. Tú y toda esta gente. Creéis que nosotros no tenemos sentimientos. Y encima tú, Billy T. Tú, que en realidad eras majo, o eso creía yo. Ahora ya sé que no.

No sabía qué decir. Lo pensó cuando fue a buscarla al hospital, claro, que debería contarle que el Trapo había muerto. Pero buscaba algo, algo que era importante. Importante para él y para el caso que estaba investigando. Tampoco estaba seguro de si seguían siendo pareja. No era asunto suyo contárselo. Ella no era su prio-

251

ridad. Sølvi Jotun no era responsabilidad suya, así que le había sacado todo lo que pudo sin contarle nada del Trapo.

—No sabía… —empezó Billy T.

No pudo decir más. No había muchos lugares donde fijar la mirada. La oficina de Billy T. era gris y no tenía cortinas. Había cambiado de despacho varias veces desde que dejó uno que resultaba casi acogedor, con plantas que Hanne le había regalado. Los dibujos infantiles que solían cubrir las paredes llevaban mucho tiempo guardados.

—No sabías… —Sølvi escupió las palabras sin dejar de llorar—. Lo sabías muy bien, Billy T. Sabías que Oddvar y yo siempre hemos sido pareja. Tenías que haberme dicho algo. En lugar de eso… voy arrastrándome por la ciudad y de pronto me entero de que… ¡Por un vagabundo cualquiera! —Su llanto era cada vez más doloroso—. Y no puedo trabajar, no puedo estar llorándoles a los clientes…

Billy ya lo había sospechado. Sølvi tenía que completar los ingresos de la venta de armas con otras actividades, el suyo era un negocio a muy pequeña escala. Al final había caído al nivel más bajo de la vida del yonqui. La chupaba para poder meterse un chute y separaba sus muslos esqueléticos a cambio de una comida.

—¿Sabes? ¡Yo amaba a Oddvar! ¡Le amaba!

Sonaba raro viniendo de ella, y Billy T. no quería reírse. O por lo menos no quería llorar. Se llevó la mano al bolsillo de la camisa. Un impulso, irreflexivo y repentino.

—Toma —dijo tendiéndole el boleto V75—. Cógelo.

—¿Eh?

—Que lo cojas.

—¿Qué es eso?

—Dinero —dijo Billy T.—. Toma. Es un boleto, Sølvi. Los has visto muchas veces.

—Caballos…

Su llanto pasó a ser un hipido intermitente. Al cabo de un rato se inclinó un poco hacia delante y lo observó entornando los ojos.

—¿Y qué dices que es?

—Es un boleto V75 —dijo Billy T., alterado—. ¡Que lo cojas!

Se levantó, rodeó la mesa, se puso en cuclillas a su lado y agarró su mano. Por fin fue capaz de mirarla a los ojos.

—Lo siento. Perdóname. Fue una estupidez muy grande por mi parte no contarte lo del Tra… Lo de Oddvard. Y comprendo que no puedas trabajar tal y como te encuentras ahora. Con la asistencia social cerrada por Navidad y todo eso, seguro que lo estás pasando fatal. Coge esto. Son más de ciento cincuenta mil coronas, Sølvi. Eso tendría que mantenerte apartada de la calle una temporada. Unas pequeñas vacaciones, ¿vale?

Ella miró a su alrededor. Su cuerpo se encogió sobre la silla. Liberó su mano de las suyas.

—¿Esto es una broma de esas? ¿Una cámara oculta?

—Pero ¿quién iba a querer engañarte a ti en la televisión…?

—Me han estado jodiendo toda mi vida —dijo Sølvi—. Ya nada me sorprende, que lo sepas. Y esto… —No se atrevía a tocar el papel. Seguía echando vistazos desconfiados a la inhóspita habitación. No había cortinas tras las que esconder una cámara, ni espejos sospechosos, la puerta del armario del rincón estaba cerrada—. ¿Y por qué ibas a dármelo a mí?

Ya no lloraba. Se frotó los ojos con el dorso de la mano.

—No preguntes. Te aseguro que es completamente legal.

—Pero ¿cómo alguien como yo va a poder cobrar un boleto como este, por Dios, Billy T.? ¡Mírame! Si intento algo así, no habrá ni un solo empleado de banco en esta ciudad que no vaya a soplar su silbato llamando a toda tu pandilla para detenerme en el mismo mostrador.

—Que me llamen a mí —dijo sin pensarlo—. Este es mi número de móvil. Si te ponen demasiadas dificultades, iré yo y responderé por ti.

Se levantó, agarró una hoja de la mesa, arrancó una esquina y garabateó los números.

—No entiendo nada de todo esto —dijo Sølvi.

—Y tampoco hace falta. Yo tampoco lo entiendo del todo.

Sølvi tendió hacia Billy T. una mano pequeña y delgada, que se cerró sobre el boleto y el número de teléfono.

—Gracias —murmuró, y tosió de forma virulenta—. A lo mejor me voy a un hotel. Un hotel de verdad, con bañera y todo.

—No te lo gastes todo de golpe.

—No, no. Pero oye, Billy T… —Estaba junto a la puerta, a punto de irse—. Eso de no decirme nada de Oddvar fue… fue… una auténtica cabronada.

—Lo sé, lo sé.

—Así que estas… —se sacó de los bolsillos las manoplas térmicas de color rojo de Billy T.—, ya no las quiero, joder. Eres y serás siempre un mierda. Adiós.

Las tiró al suelo y desapareció. Billy T. se quedó mirándolas, dos manchas de color rojo intenso sobre un gastado recubrimiento de linóleo azul. Luego las recogió y las arrojó a la papelera. Jenny se las había regalado por Navidad.

Hanne se encogió de hombros para protegerse del frío, aliviada por salir del taxi. La luz del salón de la tercera planta estaba encendida, una luz cálida que la hizo sonreír. Se daría un baño, se quedaría un buen rato en la bañera con una copa de vino. Y música. Avanzó casi trotando junto al murete.

—Hanne. —Un hombre alto emergió de entre las sombras de los árboles iluminados por la farola del otro lado de la calle—. ¿Tienes un momento?

Hanne aminoró el paso y sintió que su angustia se transformaba en una ira incontrolable a tal velocidad que casi no podía respirar. Se esforzó por recordar cuándo le había visto por última vez. Hacía varios años. Por lo menos seis, tal vez más. Ya no se acordaba, no quería recordar.

—Kåre —dijo sin entonación, y al momento se arrepintió.

Utilizar su nombre era una forma de reconocimiento, de conocimiento, era admitir que para ella era alguien. Y nunca lo

254

había sido, a pesar de que tuvo la oportunidad durante muchos años.

—Hanne —dijo él otra vez, envarado y torpe.

Sacó la mano del bolsillo de la gabardina, pero volvió a guardarla enseguida, como si al pensarlo mejor no le pareciera natural darle la mano a su propia hermana.

—¿Qué quieres? —Su voz era cortante, aguda. Echó a andar de nuevo—. Por cierto… —Se giró de golpe hacia él—. No me interesa hablar contigo ni saber qué quieres. Adiós.

—Debo insistir.

—Pues hazlo, no servirá de nada.

Volvió a intentar alejarse de él. Quería correr, pero no lo hizo. Se obligó a caminar, deprisa, pero él la siguió hasta llegar al portón de la finca.

La cogió del brazo.

—Tenemos que hablar, Hanne. Alexander no puede vivir con vosotras. Debe volver a casa, y nosotros tenemos que hablar de ello. Lo sabes muy bien.

Apretaba su brazo con fuerza, casi le hacía daño.

—Suéltame —siseó.

—Sí, si me prometes que no te irás. Supongo que eres lo suficientemente sensata para saber que no puedes meter a un chico de dieciséis años en tu casa por las buenas, sin hablar siquiera con sus padres. Hanne, Dios mío, eres…

—Hablé contigo en Nochebuena. A mí me vale con eso.

Él rió condescendiente.

—¿Hablar? ¿A esa llamada la consideras una conversación?

—Te informé de dónde estaba. Suéltame.

No la soltó, pero aflojó algo la presión, como si por fin hubiera comprendido que no la podía obligar. Ella se zafó de un tirón.

—Le echasteis —dijo Hanne frotándose el codo—. ¡Echasteis a vuestro propio hijo de casa en Nochebuena!

—No, no lo hicimos. Por supuesto que no le echamos.

De pronto le pareció menos alto. Sus hombros estaban caídos bajo la elegante gabardina y sus rasgos se marcaban a la luz del farol de la puerta. Sus ojos se perdían bajo la frente prominente.

—No le echamos, Hanne. Solo tuvimos una… Discutimos.

—¿Sobre qué?

—Eso no es asunto tuyo.

—Queríais mandarle al psicólogo porque está enamorado de un chico.

—Esa no es la razón, Hanne. Es porque es tan… Alexander está desorientado. Es tan… cabezota. Rebelde. Creo que no es feliz. Pasa mucho tiempo solo y ya no le va tan bien en los estudios. Nosotros, Hege y yo, creemos que le vendría bien hablar con un profesional. Y esa ocurrencia de la homosexualidad…

—¡Esa ocurrencia…! —Hanne tuvo que contenerse para no pegarle. Se limitó a levantar los brazos y abrirlos dando un paso atrás—. Ahí lo tienes. ¿Dónde he oído yo antes esa expresión? —Se puso el dedo índice en la mejilla en una pose teatralmente reflexiva—. Hummm… Ah, sí. Ya me acuerdo. De papá, supongo. Eso fue exactamente lo que me dijo a mí. O, mejor dicho, sobre mí. Casi no recuerdo que me dijera algo directamente a mí. La ocurrencia esa de la homosexualidad… ¿Qué coño es la ocurrencia esa de la homosexualidad, Kåre?

Su hermano se pasó la mano por los ojos. Había algo desvalido en su gesto, algo de desesperación infantil. Su padre nunca había hecho algo así, pero por lo demás se le parecía mucho, igual que los demás: Hanne, su hermano, Alexander, todos portadores de los genes más dominantes del mundo, como su madre había dicho en una ocasión. Por unos instantes, Hanne creyó que Kåre estaba llorando.

—No entiendes que tienes que dejar que el chico elija —dijo para poner fin a aquel silencio insoportable. Su hermano no decía nada, abría y cerraba la boca, se pasaba la mano por los ojos, se encogía dentro de su gabardina—. Alexander debe encontrar su propio camino. Es un chico sano y espabilado, pero es un adolescente, y ser adolescente siempre es problemático.

—Y eso lo dices tú —dijo él irguiéndose—. Tú, que apenas has hablado con él. Que yo sepa, casi no has parado por casa desde que llegó. Bastante típico de ti, debo decir. Pronunciarte con toda la seguridad del mundo sobre un chico al que apenas has tratado. Hege y yo ya podemos renunciar, claro. Solo hemos estado con él, cuidándole y queriéndole, durante dieciséis años. Por lo que veo, no es que hayas cambiado precisamente.

—¿Cambiar? ¿Alguna vez me has conocido?

—Tenía doce años cuando tú naciste, Hanne. Tenía doce años y era un chico. No puedes reprocharme que no prestara demasiada atención a una mocosa como tú. Y además… ¿alguna vez has pensado que tal vez no fuera solo culpa nuestra todo lo ocurrido? ¿Que no solo mamá y papá tuvieran que asumir toda la culpa de que te sintieras excluida?

—No tengo por qué escuchar esto —dijo ella, y se dio media vuelta.

—Eres difícil, Hanne. Difícil y muy tuya. Lo has sido desde que naciste. Recuerdo cuando cumpliste tres años… —Su risa ahogada, triste y desagradable, la obligó a seguir escuchando—. Mamá había preparado una bonita tarta y te había comprado un vestido nuevo. Era rojo, lo recuerdo. Te había comprado un vestido rojo y a mí me obligaron a quedarme en casa. Tenía quince años y tuve que quedarme en casa por el cumpleaños de la mocosa. Mamá había invitado a unos niños del vecindario. Y tú lo estropeaste todo.

Sus palabras le provocaban un dolor físico. Era una historia que no recordaba, que no era suya. Kåre sabía cosas de Hanne que ella ignoraba, era dueño de una parte de ella, de su vida y de su historia, y ella no quería saber nada.

—Cortaste el vestido en pedazos. Todavía recuerdo las finas tiras de tela roja. Mamá lloraba. Tú estabas sentada en un rincón sin decir nada y la mirabas fijamente con tus ojos, esos ojos…

—Tenía tres años —dijo Hanne despacio sin darse la vuelta—. Me estás echando en cara algo que ocurrió cuando tenía tres años. Fantástico.

257

De nuevo se oyó esa risa suya, ahogada, casi desesperada.

—Puedo mencionar otros cumpleaños —dijo—. Los once, los doce, los trece años. ¡Dime un número! Puedo pasarme toda la noche contándote historias de cómo no quisiste ser uno de nosotros. Siempre te resistías, querías ser diferente costara lo que costara. Si no te salías con la tuya, te largabas. Eres una persona que siempre huye, Hanne, y eso quedó bien demostrado cuando Cecilie murió.

Hanne cerró los ojos. Algo le oprimía el pecho. Sus pulmones no respondían.

—No te atrevas a pronunciar su nombre —consiguió decir—. No tienes ningún derecho a hablar de Cecilie.

No estaba segura de que él la oyera. Le resultaba imposible respirar. Tuvo que apoyarse en el muro. Él se acercaba, sus pasos sonaban nítidos, Hanne quería irse pero no podía respirar.

—Al menos yo estuve en su entierro. Es más de lo que puede decirse de ti. Te habías escapado, como haces siempre que las cosas se ponen difíciles.

Su voz sonaba muy cerca, a su espalda, notaba su respiración en la mejilla.

—Sí, estuve allí. Quería hablar contigo. Quería mostrarte que lo sentía por ti. Pero tú no estabas. Como no estuviste cuando mamá cumplió cincuenta años. Tú ya tenías nueve años, y eras consciente del daño que le hacías. Nunca estás cuando alguien te necesita, así que no vengas ahora a decirme que no me ocupo de mi hijo. Quiero a Alexander, quiero ayudarle y quiero que vuelva a casa.

Respira, pensaba Hanne. Espira, inspira.

—Nunca has encajado en nuestra familia, Hanne.

Su voz era más indulgente, menos forzada. Su mano descansaba sobre su hombro, quemándola, atravesando el tejido de la chaqueta, el jersey de lana. Notaba sus dedos sobre la piel y quería quitárselos de encima. Pero todas sus fuerzas se iban en respirar, en obligar a sus pulmones a abrirse. La mano de Kåre se quedó donde estaba.

—Por supuesto que la responsabilidad era sobre todo de mamá y papá, eran los adultos. Pero es que eras demasiado, Hanne. Eras difícil, egoísta. Sencillamente no querías. Siempre tenías que opinar, hacer y decir algo distinto a los demás. Siempre. Exactamente igual que...

De repente estalló un tremendo chaparrón. Los dos levantaron la vista de forma inconsciente, como si les costara creer que el tiempo pudiera cambiar de manera tan súbita, pasar de llovizna silenciosa a lluvia torrencial y viento huracanado en unos segundos. Hanne sintió que respiraba con menos dificultad.

—¡Alexander! —gritó entre el estruendo de la lluvia que golpeaba contra el suelo, contra los tejados, contra los hombros de la gabardina de Kåre, en pequeños estallidos sin eco—. Exactamente igual que Alexander. Es como yo. Le vais a destruir.

Se echó a llorar. Al principio no se dio cuenta, hasta que las gotas de lluvia tuvieron sabor a sal.

—No le vamos a destruir —dijo Kåre—. Le vamos a ayudar. Esa historia de la homo... esa homosexualidad que se atribuye...

—Se atribuye... —Ahora susurraba, de nuevo jadeante—. Se atribuye... Así que eso es lo que crees. Que se ha enamorado de un chico solo para ser difícil y muy suyo.

—No exactamente. No quería decir... atribuirse. Perdón. He dicho una tontería. Pero Alexander es demasiado joven para tomar una decisión así todavía. Debemos ayudarle a escoger el camino correcto, a... Si se equivoca en ese sentido, va a tener muchas dificultades en la vida. Tú lo sabes bien, Hanne. En el fondo, lo sabes. Todo será mucho más sencillo si entiende que esto no es más que algo puntual, una fase de la vida.

Hanne fue capaz de volver la cara hacia él, y luego siguió caminando. Lloraba con desesperación, con el rostro contra la lluvia. Su ropa estaba empapada, había agua por todas partes, una lluvia helada de invierno que bajaba por su espalda, por dentro de la ropa, y sus zapatos resonaban con cada paso que daba, lentamente, para alejarse de su hermano.

–¿Y si no es una fase? –dijo entre hipidos–. ¿Qué pasa si Alexander resulta ser gay? ¿Qué le habéis hecho ya? ¿Qué le habéis hecho ya por ser diferente, por su terquedad, por su cabezonería, por todo lo que consideráis que apesta? ¿Por todo lo que se parece a mí? ¿Qué?

–Hanne... ¡Hanne!

Sus pies salpicaban agua de lluvia mientras corría por el patio. Los bolsillos empapados se le pegaban al cuerpo, las llaves estaban heladas. Sollozaba y rebuscaba torpemente hasta que por fin pudo sacarlas y deslizó la llave en la cerradura del portal.

–¡Hanne! ¡Tienes que...!

El grito de su hermano se interrumpió de pronto cuando la puerta se cerró. Le llevó un cuarto de hora controlar el llanto. Luego subió las escaleras hasta casa.

Viernes, 27 de diciembre

—Buen trabajo, Annmari.

Erik Henriksen le dio un golpecito de ánimo en el costado y empezó a recoger carpetas y documentos sueltos procurando no generar un caos todavía mayor. El juez ya había salido del juzgado de primera instancia, después de una vista más breve de lo que nadie se había atrevido a esperar. La resolución había sido de cuatro semanas de cárcel para Carl-Christian y Mabelle Stahlberg, dos de ellas incomunicados. La decisión coincidía con la petición de Annmari. Todo el mundo estaba mentalizado para una sesión larguísima, pero quedó claro que los recién nombrados letrados de la pareja, dos célebres pesos pesados de la abogacía de Oslo, habían elegido otra estrategia. De forma muy breve presentaron el punto de vista de sus clientes: no querían comparecer ante el tribunal, pero los dos aceptaban la prisión para dar a la policía la posibilidad de aclarar este evidente y terrible malentendido. Por supuesto ninguno de ellos era culpable y los abogados recalcaron varias veces que cuatro semanas era lo máximo que estaban dispuestos a aceptar.

—La pelea de gallos se ha aplazado hasta la siguiente vuelta —susurró Erik—. Han debido de torturar a CC y a Mabelle para que aceptaran esto. ¡Por lo menos a Mabelle!

—Si lográramos encontrar a Hermine... —murmuró Annmari como respuesta, ayudándole a llenar los maletines de ruedas—. Tenemos que dar con ella cuanto antes.

Los periodistas merodeaban ávidamente por la sala. Querían hablar sobre todo con la defensa, pero cuatro o cinco ya esperaban impacientes a Annmari, solo retenidos por un oficial de la sala que quiso darle la oportunidad de recoger tranquilamente sus papeles. La abogada lanzó un sonoro suspiro y comprobó si tenía mensajes en el móvil.

—Tengo que llamar a Silje —dijo en voz baja, de espalda a los periodistas—. Dice que es urgente. Ocúpate de esos, por favor.

—¿Yo? Yo no puedo…

—Claro que sí —dijo marcando el número y llevándose el teléfono a la oreja mientras daba unos pasos hacia la tribuna del juez.

—¿Ha ido bien? —preguntó Silje.

—Sí. Cuatro semanas. ¿Qué querías?

—Tienes que venir aquí, al piso de Hermine.

—¿La habéis encontrado? —susurró Annmari con la mano sobre la boca para que no pudieran oírla.

—No, pero tienes que venir.

—¿Qué pasa?

—No puedo hablar de esto por teléfono. Ven.

—Vale. Puede que tarde un poco.

—Esperaré. Ven lo antes posible.

Annmari colgó y metió el teléfono en el bolso.

—Podéis hablar con el detective Henriksen —dijo abriéndose camino entre fotógrafos y periodistas—, aunque en realidad no hay mucho que añadir.

Cuando por fin llegó a la puerta del hall, oyó la voz de Erik.

—Ya han escuchado a la abogada Skar. No hay nada más que añadir. Nada. ¿No me oís? No hay nada que añadir.

Esbozó una sonrisa y salió a toda prisa. En la plaza de C. J. Hambro intentó parar uno de los taxis que pasaban con frecuencia. Debería haber ayudado a Erik con los maletines, pensó. Por fin se detuvo un Mercedes plateado. Mientras entraba vio a Erik bajar corriendo las escaleras del juzgado con maletines en ambas manos y bajo un brazo, como un botones perseguido por una fila de clientes descontentos. Un coche patrulla se detuvo ante él. Al menos le echarán una mano, pensó Annmari, con un punto de mala conciencia.

El apartamento de Hermine Stahlberg era una mezcla extraña de buen gusto y dejadez. Los muebles eran de diseño funcional y moderno. Las paredes, el suelo y los muebles eran de colores claros, casi pálidos. El color se concentraba en los cojines, las alfombras y los cuadros. Estos colgaban a buena distancia los unos de los otros, sin resultar pretenciosos ni anularse entre sí. El olor a cerrado hizo que Annmari arrugara la nariz. Debía de hacer mucho de la última vez que limpiaron. El suelo estaba sucio y la mesa del salón se veía opaca de polvo y cercos de vasos. En una gran fuente había cuatro plátanos, casi ennegrecidos.

—Es como si una revista de decoración lo hubiera montado para un reportaje y luego se hubiera olvidado —dijo Annmari.

Silje asintió distraída.

—Da la impresión de que alguien ha estado buscando algo aquí. Cuando llegamos varios de los cuadros estaban torcidos y algunos cajones mal cerrados. El contenido estaba todo revuelto. También puede ser que la chica sea un desastre, hay bastantes indicios en ese sentido. —Pasó un dedo por el televisor, se lo acercó a los ojos e hizo una mueca—. Pero las señoritas como Hermine Stahlberg suelen tener al menos sus cosas de aseo en orden. Estaban metidas en el armario del baño sin ton ni son. Quiero decir que... no he podido identificar un sistema claro de ordenación. Por ejemplo, el rímel estaba detrás del todo, y eso es algo que se usa constantemente.

Annmari sonrió unos instantes.

—Yo de eso sé poco.

—Pero la razón por la que te he pedido que vinieras es esta. Estaba metido entre dos libros sobre momias y jeroglíficos. Una chica realmente curiosa, esta Hermine. Hay muchos libros aquí, pero casi todos son nuevos. Las hojas crujen cuando los abres. La verdad es que parecen estar de adorno. Mira.

Annmari cogió el documento que Silje le tendía. Ya se había puesto los guantes de plástico e intentó ser todo lo cuidadosa que pudo.

—Otro testamento —dijo con voz neutra, y pasó las páginas para ver la última de las tres—. Fechado el 3 de diciembre de 2002.

—Fechado, firmado por Hermann y Turid Stahlberg, y además...

Silje señaló el último párrafo.

—«Con esto se anulan todos los testamentos anteriores» —leyó Annmari—. Pero... —Volvió a pasar las páginas de la primera a la última—. No hay testigos...

—¿Qué?

—Mira, no hay testigos. No tiene validez.

Silje cogió el testamento y lo leyó otra vez. Miró cada página con detenimiento, las examinó de cerca e incluso ladeó el papel para captar la luz de la ventana, como si los testigos pudieran haber firmado con letra microscópica.

—Pues no entiendo nada —dijo sorprendida—. Porque el contenido es bastante impactante.

—¿Qué dice? —preguntó Annmari, alargando la mano para echarle otro vistazo.

Pero Silje no le entregó el testamento. Se dirigió hacia la ventana y le indicó a su colega que se acercara. Allí la escasa luz del exterior se veía reforzada por un farol encendido en la terraza.

—Mira —dijo Silje señalando—. Se especifica que la naviera se dividirá en tres partes. Si lo entiendo bien, Hermine, Preben y Carl-Christian recibirán un treinta por ciento de las acciones cada uno. Entonces sobra un diez por ciento, ¿no?

—Sí, todavía soy capaz de hacer ese cálculo.

—Es para el hijo mayor de Preben.

—Eso quiere decir que en realidad Preben recibiría el cuarenta por ciento —dijo Annmari—. No es un reparto de acciones muy práctico. Ninguno tendría la mayoría, pero los dos hermanos que se pusieran de acuerdo podrían controlar al tercero. ¿Qué es lo que...?

Ambas callaron. Annmari levantó la cabeza y se quedó mirando el polvo que bailaba a la luz de la calle, partículas minúsculas que giraban en una corriente imperceptible.

—Hermann Stahlberg sabe muy bien cómo debe redactarse un testamento —prosiguió despacio, como si pensara en voz alta—. De hecho, había escrito el anterior a mano. Y en aquel se cumplían todos los requisitos formales. Con testigos y todo lo demás. ¿Por qué iba a dárselo a...?

—¿Dárselo?

—¡Sí! —Annmari hizo un gesto con la mano abarcando el apartamento—. Tiene que habérselo dado a ella. Él no vive aquí. ¿Y por qué iba a separarse de un testamento cuyo contenido es distinto al del anterior? Y, según el cual, cambió de opinión respecto a Carl-Christian hace tan solo tres semanas... ¿Y no se ocupa de que sea válido? Me refiero a que el documento parece serio, con su papel de cartas personal y todo... —Se inclinó sobre el testamento de grueso papel color crema—. Y se olvida de algo tan básico como los testigos...

—Puede que todavía no estuviera terminado —sugirió Silje.

—¡Está firmado! Y eso tiene que hacerse en presencia de testigos.

—A lo mejor cambió de opinión.

—Ya no me sorprende nada de esa familia, pero si hubiera cambiado de opinión no lo hubiera firmado. No... —De pronto Annmari se dirigió al centro de la habitación—. Lo encontrasteis en la librería, ¿verdad?

—Sí.

—Quiero que registren este sitio a fondo. Me refiero a que lo pongan todo patas arriba. Todos los libros revisados, todos los armarios vaciados. Los cuadros descolgados, buscad una caja fuerte. Sacad los cajones, examinad la ropa, haced...

—Ya lo he entendido, Annmari. ¿Qué crees que encontraremos?

Annmari se llevó la punta de un mechón a la boca y no contestó. Estaba como paralizada en medio del salón. Su móvil empezó a vibrar, pero dejó que sonara.

—No lo sé —dijo por fin—. Pero lo único que tiene lógica para mí es que Hermann fuera amenazado u obligado a escribir este testamento. Si es que es auténtico. Tenemos que comprobarlo. Pero supongamos que realmente son las firmas de Turid y Hermann... En ese caso, él se aseguró de que el testamento no fuera válido. Eso solo podía hacerlo ante una persona poco ducha en temas jurídicos. Me refiero a alguien que de verdad no se entere de nada, Silje. Y solo hay una persona en la familia Stahlberg que podría no saber que un testamento necesita testigos.

—Hermine —dijo Silje con voz queda—. Parece que está bastante al margen de la realidad.

—Exacto. Y aquí es donde nos encontramos, ¿no?, en casa de Hermine. Pero... ¿dónde se habrá metido esa chiquilla?

Echaron un vistazo a su alrededor y las miradas de ambas se detuvieron en la misma foto. Una foto en color en un sencillo marco de madera noble pulida colocado sobre un sobrio aparador. Hermann y Tutta Stahlberg estaban rodeados de sus tres hijos. Hermine tendría unos cinco años, una niña risueña y preciosa, con rizos rubios y dientes pequeños y blanquísimos. Los dos hermanos flanqueaban muy serios a sus padres, mientras que Turid Stahlberg asomaba por detrás del hombro derecho de su marido. Ella también sonreía, con más recato que su hija. Una sonrisa pálida, casi lastimera.

Hermann dominaba el centro de la imagen, solo la pequeña aparecía delante de él cuando tomaron la foto. Él era el único que miraba de frente a la cámara. La niña miraba hacia arriba, riendo, admirándole.

—Hubo un tiempo en que fueron una familia —dijo Annmari.

—Aquí seguro que no vendrían los de una revista de decoración —dijo Silje asomándose al cuarto de baño donde Billy T. estaba revisando los estantes y un pequeño armarito sobre el lavabo.

—¿Eh? —dijo examinando con los ojos entornados un frasco de pastillas.

—El piso de Hermine era una auténtica pasada, ¿entiendes? Sucio, pero con mucho estilo. Esto parece más un albergue.

—Pues estas pastillas son más propias de un matadero —dijo Billy T. echándose varios tipos de píldoras diferentes en la palma de la mano—. En la etiqueta pone vitamina C, pero esto no es muy sano que digamos, joder.

El piso de Kampen propiedad de Mabelle Stahlberg con el nombre de May Anita Olsen estaba amueblado con lo justo. Había un par de sillas de IKEA colocadas junto a una mesa de contrachapado que se estaba astillando por los lados. El sofá estaba torcido y en el centro de uno de los cojines aparecía una gran mancha oscura, bien visible. Las paredes se veían desnudas salvo por un cuadro chillón encima del sofá y una vieja estantería con compartimentos, como las de las imprentas. Por lo demás, estaba vacío. Mabelle había explicado a regañadientes que antes de conocer a Carl-Christian vivía allí. Nunca habían tenido una razón para venderlo. Ella afirmaba que el piso casi nunca se usaba. Hermine había vivido allí en un par de ocasiones, pero el resto del tiempo se encontraba vacío. Que estuviera registrado con el nombre anterior de Mabelle era porque nunca se habían molestado en cambiar las escrituras. No entendía que ese lugar pudiera tener interés alguno para la policía.

—Al parecer la tía tenía razón —dijo Billy T.—. Aquí no hay nada. Salvo que queramos montar un poco de jaleo por esas pastillas. Pero creo que no nos vamos a molestar. Cuatro Rohypnol, algo de Valium y otra cosa que no acabo de reconocer. Seguramente se las dejó aquí Hermine.

Entró en el angosto dormitorio. Una cama de matrimonio de pino ocupaba la mayor parte del espacio. Había un estrecho armario de esquina, vacío. Las cortinas estaban echadas. Billy T. las apartó con cuidado. Las ventanas debían de llevar varios años sin limpiar y el marco estaba pegajoso por el polvo de asfalto.

—No entiendo para qué podría haber usado Hermine este sitio —dijo Silje—. ¿Por qué iba a estar pudriéndose aquí cuando tiene un piso fabuloso al otro lado de la ciudad?

—Puede haber muchas razones —murmuró Billy T., y empezó a golpear las paredes—. Por ejemplo, podría tener conocidos a los que no le apeteciera mucho llevar a un barrio de gente bien. Oye, ¡escucha esto!

Al impactar en la pared, de pronto su puño produjo un sonido diferente, como más compacto. Volvió a dar unos golpes subiendo desde el suelo.

—Aquí hay algo.

Descolgó un grabado, una mujer bañándose contra un cielo azul oscuro de atardecer.

—Bingo. —Billy T. sonreía con ganas—. Eh, Silje, ¿conoces a alguien que pueda abrir algo así?

La caja fuerte estaba mal instalada. Había un espacio entre el metal y la escayola a ambos lados, y se veía claramente torcida.

—Seguramente podríamos tirar de ella y sacarla —dijo Billy T., y comprobó que el cierre era muy básico—. Pero será un follón llevárnosla. Seguro que pesa un huevo, la jodida caja.

—Es una cerradura de combinación —dijo Silje, frustrada—. Tendrá que venir alguien a abrirla.

—Seguro que no hará falta. ¿Cuál es la fecha de nacimiento de CC?

—No digas tonterías, tendrá una combinación mejor que esa.

Billy T. dio unos fuertes golpes a la caja.

—Un tipo que monta una caja fuerte de esta manera es lo bastante idiota para poner como combinación su fecha de nacimiento. La suya, la de su mujer o la de sus hijos. Todo el mundo te advierte de que no lo hagas, pero la mayoría lo hace. Sencillamente porque tenemos tantos números en la cabeza que debemos recordar que, cuando podemos elegir, escogemos la opción más simple posible. Saca esa libreta tuya, ¿vale? Por fin nos van a servir de algo esas costumbres tuyas de jovencita aplicada.

Silje sacó un cuaderno rosa del bolso.

—El 17 de agosto de 1967. Pero esa no puede ser la combinación. Solo necesitas cuatro cifras, no seis.

Billy T. manipulaba el cierre.

—Uno, siete, cero, ocho —dijo en voz alta.

La manivela no se movió.

—¿Qué te dije? —murmuró Silje.

—Uno, nueve, seis, siete —probó Billy T.

Esta vez la manivela bajó con un chasquido metálico. La puerta se abrió con facilidad.

—Vaya, vaya. ¿Y qué tenemos aquí?

Silje se inclinó hacia la caja. No mediría más de cuarenta por cuarenta centímetros. Una balda dividía el exiguo interior en dos. En la parte de abajo había una caja metálica verde. En la balda de arriba había tres cajas de cartón, una de ellas con la tapa abierta.

—Billy T. —susurró ella—, es munición.

—Por supuesto. ¿Qué esperabas? ¿Que guardara aquí la loción para después del afeitado?

—Pero…

—¿Crees que es poco profesional guardar esto en un lugar que seguro que íbamos a encontrar? Aunque depende del tipo de munición que sea. Si no me equivoco…

Sacó la cajita verde y la dejó sobre la cama. La tapa no se cerraba con llave. La abrió.

—¡Mira esto! —Entusiasmado, extrajo el revólver de la caja y lo acercó a la luz de la lámpara del techo—. Esto, Silje, es una de las mejores armas cortas que se hayan fabricado nunca. Un Korth Combat Magnum. Nunca he visto nada igual.

Parecía tentado de quitarse los guantes de goma, tocar el metal, dejar que sus dedos recorrieran la culata, sentir el tacto intenso de un arma fabricada a mano.

—Pesa casi un kilo —dijo sopesándola, moviéndola de arriba abajo con una gran sonrisa—. Se tarda cuatro meses en montarla. ¿Ves este tornillo de aquí? —Señaló con el meñique—. Es para afinar la presión del gatillo. Mira lo firme que está, compacto y pesado. ¡Y toca esta culata! —No hizo ademán de querer soltarla—. Nogal —murmuró—. Este es el Rolls-Royce de los revólveres, Silje. Cuesta casi cinco mil dólares en Estados Unidos. No tengo ni idea de lo que puede costar aquí. ¿Has visto…?

Billy T. giró el arma, volvió a sentir su peso en la palma de la mano, la giró hacia la luz, el acero brillaba con intensidad azul.

—Pero ¿y esto? —dijo Silje tocando apenas las cajas de munición.

—El tipo tiene licencia de armas, Silje.

—Pero esto… —dijo Silje. Levantó una de las cajas de cartón y cogió algo que estaba al fondo de la caja fuerte—. Esto no es de un revólver, ¿verdad?

Billy T. por fin alzó la mirada y observó con los ojos entornados el objeto que Silje le mostraba sosteniéndolo con el pulgar y el índice.

—Esto es de una pistola, ¿no?

Billy T. dejó el revólver con desgana. Lo envolvió con mucho cuidado en un paño suave, lo dejó en la cajita verde y cerró la tapa.

—Es un cargador —dijo—. Es un cargador y esto… —Abrió una de las cajas de cartón—. Esto es munición subsónica de 9 milímetros, para usar con silenciador. Y que no sirve de ninguna de las maneras para esta preciosidad de aquí —tamborileó con los dedos sobre el metal verde negando despacio con la cabeza—, pero es perfecto para una Glock. Y no veo ninguna pistola como esa por ninguna parte. Si encontramos una Glock en la que encaje ese cargador… —chasqueó la lengua y volvió a sacudir la cabeza—, entonces Carl-Christian y compañía tendrán un grave problema.

—Hace mucho que lo tienen —dijo Silje.

Eran las tres de la tarde pasadas cuando Hanne llegaba a su despacho, con una gorra enorme calada sobre la frente.

—Wilhelmsen —dijo Audun Natholmen con evidente alivio—. Por fin llegas. —Se levantó de un salto de una silla que había acercado a la pared del pasillo—. Llevo buscándote todo el día —dijo, y su tersa frente se arrugó al fijarse en los ojos hinchados de la mujer—. ¿Pasa algo? ¿Estás enferma?

—Sí —mintió Hanne—. Conjuntivitis, me he quedado en casa. ¿Llevas mucho tiempo esperando?

—Te he estado buscando todo el día —dijo. Hanne se dio cuenta de que no paraba de mirar a su alrededor, como si tuviera miedo de alguien o algo—. Tengo que... —Se le quebró la voz y tragó saliva de forma audible—. Wilhelmsen, estoy metido en un buen lío.

—Pasa —le dijo sin saber si sentía curiosidad o irritación—. Podrías haber entrado en mi despacho. Quedarte esperando en el pasillo como si fueras una visita...

La seguía tan de cerca que notó su respiración en la nuca. En cuanto estuvieron dentro, el joven cerró la puerta con mucho cuidado, como si en realidad quisiera echar el cerrojo.

—He encontrado las armas —dijo.

Hanne iba a sentarse. Por un momento se quedó con las rodillas dobladas, en una posición forzada, antes de caer sobre la silla.

—¿Qué dices que has hecho?

—La armas —susurró en voz quizá demasiado alta—. He encontrado una Glock y un .357 Magnum. En la laguna. Esa laguna de la que te hablé, ya sabes. Ahí donde yo...

—¿Qué... qué es lo que...?

Se arrancó la gorra y la tiró al suelo. Abrió la boca, pero sus pensamientos no querían transformarse en palabras.

—Dijiste que tú lo habrías hecho —exclamó él con voz quejosa.

—¡Dije que estaría muy mal!

—¡Pero que tú lo habrías hecho sin contárselo a nadie!

—¡Era una broma! ¡Era una broma, joder!

Desesperada, intentó concentrarse. Racional, pensó, sé racional. Solo se oía el sonido del rechinar de sus dientes. Audun Natholmen permanecía allí sentado, como un niño emocionado con mala conciencia, demasiado pequeño para el uniforme, con el rostro infantil desnudo. Una parodia de un cachorro policía.

—Eres policía, Audun.

—Agente en prácticas —murmuró.

—¿Dónde están?

—En casa —dijo él.

—¿En tu casa?

—Sí. Estaba muerto de miedo y no sabía muy bien… Mi colega quiere llamar al *VG*, porque podríamos sacar una pasta si…

—Vámonos.

Lo que le apetecía era darle una buena tunda. Él la siguió sumiso, con la cabeza gacha, pero sintiendo a la vez una alegría infantil, incontrolable, porque tal vez había resuelto el caso de asesinato más importante de la policía de Oslo.

Annmari, asqueada, tuvo que hacer un esfuerzo para no darse la vuelta. Como abogada de la policía había visto suficiente pornografía como para considerarse bastante curtida. Había pasado a cámara rápida incontables grabaciones incautadas en garitos del centro en busca de pornografía infantil. Y en cuanto a relaciones sexuales entre adultos, prácticamente no había nada que la pudiera sorprender. Pero aquello era otra cosa. La mujer joven y el hombre mucho mayor habían sido fotografiados en actos sexuales que no eran desconocidos para Annmari, pero que a pesar de eso la turbaban. Sentía náuseas.

—Es solo porque les conoces —dijo Erik Henriksen en voz baja, inclinado sobre la abogada mientras ella iba pasando las fotos.

—No les conozco.

—Sabes quiénes son. Eso lo empeora. Lo hace más incómodo. En toda esa mierda que tenemos que ver después de las absurdas redadas que el director Puntvold insiste en que hagamos de vez en cuando, solo aparecen extraños. Gente sin nombre, casi sin rostro. Esto es mucho peor, ¿verdad?

Annmari asintió de manera casi imperceptible.

—Pero ayuda un poco que sean tan malas —dijo ella—. Desde el punto de vista técnico. Si entorno los ojos, apenas puedo reconocerles.

—Las fotos deben de estar hechas con cámara oculta —dijo Erik, y se enderezó—. Pues sí que se han acelerado las cosas. —Hizo una mueca y se frotó las lumbares—. ¿Cuándo dormiste por última vez?

—Ni me acuerdo. ¿Crees que fue Hermine quien se aseguró de que se tomaran estas fotos?

—Es difícil saberlo. Las tenía ella, eso sí. Tuviste una gran idea al pedir que registraran el piso a fondo, de verdad. Tenía una especie de armario secreto. Había montado una placa de contrachapado en la cocina, detrás de unos cajones. Dentro estaban las fotos y una bolsa vacía con restos de lo que, de momento, creemos que es heroína. Por experiencia, diría que es muy probable que fuera él mismo quien quiso captar esos momentos para la eternidad, para revivirlos y disfrutarlos después. Es pronto para saber dónde se hicieron. Lo estamos investigando, claro, y puesto que aparecieron en casa de Hermine... No, no sé.

—Es repugnante —dijo Annmari asqueada, y puso las fotos boca abajo—. No tengo nada que decir de lo que la gente haga a puerta cerrada, y seguramente tenga un montón de prejuicios, pero deben de llevarse unos cuarenta años. Y son tío y sobrina. ¡Dios mío, qué familia! Se matan y se follan los unos a los otros... ¡Qué asco!

—Eso que hacen... ¿es ilegal?

—No, ella es adulta. Pero... ¡Puag!

Erik se rió y le dio una palmada en el hombro.

—¡Estás siendo un poco infantil, abogada policial Skar!

—Puede ser. De todas formas... —Echó un vistazo al reloj. Eran las cinco menos veinte—. ¿Dónde está Hanne?

—No tengo ni idea. Todo el mundo pregunta por ella. Tiene el móvil apagado. Ni siquiera Billy T. sabe dónde se ha metido. Pero ¿qué debemos hacer con esto?

Señaló las fotos. Estaban amontonadas boca abajo en un extremo de la mesa de Annmari, como si no quisiera contaminar su lugar de trabajo más de lo estrictamente necesario.

—Nos vamos derechos a casa de Alfred Stahlberg, por supuesto. Está claro que tiene una relación más estrecha con Hermine de lo que pensábamos. —Volvió a poner un rictus agrio y añadió algo irritada—: ¿Se le ha tomado declaración en relación con la desaparición de Hermine?

—Sí. Por teléfono.

—Por teléfono... —bufó Annmari—. Pues te aseguro que esta vez no será por teléfono. Envía un coche patrulla con agentes uniformados. Quiero que traigan a ese tipo aquí. Ahora. Y si no viene por propia voluntad, firmaré una orden de detención.

—¿Sobre qué base? ¿De qué le acusarías en ese caso?

—Ni idea. De cualquier cosa. Obstrucción a la justicia. Pero inténtalo primero por las buenas. Preferiría que fueras tú en persona, Erik. Pero ¿dónde se ha metido Hanne?

—Eso me pregunto yo también —dijo Billy T., que había entrado en tromba sin llamar a la puerta—. Alguien la vio hacia las tres, pero volvió a largarse.

—Hola —dijo Annmari—. Veo que sigues tan educado como siempre.

—Corta el rollo. Todos estamos cansados, Annmari. No hace falta ponerse impertinente por eso. Mira esta cosita y seguro que te pondrás de mejor humor.

Dejó una bolsa transparente sobre la mesa.

—¿Un... cargador?

Annmari tocó la bolsa con la punta de un bolígrafo.

—¡No es peligroso! Para nosotros no. Pero apuesto a que no le resultará muy fácil a CC explicarlo. Es un cargador de Glock, Annmari, que estaba guardado en una caja fuerte mal instalada en el piso de Mabelle en Kampen. Me acaban de confirmar que pertenece a una Glock. El problema de Carl-Christian es que, por supuesto, no tiene un arma así registrada a su nombre, y en el apartamento no había nada que recordara a una pistola. Un revólver sí, legal y todo, lo he comprobado. Pero ninguna pistola, solo el cargador y una caja entera de 9 milímetros parabellum. Munición subsónica para utilizar con silenciador.

Annmari parecía incapaz de asimilar todo lo que le estaba contando. Cuando ocho días atrás aparecieron cuatro cadáveres en la calle Eckersberg, todos se prepararon para una investigación que podía durar meses, incluso años. La resolución de los casos de asesinato solía llevar mucho tiempo. Nunca antes había trabajado en un cuádruple asesinato, pero contaba con que la investigación sería larga y exhaustiva, una labor lenta y meticulosa para llegar a algo que tal vez solo diera como resultado una acusación en un futuro bastante lejano. La noche del viernes anterior había estado dando vueltas en la cama, temiendo lo que se le venía encima. Esperaba un proceso de pesadilla, con largos periodos sin avances y otros con retrocesos evidentes. Y en lugar de eso, iban camino de resolver el caso en tiempo récord.

Se quedó mirando el cargador con gesto impasible. Billy T. se rascó la entrepierna y soltó varios tacos.

—Di algo, ¿no? ¡Esto es un descubrimiento importantísimo! Nuestros expertos en balística y armas van a tener mucho trabajo durante una temporada, pero me apuesto un café a que esto se les va a poner muy interesante.

Sonó el teléfono.

Annmari cogió el auricular y soltó un hola que parecía un ladrido. Luego se quedó en silencio. Su expresión pasó de la irritación a la curiosidad, y con gesto incrédulo dijo:

—Que venga directamente a mi despacho y veremos qué hacemos. Gracias.

Colgó despacio.

—Se ha presentado un testigo. Un hombre que afirma que la noche del jueves de la semana pasada vio a una mujer subir corriendo por la calle Eckersberg en dirección a la calle Gyldenløve.

—¿Eh? —Billy T. la miraba estupefacto, con los ojos entornados—. ¿Y llama ahora, ocho días después?

—Me han telefoneado del mostrador de guardia. El hombre está abajo. Intentó llamarnos el viernes pasado, pero acabó harto de que no le cogieran el teléfono. Dice que cada vez que la centralita iba a transferir su llamada, se cortaba.

—El viernes teníamos montada una buena aquí…

—Exacto. Este tipo se iba de vacaciones de Navidad a Italia con su mujer y lo dejó por imposible. Ha vuelto hoy. Y cuando ha echado un vistazo a los periódicos de la semana, se ha llevado tal impresión que se ha presentado enseguida y está abajo esperando.

—¿Tal... impresión?

—Sí —dijo Annmari acariciándose las mejillas—. Ha visto fotos en la prensa y afirma que fue a Hermine a quien vio. Alejándose a toda velocidad de la calle Eckersberg 5. Corría como una loca, esa ha sido su expresión. Corría como una loca...

Golpeó la mesa con la mano.

—Pero ¿dónde demonios se ha metido Hanne Wilhelmsen?

Hermine Stahlberg no estaba muerta. En una vena de su antebrazo descubierto se veía latir un pulso muy leve. También en su cuello había indicios de vida. Silje lo comprobó. No se atrevía a mover a la joven, que estaba medio desnuda en el suelo de un escobero. Una botella de detergente se había caído de una estantería y el olor sintético se mezclaba con el de orina y heces. Silje la cubrió con una manta de cuadros escoceses. Hermine se aferraba desesperadamente a un conejito de peluche, un animalillo rosado y mugriento al que le faltaba una oreja y que miraba con ojos de plástico sobredimensionados. Silje intentó soltarle la mano con cuidado. Sus dedos estaban cerrados sobre el sucio pelo de nailon como si estuvieran congelados. Dejó que Hermine se quedara con el peluche.

Erik Henriksen intentó decidir qué era lo que había esperado encontrar. La idea de lo que en el peor de los casos podía aguardarles en el piso de Alfred era tan repulsiva que se había pasado todo el trayecto en coche intentando recordar la letra de viejas melodías pop y la lista de los ríos de Asia.

—Llama a una ambulancia, Erik.

Silje cruzó la estancia y le dio un fuerte golpe en el costado. El agente estaba de pie, con las piernas separadas y los brazos levantados al frente, los dedos ligeramente abiertos. Parecía que fuera a coger a un niño.

276

—Llama a dos —insistió—. Necesitamos dos ambulancias, Erik.

—No sé qué es lo que esperaba encontrar —dijo.

—¡Erik! Saca tu teléfono y llama para que envíen dos ambulancias. Ahora.

No entendía por qué no lo hacía ella misma. Sus manos se negaban a obedecerle, sentía un sudor helado en las axilas.

—Quería ir a la policía —se lamentó Alfred desde un rincón de la cocina—. Es que Hermine quería ir a la policía, ¿entendéis? ¡No encontré las fotos! Busqué por todas partes en su casa, pero no... ¿Entendéis que no podía dejar que fuera a la policía?

El corpulento viejo estaba acurrucado contra el rincón. De vez en cuando sus brazos se lanzaban bruscamente contra la nada, como en una cómica parodia de karateca.

—Yo no he hecho nada malo —dijo en voz alta, y se echó a reír—. Lleváosla con vosotros. Sacadla de aquí y marchaos.

Un nuevo ataque de sus dedos rígidos impactó en el estómago de Silje cuando ella intentó acercarse.

—Llama y pide refuerzos, ahora —gritó dando un paso atrás—. ¡Ahora!

Por fin Erik fue capaz de bajar los brazos. Tenía la boca insoportablemente seca. Se mordió el labio. Apretó con fuerza, clavó los dientes en la carne blanda, sintió cómo dolía. Extrañado, notó el sabor de su sangre y finalmente sacó el teléfono.

—Como ves, han pasado un montón de cosas. ¿Dónde demonios te has metido? Tienes una pinta de... enferma. ¿Algo va mal?

Hanne Wilhelmsen tenía un aspecto realmente lamentable. En su afán de contarle los acontecimientos del día, Annmari no se había dado cuenta de que los ojos de su colega estaban hinchados y enrojecidos. Su boca presentaba un gesto desconocido, resignado y algo vulnerable, que Annmari no recordaba haberle visto antes. Toda ella parecía derrotada.

—Anoche vino a visitarme un fantasma —dijo Hanne con una sonrisa carente de alegría—. El día de hoy ha estado marcado por eso. Pero estoy viva. ¿No es eso lo que hay que decir?

—¿Dónde has estado?

Hanne tardó en contestar. Faltaba media hora para la medianoche y una oscuridad total se adhería a la fría superficie de las ventanas. La llama de una vela se agitaba en un extremo de la mesa. Estaba a punto de consumirse.

—Deberías tener cuidado con eso —dijo Hanne sin fuerzas—. La última vez estuviste a punto de quemar la comisaría.

—He quitado el adorno, eso fue lo que se quemó. ¿Dónde has estado? El día de hoy ha sido una auténtica locura. El caso Stahlberg avanza como una locomotora, y me sentiría mucho mejor si mis principales investigadores comprendieran la necesidad de estar localizables en mitad de…

—He estado trabajando —la interrumpió Hanne—. Supongo que lo entiendes. Primero dormí hasta bien entrada la mañana. Pero luego he estado haciendo mi trabajo.

De su amplio bolso sacó dos bolsas de plástico, que produjeron un estallido seco al caer sobre la mesa entre las dos.

—Si no ando muy equivocada, estas son las armas que se utilizaron para asesinar a cuatro personas el jueves de la semana pasada. En dos o tres días lo sabremos con seguridad. Y esto… —dejó un documento junto a las armas— es un informe que he escrito sobre cómo han sido encontradas. He adornado la historia lo mejor que he podido para que un chaval prometedor, aunque bastante inocente y demasiado entusiasta, no arruine su carrera en la policía antes de haberla empezado. Espero que me respaldes en esto. Se llama Audun Natholmen. No olvides ese nombre.

Annmari no se movió. Sus ojos estaban fijos en Hanne. Solo se oía su respiración, poco profunda y como ahogada.

Hanne cruzó los brazos sobre el pecho, esbozó una pálida sonrisa y cerró los ojos.

Las armas, una pistola y un revólver envueltos en plástico, estaban ante ellas sin que Annmari se atreviera siquiera a mirarlas con más detalle. La llama de la vela titilaba y pronto se apagaría. La mecha empezó a echar humo. La lámpara del techo emitió molestos destellos azulados hasta que el tubo de neón se fundió del todo.

—Estás de broma —dijo Annmari—. Hanne Wilhelmsen, ¿me estás tomando el pelo? —Sonaba angustiada, casi infantil. De pronto añadió con voz temblorosa—: ¿Estás enferma? ¡Hanne! ¿Qué es lo que pasa? ¡Tienes mal aspecto! ¿De dónde has sacado esto?

Hanne abrió los ojos despacio, como si estuviera despertando de un sueño que no quisiera dejar escapar.

—Está muy oscuro —dijo, y se inclinó para encender un flexo que estaba sobre la mesa—. Así, ahora estamos mejor. No, no estoy enferma, estoy…

Con la mano derecha empujó el informe hacia Annmari, que no quiso cogerlo.

—Mejor cuéntamelo. Explícamelo todo.

—Lee —dijo Hanne.

Dubitativa, y sin volver a mirar las armas, Annmari cogió el informe. Después de unos minutos, levantó la vista de la última hoja y lo dejó en un extremo de la mesa, como si el papel apestara.

—Esto es escandaloso, Hanne. ¡Puede que lo hayan echado todo a perder! Esos chavales ni siquiera han pensado en la posibilidad de asegurar las pistas in situ. ¿Cómo…? ¿Cómo demonios has podido hacer algo tan… tan completamente estúpido? ¿Y por qué has escrito este informe que te convierte en chivo expiatorio? Escribe otro, Hanne. En cualquier caso, ese joven está acabado. Actuar de manera tan imprudente basándose en una información recibida estando de servicio, sin técnicos, sin… No hay una sola razón en el mundo para que te dejes arrastrar por esta marea. Me niego a permitir que presentes este informe.

—Ya está entregado —dijo Hanne—. A ti, ahora. Y asumo la responsabilidad porque realmente ha sido culpa mía. He intentado recordar lo que le dije a Audun. Reconstruirlo. Como dice el informe, me expresé de manera muy ambigua. Por supuesto, mi intención no era otra que bromear, pero debí haber comprendido que el chico interpretaría mis palabras como una especie de… bendición.

—Hanne…

Annmari estaba más calmada, como si la relación de fuerzas entre ellas hubiera cambiado de forma repentina. Enderezó el flexo y sacó otra vela del cajón.

—En cualquier caso —prosiguió Hanne—, probablemente debería pensar en buscarme otro tipo de trabajo. —Sonrió sorprendida, una sonrisa sincera—. Hay muchas otras actividades a las que podría dedicarme. Tengo la edad adecuada. Cuarenta y dos años. Si voy a hacer otra cosa en mi vida, es ahora cuando debo aprovechar la oportunidad.

Annmari metió la vela en el candelabro y la encendió. Se puso de pie y se acercó a Hanne. Se puso en cuclillas frente a ella. Hanne se encogió. Seguía con los brazos cruzados sobre el pecho, como un nudo.

—Tú no sobrevivirías sin este trabajo —le dijo Annmari con serenidad—. Y este trabajo sería mucho, mucho más aburrido sin ti. Solo desearía que… que de vez en cuando emplearas un poco más de mano izquierda con la gente. Nunca he entendido por qué te empeñas con todas tus fuerzas en desafiar al sistema. No llevo aquí tanto tiempo como tú, pero he oído contar historias sobre cómo eras. Antes. Distante, de acuerdo, pero siempre te atenías a las normas. Siempre a salvo de cualquier crítica. ¿Qué… qué ha ocurrido, Hanne?

—Estaba agotada, no podía más.

—¿Por qué? ¿Con qué no podías más?

Los ojos de Hanne empezaron a lagrimear.

—No estoy llorando, es una infección.

Annmari intentó cogerle la mano con mucho cuidado.

—De verdad que no estoy llorando, es que tengo los ojos muy sensibles. Y de verdad que no quiero perder el tiempo hablando de mis cosas. Deberíamos tener más que suficiente de lo que ocuparnos con eso —dijo señalando las armas—. Más que suficiente —repitió, intentando enderezarse en la silla sin rozar a Annmari.

—Van a por ti muy en serio, Hanne.

—¿Quiénes?

—La dirección. Están hasta las narices. Te has aprovechado de tantas concesiones dentro del cuerpo que la paciencia se les ha terminado. El jefe de sección…

—Está más enfadado contigo.

—Pues no, que yo sepa. Pero no estamos hablando de mí. El jefe está harto de que no te prestes a trabajar en equipo, de que siempre tengas que… Ya sabes lo que quiero decir. Lo que él quiere decir. Y Puntvold también está al límite. Ha venido a verme al menos tres veces esta semana para intentar deshacerse de ti. En una sola semana.

—Menudo cínico de mierda —dijo Hanne, alterada—. ¡Pero si siempre me hace la pelota!

—Opina que deberías cogerte unas vacaciones, que estás quemada, que trabajas demasiado. Que con tu insistencia sobre Sidensvans nos estamos desviando de la investigación. Y se puede decir que no es el único que lo piensa.

—¿Y tú? —dijo Hanne mirándola por fin a los ojos—. ¿También estás de acuerdo?

Annmari se puso de pie y sacudió un poco una pierna.

—De acuerdo… —dijo volviendo a sentarse—. Yo también creo que unas vacaciones te vendrían bien. Además, ¿no era esa la idea? ¿Que librarías un par de semanas en Navidad?

—Entonces ¿opinas que lo de Sidensvans es una pérdida de tiempo?

Annmari seguía sin querer tocar las armas. Se limitaba a observarlas a través del plástico, como si siguiera sin concebir que pudieran haber aparecido.

—Knut Sidensvans es una de las víctimas de un crimen espantoso —dijo—. Y como tal es muy importante. Pero, tal y como se ha desarrollado este caso, no puedo entender que sea urgente aclarar todo lo relativo a él. Habrá que hacerlo, por supuesto. Pero nuestros recursos son limitados. No paran de llegar pruebas. Es como si alguien hubiera abierto la esclusa de un pantano. Debemos ir sin prisa pero sin pausa. Asegurar una secuencia lógica, poner ladrillo sobre ladrillo y tener la certeza de que la acusación, cuando llegue ese momento, sea sólida, sin fisuras. Todo a su debido tiempo, Hanne.

—¡Pero escúchame!

Hanne empujó la bolsa de las armas a un lado con el dorso de la mano, con gesto indiferente y descuidado, y se inclinó hacia la abogada.

—Deberíamos asegurar estas pruebas cuanto antes —dijo Annmari, señalando las armas—. No podemos tenerlas aquí tiradas y...

—Un crimen —dijo Hanne en voz alta, y Annmari casi dio un bote— tiene su propio carácter. A veces pienso que los crímenes tienen su propia... personalidad. Lo que más me ha ayudado todos estos años es que siempre intento vivirlos, revivir los delitos. Intento... —Se puso la mano detrás de la oreja y esbozó una sonrisa—. Intento escuchar lo que quieren contarme.

—Y el caso Stahlberg te cuenta...

—Muchas cosas. Para empezar, que no ha podido ser premeditado. Al menos, no tal y como se llevó a cabo. Por supuesto que alguien podía tener planes de matar a una o más de las víctimas esa noche, pero todo el escenario resulta demasiado caótico, demasiado... estridente. Demasiado ruidoso. El autor o los autores, por ejemplo, han tenido una suerte demencial de no ser vistos, ni oídos.

—Silenciadores —dijo Annmari, señalando la bolsa.

—Pero piensa en los gritos, los alaridos...

—Como te he dicho, Hermine fue vista. Cuando se alejaba corriendo del lugar del crimen.

—Puede ser. —Hanne asentía con entusiasmo—. Es muy posible. No sabemos con seguridad que fuera ella, pero es una posibilidad que Hermine cometiera los crímenes. Si la traficante de armas de Billy T...

—¿«La»?

—Olvídalo. Si quien le vendió el arma puede reconocer esta Glock, Hermine estará bien pillada. Pero escucha, Annmari, escucha al crimen hablando. Intenta seguir la lógica de los asesinatos.

Annmari se vio de pronto escuchando de verdad, conteniendo la respiración para tal vez percibir a través de la pared una voz, la de las armas, en su propia cabeza.

—¿Lo oyes? —Los ojos de Hanne se clavaron en los suyos—. La situación es caótica —prosiguió en voz baja—. Sidensvans ha venido de visita. Un invitado esperado. Es bien recibido, con champán y canapés. Tarta. El señor de la casa abre la puerta. Seguramente contento. Y entonces le pegan un tiro a Sidensvans.

—No sabemos...

—Dispararon a Sidensvans primero, Annmari. Mira. Escucha. Cae hacia delante. Hermann...

—¡Hanne! ¡Todavía no hemos reconstruido la escena en su totalidad! Trabajamos a tope para...

—¡Escúchame, joder!

Hanne estaba casi tumbada sobre la mesa y cogió a Annmari de las manos.

—El asesino está en la escalera, o junto al portal. Él o ella dispara a Sidensvans. Luego sube al descansillo y dispara contra Hermann. Preben debe de haber aparecido a la carrera y él también recibe un tiro. Solo de esa manera se explica la posición de los cadáveres. Sidensvans con la gabardina puesta todavía y con los pies asomando por el umbral de la puerta. Hermann detrás de él y Preben...

—¡Que sí! —Annmari tiró para liberar sus manos—. Esa es la hipótesis con la que hemos estado trabajando, pero ¿qué...?

—Después el asesino entra en el piso. Todo el tiempo hemos creído que era para cargarse a Turid. Ella también debía morir. Pero ¿y si el asesino no iba en absoluto a por ella? ¿Y si tan solo tenía que asegurarse de que no hubiera testigos?

—Pero ella…

—Sidensvans fue asesinado el primero, Annmari. Si Hermine es la culpable, quiero saber qué tenía en contra de Sidensvans. Tal y como este caso me habla, está contando la historia de un asesinato que salió mal.

—Cuatro asesinatos.

—Que tal vez no tenían por qué haber sucedido. El hecho de que hoy, ocho días después, tengamos pruebas para aburrir, tantas que tal vez ya sean suficientes como para obtener una condena, debería hacernos pensar. ¿Alguna vez has…? —Se golpeó la frente con fuerza, como si el dolor pudiera aclarar sus pensamientos, hacer las palabras más convincentes—. ¿Alguna vez te había ocurrido que se nos presenten de golpe tantas pruebas en tan poco tiempo? ¿Eh? ¿Te había ocurrido alguna vez?

Hanne casi estaba gritando. Annmari levantó las palmas de las manos y chistó para pedir que bajara el tono.

—No, pero…

—La familia Stahlberg estaba destrozada —dijo Hanne recuperando de pronto la tranquilidad—. Una bonita fachada a punto de agrietarse. Pero que los miembros de una familia se odien no quiere decir que se maten. Les debemos a esos tres muertos el considerar otras alternativas, al menos durante un tiempo. Aunque sea por guardar las apariencias. Y también nos lo debemos a nosotros mismos. —Se levantó de la silla como si le costara despegarse de ella—. Y ahora debo irme, tengo un montón de correo por revisar.

—¿Ahora? ¡Son las… doce y media de la noche!

—En algún momento tendré que hacerlo. Y además… —Con la mano sobre el picaporte se volvió hacia Annmari una última vez—. Si Hermine es capaz de matar —dijo despacio—, y tal vez lo sea, ¿por qué no mató a Alfred? ¿Por qué demonios no mató a un tipo como ese antes que a los otros?

Luego se encogió de hombros y volvió a dejar a solas a Annmari.

Hanne Wilhelmsen había vaciado su casillero, que estaba hasta arriba de correo. En la bandeja de correo entrante de su despacho también había una alta pila de correspondencia. Durante una semana apenas había clasificado el material que le iba llegando. Llevaría horas revisarlo todo. Como en ningún caso iba a poder dormir, se quedaría el tiempo que aguantara. Estaba claro que ya no era muy bienvenida en la comisaría, así que no era mala idea trabajar de noche, cuando no tenía que relacionarse con nadie. Sin que nadie la molestara, como a ella le gustaba.

Ella era diferente, un caso anómalo. Tozuda y carente de flexibilidad. Tal vez siempre había sido así. Puede que Kåre tuviera razón, quizá sufría algún tipo de enajenación desde que nació, tal vez algo genético, un defecto hereditario que la convertía en una persona imposible ya desde que era niña. Durante muchos años creyó que había elegido ser distinta, pero tal vez fuera un autoengaño. No había elegido, estaba defectuosa. Apretó los dientes y desenroscó el tapón de una botella de cola medio vacía.

No era solo culpa suya. No era la culpable de todo. Una niña de cuatro años no debe oír que es una expósita, que la encontraron en un basurero, y todo porque no aprendió a leer tan pronto como sus hermanos. Su padre bromeaba, claro. Pero ella era una niña y le creyó.

Ahora Hanne respiraba un poco mejor.

Tenía un hogar, tenía a Nefis. Se pertenecían la una a la otra. Y también tenía a Marry. Y Alexander se les había unido. Ya eran toda una familia.

Empezó a dejar el correo interno en un montón, el correo oficial de instituciones con logotipo en otro, y todo lo que no sabía muy bien cómo considerar en un tercero. Cuando por fin lo había clasificado todo, sintió que se le caía el alma a los pies. Tres grandes pilas ocupaban su escritorio.

—Madre mía —murmuró—. Esto va a ser como achicar agua con un colador.

Intentó empujar con mucho cuidado dos de los montones a fin de despejar sitio para trabajar con el tercero, y entonces todo se vino abajo. Documentos y sobres, hojas sueltas y resoluciones judiciales se esparcieron caóticamente por el suelo. Su dolor de cabeza se intensificaba por momentos.

Una carta había volado hasta la puerta. Por unos instantes pensó vacilante en dejarlo todo donde estaba. Irse a casa y dormir. Que la señora de la limpieza lo tirara todo. Que otro se ocupara del maldito correo.

Eso no era posible, por supuesto.

Tal vez no fuera mala idea empezar desde la puerta. La ley de la casualidad era tan buena como cualquier otro sistema, pensó frustrada.

El sobre que se había separado del resto, justo en el umbral, era de la compañía telefónica Telenor. Hanne lo rasgó y dejó que sus dedos recorrieran las abigarradas columnas que mostraban a qué números había llamado Knut Sidensvans en sus últimos días de vida. Cinco conversaciones del día del asesinato, más de cuarenta la última semana, algunas de ellas muy largas.

Hanne volvió a su sitio sin apartar la vista del documento. Sus pies rozaban los sobres y papeles que seguían en el suelo, cubriendo casi la mitad de la superficie. Se sentó despacio y encendió el ordenador. La relación recogía los números a los que Sidensvans había llamado y desde los que le habían llamado, pero no los nombres de los titulares. Debía de haber olvidado especificar lo que quería. Había sido fácil obtener la orden en el juzgado. Pero pedir un nuevo listado llevaría varios días.

La pantalla del ordenador osciló en azul y luego se estabilizó. El buscador era eficiente.

El día que Knut Sidensvans murió había llamado dos veces a la biblioteca de la universidad. Las dos conversaciones eran de menos de dos minutos. A primera hora había mantenido una conversación con el Instituto Nacional de Meteorología. A las 13.32 había pedido comida china a domicilio. No tuvo necesidad de buscar información sobre el destino de la última llamada de su vida. El número le resultaba bien conocido. Sidensvans había hablado con alguien en Grønlandsleiret 44.

La última llamada de Sidensvans, realizada a las 14.29 del jueves 19 de diciembre, había sido a alguien de la policía.

En realidad no era tan extraño.

Estaba trabajando en un artículo sobre la policía. Knut Sidensvans iba a escribir sobre la historia de la policía noruega y era lógico que tuviera fuentes aquí. No era tan raro. La última llamada de la vida de un hombre...

Hanne volvió a experimentar esa angustia desconocida. Sintió un espasmo, una tristeza mezclada con ansiedad que la hacía vacilar y le provocaba deseos de irse a casa. Intentó recordar cuándo fue la última vez que se había sentido así, si en alguna ocasión anterior un caso le había dado tanto miedo que habría preferido dejarlo estar.

Cuando lo recordó, sintió un extraño sofoco. Mientras marcaba el número del servicio de información telefónica, se dio cuenta de que tenía las manos heladas.

—Åshild Meier —pidió—. En Drøbak. Páseme con su número, por favor.

Después de tres tonos, la editora cogió el teléfono con voz adormilada.

—Bueno —dijo extrañada después de que Hanne se hubiera disculpado como era debido por llamar a esas horas—. El libro es bastante extenso. Va a ser más como una obra de... De hecho, serán un total más de treinta artículos, y hemos escogido ese formato en lugar de seguir un orden más cronológico, coordinado...

—¿Sobre qué iba a escribir Sidensvans? —la interrumpió Hanne—. Solo quiero saber sobre qué iba a escribir.

—Iba a centrarse en la evolución de los delitos en las grandes ciudades —dijo Åshild Meier—. Desde 1970 hasta nuestros días. Con la facilidad de Sidensvans para interpretar estadísticas, creímos que estaría muy capacitado para detectar... tendencias. Iba a comparar la evolución en ciudades como Oslo o Bergen con la de tres pueblos pequeños. Es un trabajo muy exhaustivo, claro. Algunos de los artículos van a parecer auténticos tratados. Pero el libro no tiene que estar listo hasta enero de 2006, cuando la nueva Dirección General de la Policía cumplirá cinco años. Pero eso ya lo sabes.

—¿Había avanzado mucho?

Hanne intuyó que la mujer podría oír sus latidos e intentó no parecer ansiosa.

—Bueno... —Ashild Meier dudaba—. Nos costó un poco que se le reconociera como investigador, ya que no estaba vinculado a ninguna institución. Necesitaba tener acceso a todos los archivos y ese tipo de cosas. Pero al final la Dirección General lo arregló.

—¿Y hasta dónde había llegado?

—No muy lejos. Todavía no había escrito nada, que yo sepa. Pero por lo que me contó la última vez que hablé con él, había revisado un importante número de casos. ¿Por qué...? ¿De qué va todo esto?

Hanne no respondió. Por su axila izquierda corría un reguero de sudor frío. Le pareció oír pasos en el pasillo. Pensó que era normal que se oyeran pasos en el pasillo. Pero estos eran lentos, y cuando aguzó el oído habían desaparecido.

—¿Hola?

—Estoy aquí —se apresuró a decir—. ¿Llegó siquiera a contarte algo de lo que había averiguado?

—No...

—¿Estás completamente segura?

—¡Sí!

Por primera vez Åshild Meier sonó impaciente.

—Lo siento —dijo Hanne, y se pellizcó el puente de la nariz con el índice y el pulgar—. Siento mucho haberte despertado.

—No pasa nada —dijo la voz cansada al otro extremo de la línea—. ¿Querías algo más?

—No, gracias. Buenas noches. Y disculpa otra vez.

Cuando colgó, hasta el clic del auricular fue suficiente para asustarla. Tenía que irse a casa. Su cerebro necesitaba descansar, sus nervios también.

Se había sentido igual en una ocasión anterior. Entonces era joven y popular, casi adorada en su frío control de todo y de todos. Al cerrar los ojos recordó la fecha. El domingo 11 de octubre de 1992, a última hora de la tarde. Estaba en plena investigación de un caso que tuvo consecuencias dramáticas para el gobierno. La dejaron inconsciente de un golpe a la puerta de su despacho, de forma repentina, inesperada y sin testigos. La contusión le provocaba unas jaquecas que por lo general no eran muy fuertes, pero que en circunstancias como estas, con temperaturas variables y aire húmedo, la dejaban deprimida e insomne.

Pero no estaba pensando en la agresión en sí. Era la angustia que había sentido entonces la que volvía. El horror de los primeros segundos, después de despertarse en el hospital, estaba muy presente esta noche navideña de más de diez años después. Hanne intentó comprender sus propias reacciones. Con los dedos apretados contra las sienes, contó hasta diez una y otra vez, como si fuera un mantra.

Ahora sabía qué era lo que le pasaba. Era el miedo a sentirse desprotegida. El terror ante la idea de que no quedaban compartimentos estancos que la mantuvieran a salvo de todos los que estaban allí fuera.

Ahora era el silencio del otro lado de la puerta el que la amenazaba.

Sábado, 28 de diciembre

Eran las nueve menos diez de la mañana. Hanne se encontraba de nuevo en el piso de Knut Sidensvans. Esta vez estaba sola, y dedicó un rato a impregnarse del peculiar ambiente que se respiraba en el atestado salón. Las torres de libros y revistas repartidas por el suelo creaban una gran ciudad en miniatura, rascacielos de conocimiento separados por callejuelas. Se dirigió muy despacio desde la puerta hasta el escritorio. Un paso a la izquierda, dos a la derecha y luego al frente. Echó un vistazo al primer libro de una pila que le llegaba por la cadera. Trataba de perros de la raza schnauzer y estaba en alemán.

En esta ocasión se atrevió a encender el flexo. Con cuidado sacó los guantes de látex, se los puso y pulsó el interruptor. La luz salía sesgada. Se fijó en un pasaporte. Asomaba parcialmente por debajo de un periódico que estaba en un extremo de la amplia mesa de trabajo.

Sacó el pasaporte con cuidado, tocando lo más levemente posible el pequeño cuadernito rojo. Solo había visto a Sidensvans en una ocasión, y entonces tenía un tiro en la cabeza. Un perro se había comido parte de su oreja y había dado buena cuenta de su masa encefálica. Pasó una página.

La foto mostraba a un hombre serio. Su rostro era redondeado, y la forma suave de su barbilla le daba un aire indeciso. La nariz era pequeña, la frente amplia con grandes entradas. Una curiosa lengua de cabello peinado hacia atrás permanecía en su sitio por efecto de algo que debía de ser grasa o gomina. Sidensvans no era ni guapo ni feo. Parecía bastante corriente, un prototipo de funcionario. Hanne acercó la foto a la luz de la lámpara.

Sus ojos le hacían especial.

La foto del pasaporte era en color, pero tan pequeña que Hanne tuvo que inclinarse hacia el círculo de luz para verlos. Los ojos de Sidensvans estaban muy juntos y reforzaban una expresión desdeñosa a la que contribuía la boca huraña, con las comisuras obstinadamente caídas.

Devolvió con cuidado el pasaporte a su lugar y se puso a trabajar.

Lo primero que hizo fue tomar fotos del piso. Alguien debería haberlo hecho, pensó, mientras documentaba con sumo detalle la llamativa diferencia entre el caos que invadía el suelo y el orden con el que todo estaba organizado en la mesa de trabajo. Tomar fotos no era trabajo suyo, pero a pesar de eso continuó. Decidida y sistemática. La ansiedad de la noche estaba dando paso a un tenso entusiasmo. Era como si la cámara la ayudara a ver las cosas con más claridad, como si la perspectiva limitada por el ojo fotográfico la ayudara a concentrarse. Despacio, bajó la cámara. Sus ojos volvieron a recorrer el escritorio, pasaron sobre montones de folios en blanco, un libro sobre un antiguo ladrón de guante blanco y un directorio de la policía de Oslo. Levantó un periódico y vio una separata sobre el uso ilegal de la prisión preventiva. Debajo de un pisapapeles de cristal encontró una crónica del *Aftenposten*. El autor era un conocido criminólogo, y trataba de los casos que la policía archivaba a pesar de saber quién era el culpable. Hanne recordaba ese artículo, a pesar de que se había publicado varios años atrás. Volvió a dejar el pisapapeles en su sitio.

Faltaba algo. Sabía que faltaba algo.

Aunque Knut Sidensvans no hubiera llegado muy lejos en su trabajo de escribir sobre la evolución de la criminalidad en las grandes ciudades, tenía que llevar bastante investigado. Menos de dos horas antes, Hanne Wilhelmsen había empleado todas sus dotes de persuasión para que le autorizaran una visita casi de madrugada al archivo central, donde se guardaba toda la documentación relativa a casos concluidos o cerrados. Un responsable del archivo bastante cabreado se había dejado sacar de la cama para echarle una mano. Solo le había llevado unos minutos confirmar que Knut Sidensvans nunca había estado por allí. Su nombre no aparecía en registro alguno. La decepción de Hanne debió de ser evidente. El empleado del archivo se pasó la mano por el pelo con aire pensativo mientras bostezaba y, por propia iniciativa, fue arrastrando los pies a verificar el correo recibido.

—Aquí —dijo por fin—. Por eso me sonaba. Lo pensé cuando vi ese nombre de pájaro tan curioso en el periódico. He oído antes ese nombre, pensé. Pero no recordaba dónde. Mira.

Le tendió una carta.

Era de la Dirección General de la Policía y estaba fechada el 23 de octubre. En ella, el director de la policía informaba de que a lo largo del año siguiente Knut Sidensvans necesitaría acceso a todos los casos del archivo central. Les agradecería que le ayudaran en todo lo posible.

—La copia es para nosotros, la petición original era para el director —dijo señalando la parte inferior de la hoja—. Y también para Bergen. Deberías llamar a la policía de Bergen. A lo mejor el tal Sidensvans empezó por allí, ¿no? ¡Sabía que había oído hablar de ese tipo antes!

Volvió a bostezar y Hanne se marchó dejando al hombre allí. Quería alejarse de Grønlandsleiret, escapar del campo de visión de sus colegas, evitar preguntas para las que todavía no tenía respuesta. No fue hasta pasar por delante del museo Munch, camino del apartamento de Sidensvans, cuando se detuvo para llamar a su antiguo colega Severin Heger. Después de haber salido del armario y de la policía secreta de manera sonada, Severin por fin había reunido el valor necesario para pedir que le destinaran a su ciudad natal. Ahora era jefe de sección en la policía de Bergen y la impresionó que solo tardara diecinueve minutos en devolver su llamada.

—Ha estado aquí, Hanne. Varias veces.

Su acento de la costa de Bergen era más pronunciado ahora que cuando se escondía en las últimas y secretas plantas de la sede central. Siguió arrastrando las erres con entusiasmo:

—Dicen por aquí que era un tipo extraño. Y, Hanne... No me gusta revelar esto, pero parece que le dejaron hacer copias de la documentación de unos cuantos casos. El colega del archivo no acababa de entender que Sidensvans pudiera anotar todo lo que quisiera pero no hacer copias, así que...

—Severin —le interrumpió Hanne—. ¿Cómo demonios puede ser que nadie de tu distrito nos haya contado que Sidensvans había estado en contacto con vosotros? ¡Aquí estamos en medio del asesinato más grave de la historia de Oslo, y resulta que entre vosotros hay alguien tan tranquilo que puede tener información vital sobre una de las víctimas! Es que me siento...

—¡Estamos en plenas vacaciones, Hanne! ¡Es Navidad, joder!

—Averigua qué casos se llevó. Haz eso por mí.

—Puede llevar tiempo.

—Hazlo cuanto antes. Y tú...

—¡Suenas muy, muy estresada, Hanne!

—No digas ni una palabra de esto hasta el lunes.

—Pero si me has pedido que averigüe...

—Con toda la discreción posible, ¿vale?

El teléfono crepitó cuando él se echó a reír.

—La misma Hanne de siempre, por lo que veo. Enigmática y...

—Hasta el lunes. Por favor, Severin. Gracias.

Hanne colgó antes de que tuviera tiempo de contestar. Para entonces ya casi había llegado al piso de la calle Ola Narr. Un vecino la había saludado al subir por la escalera, como si ella tuviera algo que ver con la casa. Pero no tenía esa sensación. El salón de Sidensvans había adquirido un aire fúnebre, el mausoleo polvoriento de un hombre erudito al que nadie echaría de menos.

Los conocimientos informáticos de Hanne Wilhelmsen estaban muy por encima de lo que cabía esperar de un policía. A pesar de ello, lo que iba a hacer era del todo inaceptable. Tenían especialistas que se ocupaban de cosas así. Especialistas competentes que sabían exactamente lo que debían hacer y que no correrían el riesgo de destruir nada. Hanne sabía que había virus que estropeaban los ordenadores en cuanto un tercero intentaba conectarse, programas avanzados que borrarían pruebas, si las había, del disco duro que se disponía a iniciar. Era consciente de todo eso mientras acercaba el dedo a la tecla de encendido. Podía destruirlo todo con solo tocar una tecla, y la apretó.

La máquina emitió un zumbido. La pantalla osciló. La melodía de Microsoft salió a todo volumen por los altavoces, dándole un buen susto. Bajó el volumen.

El difunto ni siquiera había puesto una contraseña.

Knut Sidensvans no había tenido miedo. No se había sentido amenazado por nada ni por nadie. El ordenador era un libro abierto, y no había códigos, contraseñas secretas ni virus que se activaran solos. Ningún programa malicioso que pudiera proteger lo que encontrara y archivara. Hanne empezó a buscar. Era increíble. El ordenador estaba casi vacío. Sus dedos golpeaban las teclas cada vez a más velocidad.

En la carpeta «Mis documentos» había un texto breve sobre los rododendros y un artículo escaneado sobre los patrones de asentamiento de los inmigrantes en Oslo. Nada más. Abrió una carpeta detrás de otra. Algunas las había creado él. Estaban vacías, y los nombres de las subcarpetas eran anodinos. En la carpeta «Mis fotos» encontró la foto de un coche de lujo de color rojo.

Hacía calor en la habitación. Hanne se sorprendió al darse cuenta de que todavía llevaba puesto el chaquetón. Se lo quitó y lo dejó en el suelo con cuidado en el escaso espacio que dejaban libre los montones de revistas y libros.

Abrió Outlook Express sin conectarse a la red. El buzón contenía seis o siete mensajes marcados como spam, y uno de la compañía telefónica Telenor ofreciéndole banda ancha a mejor precio. Nada más. Comprobó los «Mensajes enviados»: tres correos carentes de interés. «Borradores»: nada. «Mensajes borrados»: vacío.

Dudó unos instantes. Con la vista fija en el «Buzón de entrada», conectó el aparato a la red. Cuatro segundos más tarde empezaron a entrar mensajes con un tintineo. El receptor era sidensvans@online.no. Pero lo que la sorprendió fue el remitente: knutsiden@online.no. El hombre se había mandado cuatro mensajes a sí mismo. Como hacía Nefis a veces. Hanne sudaba, volvía a sentir ese sudor frío, gruesos goterones que resbalaban por su costado. La sed hacía que su lengua pareciera demasiado grande. Despacio, con cuidado de no volcar nada, se abrió paso hacia la cocina. Un tufo amargo a comida podrida la envolvió en cuanto abrió la puerta. Deberían haberse ocupado de que alguien vaciara el frigorífico y tirara el pan a medio comer cubierto de un moho repulsivo que estaba en una panera de plástico transparente. Tendrían que haber inspeccionado ese piso mucho antes, haberlo recogido, haberse ocupado de que nada se estropeara o se perdiera. Si no por otro motivo, al menos por respeto a la víctima, un hombre que había vivido sin hacer ruido y que luego había sido asesinado a la sombra de algo mucho más grande que él.

Hanne dejó correr el agua mucho rato. En lugar de coger un vaso en los anticuados armarios de cocina, se inclinó sobre el fregadero y acercó la boca al chorro.

Al pasarse el dorso de la mano por la barbilla, recordó por qué Nefis tenía dos direcciones de correo electrónico y con frecuencia se mandaba documentos a sí misma al final de la jornada laboral. Hanne cerró los ojos y recordó su voz, cantarina, con ese leve rastro de un acento que ya casi había desaparecido.

«Un seguro adicional. Si el backup falla y el ordenador se quema esta noche, mi trabajo estará archivado en un servidor de por ahí y puede volver a descargarse mañana por la mañana.»

Knut Sidensvans no temía que le robaran: temía perder documentos importantes.

Hanne cerró el grifo. Luego fue al salón y abrió los archivos que el hombre se había enviado a sí mismo. No eran muchos. Le llevó diez minutos imprimirlos y clasificarlos. Media hora más tarde los había leído. Le llevó otros treinta minutos entender qué era lo que había leído.

Dobló las hojas con cuidado y apagó el ordenador. Se guardó los papeles en la cintura del pantalón antes de ponerse el chaquetón. La angustia de las últimas veinticuatro horas, la profunda inquietud que la había torturado los últimos días y que no había sabido explicarse, había desaparecido.

Profirió varios tacos. Soltó todas las blasfemias que fue capaz de recordar, y perjuró mientras cerraba la puerta. Bajó en tromba por las escaleras para coger un taxi con la mayor rapidez posible, murmurando al ritmo de los tacones de sus botas vaqueras contra el suelo de cemento:

—Mierda, mierda, mierda.

Había mucho por hacer. Y lo más importante era hablar con Henrik Heinz Backe.

Esta vez era otra mujer. Era más joven y no parecía igual de amable. Carl-Christian Stahlberg se preguntó si mandaban a mujeres para animarle a colaborar. Para ser más sincero. Quería ser sincero y quería colaborar, pero era demasiado difícil llegar a lo que no era mentira sin mentir en el proceso.

—Así que Hermine compró un arma —insistió la mujer—. ¿Sabías algo de eso?

Su voz era clara, con un leve sonido ceceante. Tenía un nombre lleno de eses, pero no era capaz de recordarlo. Era como si se hubiera quedado sin el pegamento que unía las conexiones de su cerebro, se acordaba de muy poco y no recordaba ningún nombre. Ni siquiera el del abogado. Era un hombre conocido en los medios, eso lo sabía. Mabelle debía de haber tirado de contactos. Estaba muy atento al interrogatorio, inclinado hacia delante y con la mirada incisiva, pero Carl-Christian ya no recordaba su nombre.

—¿Qué?

—¿Te has enterado de algo de lo que te he dicho? —preguntó la mujer.

—Sí.

—¿Tienes algún conocimiento de que tu hermana Hermine comprara un arma el 16 de noviembre de este año?

—No.

Quería decir que sí. Pero era como si su boca eligiera sus propias palabras, independientemente de lo que pensara. Tal vez fuera mejor así. Su mente era un caos, solo tenía confusión y desorden en la cabeza. Mejor que su boca funcionara por su cuenta. Sonrió.

—Esto no tiene ninguna gracia —dijo la mujer.

—No.

—Tengo que mostrarte unas fotografías que hemos encontrado.

Fotos, pensó Carl-Christian Stahlberg. La mujer tiene unas fotos. Pero habían quemado las fotos. Lo recordaba, estaban en la chimenea convertidas en ceniza, en nada.

—Pueden resultar… chocantes, ofensivas. Lo lamento. Pero es importante…

Había quemado todas las fotos, de eso estaba seguro. Fue como si su cerebro hubiera recibido una descarga, sus pensamientos parecieron recuperar su lugar, uno tras otro, surgió de nuevo una especie de estructura. Volvió a sonreír.

El abogado parecía molesto. Le quitó las fotos de las manos a la policía antes de que tuviera tiempo de dejarlas sobre la mesa.

—¿Es necesario hacer esto? —dijo impidiendo que Carl-Christian las viera—. No comprendo de qué podría servir que mi cliente se vea obligado a enfrentarse con esto.

Carl-Christian no entendía nada. Las fotos de la caja fuerte de Kampen habían desaparecido. Las había destruido él mismo siguiendo las órdenes de Mabelle.

—Fotos —dijo completamente aturdido.

—Debo pedirte que me las devuelvas —exigió la mujer.

El abogado se las entregó, contrariado. Carl-Christian esperó. Debía concentrarse, esto era importante. Había destruido las fotos de Mabelle. Ya no existían, no podían estar aquí en un montoncito, encima de la mesa, delante de él. No se atrevía a comprobarlo. Prefirió mirar al techo y quedarse observando la lámpara.

Tal vez su padre hubiera guardado otro juego extra. Era posible que las fotos hubieran estado en la calle Eckersberg, en el escritorio de Hermann. La policía las habría encontrado allí.

La mujer le puso la mano sobre el antebrazo. Eso le hizo bajar la vista, sorprendido.

No eran fotos de Mabelle, eran de Hermine. Cuando vio quién estaba detrás de ella, y después de varios segundos comprendió qué estaban haciendo su hermana y el tío Alfred, se inclinó hacia un lado y vomitó.

Nadie dijo nada. Se vomitó encima y por todo el suelo, pero nadie hizo nada.

Carl-Christian sintió una luz dentro de su cabeza, una explosión silenciosa. Fue como si de pronto lo entendiera todo, todos los años con la familia, las discusiones, las discordias, las miradas de reproche de su madre y el trato rudo de su padre hacia todos ellos, las maniobras de Hermine en el territorio escabroso y minado que era la familia Stahlberg. Recordaba a su tío, adulador e incomprensible, mentiroso pero a pesar de todo nunca repudiado.

Carl-Christian entendió, como en una revelación, por qué Hermann le había dado una fortuna a su hija cuando cumplió veinte años. Comprendió de pronto, mientras volvía a vomitar, que hacía mucho que podría haberse enterado. Que todo habría sido distinto si hubiera querido ver.

Cuando por fin enderezó la espalda tuvo que agarrarse a la mesa para no caerse de la silla. Su cabeza carecía de consistencia, su estómago estaba vacío y caliente. No había lugar en su interior para nada que no fuera aquello: odiaba a su padre con más intensidad que nunca. Le odiaba.

—Yo les maté —dijo—. Fui yo quien mató a mis padres y a mi hermano.

Silje Sørensen abrió la boca. De todas las mentiras alambicadas, de todas las medias verdades que ese hombre les había contado durante las más de once horas que había estado prestando declaración desde que le detuvieron, esta era la más flagrante. La mirada de Silje se dirigió de Carl-Christian al abogado en un intento de comprender lo que estaba pasando. No podía entender su propia certeza, y buscó la ayuda del abogado tartamudeando:

—¿Por qué...? Pero no puede ser...

—Yo les maté —repitió Carl-Christian, muy alterado.

Se había puesto de pie. Agarró la primera de las fotos y la rompió en pedacitos.

—¡Hijo mío! —La mujer de la calle Blindern abrió los brazos para recibirle efusivamente—. No ibas a venir hasta el lunes, ¡y ya estás aquí!

El hijo se arrodilló y dejó que su madre le abrazara con fuerza.

—Me pareció que eran muchos días —murmuró medio ahogado contra la gruesa chaqueta de lana de su madre—. No podía dejarte aquí sola. Stephanie y los niños no llegarán hasta el lunes por la mañana. Pensé que tú y yo podríamos tener un par de días para nosotros dos. Ahora que todo está un poco más calmado.

—Eres tan bueno... —dijo su madre sin querer soltarle—. Con todo el trabajo que tienes...

—No hay tanto que hacer ahora en Navidad —dijo liberándose por fin—. Solo tenía que ocuparme de algunas cosas. Y como esto de papá ocurrió de forma tan repentina, pensé que debería...

—Has venido desde Francia —dijo la madre—. Eres un buen chico, Terje. Hacer un viaje tan largo dos veces en una semana. No tengo de qué preocuparme, con un chico tan bueno.

Terje Wetterland rió y fue a la cocina a poner agua para el té.

—Solo faltaría —gritó. Las tazas y los platos hacían ruido al entrechocar—. Tenía mala conciencia por haberte dejado sola. Vamos a… Por cierto, ¿qué es esto?

—¿El qué, hijo mío? El té está en el tarro con tapa junto a…

—Me refiero a los papeles que hay encima de la mesa de la cocina.

—Ah, eso…

El hombre estaba plantado en el umbral de la puerta.

—Solo es una carpeta que tu padre tenía aquí en casa. Estaba junto a su cama, la tarde que…

Las lágrimas anegaron sus ojos y los cerró.

—Ay, mamá —dijo Terje Wetterland, y fue a sentarse a su lado—. Tenemos que ser fuertes. Me organizaré para tener algo más de trabajo aquí en Noruega, y así podré venir a verte más a menudo. Saldremos de esta, mamá.

Ella se secó la cara con gesto decidido.

—Por supuesto. Tenía miedo de olvidarme esos papeles en el dormitorio, así que los puse a la vista para que los encontraras. ¿Te importa dejarlos en la estantería del recibidor, por favor? Así te los podrás llevar cuando revises sus archivos. Porque me dijiste eso, ¿verdad? ¿Te quedarás el tiempo suficiente para organizar los papeles de tu padre?

—Sí —dijo él volviendo a la cocina—, y para pasar buenos ratos contigo. Los niños tienen muchas ganas de verte. Están muy apenados por su abuelo. ¿Dónde dijiste que estaba el té…? Ah, sí, aquí está el bote. Camilla ha hecho un dibujo muy bonito que dice que quiere poner en el ataúd. Fue muy conmovedor. Anoche estuvo dibujando varias horas.

Terje Wetterland aclaró la tetera de vidrio. Unos restos de hojas de té se habían atascado en el colador que llevaba incorporado. Intentó quitar lo que pudo. A final lo dejó por imposible y dijo en voz alta:

—No preparas té con mucha frecuencia…

—¿Está ya rancio? ¿Ha perdido todo el aroma?

—No, no. Está bien.

El hervidor pitó. Dejó la tetera en la mesa, llenó el colador de té y echó el agua hirviendo encima. Pero el colador seguía atascado y el agua se desbordó. Se quemó la mano y soltó unos cuantos tacos en voz baja.

—¿Qué pasa, querido?

—Nada —gritó mientras ponía la mano bajo un chorro de agua fría.

Una ampolla del tamaño de una moneda de una corona fue apareciendo poco a poco junto a la uña del pulgar. Escocía muchísimo.

—*Merde* —susurró otra vez, y se dio la vuelta en busca de un trapo de cocina.

El té se había derramado por la mesa y estaba a punto de llegar a los documentos que se habían salido de la carpeta. Cogió el trapo y lo echó sobre la mesa, pero el líquido dorado lo salpicó todo. Con un profundo suspiro, agarró los documentos y los sostuvo sobre su cabeza, como si tuviera miedo de que el té pudiera seguir atacándolos.

—¿Qué pasa? ¿Qué estás haciendo en la cocina?

—Nada —murmuró soplándose la quemadura—. Todo va bien.

Los documentos parecían estar intactos, salvo por una franja marrón claro y un par de manchas en la primera hoja. Terje Wetterland dudó.

—¿De qué van estos papeles, mamá?

—¿Qué? Ven aquí conmigo, anda, resulta muy cansado hablar a gritos.

Despacio, sin apartar la vista de los papeles, fue al salón.

—¿Sabes de qué tratan estos documentos? —dijo intentando que su voz no delatara su intranquilidad.

—¿Algo va mal? ¿Es algo peligroso?

Su madre no parecía igual de serena.

—No, para nada. Nada peligroso. Pero creo que voy a llamar a la policía.

—¿La policía?

—Tranquila, mamá. Es solo que estos…

Pasó las hojas con cuidado, con la sensación de que no debería hacerlo. Aquello no era asunto suyo, era como leer la correspondencia ajena. Pero tenía que hacerlo. Leyó, se fijó en los nombres y las fechas, tenía problemas para enfocar la vista. Sus gafas se empañaron. Se las quitó y leyó una vez más.

—Mamá —dijo por fin—. ¿La familia Stahlberg eran clientes de papá?

Jenny se colocó delante del gran charco que había en la acera. Muy concentrada, juntó los pies antes de saltar justo en el centro. El agua salió disparada en todas direcciones. Billy T. lanzó una retahíla de tacos y cogió a su hija por el brazo. La llevó a rastras mientras la cría gritaba e intentaba darle patadas en la espinilla.

—Has mojado a papá —se quejó Billy T.—. No deberías hacer eso.

—Me haces daño. ¡Ay!

La soltó y se puso en cuclillas. Los mocos se le habían secado bajo la nariz y Billy T. observó desesperado que la infección recurrente volvía a cobrar la forma de materia amarillenta en los lagrimales.

—Escúchame, mi niña.

Forzó una sonrisa y le acarició el brazo.

—Duele —gimió Jenny.

—Perdona, pero es que nos estamos mojando. Papá solo va a hacer una llamada…

—No.

—Sí. Solo voy a hablar un poco con Hanne y luego vamos a…

—¡No!

Jenny empezó a gritar. La gente que pasaba apresurada por su lado le miró con recelo cuando agarró a la cría por la espalda de su mono y la llevó como si fuera una bolsa de viaje viviente. No la dejó en el suelo hasta que llegaron al parque de Olav Rye.

302

—Muy bien. Aquí tienes un charco enorme. Salta en él todo lo que quieras. Y mientras tanto papá va a hacer una única llamada antes de ir al McDonald's. Pero si te mojas demasiado tendremos que volver a casa, ¿vale?

Jenny se metió en la fuente que había en el centro del parque. La mezcla de nieve y agua, cacas de perro y papeles tirados, salpicaba a cada paso que daba. Se echó a reír, y luego se quedó junto al surtidor apagado hurgándose la nariz.

—Hanne —dijo Billy T. aliviado cuando ella, contra todo pronóstico, contestó al teléfono—. He intentado localizarte cien veces.

—Once —le corrigió ella—. Pero, bueno, no tengo tiempo para eso. ¿Qué pasa?

—Estás metida en un buen lío. Se suponía que esta mañana tenías que interrogar a Carl-Christian.

—Les mandé mensajes tanto al jefe de sección como a Annmari —bramó Hanne—. ¡Digo yo que habrá más gente en esa maldita comisaría que pueda ocuparse de un interrogatorio de vez en cuando!

—Pero al menos podrías contestar al móvil cuando te llamamos, ¡joder!

—En ese caso no me dejaríais trabajar. Tuve que apagarlo.

—¡Jenny! ¡Jenny! —Se golpeó la frente y profirió en voz muy alta—: Tú te lo has buscado, Jenny, ahora tendremos que irnos a casa.

La niña, sentada en el suelo de la fuente, jugaba con un cachorro suelto que le estaba lamiendo la cara como un loco.

—Tone-Marit está malísima —resopló por el móvil—. Tengo que ir a casa y hacerme cargo de Jenny unas horas. Por Dios...

—¿Llamas para decirme que soy persona non grata en la comisaría o tenías algo importante que contarme?

—Yo...

Esa noche había tenido un sueño. Por la mañana se despertó empapado en sudor y, por puro impulso, empezó a revolver en un montón de periódicos viejos que Tone-Marit había dejado en el recibidor. Cuando por fin localizó el *Aftenposten* del viernes 20 de diciembre y encontró el artículo que recordaba haber visto durante su visita a Ronny Berntsen, sintió una gran ansiedad. Dos horas después, en la comisaría, tras haber mentido más de lo que recordaba haberlo hecho en los últimos años, obtuvo a la vez la certeza y una profunda preocupación.

—Esa arma... —dijo despacio, y se aclaró la garganta—. El revólver...

—¿Sí?

—Ya sabes que la pistola...

—Estabas hablando del revólver, Billy T.

—Sí. La pistola se la vendió Sølvi Jotun a Hermine. De eso estamos bastante seguros. Sølvi reconoció una muesca en la culata. Ahora está en los calabozos. Me matará cuando la suelten, pero...

—Tuviste que hacerlo, Billy T. No podías seguir protegiéndola. Ya veremos cómo podemos echarle una mano más adelante. Pero ¿qué pasa con el revólver?

—Es nuestro.

—Nuestro.

Hanne repitió la palabra, no como una pregunta, ni con sorpresa. Se limitó a constatarlo, como si fuera algo que supiera hacía tiempo, una información corriente que en realidad no resultaba demasiado llamativa.

—Bueno, no exactamente nuestra... —dijo casi en susurros.

El tranvía bajaba traqueteando por la calle Thorvald Meyer. Jenny se había echado a chapotear en el agua sucia. El cachorro resollaba encantado, con el gorro de la niña entre los dientes. La dueña del perro ya no estaba tan sonriente. Miró a Billy T. con gesto de reprobación y señaló a la cría, que estaba completamente empapada.

—Es un arma confiscada, Hanne. La incautamos hace siete meses y ahora mismo debería estar bajo llave precisamente como lo que es, un arma confiscada. La reconocí en una foto que se tomó el día de los asesinatos. Lo he comprobado.

Hanne no decía nada. Billy T. tragó saliva. El silencio entre ellos se hizo íntimo, agradable. Un recuerdo de su relación tal y como fue una vez, en un tiempo en el que apenas necesitaban preguntar para saber qué estaba pensando el otro.

—Eres un genio —dijo de pronto—. ¿Lo sabías? Un maldito genio. ¿Puedes librarte de Jenny?

—No.

—Llévala a nuestra casa. Nefis y Marry pueden...

—Tengo que pasar por casa a coger ropa seca —la interrumpió.

—A la mierda. Nefis ya pensará en algo. Tienes que...

Le llevó tres minutos escasos contarle lo que tenía que hacer. Billy T. colgó y se guardó el móvil en el bolsillo de la camisa. A continuación se metió en la fuente. Levantó a Jenny con mucho cuidado, como si fuera un bebé, y la acurrucó entre sus brazos. Ella echó la cabeza hacia atrás y le sonrió, una gran sonrisa de dientes blanquísimos. Acercó su rostro al de ella, a su boca, una boca infantil llena de risas y saliva y restos de caramelo como un dulce velo sobre los labios. Le besó la nariz, las mejillas, chasqueó la lengua y le habló en susurros, y Jenny rió muy alto, mucho rato.

—Te quiero —le murmuró en la oreja, y echó a caminar hacia el coche—. Te quiero, mi pequeño monstruo.

Hanne tardó veinte minutos en conseguir entrar en casa de Henrik Heinz Backe. Por supuesto, el hombre no abrió cuando ella llamó a la puerta. Solo después de que la aporreara, tirara guijarros a las ventanas, gritara e intentara abrir con una tarjeta de crédito y un destornillador de bolsillo, obtuvo como premio una cara amargada a través de una rendija en la puerta. Por si acaso, metió el pie en el resquicio. Después de dedicar un buen rato y muchos argumentos a convencerle, consiguió que la dejara pasar.

Los muebles eran grandes y pesados. Hanne le siguió al salón sin que él la hubiera invitado y percibió un leve olor a viejo y falta de higiene. Pero el lugar tenía trazas de haber sido acogedor. Las estanterías estaban repletas de libros y había tapetes y manteles de ganchillo sobre las mesas. Tres geranios en macetas holandesas se marchitaban en la ventana. En el sofá había cojines bordados y del techo colgaba una enorme araña de cristal. Tres de las bombillas estaban fundidas y la habitación quedaba desigualmente iluminada. De pronto Hanne cayó en la cuenta de que el piso era idéntico al de los Stahlberg, como era lógico, solo que con una distribución inversa. Sintió que se mareaba al intentar calcular dónde estaría la cocina.

—Las flores no son mi fuerte, era mi mujer la que se ocupaba de esas cosas —dijo Backe, y se sentó en un sillón.

Hanne escogió el sofá. Desde allí podía ver todo el salón, e intentó que no fuera demasiado evidente que examinaba el rostro del anciano. No estaba borracho. Aunque al abrirle la puerta desprendía un olor inequívoco a licor, sus pasos eran firmes. El habla confusa era más un resultado de la falta de dientes que del alcohol en sangre. Iba vestido con pantalones grises, camisa blanca y una especie de batín aparentemente limpios.

—Yo te he visto antes —dijo él rascándose la mano con gesto desconcertado.

—Sí, te traje a casa la semana pasada. ¿Lo recuerdas?

—A Unn se le daban muy bien las flores —comentó con una sonrisa—. Tendrías que haber visto el jardín en primavera. Y en verano. Era hermoso.

Un viejo reloj de pared dio la hora con tono grave.

—El tiempo pasa —dijo Backe.

—Dijiste que eras asesor de seguros jubilado —dijo Hanne.

—Este era el hogar de infancia de mi mujer. Nos mudamos aquí en el año cincuenta y ocho. No… —Con un gesto de la mano borró una discreta sonrisa de su cara, avergonzado por su falta de memoria—. Quiero decir en el ochenta y cinco. Nos vinimos a vivir aquí. Mis suegros habían muerto, los dos, el tiempo pasa.

—Y antes de eso vivíais en Bergen, ¿verdad?

Él levantó la vista.

—¿Bergen? Sí, sí. Vivimos en Bergen muchos años. Y tú eres de la policía, ¿verdad?

El reloj de pared volvió a dar la hora, debía de estar estropeado. Backe se levantó y fue a la cocina. Volvió con un vaso lleno hasta el borde de un líquido marrón. No hizo ademán de ofrecerle nada a Hanne.

—No es fácil quedarse solo después de tantos años —dijo, y se sentó en otro sillón—. Asesor de seguros. Eso es lo que era. Ahora estoy jubilado.

Un velo azul grisáceo volvió a empañar su mirada. Hanne se secó las manos en el pantalón, las entrelazó y apoyó los codos en las rodillas cuando se inclinó hacia delante.

—Esto es muy importante, Backe. Me gustaría mucho que contestaras a mis preguntas.

Él la miró fijamente, pero ella seguía dudando de que en realidad la viera.

—Tuviste un caso... —empezó dubitativa—. Tuviste varios... Pero he encontrado este... —Metió la mano derecha por dentro de la chaqueta, sacó un fajo de hojas y fue pasándolas hasta encontrar la que buscaba—. Este —dijo con voz queda, y rodeó la mesa para acercarse a él.

Backe toqueteaba el vaso. Se quedó frotando el brazo del sillón haciendo círculos con un dedo.

Por fin levantó la vista y agarró las hojas.

—A Unn la habría destrozado —dijo bajito—. En eso él tenía razón.

—¿Quién? —preguntó Hanne.

—Yo bebía demasiado, siempre bebía demasiado. —Como si quisiera recalcar lo dicho, se bebió medio vaso de un trago—. Unn me perdonaba. Siempre intentó que yo lo dejara. Pero todo era tan... Ella no lo habría soportado. Entiéndelo... —Su rostro estaba cambiado, sus rasgos se habían serenado—. Beber es caro —prosiguió, aclarándose la garganta—. Me dejé convencer para aceptar el dinero. Me arrepentí, por supuesto. Me arrepentí muchísimo. Quise devolverlo, dar la voz de alarma. Pero él tenía razón, a Unn le habría costado la vida. Sí, así es.

Su mirada recorrió los folios. Hanne no estaba segura de que en verdad estuviera leyendo. Se puso en cuclillas para observarle mejor. Él dio un respingo, como si acabara de percatarse de su cercanía.

—Pero Unn ya no está —añadió.

—Esto es muy, muy importante —dijo Hanne, con miedo a asustarle, a que volviera a replegarse en su memoria huidiza—. ¿Qué fue lo que ocurrió?

—El chico solo tenía dieciocho años. De buena familia, ya sabes. Y las buenas familias de Bergen… —Se echó a reír. Hanne se sorprendió de lo hermosa que sonaba su voz, profunda y musical—. Las buenas familias de Bergen son más finas que las demás. Conducía borracho. Se chocó con una farola. Un caso sin importancia. —Apuró el resto de la bebida—. Pero no debería haberse archivado. Yo era nuevo, así que primero lo intenté por las buenas. Mandé el expediente de vuelta diciendo que debía de haber un error. Pero él no cedía. —Miró desconcertado el vaso vacío—. Pero si acababa de ir a por más.

Sus dificultades para hablar eran cada vez más evidentes.

—¿Qué pasó? —preguntó Hanne.

—Él seguía sin querer hacer nada. Dijo que había que archivar el caso. Típico de la gente rica, librarse con más facilidad. La gente como esos… —miró furioso hacia la pared que daba al piso de los Stahlberg— malditos esnobs de ahí dentro… Se creen mejores que…

Backe se estaba alterando mucho. Salpicaba saliva al hablar y gesticulaba con el brazo derecho.

—Y mis suegros —berreó—, nunca fui lo bastante bueno para ellos, para Unn.

El nombre de su esposa le hizo volver a caer hacia atrás, agotado. Respiraba con dificultad. Volvió a observar el fondo del vaso e hizo ademán de levantarse. Hanne le puso la mano en el pecho con delicadeza.

—Espera un poco —le instó suavemente—. Luego iré a buscarte más. ¿Quién te dijo que el disgusto acabaría con Unn?

—Tampoco era tanto dinero —prosiguió, como si no la hubiera oído—. Pero cuando le dije que iría a la dirección empezó a amenazarme. Y cuando eso tampoco sirvió de nada se echó a llorar. ¡Llorar! Un tipo hecho y derecho.

—¿Quién? —insistió Hanne.

—Ya lo has visto. Los nombres están ahí escritos. Él ya había aceptado el dinero. Y me dio la mitad. Acepté la mitad. Acepté... —Las lágrimas se deslizaban por sus mejillas—. Un hombre hecho y derecho —murmuró—, llorando como un niño.

Hanne cogió el vaso. Cuando volvió con más alcohol, el viejo ya había empezado a hablar otra vez.

—Comprendí que no era la primera vez que lo hacía. Pero me prometió que sería la última. Cogí el dinero: veinticinco mil coronas. Y lo dejé. Pero la vergüenza... nunca he podido superar la vergüenza. Nunca desapareció. Asesor de seguros. Eso es lo que soy. ¿Crees que se morirán?

Miró a Hanne a los ojos, una mirada desesperada que hizo que Hanne sintiera ganas de pasarle la mano por la cabeza, acariciarle la mejilla. En cambio preguntó:

—¿Quiénes?

—Los geranios. He intentado regarlos. A lo mejor les estoy poniendo demasiada agua. Unn era la que entendía de esas cosas. Bueno, bueno.

Despacio se reclinó en la silla. El reloj dio cinco campanadas irregulares. El mecanismo se trastabillaba. El intenso olor a alcohol irritaba la nariz de Hanne. Con cuidado, el hombre soltó las hojas, los papeles de un caso de 1984, en Bergen, que evidentemente no debía haberse archivado. Los adjuntó a los otros tres documentos, casos que de manera igual de flagrante se habían dejado morir, a pesar de que se conocía al autor del delito y había pruebas más que suficientes. Ninguno de ellos revestía una especial gravedad. Un par de conductores ebrios y un importante exceso de velocidad.

Una agresión a un taxista. Casos que podían desaparecer, que era fácil sellar y archivar. Habían permanecido allí, en los enormes archivos, sin ser revisados ni leídos, protegidos por la vergüenza de Backe, por la culpa y por el amor hacia su mujer, hasta que reaparecieron durante la investigación que Knut Sidensvans estaba realizando sobre los crímenes en las grandes ciudades noruegas. Dieciocho años después.

—¿Crees que ella me perdonará? —preguntó Backe muy bajito.

Hanne volvió a meterse los papeles en la cintura del pantalón y se abrochó la chaqueta. Al llegar a la puerta se dio la vuelta. El fatigado anciano se veía tan pequeño en aquel salón enorme, tan fuera de lugar, como si solo hubiera pasado por allí, por casualidad, en un momento inoportuno. Se llevó el vaso a la boca y bebió.

—Estoy convencida —dijo ella asintiendo con la cabeza—. Hace mucho que te ha perdonado.

—Solo si… —susurró Hermine intentando toser. Sus pulmones no tenían la fuerza suficiente, la musculatura del estómago le fallaba. Cuando siguió hablando, Hanne Wilhelmsen pudo oír las flemas vibrando en sus cuerdas vocales—: Solo si me prometes que estás aquí por eso.

—Lo juro —dijo Hanne levantando un poco la mano, como si tuviera intención de prestar juramento.

La doctora miraba dubitativa de la paciente a la detective.

—Sigo sin estar muy segura —dijo la mujer—. Y la verdad es que es la primera vez que viene aquí un agente de policía sin acompañante.

—Comisaria —la corrigió Hanne sin mirarla—. Y ya has estudiado mi placa tan concienzudamente que a este paso va a desintegrarse. Además, supongo que tampoco estarás muy acostumbrada a que la policía se presente aquí a todas horas. Con todo respeto, no es mi intención ponerte en una situación difícil, doctora Farmen. Pero esto es realmente importante.

—Por favor —dijo Hermine sorbiendo agua con una pajita—. Ha dicho que no llevará mucho tiempo.

La doctora seguía indecisa. Pasó la mano por la frente de la paciente, le examinó los ojos, comprobó los indicadores de la máquina a la que estaba conectada. Sus manos eran ágiles y profesionales. Su preocupación parecía sincera. Volvió a escrutar a Hanne, que de pronto se sintió incómoda por la mancha de café que tenía en la pechera.

—Es importante —dijo Hermine—. De verdad que tengo que hablar con ella.

—Te daré media hora —anunció la doctora—. Treinta minutos.

Por fin se quedaron a solas. Hanne miró de reojo hacia la puerta. Tenía la vejiga tan llena que le resultaba difícil estarse quieta. Aunque la habitación disponía de baño, no se atrevía a usarlo. Incluso le costó acercar hasta la cama la silla que había junto a la ventana.

—¿Estás completamente segura —dijo en voz baja, sentándose— de que estás de acuerdo con esto?

—Dices que crees que somos inocentes. Todos. CC, Mabelle y yo.

Hermine levantó la mano y la acercó a la de Hanne. Luego la dejó caer sin fuerza, como si ya no tuviera capacidad de confiar en nadie.

—Estoy completamente segura —dijo Hanne—. Pero depende en parte de ti que pueda convencer a los demás.

—Iba muy colocada. Ni te imaginas cuánto.

—¿Cuándo?

—Cuando sucedió todo. Fui para...

Volvió a intentar toser.

—Toma —dijo Hanne, y le ofreció agua de un vaso con una pajita—. Creo que te haré algunas preguntas. Así ahorraremos tiempo. Lo primero que necesito saber es si estuviste en la calle Eckersberg el jueves 19 de diciembre. El jueves de la semana pasada.

—Sí. No. Quiero decir que fui allí, pero ocurrió algo. No llegué. Quiero decir que no llegué a entrar en casa de mamá y papá. Yo...

Hermine cerró los ojos. ¡Se la veía tan pequeña en la enorme cama de hospital! Tenía el ojo izquierdo casi cerrado, morado e inflamado. Los labios cortados, con sangre coagulada en las comisuras.

—Empecemos por el principio, Hermine. Tenías intención de visitar a tus padres.

—Sí.

—¿Llevabas un arma?

Hermine asintió con cuidado. Una mueca se dibujó en su cara, como si le doliera mover el cuello.

—Una pistola —gimió—. Una pistola con silenciador.

—¿Por qué no llegaste a entrar, Hermine?

—La pistola estaba en el apartamento que tienen CC y Mabelle en Kampen. Estaba allí, en una caja fuerte.

—Quiero saber qué es lo que pasó cuando llegaste.

—La pistola era de CC y Mabelle. Les compré un arma porque…

Su ojo destrozado dejaba escapar un reguero de lágrimas. Bajo el edredón, su frágil pecho subía y bajaba muy deprisa. Un llanto silencioso le dificultaba hablar.

—Tranquila, Hermine. Procura relajarte. Todo irá bien. Solo tienes que contarme tu historia. Inténtalo.

—Solo estaba cabreada, tremendamente cabreada. Mi madre me llamó esa tarde y me dijo que mi padre iba a cambiarlo todo. Que todos los acuerdos a los que habíamos llegado, todas las promesas, todo… Lo mandaba todo a la mierda. Mamá parecía lamentarlo, como si en realidad ella no quisiera… Así era mi madre. Pusilánime. Siempre intentaba taparlo todo. Dejaba que mi padre lo decidiera todo. Todo. Él nos dominaba y mi madre se lo consentía. Pero ahora parecía sentirlo. Ella… supongo que la disputa la afectaba muchísimo. Todo lo de mi padre y CC. Pero ¿hizo algo? ¡Ja!

Tuvo un ataque de tos. Hanne intentó ayudarla. Le pasó la mano por la espalda, notó sus omóplatos en el brazo, finos, afilados. La incorporó y la sentó en la cama.

—Lo malo no es la tos en sí —dijo Hermine cuando Hanne volvió a tenderla sobre las almohadas—. El problema es que me duele mucho el estómago.

—¿Por qué no entraste, Hermine?

—Creo… al menos ahora creo, que mi madre en realidad quería que fuera. No lo dijo abiertamente, pero ¿por qué si no iba a llamarme para contarme lo de esa reunión? Aunque mi padre y yo habíamos discutido muchísimo los últimos meses, era como si…

Una leve sonrisa hizo que una profunda grieta que tenía en el labio inferior empezara a sangrar.

—Yo siempre he sido la conciliadora. La niña de los ojos de papá. Por lo menos eso es lo que les parecía a los demás.

Su sonrisa se transformó en una mueca irónica.

—Tal vez mi madre pensó que yo podría impedirlo todo. Iba a venir un abogado con la documentación necesaria para formalizar el traspaso de la naviera a Preben. Mamá me dijo que mi padre estaba harto del conflicto con CC. No quería dejarse amenazar por más tiempo. Tenía tanto para incriminar a CC que no creía que el juicio fuera a celebrarse. También me contó que había contratado a un abogado nuevo, uno que no tenía vinculación alguna con la naviera. Mi padre estaba cabreado con los abogados de la casa, opinaba que se preocupaban demasiado de los intereses de CC, que le apreciaban demasiado. Me dio la impresión de que prácticamente iban a celebrar una fiesta. Aquella noche espantosa… Mi madre parecía bastante asustada. Era tan…

Ahora las lágrimas brotaban de los dos ojos. Cerró la boca con fuerza, como si intentara contener el llanto.

—Yo estaba colocadísima. Y harta, jodidamente harta de todo. Harta de mi padre, de sus maniobras, de que siempre utilizara el dinero y la herencia para someternos, tenernos en nuestro sitio, donde él quería que estuviéramos. Estaba jodidamente harta de mi madre, que siempre me hacía llamadas supuestamente secretas, como si yo tuviera toda la responsabilidad de evitar que él destruyera a la familia. Escribió un testamento a principios de otoño, puede que fuera en agosto. O en septiembre. Mi madre me lo contó. Lo había escrito él mismo porque estaba muy cansado de esos abogados de la empresa que no paraban de darle la lata con lo que sería más honesto con respecto a CC. Mi madre me dijo que CC salía de la naviera. Yo nunca vi ese testamento y no quería decirles nada a CC ni a Mabelle. Era tan triste, tan… asqueroso. Mi padre le había desheredado, sin más. Entonces fue cuando empecé a planificar lo de esas fotos. Esas fotos que… Organicé algo bastante…

Su mano se cerró en torno al edredón. Los nudillos palidecieron. Todo su cuerpo pareció ponerse rígido. Hanne se preocupó mucho al verla así.

—Tranquila —susurró—. Aquí solo estamos tú y yo. Ahora todo se arreglará.

—Que nadie nunca le parara… —susurró Hermine.

—¿A tu padre?

—A Alfred. Que nadie se lo impidiera… Yo solo tenía diez años cuando empezó.

Hanne soltó uno a uno los dedos agarrotados de Hermine y la obligó a que dejara que le cogiera la mano entre las suyas.

—Parecía que no era para tanto. Al principio solo tenía que mirar cuando él…

—No entres en detalles. Ya hablaremos de eso. Entiendo lo que quieres decir.

—Me hacía muchos regalos. Dinero, joyas… Lo que más me ha hecho sufrir después ha sido que… —De pronto fue como si recuperara las fuerzas. Se sentó en la cama de golpe. Se soltó de su mano y se tapó la cara. Sus sollozos se convirtieron en largos aullidos—. Que no me importaba mucho. Por eso no pude pararlo. Dejé que pasara. Estaba tan feliz con los regalos, y tampoco era para tanto, al menos no al principio, cuando él solo… Pero luego, poco a poco, cuando me fui haciendo mayor…

—No puedo consentir esto de ninguna manera —dijo la doctora Farmen con firmeza. Hanne no la había oído entrar—. Debo pedirte que salgas de la habitación ahora mismo.

—Eso lo decidiré yo —dijo Hermine sorprendentemente serena. Respiró hondo, se enjugó los ojos y prosiguió—: Soy adulta y no estoy en la cárcel. Tú no decides sobre mí.

—Sí que decido —insistió la doctora—. Esto no te conviene. Mientras estés aquí, la responsabilidad médica es mía. He oído tus gritos desde el final del pasillo.

—Doctora Farmen —dijo Hermine despacio, con voz débil pero paradójicamente autoritaria. La niña rica se hizo visible de pronto—. Quiero hablar en privado con Hanne Wilhelmsen. Es fundamental para mi salud que pueda concluir mi conversación con ella. Así que soy yo quien debe pedirte que te vayas. Ahora.

La doctora miró asombrada a la paciente. Luego le dedicó una sonrisa cálida y sincera.

—Si va a ser bueno para ti, Hermine, me alegro mucho.

Su sonrisa despareció en el momento en que se volvió hacia Hanne y declaró:

—Esta conversación va a tener lugar bajo tu responsabilidad. Que quede claro.

Hanne juraría que al salir intentó dar un portazo, pero no le fue posible. La puerta se cerró despacio a su espalda.

—Lo peor es que nunca fui capaz de salir de aquello —dijo Hermine, como si no las hubieran interrumpido—. Una cosa llevó a otra, y luego a más. Al final fue como si en cierta manera lo hubiera... aceptado. Pero mi madre y mi padre... —Volvía a estar reclinada sobre la almohada, exhausta—. Aunque no puedo asegurar que lo supieran, había muchos indicios de que hubieran intuido la posibilidad. Me dieron... ¿Sabes que me dieron un montón de dinero cuando cumplí los veinte años?

Hanne asintió.

—Me puse contentísima, claro. Diez millones de coronas. Ni siquiera sabía que tuvieran tanto dinero. Al menos no como para poder desprenderse de él así sin más. A CC aquello le sentó fatal. Pero, al fin y al cabo, él iba a heredar la naviera. Y Preben estaba muy lejos. Así que cogí el dinero. Lo acepté a pesar de que mi padre dijo… dijo que me lo daba por ser una buena chica y pensar en lo mejor para la familia. El buen nombre de la familia. Entonces me importó una mierda. Le quité importancia pensando que seguramente quiso decir que me portara bien y no me lo gastara en juergas. Cosas así. Pero después he comprendido que lo sabía. Tuvo que haber comprendido lo que pasaba entre Alfred y yo, al menos hasta cierto punto. Una sospecha, ¿no? Un pensamiento que resultaba demasiado desagradable llevar hasta el final, porque qué sería de la reputación de la familia si… Era mejor asegurarse de que me quedara calladita. En realidad me sobornaron. Sin más. Y como la idiota que era… la idiota que soy… —sus puños golpeaban el edredón sin hacer casi ruido—, lo acepté y dejé que las cosas siguieran igual.

—Hasta ahora…

—Hasta ahora. Cuando este otoño me enteré de lo de ese testamento, decidí que era hora de hacer algo. Responsabilizarme de alguna manera. —Su risa sonó ahogada—. Así que instalé una cámara en el dormitorio de Alfred, siempre he tenido las llaves. Las fotos salieron bien. Fui a ver a mi padre. Le dije que las difundiría. Se enfadó. Se puso furioso… ¡conmigo! No con Alfred, ¡conmigo!

Parecía que le costaba menos contar su historia si lo hacía de manera telegráfica.

—Me mantuve firme, y entonces me suplicó, me rogó. En realidad la cosa fue muy bien, conseguí lo que quería. Él obtuvo las fotos y yo un testamento nuevo. Uno justo.

Por primera vez su rostro se iluminó con lo que parecía una sonrisa auténtica.

—Así que algo bueno salió de todo aquello. Lo tengo en casa. Y también tengo copias de las fotos. Mi padre se comportó como un idiota al no asegurarse de que le daba los negativos.

Hanne guardó silencio. No dijo nada de que habían encontrado el testamento y de que no era válido, que el sacrificio de Hermine no había servido para nada. Tarde o temprano tendría que enterarse, pero era mejor que fuera lo más tarde posible.

—Bien —dijo Hanne.

—Necesito beber agua —dijo Hermine.

—¡Y yo necesito urgentemente ir al baño!

—Hay un baño aquí mismo.

—Será un minuto.

Hermine la siguió con la mirada. Se sentía más ligera. Muy despacio, se llevó la mano derecha a la boca y se arrancó la venda del corte que se había hecho con un vaso de whisky roto. Estaba cicatrizando. Su piel estaba blanquísima bajo los apósitos, clara, húmeda y arrugada. Pero la herida se había cerrado y ya no le dolía tanto al mover el pulgar. La incipiente cicatriz todavía estaba roja. Pero se estaba cerrando, y no se abría si separaba los dedos.

—Parece que hace tanto tiempo... —dijo cuando Hanne volvió.

El zumbido de la cisterna le había hecho levantar la vista.

—¿De qué?

—Me hice un corte. Estaba borracha y drogada, hace una semana, antes de acabar en el hospital. Me refiero a la vez anterior. Parece que hace muchísimo de aquello. Y eso de llevar la pistola... No entiendo por qué lo hice. Iba colocadísima, supongo que la cogí para asustarles, en mi vida había estado tan cabreada. Había un arma y la cogí, eso fue todo. Si mi padre no se dejaba convencer por ninguna de las otras cosas con que podía amenazarle, por lo menos me tendría miedo. No sé...

—¿De verdad creíste que tu padre se dejaría asustar por un arma?

—No estaba en condiciones de creer nada. ¡De verdad! No pensaba, ¿vale? Fue un acto impulsivo, ¿no se dice así? Estaba en el piso de Kampen cuando mi madre me llamó al móvil... Mabelle tiene un piso allí, ¿sabes? Me han dejado usarlo para... bueno, cosas. CC casi no se acuerda de él. Pero hay una caja fuerte, una que Mabelle hizo que le instalaran hace mucho. Pensó que estaría bien tener una, supongo. La pistola estaba allí.

Se le cerraron los ojos.

—Estoy tan cansada —murmuró—, tan horriblemente cansada. Y no entiendo muy bien... Nunca se me había ocurrido pensar que… Conseguí un arma porque Mabelle quería una, decía que la necesitaban para protegerse de la familia. Después de todo lo que mi padre les había hecho, pues… Pero ¿por qué la tenían en el piso de Kampen? Nunca se me había ocurrido pensar en eso…

—¿Mabelle creía que podrían necesitar un arma de fuego para defenderse? ¿De Hermann Stahlberg?

Por primera vez durante la conversación, Hanne se sintió provocada. Esa familia era tan retorcida que hasta ahora el relato de Mabelle había parecido plausible, incluso lógico, a su manera absurda. Porque era verdad. Pero esto último sonaba a mentira descarada. Y lo era, pensó Hanne.

Hermine decía la verdad basándose en lo que sabía y en lo que le habían contado, pero la historia no cuadraba, no en ese punto. No se habían hecho con el arma para protegerse, era mentira, una falsedad que solo una drogadicta exhausta y con el sentido crítico tocado podría encontrar verosímil.

Mabelle y Carl-Christian habían planificado matar a Hermann. Tal vez también a Turid. Ahora que Hanne estaba segura de eso, por primera vez desde que Billy T. la llamara aquella noche de hacía ya ocho eternos días, era como si no tuviera fuerzas para continuar con su razonamiento. Se pellizcó la mano clavándose las uñas en el nacimiento del pulgar y se acercó al lavamanos que había en la pared. Dejó que el agua corriera un buen rato. Había una taza envuelta en plástico en un estante, la desenvolvió y la llenó de agua.

Unas horas más, pensó bebiendo agua. Aguanta unas horas más.

Mabelle y Carl-Christian habían conseguido un arma, habían hecho planes, tenían un móvil, todos los motivos del mundo. Seguro que estaban buscando la oportunidad. Pero no estaban listos, aún no. Los asesinatos de la calle Eckersberg eran tan brutales, tan salvajes y señalaban de manera tan evidente a la joven pareja que era imposible que fueran ellos los autores. Simplemente, Mabelle y Carl-Christian lo habrían hecho mejor. Deseaban matar a Hermann Stahlberg y seguramente habrían acabado por hacerlo después de una larga planificación y de un modo bastante más sofisticado que convirtiendo el hogar de su infancia en un matadero.

Pero alguien se les había adelantado.

Tenía que ser así. Solo de esa manera todo adquiría sentido, una secuencia lógica.

Todas las mentiras que habían contado, las flagrantes falsedades, la parálisis de Carl-Christian, su manifiesta angustia ante la idea de enredarse en una telaraña de invenciones y rodeos que le tenían maniatado, todo eso solo era comprensible si había una verdad horrible y peligrosa que ocultar. Más allá de la mentira se encontraba la verdad de que no habían matado a nadie. La mentira era que nunca habían pensado en hacerlo.

Hanne intentó que su voz sonara firme:

—¿Estabas de acuerdo con Mabelle en que Hermann era... peligroso?

—¿De acuerdo? No lo sé. He estado muy colocada últimamente. No he tenido la cabeza muy en su sitio, por así decirlo. A mí me sonó de lo más razonable, al fin y al cabo mi padre había logrado que detuvieran a Mabelle por usar su propio coche. Había conseguido también unas fotos horribles de Mabelle con las que amenazó a CC. Mi padre es...

Pareció que se estaba quedando dormida. Ladeó la cabeza, con la boca entreabierta y la respiración pausada.

—Hermine... —Hanne le apretó la mano con cuidado—. ¿Qué ocurrió cuando llegaste a la calle Eckersberg? ¿Por qué no entraste? Necesito saber por qué no llegaste a entrar.

—¿Qué? Uy, casi me he quedado dormida. Agua.

Hanne volvió a acercarle el vaso a la boca. Sus labios intentaron atrapar la pajita.

—Me asusté mucho —dijo después, y se pasó la mano por la boca.

—¿De qué? —preguntó Hanne con voz queda, a pesar de que conocía la respuesta.

—Un animal. Un perro. Era el perro más feo, el más infernal…
Durante los segundos siguientes, mientras corría por la acera para
largarme de allí, pensé que podía tratarse de una pesadilla. Que
estaba teniendo un mal viaje. Es cierto que a mí me dan miedo
todos los perros, pero ese bicho era… Se me cayó la pistola. Se me
cayó allí mismo, al otro lado de la cancela de la casa de mamá y
papá.

Hanne empezó a tomar nota.

—¿Volviste? —preguntó sin levantar la vista del cuaderno.

—Sí, al cabo de un rato. No tengo ni idea de cuánto tiempo
había pasado. Primero corrí y corrí, hasta que no pude más. Tenía
náuseas, me encontraba muy mal. Pero se me aclaró un poco la
cabeza, para entendernos. Supongo que por efecto del miedo puro
y duro. Me sentía como una idiota. Estaba aterrada. ¡Imagínate si
alguien llega a encontrar la pistola! Con el silenciador puesto y
todo. Bastante dramático, con mis huellas, aunque no se hubiera
usado para nada, no quedaría muy bien que algo así apareciera delante de la casa de mis padres cuando todo el mundo sabía que
estábamos metidos en una horrible disputa familiar. Me controlé y
volví. Esperaba que el animal hubiera desaparecido. Entonces…

—Llegó alguien —dijo Hanne—. Llegó un hombre.

—Sí. ¿Cómo lo sabes?

—Cuéntame.

—En realidad llegaron dos. Acababa de dar la vuelta a la esquina cuando vi a un tipo que se había parado junto a la cancela del
jardín. Parecía no estar del todo seguro de adónde iba. Yo tenía
tanto miedo que casi… ¡Dios mío! Creo que nunca he estado tan
asustada. Cuando me di la vuelta para echar a correr, justo cuando
el tipo empezaba a caminar hacia el portal de mis padres, vi a otro
hombre. Bajaba por la calle. Estaba claro que el primero no había
visto mi pistola, porque no se agachó ni… No se detuvo al pasar
por el sitio en el que se me había caído, allí donde apareció de
pronto ese perro espantoso. Así que dudé unos instantes, pensé
que tal vez podría intentarlo a pesar de todo, me refiero a recupe-

320

rar la pistola, pero entonces vi que el segundo... Tú me crees, ¿verdad?

—Te creo.

Hermine, angustiada, intentó ver lo que Hanne había escrito en el cuaderno.

—Entonces ¿por qué estás tomando notas de pronto? ¿No es unas de esas cosas que hacéis para pillar mentiras? ¿Para detectar contradicciones?

Hanne cerró el cuaderno y guardó el bolígrafo en el bolso.

—No te has contradicho, Hermine. Al contrario. ¿Qué hizo ese hombre? ¿El que vino después?

—No lo sé.

—¿No lo recuerdas?

—Es que no lo sé. Ahora, al contarte esto, ni siquiera estoy segura de que tuviera intención de entrar en la casa. Yo solo... solo lo creía. Había algo en su manera de moverse. Miraba hacia la fachada de una manera... No sé. Lo que es seguro es que me quedé totalmente paralizada durante unos segundos. Luego eché a correr otra vez. No me atreví a volver a por la pistola. No me detuve hasta que llegué a casa. Desde entonces he estado drogada. Cuando la pasma... perdón, la policía vino por la noche, estuve a punto de...

La mano que se pasó por los ojos parecía aún más delgada que antes.

—No puedo más, tengo que dormir, dormir ahora.

Cerró los ojos. Sollozó levemente, de manera casi inaudible, como un bebé antes de que llegue el sueño. Hanne se quedó unos minutos, hasta que estuvo segura de que Hermine dormía profundamente. Luego agarró su chaqueta y salió de la habitación tan silenciosamente como pudo.

En el pasillo esperaban sentados Annmari Skar y Håkon Sand.

La miraron fijamente, desde sendas incómodas sillas de madera, sin hacer ademán de levantarse ni de decir palabra.

—¡Joder! Así que te has chivado —masculló Hanne—. ¿Al final no te pareció bien que librara? ¡Pero si casi me obligaste a coger vacaciones!

—No me he chivado —dijo Annmari en tono calmado—. He hablado con Håkon. Es nuestro superior, por si se te había olvidado. Tu comportamiento ha hecho absolutamente inevitable tomar medidas.

—Pues nada, gracias por no haber interrumpido el interrogatorio —dijo Hanne irónica, y empezó a alejarse por el pasillo—. Y, por cierto, he resuelto el caso.

—¡Hanne!

No miró hacia atrás, pero aminoró el paso. En la voz de Håkon había algo nuevo, una fuerza desconocida, un principio de ira que nunca había escuchado antes.

—Hanne —repitió, y ella se dio la vuelta—. No puedes seguir así. Estaba frente a ella y le agarró la mano. Annmari seguía sin moverse, unos seis o siete metros más allá.

—Una vez fuimos nosotros tres —dijo él en voz baja, casi susurrando—. Tú y yo y Billy T. Entonces podíamos saltarnos algunas reglas, todos lo hacíamos, era divertido, eran otros tiempos. Un tiempo completamente distinto con otros métodos. Nosotros somos amigos, Hanne, y a los amigos se les consienten muchas cosas. Annmari no es una amiga, es una compañera de trabajo y además tu superior, al menos en lo referido a las decisiones fiscales.

—De momento no he pedido que se encarcele a nadie —dijo ella, cortante—. Y considero cuando menos una desautorización que os presentéis aquí y... ¿Ha sido esa arpía de doctora la que os ha llamado?

—¡Hanne! ¿Te has vuelto completamente loca?

Sus rostros estaban a apenas dos centímetros el uno del otro. Notaba su respiración caliente en los labios.

—Perdón —murmuró bajando la vista—. Lo siento, Håkon. No sé qué es lo que me pasa.

—Estás cansada —dijo él, abatido—. Pero tenemos que dejar de echarle siempre la culpa a eso. Siempre estamos cansados, Hanne. Ser policía es una jodida tarea de Sísifo. Así es, más vale que te hagas a la idea. Pero la gente se harta de que siempre nos estemos quejando, Hanne. ¡Si no puedes con el calor, sal de la cocina de una puta vez!

Hanne enderezó la espalda, frunció el ceño y le miró de arriba abajo, como si de pronto y de manera inesperada se encontrara frente a un extraño.

—Déjalo ya, Hanne.

Estaba susurrando, y tiró de ella para alejarla unos metros más de Annmari.

—Parecía que todo volvía a estar bien. Quiero decir contigo, incluso tú y Billy T. volvíais a ser amigos y...

—Mantenle al margen.

—¿Es por tu padre...? Te pregunto si es por el fallecimiento y...

—¿Has oído lo que he dicho?

—¿Qué?

—¿No me has oído decir hace un momento que este caso está resuelto?

Él se echó a reír. Desesperado, se rascó la cabeza y se rió más alto todavía.

—Esto va en serio —dijo por fin—. ¿De verdad piensas que Mabelle y CC son inocentes? ¿Y Hermine también, ya puestos? Carl-Christian ha confesado, ¿eres consciente de que...?

—Silje opina que es una mentira descarada. Cree que CC está protegiendo a su hermana, pero también él se equivoca. Hermine también es inocente. Al menos de los asesinatos. Los tres Stahlberg han hecho muchas cosas mal, pero en realidad no han matado a nadie. Solo faltan un par de detalles y lo sabrás todo. Déjame que los despache y hablaremos luego.

—Hanne...

—Tú lo has dicho, Håkon, somos amigos. Tienes que darme esta oportunidad.

Echó a correr sin esperar respuesta. Lo último que oyó antes de llegar a las puertas de cristal que daban al siguiente tramo de pasillo fue a Håkon, que, con aire frustrado, le decía a Annmari:

—Le daremos unas horas más, ¿de acuerdo? ¿Unas horas más?

El viento soplaba húmedo y frío por el suave valle. El clima benigno de los últimos días había lamido la nieve de los árboles, que ahora se veían desnudos y oscuros frente al cielo del atardecer. La nieve se había endurecido en las pistas y se había convertido en hielo en los senderos, y el agua recién caída dificultaba la caminata. Habían ido en coche hasta donde les fue posible. Por fin llegaron a una barrera que no se abría con ninguna de las llaves que les había entregado el guardabosques. Billy T. y Hanne tuvieron que caminar el último tramo. Hanne se arrepintió de no haberse tomado tiempo para ponerse ropa más apropiada.

—Unos patines nos habrían venido mejor que las botas —dijo Billy T. a punto de caerse.

—No te quejes. Enseguida llegamos.

Desdobló una hoja de papel y consultó el dibujo del plano.

—¿Cómo se te ocurrió lo de comprobar las grabaciones de la centralita? Ha sido bastante complicado conseguirlo sin despertar sospechas.

—Por la lista de llamadas de Sidensvans. Había telefoneado a la comisaría varias veces en un mes, lo que resultaba bastante lógico por el trabajo que estaba haciendo. Pero me resultó un poco chocante que la última llamada telefónica de su vida nos la hiciera precisamente a nosotros. Cuando descubrí que también había llamado a la comisaría el día anterior, quise saber por quién había preguntado las dos veces.

Cada vez les costaba más caminar. El sendero ascendía rodeando una colina y era cada vez más empinado. El bosque parecía muerto, solo se oía el monótono zumbido del viento entre las copas de los árboles.

—¿Crees que estará allí arriba? —Billy T. resopló por el esfuerzo de subir la cuesta—. Puede que ya se haya largado, al extranjero o algo así.

—Jens Puntvold no ha huido. Nos está esperando.

—No sé cómo puedes estar tan segura.

—Por su móvil —dijo Hanne, y se detuvo. El sudor le pegaba el jersey a la espalda, pero tenía las manos heladas. Las juntó despacio y se las acercó a la boca—. Piensa en el tipo de hombre que es —prosiguió, soplándose en las manos—. Ya ha caído. Ha perdido su honor. Cuando se enteró de que el revólver de esa laguna de por ahí... —señaló hacia el este—, cuando esta tarde se enteró de que habíamos descubierto su maniobra de cambiar su revólver reglamentario por el que habíamos encontrado allí, supo que solo era cuestión de tiempo. Quiero decir que solo era cuestión de tiempo que averiguáramos el resto: que el arma que había depositado para que el recuento cuadrara después de la sesión de fotos era la suya.

—Los chicos me comentaron que esa sesión de fotos con las armas confiscadas se organizó a toda prisa —dijo Billy T.—. Pero ya estamos acostumbrados a eso. Puntvold y sus numeritos. Pero ¿por qué...?

—Debía de estar completamente desesperado —le interrumpió Hanne—. ¡El arma del mismísimo director de la policía judicial, un arma legal y registrada! Esa que enseña cada vez que va por el campo de tiro de Løvenskiold. Seguro que tenía pensado volver a retirarla. Más adelante. Seguro que habría pensado en alguna excusa.

Dio unas patadas al hielo y golpeó las manos entre sí antes de volver a metérselas en los bolsillos.

—Toda esta historia se basa en un error de lo más absurdo —dijo Billy T.

—Sí. Los Stahlberg esperaban a ese abogado, Wetterland, ¿verdad? Y Knut Sidensvans iba a ver a Henrik Backe. Sucedió algo que hizo que Hermann le abriera la puerta, tal vez lo mismo que me ocurrió a mí: que Backe se negó a contestar. O tal vez... tal vez la familia Stahlberg creyó que era Wetterland quien llegaba. Silje me llamó hace una hora para contarme lo de esos papeles. Estaba claro que Hermann había decidido que la cosa ya estaba bien amarrada. Iban a dejar de lado a CC fragmentando la mayoría de las propiedades. Wetterland había preparado la documentación por la que casi todo el patrimonio pasaba a manos de Preben, como adelanto de la herencia, sin más. Iban a celebrarlo a lo grande. Y cuando llegó Sidensvans… Desde la ventana del salón podían ver el pequeño acceso adoquinado al edificio. Por cierto que esa podría ser la explicación de la botella abierta de champán. –Rió unos instantes antes de añadir–: Aunque lo más correcto habría sido esperar a que todo el mundo hubiera llegado. Un poco excesivo, abrir la botella en cuanto se ve llegar al invitado. Cuando Jens Puntvold abrió la puerta del portal, debió de creer que Sidensvans y Backe ya habían empezado a hablar. No podía ver a Hermann Stahlberg desde la escalera. Solo oyó la voz estruendosa de un hombre mayor. Debió de entrarle el pánico.

–Bueno, llevaba bastante asustado más de una semana.

–Exacto. Debió de llevarse un susto de muerte cuando Sidensvans quiso hablar con él la primera vez. Supongo que Sidensvans no fue consciente de la bomba con la que se había topado. Seguro que se vieron. Puntveld querría ver a ese hombre, comprobar la magnitud de la amenaza. Tal vez en un primer momento Sidensvans solo quisiera hablar, indagar un poco, y luego habría empezado a sospechar algo.

Por fin el sendero se hizo más llano y, a pesar de las cargadas nubes bajas que amortiguaban la luz y los colores, el lugar era bellísimo. El pequeño valle se abría justo en ese punto, en un altiplano que se extendía durante más o menos un kilómetro hasta una colina hacia el norte. El sitio era más una pequeña granja que una cabaña. Había dos casas, una más grande que la otra, magníficamente situadas junto a un riachuelo. Se oía el gorgoteo del agua contra el hielo. Las construcciones eran de color rojizo y parecían bien cuidadas, aunque no les habría ido mal una mano de pintura.

Se alejaron del sendero, hacia los troncos de los pinos.

—Los casos archivados de la aseguradora eran muy descarados —dijo con voz queda mientras observaba los edificios en busca de indicios de que hubiera alguien en su interior—. Había irregularidades evidentes en los cuatro, pero clamaban al cielo en el caso del hijo de buena familia que conducía borracho. Todos eran asuntos sin importancia. Justo del tipo que puede archivarse sin hacer mucho ruido. Nadie pregunta por ellos, si no hubiera sido por el tenaz Henrik Heinz Backe.

—Casos modestos —repitió Billy T.—. Pero dejarse corromper no es ninguna tontería.

Hanne golpeó una pierna contra la otra. Le castañeteaban los dientes.

—Por supuesto que no. Un policía está acabado en el momento en que se deje invitar a un café. Aquí estamos hablando de cincuenta mil coronas. Y Sidensvans estaba sobre la pista. Llamó al director de la policía judicial dos veces más. El miércoles de la semana pasada por la tarde. Se corresponde con la hora de ese repentino acuerdo con el diario *Aftenposten* para hacer un reportaje sobre las armas requisadas. Y luego Sidensvans volvió a llamar.

Una urraca graznó al levantar el vuelo de un árbol de la linde del bosque y pasar sobre ellos.

—A las dos y media del día de los crímenes. De momento, solo podemos conjeturar acerca de qué fue lo que se dijeron. En cualquier caso, Puntvold comprendió que todo aquello por lo que había luchado, todos sus sueños... toda su vida estaba en juego. Todo lo que, de algún modo, era el director de la policía judicial Puntvold.

Billy T. rió entre dientes y se calentó las orejas con las manos.

—¡Joder! En menuda situación tuvo que haberse encontrado. Puede que el primer tiro solo fuera un acto reflejo. Miedo y angustia acumulados, ¿no? Debe de haber estado muy asustado todos estos años.

—Seguro que ha estado muy pendiente —dijo Hanne muy despacio, intentando vislumbrar algún indicio de vida en la granja, que distaba unos doscientos metros–. Henrik Backe era lo único que le amenazaba. Seguro que ha estado vigilante, Billy T. No lo dudes. Ha visto cómo el viejo agente de seguros se iba desmoronando. Ha estado atento a su alcoholismo, a las señales de una senilidad incipiente. Se ha sentido cada vez más seguro. Hasta que Unn fallece. La garantía del silencio de Backe ha desaparecido. Pero aún no existe un gran peligro, todavía no. Puntvold está informado de las condiciones en las que se encuentra Backe, eso seguro. Pero entonces aparece Sidensvans. No solo está en juego la carrera profesional de Puntvold, estamos hablando de toda la vida de Jens Puntvold, Billy T. De toda su existencia. En realidad no me resulta difícil comprender que disparara primero contra Sidenvans. ¡Por Dios! Solo tienes que pensar en los motivos por los que la gente se quita la vida.

—Es más fácil suicidarse que matar a otro.

—Hay quien arrebata la vida a sus propios hijos –dijo Hanne, y volvió a hacer una pausa–. Fue entonces cuando pensé en los hombres que deciden matar a sus propios hijos… –Un violento golpe de viento le hizo juntar los hombros para protegerse del frío–. Fue entonces cuando tuve fuerzas para imaginar que alguien mataba a otros para evitar su propia caída. Para no perder el honor. Después del primer disparo, ya no había vuelta atrás. Todos los que estaban en el apartamento debían morir.

—¿Estás diciendo que este es un crimen por honor?

—En realidad, no. En los asesinatos por honor, si es que en verdad existe algo así, el autor reivindica los hechos. Al menos en su entorno más próximo. El honor se obtiene o se restablece a través del crimen. El asesinato es solo el medio, y por eso no constituye un crimen, no desde el punto de vista del ejecutor. Es más… una obligación. En nuestra cultura somos más… cobardes, quizá. –Negó con la cabeza–. No, no más cobardes. Pero también en nuestra sociedad se puede cometer un asesinato para conservar el honor. Un suicidio puede tener como fin detener una investigación, desviar el foco de atención, cambiar simpatías. Un asesinato se puede cometer para evitar que salgan a la luz datos comprometedores, hechos que pueden acabar con el honor, la reputación.

—Como, por ejemplo, que el candidato con más posibilidades de convertirse en director de la policía noruega se dejara corromper al principio de su carrera —dijo Billy T.

—Sí, por ejemplo.

Muy débil, desde muy lejos, empezó a oírse un zumbido constante, vibrante, tras las colinas que se levantaban al sur del altiplano.

—¿Cuántos vienen?

—Seis hombres armados.

—Es ridículo mandar un helicóptero. Les ha sentado fatal que me empeñara en hacer esto yo sola. ¡Tanto dramatismo! Es totalmente innecesario. Puntvold está ahí abajo, esperando. Sabe que ha perdido la partida. No le queda ningún honor que proteger. —Sonrió y le dio a Billy T. un golpecito en el hombro—. Podrían haber venido a pie, como nosotros. Ahora les va a oír llegar de lejos.

—No —dijo él, aguzando el oído—. ¡Escucha!

De nuevo se quedaron en silencio. Solo se oían el agua del riachuelo bajo el hielo y el viento entre las copas de los árboles. Billy T. rodeó los hombros de Hanne con el brazo. Ella se dejó caer contra su cuerpo. Así se quedaron, dándose calor mientras esperaban.

—¿Te has deshecho del boleto? —preguntó ella contra el viento, apenas audible.

—Sí.

—Bien.

—¿Te ha estado acechando Puntvold, Hanne?

—Creo que no. Solo ha sentido miedo. Casi no ha dormido, ha registrado mi despacho, leído mis anotaciones. Quería saber qué estaba haciendo. Me estaba acercando. En realidad yo no he tenido motivos para sentir angustia. Los tenía Jens Puntvold. Me temía. Muchísimo. Por ejemplo, devolver las llaves al bolsillo de la gabardina de Sidensvans fue una estupidez. Estoy cien por cien segura de que comprobé el forro. Precisamente fue eso lo primero que me hizo mirar hacia dentro, hacia la casa, hacia el sistema. Tal vez no de manera consciente, pero fue cuando empecé a sentirme realmente intranquila.

—¿Por qué crees —empezó Billy T., y le dio un beso en el pelo mientras la acercaba más a su cuerpo— que recogió la pistola de Hermine? No necesitaba hacerlo. Eso hizo que…

—Es difícil saberlo —dijo Hanne.

Sus ojos seguían una fina columna gris que salía de la chimenea, casi fundiéndose con el cielo.

—Un acto reflejo. ¿Tú qué harías si vieras un arma tirada en la calle?

—Recogerla. Tienes razón: está en casa, la chimenea está encendida. ¿Sabemos dónde anda su novia?

—Ya nos hemos ocupado de ella. Ven.

Hanne se liberó de su abrazo y empezó a andar. El sendero descendía suavemente, antes de llegar a una pequeña arboleda y ensancharse hasta convertirse en una especie de camino que llevaba al patio.

—¡Espera! —siseó Billy T. con miedo a gritar—. Los chicos aún no han llegado a sus posiciones. ¡Espera!

—Puntvold no es peligroso —dijo Hanne—. ¿Cuántas veces te lo tengo que decir? Mató para defender su honor, no mata por vergüenza.

Se dio la vuelta en el mismo instante en que Billy T. resbaló. Intentó desesperadamente agarrarse a la rama de un arbolito, pero no lo logró. Su otra pierna salió disparada hacia delante.

—Últimamente te caes mucho —dijo Hanne—. Deberías hacerte con unos zapatos de pinchos.

—Calla —dijo alterado, tratando de levantarse—. ¡Joder, Hanne! ¡Estás actuando como una aficionada! Puntvold tiene más armas. Espera… Vamos a esperar a los demás. Iban a aterrizar en el campo de fútbol pequeño y tenemos que… ¡Hanne! ¡Espera!

Ella había echado a correr.

Cuando llegó a la puerta del más grande de los dos edificios rojos, se detuvo un momento. Por alguna razón pensó en Cecilie. Debería haber ido a ver a sus padres en Navidad. Debería haber ido a visitar su tumba, tal vez con flores, con un farol y velas. Ese rincón del gran cementerio era tranquilo, estaba muy bien cuidado. Hanne por fin había empezado a visitarlo. Transmitía mucha calma. Lo que quiero es tranquilidad, quiero volver a casa, con mi gente.

Agarró el picaporte mientras Billy T. bajaba corriendo por el sendero.

Entró.

Jens Puntvold estaba sentado con la cara vuelta hacia Hanne. Cuando levantó el arma ella sonrió como sorprendida, y pensó en que últimamente Nefis estaba muy rara. Se quedaba en silencio de pronto, sin previo aviso. No bebía alcohol, y parecía tan vulnerable, tan sensible... Pero ahora todo iría mejor, Hanne se iba a tomar unas vacaciones. Tal vez dejaría la policía. Era tan suya, tan cabezota. Ya no era capaz de colaborar con nadie. Su hermano tenía razón, estaba defectuosa. Había llegado el momento de dejarlo.

El disparo la lanzó hacia atrás.

Su cuerpo se retorció, su hombro izquierdo se desencajó con un giro brutal. Durante su caída, esa extraña caída que duró tanto, se sorprendió de ser capaz de ver todavía, de ver a Billy T. en la puerta. Vio su rostro, desfigurado, y durante un brevísimo instante, antes de impactar contra el suelo, sonrió.

—Si solo hubiera... —empezó Jens Puntvold, y tiró el arma—. Con que solo hubiera...

Pero Hanne Wilhelmsen ya no podía oírle.

A muchos kilómetros de allí, un perro sarnoso se arrastraba junto al murete de una nueva construcción en Frogner. Era muy viejo, y por su aspecto recordaba a una hiena. Su cuello era ancho y largo, la cola baja. El animal había vivido toda su vida en una zona de no más de quince o dieciséis manzanas. Muchos habían intentado acabar con él a lo largo de los años, pero era un perro experimentado, escurridizo y fuerte, y conocía su terreno mucho mejor que la gente que vivía allí.

El animal cojeaba con fuerza. A la luz de la farola podía verse un tremendo desgarro en su pata trasera izquierda. El pus y las bacterias habían carcomido la carne casi hasta el hueso. El perro temblaba de frío y fiebre. Llevaba tres días sin comer. Las fuerzas apenas le alcanzaban. En todos los patios traseros y casetas para la basura olía a comida grasienta, pero ya no podía abrir las tapas, tirar los cubos. Solo había ingerido agua, agua de lluvia y nieve medio derretida de los charcos de la acera.

Un poco más adelante había un sótano con la trampilla rota. El perro ya no era capaz de plantar la pata trasera en el suelo. Cojeó al cruzar la calle a la sombra de unos grandes robles. Su gemido se convirtió en gruñido cuando tuvo que pasar por una abertura de la tela metálica. Los alambres rasgaron profundamente la herida, que volvió a sangrar. No se detuvo para lamerse, ya se había lamido hasta dejar calva la zona de la cadera. Siguió arrastrándose, encogido, dio la vuelta a la casa, pasó por detrás de un montón de leña apilada, por debajo de una lona y, por fin, entró por la trampilla rota.

Al fondo del sótano, sobre una manta que alguien había dejado tirada, en un rincón donde el agua chorreaba por el muro helado, se tumbó.

Y entonces se quedó dormido, para no despertar nunca más.

Papel certificado por el Forest Stewardship Council®

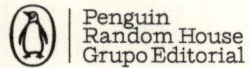

Título original: *Sannheten bortenfor*

Primera edición: febrero de 2017
Primera edición con este formato: diciembre de 2024

© 2003, Anne Holt
© 2017, 2024, Penguin Random House Grupo Editorial, S. A. U.
Travessera de Gràcia, 47-49. 08021 Barcelona
© 2017, Lotte Katrine Tollefsen, por la traducción

Printed in Spain – Impreso en España

ISBN: 978-84-10352-75-9
Depósito legal: B-19.363-2024

Compuesto en M.I. Maquetación, S. L.

Impreso en Liber Digital, S. L.
Casarrubuelos (Madrid)

RK 5 2 7 5 9